허민
전집

허민
전집

박태일 엮음

현대문학

허민 23살(1937년).

16살(1930년).

17살(1931년), 해인사 강원 무렵. 두루마기를 입고 선 이가 허민이다.

21살(1935년), 해인사 해명학원 교사 시절. 앞줄 가운데 흰 한복을 입은 이가 허민, 오른쪽 맨 끝 한복을 입은 이가 소설가 최인욱이다.

22살(1936년), 어머니 윤복형, 아내 신채봉과 함께.

24살(1938년), 해인사 순회연극단 공연을 마치고.
왼쪽 맨 끝에서 채플린 시늉을 하고 있는 이가 허민이다.

27살(1941년), 진주 촉석루에서 벗 시인 장태현과 함께.

28살(1942년), 신병 말기 무렵.

 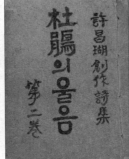 

허민의 육필 시집 여섯 권.

허민의 육필 시고.

허민이 손수 오려 붙여 둔 발표작 모음집.
오늘날 한 권만 남았다.

허민이 손수 그린 맏이 은. 그는 음악과 그림에도 재
능이 뛰어났다.

허민의 간행 작품집.

〈한국문학의 재발견-작고문인선집〉을 펴내며

한국현대문학은 지난 백여 년 동안 상당한 문학적 축적을 이루었다. 한국의 근대사는 새로운 문학의 씨가 싹을 틔워 성장하고 좋은 결실을 맺기에는 너무나 가혹한 난세였지만, 한국현대문학은 많은 꽃을 피웠고 괄목할 만한 결실을 축적했다. 뿐만 아니라 스스로의 힘으로 시대정신과 문화의 중심에 서서 한편으로 시대의 어둠에 항거했고 또 한편으로는 시대의 아픔을 위무해 왔다.

이제 한국현대문학사는 한눈으로 대중할 수 없는 당당하고 커다란 흐름이 되었다. 백여 년의 세월은 그것을 뒤돌아보는 것조차 점점 어렵게 만들며, 엄청난 양적인 팽창은 보존과 기억의 영역 밖으로 넘쳐 나고 있다. 그리하여 문학사의 주류를 형성하는 일부 시인·작가들의 작품을 제외한 나머지 많은 문학적 유산들은 자칫 일실의 위험에 처해 있는 것처럼 보인다.

물론 문학사적 선택의 폭은 세월이 흐르면서 점점 좁아질 수밖에 없고, 보편적 의의를 지니지 못한 작품들은 망각의 뒤편으로 사라지는 것이 순리다. 그러나 아주 없어져서는 안 된다. 그것들은 그것들 나름대로 소중한 문학적 유물이다. 그것들은 미래의 새로운 문학의 씨앗을 품고 있을 수도 있고, 새로운 창조의 촉매 기능을 숨기고 있을 수도 있다. 단지 유의미한 과거라는 차원에서 그것들은 잘 정리되고 보존되어야 한다. 월북 작가들의 작품도 마찬가지이다. 기존 문학사에서 상대적으로 소외된 작가들을 주목하다 보니 자연히 월북 작가들이 다수 포함되었다. 그러나 월북 작가들의 월북 후 작품들은 그것을 산출한 특수한 시대적 상황의 고려 위에서 분별 있게 이해되어야 할 것이다.

이러한 당위적 인식이, 2006년 한국문화예술위원회의 문학소위원회에서 정식으로 논의되었다. 그 결과, 한국의 문화예술의 바탕을 공고히 하기 위한 공적 작업의 일환으로, 문학사의 변두리에 방치되어 있다시피 한 한국문학의 유산들을 체계적으로 정리, 보존하기로 결정되었다. 그리고 작업의 과정에서 새로운 의미나 새로운 자료가 재발견될 가능성도 예측되었다. 그러나 방대한 문학적 유산을 정리하고 보존하는 것은 시간과 경비와 품이 많이 드는 어려운 일이다. 최초로 이 선집을 구상하고 기획하고 실천에 옮겼던 한국문화예술위원회의 위원들과 담당자들, 그리고 문학적 안목과 학문적 성실성을 갖고 참여해 준 연구자들, 또 문학출판의 권위와 경륜을 바탕으로 출판을 맡아 준 현대문학사가 있었기에 이 어려운 일이 가능하게 되었다. 이런 사업을 해낼 수 있을 만큼 우리의 문화적 역량이 성장했다는 뿌듯함도 느낀다.

〈한국문학의 재발견-작고문인선집〉은 한국현대문학의 내일을 위해서 한국현대문학의 어제를 잘 보관해 둘 수 있는 공간으로서 마련된 것이다. 문인이나 문학 연구자들뿐만 아니라 더 많은 사람들이 이 공간에서 시대를 달리하며 새로운 의미와 가치를 발견하기를 기대해 본다.

2009년 4월
출판위원 염무웅, 이남호, 강진호, 방민호

허민은 1914년 경남 사천군 곤양에서 태어났다. 1929년 청상의 어머니를 따라 합천 가야산 해인사 기슭으로 옮겨 온 뒤 청년기를 보내다 1943년 스물아홉 나이로 유명을 달리했다. 열여덟 살인 1932년 첫 작품 발표를 시작으로 1936년 스물두 살 때《매일신보》현상 공모에 소설 「구룡산九龍山」이 당선되어 문재를 드날렸던 그는 1940년과 1941년《문장》에 시 「야산로夜山路」와 소설 「어산금魚山琴」이 잇달아 추천됨으로써 다시 한 번 크게 뻗어 나갈 재목임을 널리 알렸다.

그러나 세상일이란 참으로 알지 못하겠다. 하루하루 끼니도 힘들었던 왜로倭虜제국주의자들의 이른바 국민총력운동 시기의 수탈과 억압 체제 맨 밑자리에서 그는 지병 폐결핵을 안고 뒹굴다 삶을 접었다. 그의 문학은 나라잃은시대 막바지까지 타오른 희귀하고도 환한 불꽃이었던 셈이다. 이제 청소년 습작기에서부터 청년 시인으로 우뚝 선 허민의 모습을 고스란히 간직하고 있는 329편의 시, 소설, 동화와 수필을 세상에 널리 펼친다. 문학을 향한 그의 못다 이룬 열정이 우리 시대를 지나 먼 뒷날에까지 불끈 힘을 북돋우리라.

여기 『허민 전집』에는 오늘날 확인할 수 있는 그의 작품 모두를 갈무리했다. 적지 않은 작품이 어디로 잊히고 흩어졌는지는 알 수가 없다. 미인박명이라 했던가. 이승에 오래 머물렀더라면 우리 근대 민족문학 발전에 크게 이바지했을 사람이다. 남달리 안타까운 죽음이 어찌 한둘에 그칠까마는 그가 남긴 작품 낱낱은 험난했던 삶의 역정과 민족 현실에 대한 다채로운 일깨움을 켜와 겹으로 담고 있다. 광폭했던 시대의 어둠에 더하여 병고와 가난이라는 개인적 아픔까지 겹친 속에서 빛이 올린 민족 언어의 빛나는 보람이 그의 문학이다. 오래 남아 세상 단맛 쓴맛을 제법 아는 양 글발을 날리고 산 이들의 것에 견준다면 흙 가운데 금강석이요 늪 가운데 연꽃이다.

허민이 가야산 골짜기 한 다비장에서 재가 되어 가야산 흙으로 돌아간 세월이 어느덧 예순여섯 해를 넘겼다. 어찌 안타까움이 줄고 통한이 식었다 할 것인가. 오랜 세월 가친의 이른 적멸을 제 일인 양 여기고 유품을 간직해 왔던 아들 허은을 비롯한 유족들의 도움을 받아 그의 전집을 펴낸다. 경남·부산 지역문학사뿐 아니라, 나라잃은시대 후기 윤동주와 더불어 빛나는 민족시의 한 길을 좇아가는 즐거움이 독자 사회에 널리 함께하기를 빈다. 마음이 바쁘고 하는 일에 서툴러 꼼꼼하게 되살려 내지 못한 데가 한두 곳이 아니다. 읽는이들이 너그럽게 받아 주실 것을 믿는다. 하루바삐 쉬 볼 수 있을 시선집까지 펴내서 그의 진면목을 널리 알릴 수 있는 기회가 이어지기를 바란다.

가야산 골짝 바람 능선 새소리가 어느 것 하나 깊은 곡절 아닌 것이 없으련만 허민 영가는 극락왕생했을까. 그의 문학이 꽃피고 삶이 잦아든 가야산 아랫마을에는 일찌감치 뜻을 묻은 대인 정인홍의 묘가 있다. 제대로 뜻을 펴고 살기 힘든 세상에서 우연하게도 가야산 기슭에 그 두 사람의 얼과 넋이 함께 깃들었다. 나 또한 해인사 걸음을 광영으로 삼고 보살행을 실천하셨던 '할무이' 의령댁의 아래 손자다. 가야산 골짝을 오르내리는 추억이 남같이 예사롭다 말할 수 없다. 이제 『허민 전집』을 내놓는 마당에 어찌 새삼 하늘을 멀리 올려다보지 않을 수 있으랴.

이 일을 하는 데 내 연구실 배소희, 윤선희 두 사람이 수고를 아끼지 않았다. 도타운 고마움을 전하면서, 그들의 문학과 삶에 보람 많기를 바란다. 뜻만 지닌 채 선뜻 나서지 못했던 일을 이룰 수 있도록 기회를 마련해 준 한국문화예술위원회 관계자와 책을 잘 다듬어 준 현대문학 식구들을 비롯한 여러 분에 대한 고마움도 따로 적는다.

2009년 봄
박태일 삼가

* 일러두기

1. 이 책에는 오늘날까지 남아 있거나 찾을 수 있었던 허민의 모든 작품을 갈무리했다. 허민이 육
   필로 남긴 시집 여섯 권과 손수 오려 붙인 발표작 모음집 한 권에 들어 있는 작품, 그리고 엮은
   이가 찾아낸 작품에 걸치는 330편 가운데 원문을 확인할 수 없었던 수필 「푸른 해인도海印圖」
   를 젖혀 둔 329편을 실었다.
2. 작품 329편을 시, 소설, 동화, 산문·설문으로 나누어 싣되, 낱낱 갈래 안에서는 이른 시기 작품
   부터 앞에 올리는 순서를 따랐다.
3. 시의 경우, 민요시·소년시·동요·시조·가사·성가聖歌와 같은 갈래 이름이 육필 시집 원문에
   밝혀져 있다. 이들은 해당 갈래에 따라 다시 나누어 묶지 않고 시집에 실린 순서에 따라 그대로
   올린다. 시인이 규정한 갈래 이름은 각주로 밝혔다. 그리고 지면에 발표한 작품 원문과 육필 원
   문이 함께 남아 있는 경우, 차이가 나는 데는 각주로 밝혔다.
4. 작품 표기는 오늘날 맞춤법에 따르되, 지역어나 허민 특유의 개인 언어는 될 수 있는 대로 원형
   대로 적었다. 그들 가운데 현재 뜻을 확정하거나 짐작할 수 있는 것은 각주를 달아 이해를 돕도
   록 했다. 뜻을 알기 힘든 것 또한 적지 않은데, 이들에 대한 바른 풀이를 포함한 허민 작품의 총
   괄적인 낱말풀이는 뒷날로 미루었다. 알아볼 수 없는 글자는 □로, 원문에 복자가 된 곳은 ○로
   통일했다.
5. 한자어의 경우는 될 수 있는 대로 원문을 따른다. 그러나 굳이 한자어로 밝힐 필요가 없다고 생
   각되는 낱말의 경우에는 읽는이를 위해 한글로 바꾸었다. 한자를 그대로 둔 곳은 한글을 앞에
   내세우고 한자를 덧붙여 밝혔다. 그리고 초기시의 경우, 마침표·쉼표·느낌표·물음표와 같은
   부호가 통일되어 있지 않거나 과도하게 쓰인 작품이 있다. 이런 경우에는 엮은이가 작품의 맛
   을 살리는 쪽으로 통일시켰다.

차례

Ⅰ. 시

제1부_ 허창호許昌瑚 시집詩集 제1권第一卷

제2부_두견杜鵑의 울음—허창호許昌瑚 창작 시집創作詩集 제이권第二卷

제6부_시집詩集 NO. 8

제7부_발표시

II. 소설

III. 동화

Ⅳ. 산문·설문

I 시

제 **1** 부　　허창호許昌瑚 시집詩集

제1권第一卷

한 말*

나를 항상 사모하고
나를 영원히 두렵음**을 생각하시는 이에게
조그마한 머릿속에서
넓고도 큰 이 국토 안에서
여름비 한 방울에 몸을 적셔 시들어 가는 초화草花 같은
사람들 속에서
나온 이 고도孤島의 등대 한가지
시詩를 무릎을 꿇어 붉은 낯으로 올리겠나이다
육체는 우주의 적멸寂滅을 본받아서
사라져 흙 속에서 굶고 있겠지만
생각과 마음은 못〔池〕가운데 있는 연꽃 송이같이
이 책 속에 있어 모든 사람 앞에서 미소를 띠어 가며
산천초수山川草水가 기울어질 때까지 이 책이 사라질 때까지
오호嗚呼의 명성明聲을 발하여 가며 있겠나이다.

공상空想의 봄

지나간 봄소식 아득하고
새봄 만나니 감회가 소소타!***
겨울에 북풍과 다투어 쓰러졌던 초목의

---

* 머리말. 허민의 육필 시집 제1권은 겉표지가 사라져서 본디 제목을 알 수 없다. 따라서 다른 육필 시집
　을 본보기로 삼아 『허창호許昌瑚 시집詩集 제1권第一卷』이라 이름을 붙였다.
** '두렵게'라는 뜻인 듯.
*** '소소簫蕭하다.' 쓸쓸하다.

헌 뭉치는 신생新生의 발길을 돌릿고*
가을에 갔던 새들 다시 이 땅에 와서
옛 놀음터라고 질겨** 우지진다.
먼 산에 희미하게 봄 장막帳幕 디루고***
맑은 물소리 내며 바위 새로 깨어난다.
나도 또한 풍악風樂과 맞추어 꽃피리 불며
녹음 속 바위에서 공상空想의 뿌리를 흔들며
옛 벗의 심사를 읊으며 슬프다.
그려도 없는 벗 자취 없고 소리 없으니
반응감反應感 사라짐도 말 없고 턱없다.
청산을 달래며 물어도 말 없고
녹수를 보듬어 물어도 대답 없다
창백한 그 얼굴만 눈 속에 떠논다.
시들어 가는 장미꽃에 편지질하여
저 세간世間 길 나그네가 된 벗님에게
안부와 심사를 물어나 볼까?
공상의 병甁은 깨어져 자취를 감추니
그리워하던 마음도 공상의 뚜껑을 들시고****
괴로움을 느끼어 들여다보니
봄의 자연 그대로 산야의 우에서
따뜻한 햇발을 이불 삼아 곱게 졸고 있다.
지나간 봄소식 아득하고
새봄 만나니 감회가 소소하다!

(1930년 5월 17일)*****

* '돌렸고'의 지역어.
** '즐겨'의 지역어.
*** 'ㄷ리우고'의 지역어.
**** '들시다.' '들어올리다'의 지역어.

님과 안락安樂의 길을

오동나무 밑에서 곱게 졸고 있는 봉鳳은 옛 기억을 자아내고 있는가!

정열의 빛을 피하여 안락安樂의 동경憧憬을 그리고 있는 이 몸은 옛 사랑을 부르려 함이런가!

아! 님이여!

옛 조약條約을 굳게 지키십시오!

사랑의 눈물에 젖은 날개를 훨훨 떨어서 당신의 마음과 몸을 동시에 생각하는 이 몸의 마음을 알거든 나비같이 훨훨 날아오셔요!

만약 당신이 안락의 세계에서 사랑의 꿈을 먹을 바탕자리를 모른다면 이 몸은 당신의 길 안내자가 되어 당신의 앞을 서서 있겠습니다.

님이여! 당신의 시선視線과 나의 시선이 마주칠 때, 울렁거리는 가슴을 어찌나 눌릴고*를 생각합니다.

날은 갑니다! 님이여 얼른 오십시오!

화변花瓣은 시들어 열매를 맺으려 합니다.

청춘의 사랑을 속살거릴 날은 다 가려 합니다.

안락의 동산에서는 보들보들한 손을 들어 우리의 오기를 재촉하는 천녀天女가 서 있습니다.

님이여! 얼른 갑시다. 안락의 길을 걸어 저 천녀 손질하는 곳을……

(1930년 5월 18일)

***** 허민 육필 시집에서는 낱낱의 작품마다 쓴 때를 해, 달, 날의 순서에 따라 작품 제목 바로 다음에 적는 버릇을 보여 준다. 해를 빠트리거나 아예 적지 않은 것과 같은 예외는 몇 편에 지나지 않는다. 이 전집에서는 그들을 작품 맨 끝으로 돌려 원문대로 옮겨 적었다.

* '누를까'의 지역어.

옛 봄에 놀던 형에게

형은 봄이 온 줄 아십니까?

물론 알 것이외다!

옛 봄에 나와 자미慈味 있게 속살거리던 일을 기억하십니까?

형은 그 당시 일을 흐릿하게 생각하시겠지오, 형이여!

형과 내가, 앞에는 비류飛流가 흐르고 우에는 녹음이 우거지고 널따란 반석盤石 우에서 오뇌 속으로 찢고 난 두 몸의 행복을 떠들던 일

아! 형이여 그때가 그리워

형이여! 그때는 두 번씩은 안 오지만

봄은 와서 나를 또한 그곳으로 낚아 들였습니다!

아! 봄은 다 지나 그때 일은 멀어지지만, 이 반석은 변치 않고 있지요. 그때 이곳에서 속살거리던 일은, 아! 도시 기억의 상자箱子에서 사라지지 않고 추억의 광우리*는 옛일을 한 토막, 두 토막 담아서 형의 앞에 놓아 줍니다!

형이여 푸른 새 노랑 새 자줏빛을 띄운 뭇 새들은 녹음 속에서 잡가雜歌를 주주奏합니다.

나비는 짝을 지어 봄바람 속에서 단맛을 말하면서 화변花瓣 속으로 오르고 들며 봄을 찬송하며 댄스를 합니다.

형이여 그때도 이와 같았지요!

나는 이 봄을 목도할 때 마음은 사로잡힌 듯이 쇠사줄**에 걸려 형의 신변身邊에 들어가는 것 같습니다.

그때는 오지 않습니다, 형이여!

봄은 절로 흐릅니다.

* 광주리.
** 금사金絲, 철사.

28

형이여! 나는
물 흐름을 봅니다!
바람 부는 것을 봅니다!!
해는 서산西山을 넘습니다. 이것을 봅니다!!!

(1930년 5월 21일)

달

달을 봅니다!
밝은 달을 봅니다!!
동산에 떠오르는 밝은 달을 봅니다!!!
서산을 넘는 해는 어둠을 몰아오고
동령東嶺에 오르는 달은 창백한 빛과 수심을 던집니다
당신은 달이 되고 나는 태양이 되어
당신은 님 잃은 남자를 보고
나는 남자를 떨친 여자를 보며
둘이 서로 두 심사를 알며
밤낮으로 비추며
울음과 웃음을 머금은 사람들을 보고서
우리도 또한 무변無邊 허공에서
웃음의 키스를 주고받으며
언제까지든지 유몽인遊夢人이 되고자 하나
망상妄想의 썩은 새끼가 어찌
심복心腹의 돌을 끌 수 있겠나
달은 떴으나 구름 속이니 밝으며

사랑은 들었으나 함정에 잠들었으니 상통想通의 자유이겠나
달 속의 계수桂樹로 밝음이 더 안 오니
혹시 당신의 마음에 그늘이 있으면
나는 당신의 옷섶에다, 봄비에 젖어 시들어 가는 매화의 설움 같은
나의 눈물을 드리겠습니다.
달을 봅니다!
계수 박힌 달을 봅니다!!
님의 맘 같은 저 달을 영원히 보겠습니다!!!

(1930년 5월 22일)

꽃과 마음이 먼저 알아

뜰 앞에 목단 심어 마음과 혼자 보았더이다.
붉은 꽃송이 가지마다 봉슬봉슬* 피었더이다.
마음도 기쁨의 향내를 내어 나의 머리를 싸맸더이다.
그러나 내 마음의 고민苦悶의 탓인지 꽃이 괴로웠던지
꽃은 색色을 변하여 힘없이 땅 우에 떨어지더이다.
산과 들을 보니 차츰차츰 여름으로 발자욱**을 떼었더이다.
나의 맘도 두근거리고 따끔하더니
아! 항상 사모思慕하던 님이 없음을 이제야 알았더이다.
시절이 변함을! 님 없음을! 나는 이때껏 잠들었더이다.
그러나 오직 목단과 마음은 나보담 먼저 알았더이다.

(1930년 5월 23일 목단 떨어짐을 보고)

* 봉실봉실.
** 발자국.

희랑대希郞臺

두렵다 몇 십 척 절벽絶壁 우에
뒤에는 들을 의지하고
앞에는 나무에다 전줄 힘을 주고
함*으로 짠 희랑대**여!
너는 외로이 독성***님을 믿고
마음 너르게 바람비 피해 가며
사시장춘四時長春 변함이 없이 있는가.
정지**** 문으로 독성각을 들어가니
독성님 외로이 어둠에 파묻혀
위력威力을 퍼준다.*****
앞에 논 향불같이
마음은 전력電力을 받은 것같이
쩌리쩌리****** 하고 신앙심信仰心이 나노는다
바위 틈새 몇 천 년 지난 솔을
손으로 휘어잡고 발은 바위에 두고
옛일을 물음에 대답 없는 솔
바람에 나부껴 휘휘하니
마음은 속절없이 옛날에 오른다.

(1930년 5월 24일)

---

* 함函.
** 경상남도 합천군 해인사의 암자 가운데 하나.
*** 독성獨聖. 나반존자.
**** '부엌'의 지역어.
***** '퍼뜨린다'의 지역어.
****** 쩌릿쩌릿.

다시 안 오는 님

사람이 죽으면 다시 사는가
님이라 가며는 다시 올 건가
사람은 죽어서 극락極樂을 가고
님이라 가며는 쓴〔辛〕 데를 가지
극락을 가며는 좋을 것이고
쓴 데를 가며는 안 되겠지요
어찌하여 님은 극락 안 가고
쓰다쓰다 하는 딴 사람에게
나를 떨어뜨리고 품에 안기뇨……

젊은이들

젊은 사람들 가운데
피를 토吐하고 몸을 떠는 사람
아 얼마나 서러운 신센身勢가
늙은 사람들 가운데
병신病身의 몸을 가진 사람들도
자유 안락을 부르짖는다 하는데
아! 무엇이 젊은이들의 행복을 사로잡아 갔을까
사람들 소송訴訟은 대지大地 우에 뛰놀고
행복의 무도舞蹈는 머리 가운데 뛰논다
모든 무리의 애처로운 형상形象
걸음걸음이 몽유병자夢遊病者같이

허덕허덕 덜컥거림이 무엇을 바랄 것같이……*
사공沙工이 배를 저어 피안彼岸에 닿은 후에
뒤에서 배 탐에** 늘어진 사람이 손을 들어 부름같이***
아! 제 걸음을 못 가고 헐떡거리는 젊은이들……

(1930년 6월 16일)

봄에 젊은이

화려華麗한 봄 그림자는 이 땅에 나렸노라!
젊은 청춘靑春의 가슴 들먹거림을 싸매는 것같이
살뜰한 과거過去 일은 또다시 눈앞에 어정거리노라!
모든 일은 꿈의 물거품으로 돌아갔노라!
나의 옛적의 가슴속에서 부른 노래
희망希望과 신앙信仰은 붙잡을 수 없는
무거웁고 사늘한 바람에 놀아나는 나뭇가지에
매였노라! 물고기 지나간 수면水面에 떴노라
젊은이들 가슴속에서 나온 노래는
살직한**** 푸른 잎에서 춤추노라!
용용한***** 물 가운데서 음악音樂을 주주奏하노라!
아! 과거의 춘몽春夢! 미래未來의 희망 신앙……에서 저주咀呪!
봄! 새늘하고****** 무거웁게 대지大地에 흐트러진…… 봄……

* 바라는 것같이.
** 타는 일에.
*** 부르는 것같이.
**** '살직하다.' '살이 진'으로 여겨짐.
***** '용용聳聳한.' 솟아오르는.
****** '서늘하고'보다 큰 말로 여겨짐.

젊은이들은 이 우에 개거욺게!* 마음이 가르쳐 주는 대로
버들가지 바람에 시달림을 본떴노라!
해늘어진** 청춘에! 무너지는 산과 들에
화려한 봄 그림자는 소리 없이 앉았노라!

(1930년 6월 16일)

안내자案內者가 되고 싶다

되고 싶습니다! 무엇이?
안내자!!
안내자가 되면 나의 뜻대로 훨훨 다니지요!
그리하여 모든 사람의 마음도 알아보고
또한 고운 처녀處女와 눈짓도 하여 보게!
아! 그리하면 애인愛人을 삼을 기機틀이 될까요!!!

(1930년 7월 8일 대구 선원에서)

신新 아리랑요謠

아리랑 아리랑 아라리요
아리랑 고개로 넘어간다
동네 사람들아 말 좀 묻자
어제 온 신부가 어딜 갔나

* '가벼웁게'의 지역어.
** '휘늘어진'보다 작은 말.

시집이 괴로워 가 버렸나
꿈자리 흉하여 달아났나
      ×   ×

아리랑 아리랑 아라리요
아리랑 고개로 넘어간다
농부야 일함을 싫다 마라
가을에 누런 벼 내려다보라
남녀노소들의 얼굴에는
그윽한 웃음이 돌 것이다
      ×   ×

아리랑 아리랑 아라리요
아리랑 고개로 넘어간다
풍년이 되었다 노래 마라
못된 갈보들이 한편 든다
그때는 풍년이 흉년 되니
수중手中의 금전金錢이 바람 된다
      ×   ×

아리랑 아리랑 아라리요
아리랑 고개로 넘어간다
청년아 단꿈을 어서 깨라
동쪽 산 하늘에 돋는 해는
우리의 마음을 데워 주니
돌이라 마음이 못 뚫겠나

(1930년 9월 24일 곤양에서)

35

이슬 나리는 저녁

이슬 나리는 저녁에
등잔불 벗을 삼아
글을 나려 읽으니
글자마다 님의 얼굴이러라
    ×   ×

창밖에 벌레 우니
내 마음 왜 괴로운고
뜻 맞은 님을 버렸으니
그를 그려 못 삶이라
    ×   ×

답답한 마음 누를 길 없어
문을 열고 내어 보니
등잔불 비치는 곳에
잎사귀 이슬에 절하도다
    ×   ×

달조차 안 뜨고
벗조차 안 오니
별 반짝임이
나의 눈물이러라

(1930년 9월 24일 곤양)

밤중의 거리

깊은 물속같이 캄캄하고
깊은 산중같이 고요한
어둔 밤거리에……
전방* 문 닫혔고
불빛 한 점 없는
열두 시를 보하는** 거리에……
별 반짝하고 개 소리 들려오며
물소리 잠잠히 들리고 바람 소리 없이 부는
흰 가닥만 나타난 거리에
그윽하고 애처롭게
피리 소리와 시인詩人의 마음이
희고 검고 고요한 거리 우에 잠겼노라……

(1930년 10월 13일 곤양)

비봉산飛鳳山 중허리에서

찬바람이 나의 깍갑한*** 마음을 알았던지!
나의 몸을 끌고 갔어라, 비봉산 중허리로
희망과 용맹勇猛 없는 나에게도 길거움****은 있었던가.
걸음을 걸을 수 없는 나의 다리도 길거움에 못 이겼던가.

---

* '점방'의 지역어. 가게.
** '보步하는.' 걷는.
*** '갑갑한'보다 센 지역어.
**** 즐거움.

조금만 걸어도 헐떡이는 나의 호흡도
이때는 조금도 된 줄을 몰랐어라.
말라진 나뭇가지에는 아침 햇빛이 비치었어라.
말라진 잎은 땅 우에 웅어러져* 새들의 집을 지었어라.
한순간의 마음은 '새나 되었으면'을 생각하였어라, 어디든지 가게.
바람은 물소리를 가깝게 들리게 하였어라. 그러나 가을을 속이는 바람이었어라.
나의 몸의 한적閑寂이 바람에 끄달려** 이리 두르고 저리 둘러 정처 없이, 옛날의 일에 갔어라. 오— 바람의 냄새에, 님의 향기런가, 아니런가.

(1930년 12월 28일 해인사)

님과 벗이 없어

깍갑한 생각이 생길 때마다,
포애抱愛한 옛 님을 생각하고,
스르르 물방울 눈에 잠긴다
그러나, 할 수 없는 옛 님이고 보니,
갈수록, 산, 물, 또, 산, 물을
한恨없이 찾아다녀, 님을 잊고자!

       ×   ×

쓰라린 속에 눈물겨울 때마다,
옛 벗의 행동을 그리워하고,
터지는 가슴을 움킬 수 없어

* '엉클어져'로 보임.
** '끌러 다니며'의 준말로 보임.

38

시냇가, 버들가지 휘어잡고는
할 수 없는 옛 벗의 그리운 생각을
다만 한 줄기 물에 띄워 보고자!
       ×   ×
갈 수 없는 이 몸이고 보니,
천리만리千里萬里 긴긴 길을……
한없이 걸어도, 님과 벗이 없어
기꺼움에 갈 수 없어, 바이없어,
깍갑한 마음만 움켜쥐고,
한 토막, 두 토막, 한숨만 베어내누나……

정신精神 없는 처녀處女

하룻날 길거리로 나갔더니
문을 열고 내다보는 처녀가 있어
내 마음 부끄러워 눈을 돌릴 제
처녀는 부르려다, 문門을 닫았다.

옛날에 사랑을 이별하고서,
지금 이 여자를 볼 때에
영영 있지 아니한 님을 두고서
사랑의 뿌리를 심을까, 차마 마음이……

이러한 마음에 내 가슴 터질 제
사랑이 무엇인지, 사람을 괴롭히노

아서라! 내 이 무슨 짓이냐, 사랑을 두고서
그 여자의 문 열고 부르랴 함에 홀긴* 내 마음

하룻날 또다시, 그곳을 가니,
또다시 문을 열고 내다보고는
부르려고 하면서 웃음을 웃을 제
나는 소리쳤다, '정신精神 없는 사람' 이라고.

(1931년 7월 4일)

S 군君의 행복幸福

그대는 뜻이 너무나 깊노라.
그대의 얼굴, 아니 그대의 키는
나의 따를 바 아니며
나의 가슴속에는 그대의 뜻이 잠깃노라.**

날은 더우며 또한
맑고 서늘한 하늘에는
종다리의 울음이 세게 들리니,
아— 그대의 뜻인가! 아닌가.

맑고도 연앏은*** 빛을 던져 주는 눈.

---

* '홀린'의 지역어.
** 잠겼노라.
*** '엷은'으로 여겨짐.

그대는 이것으로, 여자를 불렀다.
그대의 키와, 뜻은, 못 따르더라도
비록, 그대의 여자 구求하는 데는 따르랴 한다.

(1931년 7월 4일)

덧없는 청춘青春

어릴 제 설움을
이 청춘에 와서 묻고자 하였다
그러나 나 이 웬일일까,
지금 오히려 어릴 제가 더욱 빛남을……

아— 값없는 나의 청춘
외나무다리에서 춤추는 것같이
나의 의지意志와 나의 혼魂은
설움의 구속拘束이 되어 쓴웃음을 웃고 있다.

어릴 제 열열熱熱한 마음으로
청춘에는, 사랑도 있고, 뜻도 크고, 재물財物도 있을 것을
밤낮 없이, 하늘을 바라고, 꾸던 꿈이
이제 와서, 사랑과 재물의 정반대임을!

그러나, 앞에는 희미한 빛이
또다시 비친다, 장년壯年에 가서는, 바라지!
아서라, 싫다, 내 이제 값없는 몸이니

또한 그때를 그려 무엇하랴! 피회披懷다!*

(1931년 7월 4일 원당)

봄과 님이

길을 가다 흰 종이 있어
집어 들춰 보니
곧 이 글이 님의 얼굴일러라.

봄 들을 걷노라니
꽃피고 나비 있어
곧 이것이 님의 의복일러라.

물 따라 내려가니
물 밑에 고기의 아양 있어
곧 이것이 님의 춤일러라.

산山에 가다 피리 부는
아이를 보았노니
그 피리 소리 님의 소릴러라.

꽃밭을 지나다
장미꽃의 붉음을 보았노니

| * 가슴이 찢어진다.

꽃의 붉음이 님의 맘일러라.

님이여! 얼굴과 의복을 단정히 하고
붉은 정열과 고운 목소리로
나의 앞에 선녀같이 춤추어 보셔요.

(1931년 3월 26일 곤양)

마음 없는 님에게 고告함

님이여! 갈 곳도 없는데
어디 가고 없습니까.
당신의 창백蒼白턴 얼굴이 회색灰色으로 변하고
붉던 입술은 토색土色으로
눈동자까지 빛을 잃었습니다.

당신의 가슴속에 나의 얼굴을 매어 놓은 지가
벌써 몇 년인지 아십니까, 님이여!
글쎄 왜 당신의 가슴과 얼굴은 있지만
마음만은 없어졌습니까요! 네!
왜 사랑의 마음을 내게 떼어서 보냈습니까!

(1931년 3월 26일 곤양)

이별 離別

가라 하는 님의 마음
가려는 나의 가슴
보내기 싫은 님은
가기 싫은 나를
부여잡고 눈물을 흘렸어라

한 발자욱 떼고 돌아보고
두 발을 거닐며 돌아볼 때
님의 힘없는 허리가
고개와 함께 수그러져
눈만은 물에 젖어 가는 나를 보고 있다

아— 님이여— 그대는
보내기 싫고 가기 싫은
마음과 마음 사이에
이별이라는 글자가 있음이 애석타
아— 님이여 아는가,

그대는 나와 같이 있다가
멀리 오랫동안 갈리게 피면
함께 끼어 있던 사랑의 꽃봉오리가
설은 눈물에 덮이어,
모진 가시에 낄 줄을 아는가.

근심

고성古城의 폐지廢地에 눈물이 솟고,
황혼黃昏의 길거리는 한숨이 있나니.
인생人生의 일생一生에도 웃음과 울음,
아— 나그네여 그대는 길거리의 설움을
어디다 호소하려는가!

부모와 자식이 웅크리고
그, 때와 때를 지나려는 얼굴,
그, 무서운 고픔*의 살귀殺鬼 눈동자,
부자父子여! 그대들은 고픔을
어디다 풀려 하느냐!

나그네의 길가의 설움,
부자의 때의 걱정에
아프고 쓰린 생각이
한 토막 두 토막씩
그들의 몸을 두다린다.**

아— 그대여! 이러한
근심과 걱정을 맛보았더냐.
그대는 아프고 쓰림을 못 보았을 것이다.
근심 없이 오너라, 나에게로

* 허기虛飢.
** 두드린다.

나는, 곧 정인情人의 주主며 또한 님의 호소 받는 자者이다.

(1931년 3월 26일 곤양)

가신[永眠] 할머니

언제나 또다시 이 땅에 와서
그 웃음으로 나를 껴안나.
이제는 초봄, 다사로운 향기 속에,
할머님 영靈이 고요히 자노라.

웃음과 울음이 몸과 함께
죽음의 길에서 사라지노니,
인생의 무상無常함을 모를 것인가.
아침에 있다, 저녁에 사라지는 얼굴이.

언제든지 함께 있자 하시던 말
죽기까지 사랑하마, 하시던 얼굴이
이제는 꿈으로 가고, 물거품으로 변하니
어제 있던 할머니를 어데 찾을까.

'영원히 마음은 죽지 않는다
다만 육체만은 없어지지만
언제든지 삼계三界를 돈다' 는 부처님 말씀도
들었으나 죽음을 당하여는, 섧지 않으랴.

어젯밤 꿈속에서 할머니 보았네.
어찌 죽었다는 얼굴이 나에게 보일까마는
참의 얼굴인 줄 알고 달려들었더니
헛웃음 웃고는 사라지셨다.

언제나, 또다시 이 땅에 와서
그 웃음으로 나를 부르랴.
이제는 맘의 가을 설움의 숲 속에
할머니 웃음이 가득하여라.

(1931년 3월 23일 곤양)

망望 행화촌杏花村

천리만리千里萬里 한숨에
피곤한 줄 모르고.
봄의 길을 걸어서
이곳까지 왔는데
나의 얼굴 보는 이
어디 본들 없었네.

반짝반짝 별들이
여기서도 빛나고,
저기서도 눈떠도,
나의 마음 없었네.
빈손으로 찾아도

어디 본들 없었네.

행화촌杏花村이 여긴가
아이에게 물으니
고개 돌려 갔었네.
"이 얘들아 대답해
행화촌이 여기냐"
대답 없이 달아났네.

할 수 없어 개더러
여기냐고 물으니
꽝꽝 궁궁 짖으니
어쩔 줄을 몰랐네.
물 가운데 드니
물조차도 뜨겁네.

나의 눈을 가지고
나의 몸을 훑으니
손이 두 개 없었고
달이 두 개 없었네.
아이들이 나에게
말없음은 이겐가.

"행화촌을 가려면
저 산으로 가시오"
어떤 노인 말대로

그곳까지 갔더니
역시 그도 아니요
별조차도 없었네.

(1931년 7월 5일)

아! K 형兄아!

아! 형아! 없어진 지 오래지만
형의 샛별 같은 눈이 빛나며
나의 눈을 쏘아볼 때에
나는 차마 부끄러워 머리를 숙였습니다.

형의 낯이 나의 낯에 가까워질 때
나는 다정多情의 불 밑에 다가앉았습니다.
아― 그러나 지금은 눈과 얼굴을!
이 세世에서 볼 길 없어 가슴만 아픕니다.

꿈에나마 아― 꿈에나마,
형의 육체가 곁에 와 주신다면,
나의 기쁨과 호소를 받을 것을!
그러나 할 수 없어 눈물 흘립니다.

삼 년 전 옛날이 더욱 그리워
하룻날, 형과 놀던 강가에 가니
수초水草는 여전한데 형만이 없어

꿈같은 옛일이 쓸데없었습니다.

또한 옛적의 정情든 곳을 찾아보려고
깊숙한 숲 사이 걸어가니,
뻐꾹새 소리만이 울리어 올 뿐이요
형의 발자취 소리는 들리지 안 합디다.

"아—" 소리치고 엎드릴 제
형의 얼굴이 더욱 그리워
세상사 성공 못하고 없어짐을 서러워
일장一場의 춘몽春夢이 가고 말았습니다.

뜻과 같이 못 되는 이 세상을!
한심寒心 쉬며, 병석病席에 돌아누울 때,
나에게 한 말씀이 귀에 아득합니다.
"자네나 성공 많이 하게 나는 쓸데없으니."

형의 눈동자가, 나의 가슴을, 찌를 제
무량無量한 설움이 솟아나왔고
형의 마음이 나의 마음을 비칠 제
아지 못할 눈물이 형의 옷을 적셨습니다.

(1931년 6월 16일 용연사)

불신자不信者

어제 저녁 꿈에 한 노인이 와서
나에게 말하기를!
"너는 지금은 불행하나
장차는 행복이 올 것이니
그렇게 너무 근심 마라"고
이르고 갔습니다.

오늘 낮에 꿈에는 어떤 노녀老女가 와서
나에게 말하기를!
"너는 아무 걱정이 없다
이제 너는 나의 도움을 받아,
지금부터 근심 없으리라"고
이르고 갔습니다.

아 — 그러나 꿈 깨고 나서
그 시간까지 기다려도
무슨 행복이 올까? 안 왔었다.
나에게 '행복' '잘 살아'
아니다 남으로부터 없다, 행복은!
목석木石까지 나를 분별하는 것인데

밤마다, 꿈만이 나를 괴롭히며
낮마다, 길만이 나를 힘없이 만든다.
나의 갈 바는 만 리萬里도 더 되며

나의 마음은 언제든지
물 밑에 쪼빗한* 돌과 같이
모든 물건을 접촉하며 찌르랴 한다.

아 — 나는 설움 많은 사람이다.
이 세상에 어찌나 생겼는지
이 인간에 아무 공헌貢獻 없이
이 땅에 아무 낙樂 없이
물 우에 뜬 나뭇잎같이
흥텅망텅** 지내는 이 몸이

"나의 가장 믿고 가장 공경하는 신神이여!
그대는 나를 어둠 속에 파묻힌 줄 아는가?
나는 당신이 조금이라도
힘 있는 데까지 도와줄 줄 알았더니
어찌나 그다지 떨어진 신발같이 여기는가"
하루는 이렇게 신을 공격하였다.

그러나 능력 없고, 재조才操 없는 이 몸이고 보니
분忿에 못 이겨, 신을 꾸짖은들
무슨 효과가 있으랴!
사랑도 없고, 집도 없고,
또한 금전金錢 없는 몸으로서
돌과 같은 신이 무엇이냐, 스스로 헛웃음쳤다.

* '날카로운'의 지역어.
** 흥청망청.

5일 전, 내가 길을 잃고, 산속을 헤맸을 때
참으로 세상과 하늘이 값없는 줄 알았다.
 '차라리 안 났으면 이러한 짓은 안 하지
차라리 이 길을 안 왔던들 이러한 고생은 안 하지'
이러한 생각이 많이 들었다.
그러나 다다른, 고생이고 보니, 필경 받고야 말았다.

○○사寺에서, ○○사까지 가는 중도中道이다.
햇빛은 없고, 검은 구름만 모여서
지금 곧 비가 내릴 듯하여
나는 큰 불안不安을 느끼게 되었다.
큰 재〔嶺〕를 넘어올 때에 비가 내려
나의 옷은 물에 빠진 것같이 되었다.

그러나 할 수 없어 걷노라니
길조차 여러 곳을 벋쳤는데 어디를 갈 줄 몰랐다.
등*으로 등으로 가다가 소녀少女 하나를 만나
길을 물어 가르쳐 주는 대로 갔었다.
가고 가고, 늘 가도 그곳은 안 나섰다.
그리하여 나는 설움이 나서 비 오는데 앉았었다.

'세상이 이렇게 허무虛無일까!
하늘이 요다지 못되었나'를
한 시간이나 느끼고 또 느끼었다.

| * 등성이.

날은 차차 저물어가고
나의 가슴만이 깍갑하는데
할 수 없어 모르는 길이나마 걸으려 하였다.

5일 후 지금 와서 생각하니
무엇이든지 한심恨心 안 나오는 일이 없다.
그곳에 지도표指導標라도 세워 두었다면,
그러한 고심苦心은 안 하였을걸!
비라도 안 내렸으면, 옷이나 안 버릴걸!
아— 고민하여라, 나의 간장은!

하늘과, 인심人心이 사나운 것을— 어찌하랴.
고칠 수 없는 내 힘이고 보니,
살아 있어 무엇하리,
평안平安을 구한들 무엇하리
또한 재물 있어 무엇하랴!
행처行處 없는 이 몸은 승천입지昇天入地할까!

일백 번이나 이 고생을 하고 나서는
내 스스로는 구求치 않으련다.
비단 신만이 가라고 하면
할 수 없어, 어디든지 가려고 한다.
돌이나 자리 잡고 솔잎이나 밥을 삼아
어디를 간들 모두 나의 것이니까!

그러나 약한 이 몸은 어제부터

신에게 합장하여 버렸다.
"나의 운명의 지침指針이
행幸의 넓은 길에 나가기를
천만千萬 바라옵나이다"라고
그러니까 엊저녁, 오늘 낮에
늙은이 두 분이 나에게 말하고 간 것이다.

이때껏 오기를 바란다. 다시 또.
그러나 안 오면 그만일 것이다.
행이 온들 어쩌리, 박복薄福한 이 몸이
그리고 도리어 못 믿는 신으로 부별하겠다.
"다시는 당신을 믿지 않겠다"고.
낫을 들어 팔을 뽐내며 말하겠다.

넓은 육지는 목말라 시들어 가고,
깊은 바다는 힘없이 출렁인다.
그러나 나의 가슴은 단단하며
끝없이 흔들리는 배를 타고
순백純白한 기旗를 앞세우고
저! 한없는 고뇌苦惱의 땅을 밟을 것이다.

(1931년 6월 15일 용연사)

오호嗚呼 장 군張君아

오호 장 군아! 왜 갔느냐!

이십의 꽃다운 향기香氣를 남겨 두고
길이 이 세상에서 자취를 감추고 말았구나.
이 무정無情하고 밟을 곳 없는 현실에서

아아 군君이여! 어제는 나와 함께
기쁨에 넘치는 그 속에서
손목 잡고 이야기하던 몸이
어찌 뜻하랴— 밤사이의 티끌로—

차라리 군의 몸이 이 세상에 안 났으면
차라리 나와 사귀지 않았더면
이러한 눈물이 방바닥에 안 떨어질 것을—
어찌하랴 이미 사귄 두 몸이고 보니

영순永純한 그대 몸을 이미 볼 길 없어라.
그대의 음성音聲을 들을 길 없어라!
그러나 어제의 기억이 왜 이다지
더욱더 나를 슬프게 하느냐—

"우리의 앞길이 어찌 될는지
군이여! 조금 젊은이의 길을 생각하여라"
지금至今은 흙 속에 누운 그대의 혼魂은
전일前日에 나에게 한 이 말을 다시 속삭이고 있을 것이다.

동무도 많은 이곳에 특히
우리 둘의 사이는 퍽이나 밀접密接하였다.

그런데— 왜 이것을 알며는
마지막 한 말이라도 안 알으키고* 몰래 갔느냐—

그러나 용서容恕하여라—
내가 만일萬— 군의 임종시臨終時에 옆하였더면
말은 안 할지언정, 따스한 손목이나마 잡았을 것이다.
내가 몰랐다, 알았으면 그렇게는 않았을 것이다.

군이여, 뒤에 있는 우리의 가슴 타는 줄 모르고
고—히 잠만 드는가! 우리는 그대 때문에
힘없이 몸만 뻣뻣이 눈물만 흘린다.
뜻 약한 이 몸을 용서하여라, 그대의 뒤를 못 따른 것이

사死라는 것이 무엇인가를
그대는 체험體驗하였을 것이다, 그러나 자세히는 모를 것이다.
그대는 그 고개에서 마취약痲醉藥을 먹은 사람같이
의식意識과 몸과 무엇 무엇을 다 잊었을 것이다.

저쪽 세상에 들어서 잠을 깨어
동무가 없는 것을 비로소
사의 길을 온 것을 깨달았을 것이다.
그리고, 이쪽에서 마지막 괴로움도 알았을 것이다.

아— 설어라! 생각生覺할수록 설움뿐이다.

| * '알리고'의 지역어.

우리도 다 같이 그대와 같은 경우境遇를 알면서도
새삼스럽게 눈물을 흘리는 것이다.
그것은 사라는 것에 홀리는 것이 아니고, 나이라는 데 홀리는 것이다.

아— 그대의 몸은 이미 올 길 없다.
그대의 마음은 우주宇宙에 찼겠지만
우리의 귀에 들릴 길 바이없다.
그러나 기억記憶만은 한평생平生 사라지지 않을 것이다.

"20년이란 지내보니 참으로 짧다.
××한 희망希望에서 일어나는 심념心念으로!
우리의 길을 삼십三十 안쪽에 닦아 보자—"
하던 말도, 이미 허공虛空에서 헤매고 있다.

군이 만일 석가모니釋迦牟尼의 몸과 같았다면,
나와 모—든 사람들은 이다지 섧지 않을 것이다.
염불念佛 참선參禪하여 득도得道를 하였더라면,
우리들은 그대를 합장合掌할 것이다.

무심無心타 할까— 부처님도
이제, 그렇게 할 욕망慾望을 꽃봉오리 꺾듯이
사정事情없이 꺾지 않았는가!
그러나, 이 마음이라도, 머금고 갔으면 왕생往生할 것이다.

그대의 뼈는 숲 사이에 묻혔다.
그대의 영령英靈도 또한 이 속에서 용솟음한다.

모—든 새들은 그대에게 죽음을 노래한다.
지나가는 바람과 스치는 물까지도!

"다시 이 세상世上에 나지 말아라!
나며는 또다시 이렇게 될 것이니.
우리들은 너의 몸이 이 사바娑婆에
나지 않기를 축복祝福한다" 하는 것같이……

고은 영아— 우리의 앞길에 해 잡아라!
우리의 허덕거리는 다리를 잘 인도引導하라.
장차 어찌 될 줄을 영은 알 것이다.
이왕 다시 나지 못할 몸이니

그대여, 일시적一時的 흥분興奮에서
그대의 죽음을 설워하였다.
그러나 돌이켜 생각하면 그대는 잘 갔다.
맑은 하늘빛 잔디 우에 빛나는 궁*으로

지금은 가을! 얼마 아니하여 마음 상할
새빨간 단풍잎이 찬바람에 우수수 날릴
가을이다! 그대여 고이 자거라, 그리고
우리 가기를 고운 웃음으로 기다리고 있거라!
나무아미타불南無阿彌陀佛.

(1931년 9월 7일)

| * 궁宮.

가야伽倻는 웃는가 우는가

어두운 보재기*가 차차 가야伽倻를 쌀 때
길겁게 울던 새도 수심을 안고 기슭으로 돌아가고
잘 들리지 않던 물소리도 점점 가까워지며
싸늘한 바람도 살 속으로 기어든다.

한 점 두 점의 불이 반득이고**
다듬이 소리가 나기 시작할 제
해인海印의 가람伽藍은 묵묵默默한 속에 잠들고
풍령風鈴의 설운 음향音響도 신비神秘의 줄을 건드린다.

별빛은 고요히 숨 쉬고 삼월三月 달은 정처定處 없이 가는데
침묵의 노랫가락이 곧 나는 것 같은
산비탈의 부엉이 울음이
황혼의 하늘에서 잠꼬대한다.
가야의 머리가 둘러싼 하늘못은
사바에 극락을 비쳐 주는 것 같고
은근한 흉취胸醉를 그리워하는 것을
가야야 너는 웃을런가 울랴는가!

(1931년 9월)

* '보자기'의 지역어.
** '반짝이고'의 지역어.

가야伽倻의 아침

꿈에 빠진 사람을 일어나라는
대종大鐘 소리 귀 속에 울려듭니다.
모든 짐승 울음을 위안해 주는
부딪치는 물소리 산 밑 돕니다!

붉은 해가 동쪽서 불거지는데
새의 울음 나무서 들려옵니다.
구름장이 연진듯* 물에 비치고
바람부터 가야를 씻어 갑니다!

염불念佛하는 소리는 북과 울려고
까욱하는 까마귀 서산西山 갑니다.
맑은 잎이 떨어져 슬피 우는데
칠십七十 노인老人 스님이 내려갑니다!

빨래 소리 툭닥툭 울어나는데
닭의 소리 중천中天서 헤맵니다요.
하얀 연기 굴뚝서 올라오는데
태양빛은 이어서 비쳐 줍니다!

후렴
1. 아― 가야 아침은 퍽 얌전해

* 연지臙脂인 듯.

2. 아— 가야 아침은 퍽 좋아요

3. 아— 가야 아침은 퍽 슬퍼요

4. 아— 가야 아침은 퍽 다정해

(1931년 9월 23일)

혼魂의 무덤

혼은 아— 혼은 어디 있는가— 밉살스럽게도 약弱하게도 자는 틈에 나가 버렸다.

그러나 지금은 어디 있는가—

육체는 혼이라는 주인을 잃었다.

잃은 주인을 못 찾는 육체는

눈이라는 것을 열어 눈물이라는 서러운 계집애를 내보냈다. 그리하여

입이라는 것을 열어서 소리 나는 나팔수를 보였다. 그리고 또

귀라는 문지기를 세워 들어오는가 안 오는가를 지키게 하였다. 그러나! 혼이라는 개볍고도* 무거운 물건은 안 들어왔었다.

육체는 점점 깍갑하여지는 반면에 힘없고 핼쑥해졌다.

혼은 무엇인고, 있으면 육체는 있고 없으면 육체도 없을 것이 아닌가. 모른다. 모—든 물건은 혼 대하여 입을 못 빌린다.

다만 혼 자기만은 알 것이다.

혼은 왜 종〔僕〕을 떨치게 하였는가!

자기가 가면, 종이 살 줄 알았던가!

한밤중, 등불 잡고 모르게 헐헐 날아갔다.

| * '기볍고도'의 지역어.

어디, 다녀온다고, 하였으면 이렇게 기다리지는 않지. 육체는 슬퍼하였다.

급기야 피〔血〕라는 붉은 액체가 길을 멈춘다. 또한

코에는 호흡呼吸의 대로大路가 끊어졌다.

둑근둑근* 뛰어놀던 맥脈이라는 아이가 자빠져 버렸다. 모—든 것이 휴가하여 버렸다.

이러한 소동騷動을 일으키게 한 것은 혼이 나간 탓이다.

2일 후 육체는 혼의 동무를 잃고 깊숙하고 새소리 많은 숲 사이에 눕게 되었다.

그는 혼이라는 것을 찾아서 함께 누웠는가! 안 누웠는가?

이는 혼의 무덤이다.

혼은 묻히지 않았다 할지라도, 이는 혼의 무덤이란다. 그는 왜?

이때껏 육체를 부린 그는 육체의 병이라는 것 때문에 나간 것이 아닌가?

만일 그로 말미암아 나갔다면 죄송한 짓을 하였다. 그러나 떨어져도 혼의 무덤이다.

사람은 이르되 혼과 육체는 언제든지 붙어 있다고—

지금 떨어져 있다면 혼아— 너의 생모生母! 즉 노예인 육체에게로 밝은 눈으로 돌아가라!

허영의 줄에 당기지 말고 빨리 육체의 곁에 누워라! 그러면 너의 무덤이 될 것이니! 너의 이상理想— 아리따운 애조哀調가 이어서 곧 나올 것이다.

(1931년 8월 13일 밤)

| *두근두근.

숲 속의 가수歌手

오늘 햇빛은 쨍쨍히 나린다!

모—든 물건은 더위에 날뛴다. 그러나

숲 속의 매암이*만은 영원한 웃음으로 노래한다.

그는 무엇이 그렇게 길거운가.

여름의 기쁨일까— 삼림森林의 찬양讚揚일까.

사늘한 바람이 이곳을 썻어갈 때 그는, 그의 애닯고도 양양揚揚한 곡
조를 더욱 아름답게 맨든다.**

검은 구름이 모이나, 비가 나리나, 이 가수의 노래만은 끊임이 없다.

일하는 사람들은 땀에 못 이겨 뛴다.

한적한 사람은 고요에 잡혔다.

그러나 숲 사이 나뭇가지에서 이들의 괴롬을 썻어 주는 가수는 영원
의 행로에 애인이다.

우리들이여! 젊은이들이여!

떳떳한 정열로써, 그를 안아 주자! 힘껏.

화가畵家여! 그대들은 그의 어여쁜 얼굴을 그려라. 정신껏.

음악가音樂家여! 그대들은 모—든 향락享樂이 오를지라도, 모두 버리
고 그의 곡조曲調를 우둥둥한*** 마음으로 본을 떠라. 마음껏.

얼마나— 바랐던가— 여름을—

얼마나 기다렸던가— 매암이의 서늘하고도 오히려 쟁쟁한 멜로디를—

요때다! 때는 왔다. 춤은 추지 않더라도 소리만이, 우리의 가슴을 여
지없이 포옹抱擁하여 주는 그를! 찾아라! 숲 사이로! 그의 얼굴을!

---

* 매미.
** '만든다'의 지역어.
*** '들뜬'이라는 뜻.

들어라! 그리고 힘껏 사랑하여라— 그의 영원한 환락歡樂! 그리고 젊은 가슴을 흔드는 소리를!

—『혼魂의 무덤』에서

(1931년 8월 14일)

개는 눈[雪]을 모르는가?

아니 개가 눈을 모르는가!

그렇게 뛰어놀고 그렇게 묘기妙技 내어 노는 것을 볼 때 나는 이적지* 좋아서 그러는 줄 아는데.

아니 개가 눈을 못 보다니!

설녀雪女여 그대는 개의 춤을 반가이 하는가! 않은가!

그대의 곱고도 아양성 있는 하얀 낯은 껍질째 그대는 개의 무둔착無頓着한** 마음을 길거워 하는가!

오— 그대여! 영원永遠히 노는 개는 아니다.

비록 개의 눈에 그대의 얼굴이 안 보인다 할지라도, 개는 그대에게 무명애無明愛***를 주는 줄 알겠지.

오— 그대는— 오래 있지는 못한다!

대지大地의 가슴속이 따스해질 때, 그대는 기억과 기억을 거듭하면서, 저주咀呪의 눈빛도, 쓸데없이 사라지는 것이다.

개는 그대를 사랑한다.

그대를 알고, 안 알고 간에 사랑한다.

* 여태껏.
** 둔하지 않은.
*** 번뇌에 사로잡힌 중생의 세계. 모든 번뇌의 뿌리.

다만 개는 발꿈치에 대이는 그대의 호흡을 감각感覺하고, 그대를 안다.

개는 발로써, 그대를 만지면, 그대는!

개에게 웬— 청결淸潔하고 순백純白한 옥체玉體를 맥기는* 것이다.

사랑하여라! 오, 사랑은 이물異物도 없고 국경國境도 없는 것이다.

—『혼魂의 무덤』에서

(1931년 8월 15일)

새벽의 산속

고요히 잠든 우주宇宙에

종鐘소리의 연얇고도 똑똑히 스치는 틈에

닭 소리조차 없는 이 산속의 어둔 마음은

차츰차츰 가슴 없는 목석木石을 흔들거리며 선녀의 옷자락 같은 맵시를 하고 걸어온다.

몽롱朦朧한 기분에 채찍 맞던 어제의 숲들은

밤사이에 회생수回生水를 얻어 마시고 다시금 새파랗고도 오히려 정적靜寂한 태도態度 안에 활활活活한 맛을 가지고

자연의 향기를 품내며** 나의 앞에 거슬러 있다.

엊저녁부터 피곤히 울던 두견杜鵑의 울음이

내 가슴 어지럽게 해 놓고 오히려 부족한지 아침까지 정신없이 대기大氣를 휩쓸며 또한 공간空間에 얽매인 연鳶의 줄을 이리 헤치고 저리 물

---

* '맡기는'의 지역어.
** '풍기며'라는 뜻으로 보임.

리치고 있다.

우두산牛頭山*의 머리에 누르고 연분홍색色의 자취가 한적한 이곳을 희망의 도화선導火線같이 나불나불 소리쳐 읊으며 엄숙嚴肅히 앉아 있다.
"아 사랑하는 사람아― 나를 본떠라, 나는 희망의 첫 볼이며 키―스의 바탕이다" 하는 것같이!

멀리서 염불의 소리가 사막沙漠의 곡조같이 수연愁然한 애소哀訴를 하며 나의 가슴 깊이 흘러든다. 그리고 가슴속에 힘없이 썩은 영비永悲의 한恨을 뿌리조차 없어지라 하고 보드라운 손으로 움켜낸다.

물 자취 보이지 않는 이곳에 소리만이 들리며 그 형상形想을 그려 내게 한다.
바위에 부딪치어 날리는 방울물! 그곳에는 생生의 희락喜樂이 있을 것이며
유동幼童의 댄스하는 무리와 같이 들르는 그곳에는 사死의 독수毒手가 벌어 있을 것이며
나무 밑을 헤치고 미끈한 바위 우으로 스치는 영원한 침묵이 잠긴 곳에는 천녀天女의 얼굴이며 활딱 벗은 몸의 그림자가 놀 것이다.

매일 저녁 하느님은 별을 사랑의 선물로써 내려, 우주의 찬미讚美를 돕게 하고 또는 청류淸流의 가운데 별몸을 띄워 영원히 잠겨서 변치 않은 맹서盟誓를 나타내고 있다.

---

* 경남 거창군 가야산국립공원 남서쪽 끄트머리에 해발 1,046미터 높이의 우두산이 있다. 꼭대기 이름이 의상봉이어서 흔히 의상봉이라 부르기도 한다. 허민의 고향집에서 멀리 보이기도 한다. 그러나 허민 시에서 우두산은 모두 가야산을 일컫는다. 시인은 '소의산'이라 일컫기도 했다.

선녀의 수심愁心이 이 물에 내릴 제 환락歡樂의 노래를 고창高唱하고 흐르는 물은 바듬바듬하여* 그를 손바닥에 든 구슬같이 놀리고 있다.

밥 짓는 연기가 맑게 썻은 숲 속에서 잠꼬대하며 피어오를 제

개천의 버들잎이 고기의 배가 되어 사양치 않고 이리 놀고 저리 달려 표랑漂浪의 객客의 노래를 부르고 있다.

처마 끝 풍령風鈴의 애달픈 곡曲에 정신을 차리지 못하는 행자行者의 마음이 산 넘고 물 건너 저, 아득한 나라를 연달아 연상聯想하고 있다.

아— 아침— 향수香水 같은 그의 몸

활명活命을 하여 주는 그 아침— 언제든지 우리의 깍갑한 심장心臟이 맑아지고 있는 그 아침! 새벽!

그 아침은! 차라리 봄의 그림자를 엿보며 행자行者의 행복을 속삭이고 있는 그 달콤한 사랑보담 나는 이 우주가 생길 제부터 이때껏 변함이 없는 크나큰 사랑을 영원무궁永遠無窮히 아듬어** 주고 싶다.

(1931년 9월 24일)

무제無題

산아 너의 몸이 건장健壯하고 화려함을 자랑을 말아라, 언젠가 한 번은 그 미려美麗한 자태가 무슨 바람에 흡쓰러질*** 때가 있을 터이니!

물아 너의 맑고 서늘한 태도를 소리 높여 자랑을 말아라, 언젠가 한

---

* 밖으로 약간 벋어.
** '안아'의 지역어.
*** '휩싸일'로 여겨짐.

번은 그 아리따운 마음을 더러운 황토黃土물로 변하여질라!

꽃아! 봉슬봉슬한 낯과 향기를 눈 높여 자랑을 말아라! 언젠가 한 번은 너의 고은* 얼굴이 찬바람에 휘몰릴 때가 있을 터이니.

사람아! 너무 없는 낯으로 잘난 체 놀지를 말아라! 언젠가 한 번은 그 우에 더 몹쓸 빈궁貧窮이 덮여 올 것이다!

(1931년 10월 14일)

옥류동玉流洞에서

옥류동 옥류동 터니
거기가 여기런가
석벽벽石壁壁 수부부水浮浮 하니
님의 얼굴 뚜렷하네
이 몸도 죽어나져서
이곳의 넋이 되고자

반석은 좋다마는
어느 누가 누워 보며
옥류물 말갛지마는
어느 누가 몸 씻겠나
지금은 가을철이니
눕고 씻고 못할네라

| *고운.

단풍잎에 물이 드니
요것이 가을이란가
옥류동의 수석水石들은
가을철을 못 만났네
다만지* 바람만 불어
님의 얼굴 가리어 주네

(1932년 10월 14일)

님이 말을 하오니

이곳에 봄이 온다고 님이 말하기로! 나는 봄 얼굴 님 얼굴이 어떤가 보려고
　높은 봉峰우리에 앉았더이다 그러나 흩어지는 봄 얼굴은 님 얼굴보다는 아담스럽지를 못하였더이다.

　이곳에 여름이 온다고 님이 말하기로! 나는 청수녹엽青水綠葉을 보려고 깊숙한 산골에서 헤매었지요! 그러나 확 털어놓은 사람의 말을 님의 은근한 가슴속에서 나오는 바이올린 같은 금어琴語보다 섬세함을 느끼고 돌아왔지요.

　이곳에 가을이 온다고 님이 말하기로! 나는 설움의 얽어진 가을이 얼마나 눈물지을까 보려고 단풍나무 사이에서 앉았더이다.
　그러나 님과 이별할 때의 간장肝臟이 끊어질 그때보다 오히려 흉취胸

| * '다만'의 옛말.

醉가 없는 것을 한限하고 돌아왔더이다.

이곳에 겨울이 온다고 님이 말하기로! 나는 눈의 살이 님의 육체보다
나은가 보려고 논가의 길을 걸었습니다. 그러나!
님의 육체肉體보다 희기는 희였으나 다만 따슨* 기운이 없기로 구求치
못할 사랑인 줄 인정認定하고 힘없이 돌아왔습니다.

(1931년 10월 14일)

원당願堂의 노래

비봉산飛鳳山 한복판에 터를 잡고 홀로 앉아
일천 년一千年 긴긴 해에 변치 않고 지냈어라
이곳의 스님네는 어찌하여 숨었는다.

우묵한 숲 사이에서 염불 소리 솟아나고
찬바람 부는 틈에 인경 소리 돋아난다.
어찌타 후래중생後來衆生은 이 말씀을 못 듣는고.

보광전普光殿 문을 열고 부처님의 낯을 보니
거룩한 애민력哀憫力이 이내 몸을 잡아 온다
이 마음 걷잡을 수 없어 눈물겨워 하노라.

나비 쌍벌 쌍쌍이 마당 꽃에 붙어 놀고

---

* '따뜻한'의 지역어.

71

뻐꾹새 울음소리 쓰르라미 쓰릉쓰릉
이곳의 토석土石들은 기웃 들고 앉았어라.

(1931년 10월 5일)

빛이 없어요

물 건너 저 마을은 양지 곳인데
우리 님 단정하고 앉았겠지요.
감나무 그늘 밑에 앉았겠지요.

밥 짓는 연기가 올라올 때에
어쩐지 이내 마음 서러워지네.
님 생각 말미암아 서러워지네.

가을해 따스웁게 내리비춰도
알 없는* 양지마을 빛이 없어요.
단정한 우리 님이 빛이 없어요.

(1931년 10월 14일 가야 청현)

아이고 요것이**

풍년이 없고나 풍년이 없고나

---

* 실속 없는.
** '민요'로 갈래 지었다.

이 강산 삼천리엔 풍년은 없네
　아이고 요것이 원한이라오.

노래하던 그때 다 어디 가고
눈물 나는 이때는 왜 왔는고
　아이고 요것이 환장이라네.

차라리 노래하지 않았더라면
이 고생 이 가슴이 안 아파나지지
　아이고 요것이 경우가 틀려요.

나락이 못 되어서 지주인地主人께 떼이고
밭곡식 못 되어서 집사람에게 쫄리네
　아이고 요것이 못 사는 판이오.

옆집의 총각이 북간도 가더니
열흘 만에야 다시 돌아왔네
　아이고 요것을 어찌나 먹일까.

시집을 가면 나을 줄 아니
시집간 그 집에는 때로 피죽
　아이고 요것이 망측이랄까.

가난한 살림살이 언제나 면할까
천석꾼 되어도 못 면할네라
　아이고 요것이 박복이랄까.

동네는 말라서 다 죽어 가는데
동네의 개들은 다 살아 뛰노네
　　　아이고 요것이 개 세상이라.

주림에 낯빛은 말라만 가는데
세력勢力의 심줄*은 불러만 가네
　　　아이고 요것이 피박이랄까.

어느 때는 물이 많아 논 썰어** 가더니
어느 때는 물이 없어 논만 말라 가네
　　　아이고 요것이 하늘 작란作亂이라.

없는 집 늙은이 나만*** 많아 가고
있는 집 젊은이 명命 짧아 죽네
　　　아이고 요것이 설움이라오.

방은 추워서 떨기만 하는데
동내 산山 허가許可는 안 내어 주네
　　　아이고 요것이 관청의 심사.

동내의 사랑에는 머슴의 근심
빈집의 본채에는 거지의 웃음
　　　아이고 요것이 눈물 웃음이라.

* 세력 있는 이의 힘줄.
** 쓸어.
*** 나이만.

집, 논을 진기면* 사는 줄 아니
도리어 집 없음이 부자富者보담 낫네
　　아이고 요것이 망측이랄까.

결북돈** 곡수穀數는 지주地主의 배짱
보리밥 된장은 우리의 배짱
　　아이고 요것이 애가 말라 가네.

자식을 학교라고 시키다 보니
말 한 마디 안 듣고 대꾸만 하네
　　아이고 요것이 기가 막힐 일이오.

아비는 땀을 내 일하는데
자식은 흥을 내 놀기만 하네
　　아이고 요것이 속이 타는 판.

세 살 먹는 머시마*** 나를 보고 웃고
일곱 먹는 가시나**** 밉상만 대네
　　아이고 요것이 웃음이랄까.

구름아 너는 어이 북쪽만 가느냐
바람비 몰아다 내려 주러 가나
　　아이고 요것이 가슴이 타겠네.

---

* '지니면'의 지역어.
** 크고 작은 논밭의 소작료.
*** '머슴아이', '사내아이'의 지역어.
**** '계집아이'의 지역어.

삼천리 벌판엔 돈 없어 가고
우리네 살림살이 모두 없어 가네
　　아이고 요것을 파괴破壞라 할까요.

(1931년 10월 15일)

사자문獅子門을 찾으며

옥류동玉流洞 옆에 끼고 한참이나 올라오니
돌기둥 갈라서서 드는 문을 이루었네
벗님아 사자문獅子門이 이곳이라 하더라

드나는 손님들이 몇몇이나 네가 아나
한없는 그 수효를 네가 어찌 짐작한다
다만지 우리들은 너만 알고 가노라

사자獅子의 자는 등에 한편 기둥 세웠어라
팔만장경八萬藏經 독차방獨此方*을 누가 본들 모르겠나
선교禪教 양종兩宗 대도량大道場이니 이 몸 홀로 찾노라

가야산 해인사海印寺라 한편 기둥 박혀 있고
사십구 년四十九年 하증설何曾說**이란 뚜렷하게 보여 주네
부처님 말씀 계신 사자좌獅子座가 여기런듯

---

* 이곳에 모신 것을.
** 어찌하여 사십구 년 동안 설법을 하셨는가.

용주교龍洲橋 나는 물은 마침 옆에 흘러 있고
자하동紫霞洞 수석水石들이 옴계좀계* 떨어져 있네
한곳에 일견一見 삼경산三景山**이니 흥興이 겨워하노라

(1931년 10월 16일)

홍류동紅流洞에서

홍류동 홍류紅流 물이 홍륜가 하였더니
곳곳을 찾아본들 홍류 물은 어인 일고
두어라 청류淸流일지라도 홍류로 알아 두지.

망향望鄕

작은 새는 나무에서 어미를 찾고
맑은 물은 숲 사이에서 구슬피 나릴 제
낙엽 진 양지 곳에 앉은 이 몸은
수백 리 저곳에 있는 내 마을을
생각코 눈물겨워 한숨 쉰다
　　　×　　　×
차디찬 달밤에 이 한 몸 앉았네
저 산 봉우리에는 큰 별 작은 별
이슬 내린 풀밭에 쓰르라미 소리가

---

* 옹기종기.
** 한 번에 세 산을 보니.

망향의 이 맘을 더욱 애닲게
아늑한 달빛 아래 들렸다 안 들렸다

(1931년 11월 1일)

제2부 두견杜鵑의 울음

—허창호許昌瑚 창작 시집創作詩集
제이권第二卷

이 밤에

님이여! 저 울음이 무슨 뜻이 있는가요?

차디찬 보름달 앞에 잎 없는 가지에 앉은 두견杜鵑의 울음이!

달님은 인생의 꿈을 깎고 적막寂寞은 님 생각을 더욱 열어 줍니다!

그 가운데 간간間間히 곡곡曲曲이 애닯게 자취 보이지 않고 흐르는 물소리!

가을밤이 길다고 슬퍼서 저 달의 묵조默照를 한恨하고!

저— 조금히* 부는 바람에 흔들려! 다만 홀로! 두견의 울음일까요?

×   ×

님이여— 베개는 높고, 이불은 너릅니다.

만상萬像의 애소哀訴를 쉬라고 밤은 왔는데— 하루의 고뇌의 가슴을 다독거려 놓는 잠자리는 좋은데! 이 몸은 유화柔和의 동무인데—

왜? 잠이라는! 모—든 고우苦憂를 쉬게 하는 그것은! 심부름 보낸 말 안 듣는 아이같이 번들번들 중간中間에서 놀고 있는지요!

꿈이라는 복음福音자리를 차리고 님 자체라는 선녀무仙女舞를 보려고 바이올린 줄같이 동요動搖를 품은 나의 가슴은 더욱 장단을 맞추고 있는지요?

×   ×

님이라는! 꽃차림을 보기만 하면 낚싯대를 들고 있는 이 맘은 그 해부解剖하려고 맞은 그 마취약痲醉藥 같게 효험效驗을 이루지 못하오니 웬일일까요?

나는 이런 때를 생각하옵나이다.

아롱아롱 피어오르는 구름에 넘으려는 석양夕陽이 붉음을 씌울 제

| * 조금씩.

애꿎은 그 모양을 누구라서 옳게 보아요? 내가 아닌 밖에는 누구가!

살뭇살뭇* 소리 없이 지는 꽃송이의 애곡哀曲을 사랑의 폐인廢人! 희망의 야호野狐라고 인정하지요! 그리고 연애戀愛의 한숨인 줄 알지오!

가지에 가지에 피었던 잎이 저 달빛과 두견의 울음에 독와사毒瓦斯**를 마신 것같이 몸이 쭈굴쭈굴***하게 되어 떨어짐을! 그대는 무어라고 할 것인가요! 나는 마녀魔女의 손가락질과 요부妖婦의 독시毒矢인 줄 알지오!

×　　　　×

님이여! 깨끗한 몸이 저 달빛과 같은가요? 그대의 윤양한**** 목소리가 저 두견의 비탄悲嘆 소리와 같은가요?

이 고요한 우주의 속이 그대는 그대의 가슴 가운데 숨어 있는 알뜰한 침묵과 다른가요 같은가요?

달빛을 조각조각 내고 구슬피 나리는 저 차디차 보이는 물이 그대의 정수리에 있는 사랑의 뇌腦와 같은가요 다른가요?

창백한 빛이 안 가는 저― 동구나무 그늘의 어둠이 그대의 윤택하고 사랑을 찾는 데 서슴이 없는 눈동자와 같은가요 다른가요?

×　　　　×

님이여! 이 몸은 생각― 끊어질 것 같은 당신으로 말미암아 날뛰는 생각 때문에 나의 이 옥굴금환玉窟金環 같은 자리가 바늘방석으로 변함과 다름이 없습니다.

게다가 달빛이 시선視線을 받는 맞은 창에 내리고 바람에 실리어 오는 저 두견의 울음에 물이 더한 물레방아 같습니다.

저― 빛 저― 울음에 나의 맘과 합하여 님의 가에 흐르지 않음을 슬

* 살몃살몃.
** 독가스.
*** '쭈글쭈글'의 지역어.
**** 윤양潤良한.

퍼하는 동시에 이 몸만 외로이 태움에 이기지 못함을 생각지 않을까? 느끼고 서러워합니다.

×　　　　×

님이여 일— 시각時刻의 이별은 저 달과 새 울음이 지름길을 막는 가시덩굴과 같은 것을 믿어 주세요! 그리고 이 몸에 잠 안 옴은 첫 키—스의 엄벙덤벙 춤추고 노래 불렀음으로 말미암은 줄 알아 주셔요— 호탕浩蕩한 풍질風質에서 생소生疎한 부교浮橋를 건너는 저 달 저 울음! 이 가슴인 줄 짐작하여요! 주—비터의 비애悲哀의 멜로디로 알아 주셔요!

×　　　　×

님이여! 가을은 서툰 발자욱을 디뎌 가면서 방긋방긋 사람의 미움을 받습니다. 그러나 달빛은 달달이 있지요 새소리는 새소리는 시시時時로 나지만 이것을 합하야 제공提供하는 맵시는 다른 세 시절보담 더 기다리게 만듭니다. 곧, 설움에서 우러나오는 무도곡舞蹈曲같이 울음이면서도 울음이 아닌 가을이라는 말입니다. 그러나 그곳에 조금 설움이 섞이었지요! 대창같이

×　　　　×

님이여! 시절時節이 돌아오면 만난다 하셨지요! 그러나 이 몸은 그 길고 긴 시절을 단축短縮시켜서 지금! 이 밤의 삶이 된다면 오직*이나 이 가슴이 청량산淸凉散을 먹음과 다름이 없을까요!

다만 가을 달이라는 옛 노인의 인습因襲을 머금지 말고 그 달 앞에 순사殉死하는 이들의 깨끗한 몸이 겨울임을 짐작하여요.

그대는 묵묵히 저 달을 바라다볼 제 낮을 두고서 생각하여요! 이 밤은 그대의 흔걸방걸한** 성질을 메스로써 쪼개려 하는 무서운 악귀惡鬼외다. 저 달과 두견의 울음은 그대와 나의 사정事情을 알고 지옥地獄의 옥졸

---

* 오죽.
** '사람됨이 야무지지 못함'을 뜻하는 듯.

獄卒이 창사'를 끄집어내는 것같이 혼암昏暗하게 만들지 않습니까? 그래요 이 밤의 비애는 저의 가슴의 ○○을 더욱 더 고창高唱시키기 위하야 일어난 줄 압니다.

×　　　　×

님을 위하여 님만 바라고 사는 이 몸이니까 물론 나의 맘의 호소는 님의 것이외다. 귀로운** 사발 물에 내린 달빛같이요! 고요한 산곡山谷이 저 울음을 받는 것같이요!

(1931년 11월 24일)

처음눈[雪]

눈이 나립니다. 이 땅 우에 올해에 처음인 눈이 나립니다!

눈 오는 때는 아직 멀었어도 그래도 이 땅의 애착愛着이 떨어지지 않은지 나립니다.

처음이면서도 서슴지 않고 나리는 눈이었마는 어쩐지 슬픔을 담아 나립니다.

×　　　　×

눈은 겨울을 알리우는 사자使者외다. 그리고 자기까지 겨울의 차고 아름다움을 수놓은 무녀舞女외다. 무녀이면서도 그의 노래는 듣지 못합니다. 노래라면 그것을 노래라 할까요 땅에 닿일 제, 사뿐함을!

×　　　　×

산곡山谷의 정서情緒를 헤치고 유유愉愉히!

새의 울음에 말리어 애닲게!

---

* 창자.
** '귀貴로운.' 귀한.

하늘의 구름에서 대지大地 우에!

힘없고 슬프게 차지 않고 소리 없이 아 자연自然의 분粉은 땅을 화장化
粧하려고 나립니다.

×　　　　×

푸르수름하다. 파르스름하다.

국화菊花는 이미 죽은 듯 수그러지고 이때껏 퍼르스름한* 풀들은 그
의 압력壓力에 눌리어 숨조차 없습니다. 그러나 인간과 새들은 그를 노래
합니다. 박약薄弱한 혈기血氣이면서도 유냉流冷한 고동鼓動을 두들거리며

×

그러나 이 환락歡樂이 얼마입니까 태양의 길이 점점 올라와지면 아—
그는 대수大水에 끌린 어린아이같이 흔적조차 없이 살아질 때! 그때의
우리들은 필경畢竟— 무대舞臺에 나타난 술자術者 없어진 그 순간의 경이
驚異! 그때와 같을 것이지요!

×　　　　×

눈은 나립니다. 사람들은 그를 봅니다. 정성스러운 낯빛으로 정성스
러운 슬픔을 무릅쓰고 그 눈을 대합니다.

새의 몸이 저 문을 헤치고 동무를 찾아 저 건너로 갑니다. 보일 때 그
때에 남긴 애달픈 울음이 내 가슴을 부대끼게 하였습니다. 이제는 세간世
間에 흐르는 눈만이 그 자태와 나의 몸을 가립니다. 그러나 내 맘과 그 맘
은 덮지 못하겠지요.

(1931년 11월 29일)

---

* '파르스름한'보다 센 말.

염불念佛

나무아미타불! 나무아미타불!

북 울리고 깽쇠* 두드리고 나무아미타불!

노승老僧의 낯에는 주름 잡히고 머리에 서리 나려 가사袈裟 장삼長衫 몸에 걸고 힘없는 팔을 들었다 놓으며 한숨 섞인 나무아미타불

소조小鳥는 노래 그치고 산곡山谷은 적막한데 물소리에 어울러 염불 소리.

×　　　×

자기를 위함인가! 또는 다른 이를 위함인가. 처마 끝 빗방울 소리에 나무아미타불!

정토淨土는 곁에 있고 아미타불阿彌陀佛은 맘에 있는데 물방아 애달픔에! 그 맘은 어디 갔는고!

세속世俗을 등지고 망심妄心은 에워지고 발원發源을 굳이 하여! 저 극락세계極樂世界 아미타불!

×　　　×

몸은 죽고 맘은 살고 백천百千겁却 못 여읜 맘! 이제 비로소 그 맘을 찾아 바로잡아 나무아미타불 안락국토安樂國土 유리장엄琉璃莊嚴 그것을 바라고.

우리는 어이할꼬 이 맘 여의지 못함을!

그러나 광도중생심廣度衆生心을 저 소리가 지어내니

너를 여의고 나를 여의고 네 맘을 찾아 내 맘을 가지고! 아미타불 자비慈悲 맘에 왕생往生의 깃旗발을 들고 외로운 발길이 눈물에 젖어 타박타박 갈 것이다!

(1931년 12월 7일)

| * 깽괴리.

자심自心

처마 끝 방울물이 땅 우에 떨어져 소리를 냄에 고단하게 벋은 이 몸은 스르르 일어났다.

무엇이 나를 일으켰나? 물방울 소리? 어릴 제부터 겪은 일이면서도 왜 이다지 어리석어졌나? 무엇 때문에 알려고 하느냐?

×   ×

내 맘? 이 아니면 그 소리를 어찌 듣나! 그것을 알고 알려고 함은 무엇인가? 그 역시 맘의 장난이 아닌가? 물방울 소리는 벌써 잊었지만 내 맘이 잊은 후에 잊음이 아니었던가?

이 몸을 일으킨 맘이면 이 몸을 재울 것은 또한 맘일 것이다.

×   ×

사랑 무엇! 이 몸! 저 몸! 모―든 것이 맘의 소유所有다. 우주도 맘 무엇도 맘!

모―든 맘 가운데 가장 괴로운 것은 내 마음밖에 없다. 내 맘이 있은 후 딴 맘이 있는 것이 아닌가? 괴로운 가운데도 내 맘은 내 몸을 괴롭히는 마귀魔鬼다.

어둠에 묻혔다. 밝음에 나고 즐거움에 잠겼다. 괴로움에 지는 것은 맘이 몸을 놀리는 기술자다.

×   ×

어둠에 잠긴 이 몸 가운데 마음은 더욱 밝다. 밝으면서도 영명하다. 이것이 나의 소유다. 나라는 것도 맘에 있어서는 없다.

너를 기다리고 너를 보이는 것은 내 맘의 웃음거리다. 그러나 이것을 떠난 맘은 태연泰然하다. 언제까지든지 연연然然하다.

괴로움에 닥치고 즐거움에 만나는 맘은 몸에게 그것을 착着하게 하니까 맘이 자기가 시키고 자기가 맛보는 것이다.

×   ×

죽었다 사는 것은 맘의 고부*이고 쓰고 달고 맛보는 것은 맘의 유희遊戲다.

내 맘의 거룩한 존재가 너무나 넓어서 이 방에 있으면서 우주의 끝끝을 일찰나一剎那에 몇 억만億萬이나 휘두르고 있다.

그러나― 극미진수極微塵數에 묻히려고 하면 손쉽게 든다. 그러므로 내 맘은 자기 스스로도 쉬지 못하고 자기 스스로도 걷잡지 못하는 것이다.

나의 이 맘은 우주에 차면! 이 육체는 한구석에 있고 이 육체가 활동하면 맘은 유순柔順한 고양이같이 조그마한 데 담겨 있다.

내 맘이여 아무에게도 착하지 말아라! 이 눈물이 그대의 육체를 괴롭힘이 아니냐?

(1931년 12월 7일)

북풍北風

사랑에 닳은 사람의 마음같이!
단애斷崖를 내리는 물과도 같이!
냉대冷待한 사자獅子의 고함성聲같이!
오늘의 바람은 이 땅을 보노라!
　　　×　　　×
햇빛은 구름에 몸을 감추고
대지의 수목은 수술 받은 환자같이
초옥草屋과 산 것은 벌 떼에 맞난 것같이

| * 고부姑婦.

오늘의 바람에 귀를 죽이노라!

　　　×　　　×

삶은 어데뇨! 희락喜樂은 어데뇨!
어제의 환락歡樂은 꿈 자취같이!
너울너울 춤추는 그 모양과 아양도
오늘의 바람에 사자死者와 같노라!

　　　×　　　×

영원히 부르소서 이 땅과 이 가슴에
억만億萬 군졸軍卒의 아우성 소리!
맹호猛虎의 날뛰는 살기殺氣 만만滿滿함과 같이
주림의 비애悲哀에 이 땅과 이 가슴에 바람이여.

　　　×　　　×

눈을 날리고! 낙엽을 휩쓸고!
타락墮落된 눈물! 중독자中毒者 같은 이 대지를!
산이며 내며 집이며 나무며 돌을— 일체一切를
그리고 이 몸까지 무한無限의 나라로 불어라 북국北國의 정벌군征伐軍
이여!

　　　　　　　　　　　　　　　(1931년 12월 11일)

님 사진

흐르는 눈물을 옷섶으로 씻고
숙여지지 않는 고개를 억지로 숙여
떨리는 두 손으로 고요히 쥐는
옛날의 님 얼굴은 종이에 파묻혀!

×　　　　×

지금은 소식조차 모르지만
그러나 잊을래야 잊을 수 없는
이 가슴 이 팔 안에 고은히* 있던
옛날의 그 님은 어디 있는가!

×　　　　×

쓸쓸한 가을날 황혼의 길에!
그 님과 이내 몸은 손을 나누어
보보步步** 애조哀調를 누가 알았나!
새의 울음 애닲게 들려왔었다.

×　　　　×

따뜻이 쥐어 주던 그때의 얼굴
떨리는 이 손에 쥔 이제의 얼굴
쫄려드는 이 가슴의 흐릿한 얼굴
너무나 애달파라 삼추三秋의 흐름

×　　　　×

이별의 인상印象이 떠오를 제마다
방긋 웃는 종이 얼굴 내려다보며!
얽매인 님 근심을 들으려 하나
그때의 새 울음이 또다시 들린다!

(1931년 12월 11일)

---

* 곱게.
** 걸음걸음의.

산중山中의 홀아버니

산다고 산다고 백 년百年을 살아도
님 없는 이 산중에 어찌 살겠나!
한 해 두 해 햇수는 지나가는데
님 없는 이곳에는 새 울음뿐이라오!

      ×   ×

봄날은 돌아와서 꽃은 피어도
여름은 찾아와 녹수綠水는 어리지만
홀아비의 마음은 젊어 가는데
님 없는 이곳에는 달님만 사시라오

      ×   ×

가을은 닥쳐와서 단풍은 늘어지고
겨울은 살금 와서 눈은 오는데
님 없는 이 산중에 다만 홀로서
고요한 때의 이 가슴은 한숨에 말라

      ×   ×

모양은 늙어도 맘은 젊은데
꼴 보기 싫다는 님은 우스워
사랑이란 사랑은 도무지 모르고
백설 같은 수염이 무섭다는군!

      ×   ×

도무지 홀아비란 사랑을 못 보아!
기다리고 기다리고 백날을 기다려도
말 없는 님 보려고 쇠衰한 가슴만 태워
에―라 내 님이란 이 산속이란다!

                                  (1931년 12월 2일)

월야月夜*

첨 만난 님 데리고 청류변清流邊의 달마중을
안개— 자욱하니 두 시름을 오려낸 듯
명월明月이 밝게 비추니 이 한밤을 새울까나

시원히 마시소서 이 술잔에 달 드시니
굳굳이** 맺은 설움 이 달로써 풀으소서
천연고天然鼓 울려 들리니 지화자— 일장가一章歌를—

송엽松葉에 반은半隱하고 물에 나린 달이시라
구슬이 흩어지니 그 얼굴도 흩어짐을
저 두견 애꿎은 울음에 본 얼굴을 몰라라

좋구나 이 경지境地를 누와 같이 보랴느냐
추야장秋夜長 깊은 밤에 너를 두고 하는 말이
선봉仙鳳에 용랑龍娘 오르니 시름조차 사라짐을

님아 배 띄워라 차은하此銀河에 불로주不老舟를
인생이 가고 오고 시절이 달아나도
뚜렷한 저 달 아래서 불러라 불사가不死歌를

꽃이— 좋다기로 사시장四時長— 이러한가
님이 알뜰키로 이에 어찌 따를쏘냐

* '시조'라 갈래 지었다.
** '굳게'라는 뜻으로 여겨짐.

만고萬古에 변變찮은 산수山水니 너 나와 죽을 때를

(1931년 12월 13일 원당)*

제이第二의 사랑

님이라는 것은 한 번 사귀고 두 번 사귈 것이 아니외다.

한 번 사귄 후 두 번 사귈! 그 순간에 벌써 그 님은— 그 님이 아니
외다.

따스한 호흡이 정적情的 환망幻忘의 그림이고 보니

예민銳敏한 그 혈기血氣도 순환順環의 길에서 막혀집니다.

님이라는 것은 한 꿈의 실현實現— 그것이외다.

삶을— 괴로움을! 님이 없으면 한갓 서투른 장난이외다.

그러니까! 사랑을 괴로움을 여읜 몸에는

제일第一의 사랑은 어쩔망정 제이第二의 사랑은 님이란 썩은 새끼외다.

우주는 님을 위하여 인간은 삶을 위하여

세 살 먹은 아이 같은 걸음을 걷고 있습니다.

우주가 인생의 님이라면 인생은 우주의 여신女神이외다.

그러면 님이란 지구地球에 걸린 연鳶이라 할까요.

(1931년 12월 15일 원당)

| * 해인사 원당암願堂庵.

이별離別

님이여 네가 나를 원한다면!
갈려 있어도 찾아올 것을
도리어 가슴 아프게 하며!
힘없는 발길을 돌려라 하느냐!

너는 나를 믿고 나는 너를!
조그마한 붉음이 가슴에!
안개 살 듯 피어오름이
이것이 정신껏 생각함이 아니냐?

그 정성은! 맘 너른 님이니까!
물론 용서는 할 줄 알지만!
그래도 약한 내 맘이란
가시와 칼로써 찌르랴 하지 않느냐!

깨끗한 너 모양이 내 눈에 눈물!
이별의 애원哀願이 내 입에 한숨!
온갖 사랑과 온갖 쓰라림을
너는 알 것이다. 나의 신神이여!

영광의 키―스는 어제의 일!
비애의 하소연은 오늘의
무정한 길! 가는 길에서
쥔 손만 끊어지기만 바란다!

진주 같은 눈물이 옷섶을 적심이—
영원의 애곡哀曲에 소리 맞추는
옛날의 시즌*은 고개 숙이고
약한 이 두 몸을 아듬어 주노라!

(1931년 12월 15일 원당)

상봉相逢—이별離別

꽃피고 움 돋을 제 우리 님을 만났어라
새의 울음 나비 춤에 우리 님이 돌아왔네
살금살금 그 모양이 언덕 위서 나타날 제
따슨 볕이 너그럽게 그의 몸을 쬐어 주네

저 산 이 산 숲 지울 제 우리 님이 가려 하네
먼지 일고 더운데 우리 님이 어이 갈까
해죽해죽 그 모양이 폭수瀑水**물에 나타날 제
녹음綠陰 속에 숨은 새가 그의 몸에 울려 주네

단풍잎에 물이 들 제 우리 님을 만났어라
양양월야凉凉月夜 벌레 소리 우리 님이 슬프려고
해용해용*** 그 모양이 빨간 숲에 나타날 제
뻐꾹 울음 뫼 우에서 그의 몸에 울어 주네

---

* 시즌season.
** 폭포수瀑布水.
*** 보일 듯 말 듯한 모습을 본뜬 말로 여겨짐.

바람 불고 눈 내릴 제 이내 님이 떨쳐 가네
길도 없고 몸 추우니 우리 님이 어이 갈까
타박타박 발자욱이 눈밭에서 나타날 제
나뭇가지 앉은 눈이 그의 몸에 떨어지네

(1931년 11월 4일 원당)

견문見聞 소곡小曲

단풍잎이 진다. 단풍잎이 진다.
빨간 단풍잎이 땅 우에 떨어진다.
세우細雨는 내리고 바람은 없는데
적막寂寞한 산곡山谷의 새 울음!
       ×   ×
시냇물 소리 시냇물 소리
안타깝게 흐르는 시냇물 소리
낙엽을 띄우고 작은 물결 이는데
쿵—쿵— 물방아 소리
       ×   ×
가랑잎이 구른다. 가랑잎이 구른다.
돌돌 말린 가랑잎이 마당에 구른다.
달밤에 바람 이니
등불만 깜박깜박!
       ×   ×
달이 밝다. 달이 밝다.
창백한 저 달이 너무나 밝다.

몽롱한 빛 아래 내 가슴 비창悲愴
찌르르찌르르 쓰르라미의 울음!

(1931년 11월 4일 원당)

님이 온다 하기로

님이 온다 하기로 님이 온다 하기로
빨간 단풍잎 진 길을 걸어온다 하기로!
천만千萬의 슬픔이 녹아지고
기다리던 마음이 더욱더
나의 몸을 이끌어 나갔습니다.
          ×   ×
한숨의 미풍微風에 눈물의 냇물이
이리 흔들 저리 흔들던 때에
오라는 님은 오지도 아니하고
기다리는 마음은 더욱더
모진 독구*에 맞았습니다.
          ×   ×
단정히 단정히 곡선曲線을 그려서
나의 앞에 걸어오는 님의 얼굴
갈릴 제 눈물 숨었던 그 얼굴
보다 탐스럽기도 눈의 빛과 입술의 붉음이
나의 눈과 나의 입술과 똑같았습니다.

* '도끼'의 지역어.

97

×　　　×

유연悠然히 숙연肅然히 개거웁게
적이 미소를 띠우며 화려히 옷을 입고
나에게로 걸어오는 님아!
"사랑은 눈물로써 이룬다" 함을 알면
가장 탐스러운 태도를 가져라.

(1931년 11월 8일 원당)

낙엽落葉

푸릇한 잎이! 몇 십 년이나 지날 잎이
차운 바람에 떨어져 간다. 맥없이
봄의 따스한 햇볕에 꿈틀거리던 그 잎이
가을의 미풍微風에 소리조차 애닲게 떨어져 난다.

가을! 낙엽! 그 두 사이
한숨의 애환哀歡의 힘없는 그림자
정 가지에서 이별의 곡조를!
왜? 젊은이의 가슴에

소조小鳥의 안식安息하는 홀*이 되고
안타까운 젊은 방랑아放浪兒의 숨 쉬게 하던
맑은 시내물의 그림을 그리던 잎아!

| * 홀·hall.

98

왜? 핏기 없는 폐인廢人이 되어 더럽고 약하게

젊은 가슴에 못 박고
사랑의 바탕을 휩쓸고
희망의 깃발에 비가 되어!
바람이라는 작란作亂 아이에게 넘어가느냐!

우주의 참빛을 찾는 우리들!
봄여름의 너 자태에 밝고 서늘한 너 모양에
모—든 애愛와 승리와 희망과 삶을 동경하였다. 그러나 지금의 네 모
양에 우리 맘은 재가 되노라.

(1931년 11월 2일 원당)

님의 영자影子

한 걸음, 두 걸음에 님의 얼굴
밥 먹고, 책 볼 제 님의 얼굴
누우면 님 생각, 꿈에도 님 얼굴
아— 님이여, 당신 때문에 할 일도 못하겠습니다.

이 세상은 님으로 피었으니
말도 님! 생각도 님! 무엇도 님
쟁투爭鬪도 님이옵고 증오憎惡도 님입니다.
아— 님이여! 당신의 그림자는 왼 누리에 가득 찼습니다.

님의 영자影子가 달밤에 나타날 제
님의 그림자가 누운 창에 나타날 제
당신의 뜨거운 호흡이 내 낯에 굳게 지날 제
아― 님이여, 당신의 것 약한 이 몸은 가슴만 아파합니다.

꽃그늘에! 시냇물에
절벽 우에! 그리고 녹음 사이에
님의 그림자가 끼었을 제
아― 님이여! 우 없는* 그대의 자태에
한숨 쉬며 힘없어집니다.

(1931년 11월 17일 원당)

악마惡魔여

나의 사랑 악마惡魔여
어찌하여 그대는 악마가 되었나.
금전金錢이 괴로워서 인격이 탐 되어
나라가! 그리하야 무엇무엇 때문에
　　　×　　　×
연분홍의 뺨이 검은 쥐색으로!
빛나는 두 눈이 불덩이 같고 눈 끝이 검으며
빛나게 입은 옷은 거지의 옷으로!
그리고 삼단 같은 머리는 서리가 내려 흩어졌다.

| * 우友 없는.

그대의 가슴에 입술에 이 몸을 대게 하던

그 톡톡한 손이 쭈글쭈글해지고 손톱이 길게 났다.

입술은 까마귀의 입같이 째지고 빛을 잃었다.

가끔 그 큰 입을 딱딱 벌리며 눈으로 쏘아본다.

×   ×

아— 사랑! 내 악마

그대는 이 세계의 사람을 그 무서운 손톱으로 긁으려 한다.

그 불타는 눈으로, 계급階級, 투쟁鬪爭, 금전, 부귀富貴를 태워 버리려
는가!

그 후에 나의 이 뜨거운 가슴을 그 옷 속에! 잡아넣으려 하는가?

×   ×

아— 악마— 악마! 사랑— 사랑!

이 세상이 그대를 낳았다.

이 세상의 물결에 채여서 밀린 몸이다.

그대는 이 세상을 정복하려고, 높은 언덕에 섰다.

우선 헤어지는 나의 몸부터 잡아먹어라— 악마여.

(1930년 11월 18일 원당)

이 가을밤이 길어요

님이여! 이 가을밤이 길어요!

이 몸은 방에 누워 이 밤 새기를 기다립니다.

기다려도 또 기다려도 이 밤은 죽지 않습니다.

아— 그대의 뜨거운 호흡이 나의 가슴에서 거미줄 칩니다.

×　　　×

시계는 이 몸에 잠을 더욱더 감추며 똑딱똑딱 노래합니다.

바깥 풍령風鈴의 애달픔에 그대의 설움인 줄 느끼고 슬퍼합니다.

바람은 숲을 쓸고 물을 부수고, 또는 땅을 쓸고 있습니다.

아— 님이여! 이 맘— 이 가슴을 풀어 주셔요.

×　　　×

님이여! 왜? 잠이 안 옵니까?

그대의 몸이 이 이불 속에서 설움설움하면* 올까요.

그대의 뺨이 나의 뺨에 대이고 입술은 입술대로

손과 손은 서로 꼬이고, 다리는 다리와 감아 넣으면 잠이라는 것이

올까요.

×　　　×

아— 님이여! 무시무시한 이 밤이 길어요!

가끔 뽀스락 소리에 님의 발자국 소린 줄 알고 가슴이 두근거립니다.

고요한 어둠 속에 미소를 띠우고 선 그대의 몸을 봅니다.

아— 아! 안타까움에 보채는 어린애 같은 이 몸을 안아요— 님이여!

(1931년 11월 19일 원당)

설움

한 방울 두 방울— 눈물이 흐른다.

하염없이 내 가슴은 진흙으로 변한다.

온몸은 울렁거리고 힘없고 눈까지 들어갔다.

| * 매우 거북하면.

아— 이것이 설움! 이것이 님 잃은 설움이라오

      ×   ×

잔잔한 물 우으로 스치는 바람같이
바위를 때리는 물방울같이 설움에 눌려진다.
하루 이틀 날짜가 흐르고 달이 넘을수록
아! 이 설움! 님 잃은 설움은 더하여 간다.

(1931년 11월 19일 원당)

님이여

이 몸은 달 밝은 밤에!
우주는 잠나라로, 인생은 꿈으로!
한 번 지나는 바람은 낙엽을 날리고
물소리는 설움을 조각조각 끊어 놓는 이 밤에
말할 수 없는 비우悲憂에 잠겼습니다.
님이여 아당스러운* 그 몸이여

      ×   ×

세월의 장난은 인생의 청춘을!
겨울의 바람은 삶의 희열을!
순풍順風에 돛단배는 환영幻影의 나라로!
넋 잃은 키—스는 사랑의 희극喜劇!
모—든 맘은 다만 설움의 보자기에 싸였습니다.
님이여! 가장 탐스러운 맘을 가진 님이여!

| * 아담스러운.

×　　　×

포옹의 시절은 꿈이옵고
닿는 행복은 꺾인 꽃같이
맘의 희락喜樂은 영원의 조롱嘲弄!
거짓 눈맵시는 마魔의 장난
살뜰스러운 악수握手는 포수砲手의 손임을!
님이여! 그대는 아소서. 이 환롱幻弄을!

×　　　×

사랑이란 한갓 토석土石이외다. 장성이외다.
아무 빛 없고 힘없이 쓰러지는 군기軍旗외다.
바늘로써 찌르는 설움은 사랑의
고요를 타, 실버들같이 내리는 눈물은 사랑의
밤의 달큼한 비밀은 사랑의 모두 거짓된 수작이외다.
님이여! 부르짖는 인생은 요녀妖女의 손톱*에 걸린 줄 아셔요!

×　　　×

즐겁다면 그 즐거움은 몇 때나 가리까?
한 번 슬퍼지면 그 슬픔은 언제나 회복하리까!
비애悲哀의 거미줄에 희락喜樂의 나비가!
독발毒撥한 거미님 아가리에 유순柔順한 벌레가
있었다 없어짐은 우주의 근본이외다.
님이여! 일순간의 사랑을 벌 몸에 꿀인 줄 아셔요!

×　　　×

늙음이 옵니다. 늘 청춘은 자취 없이 달아납니다.
산과 들은 여전히 있는데 인생만은 변하여 갑니다.

| * '손톱'의 지역어.

저기 저 달은 우리가 날 제부터 있었습니다. 별까지.

하나 물레방아같이 청춘의 애곡哀曲을 부르고

늙음의 서리 맞은 꽃같이 톱질을 받습니다.

님이여! 사랑은 인생의 본능이 아니여요!

          ×   ×

남녀란 것은 왜 있는가요! 사랑은 무엇 때문에

이것을 우주의 장난하는 신神이 짓지 아니하였을까요.

삶의 도구로서! 사랑의 나무를!

무명無明의 칼이 흉취胸醉의 혈혈血을!

그리고 독아毒牙의 번민煩悶이 향기로운 희망을

님이여! 그대는 이런 말을 말아 주셔요! 돌이켜보면 인생은 암야暗夜
니까!

          ×   ×

님은 님으로 하여금 님이옵고

사랑은 사랑끼리만 사랑이옵고

우주는 우주로써 우주외다.

이 세 가지는 서로 섞여 노지는 못해요.

바다 가운데 갈대가 물들면 없어지듯

우리도 사랑이라는 바람이 불어 버리면!

님이여! 사랑은 인생人生의 심심풀이외다. 농구弄具외다.

          ×   ×

밤은 사랑을 위해서 생긴 줄 알지요

낮은 인생과 자연을 위해서 난 줄 알지요!

그러나 이 밤이 없고 낮이 없으면 사랑은 사랑! 인생은 인생! 자연은
자연이외다.

저 달과 별은 사랑에서 나는 이별의 설움을

더욱더 돕겠다고 난 줄 알지요!

님이여! 밤 되고 낮 됨은 인생을 쫓는 몽둥인 줄 아셔요! 사랑의 바탕
으로 여기지 말고.

×   ×

사랑을 위해서 삶을 위해서

흥취를 그려서 행복을 달래서!

인생은 우주 가운데 크나큰 마적馬賊이외다.

굳센 도적이면서도 사랑에는 어린 양같이 고개를 숙입니다.

바다를 헤엄치고 산을 넘어 지구를 타고 지구를 찾는 게임이외다.

님이여! 인생은 세월의 줄을 못 잡는 우자愚者이외다.

×   ×

손잡고 말하는 그것을 사랑이라 말아요!

키―스 함과 좋다고 날뛰는 그것을 사랑이라 말아요.

이별의 눈물! 만남의 희열을 사랑이라 말아요.

밤의 자리에서 호흡이 바쁨을 사랑이라 말아요.

다만 가면假面을 쓴, 인생과 사랑인 줄 아셔요.

님이여! 크고 참사랑은 나밖에 없습니다.

(1931년 11월 21일 원당)

단결團結

너의 피가 나의 피 되기를!

기다리노라 백 년百年의 해까지

너의 의지意志가 나의 의지 되기를

하늘에 맹세코 기다리겠노라!

      ×   ×

사람은 남이 있고 죽음이 있고.
달은 동에서 서으로 컸다 적었다.
춘하추동春夏秋冬 사시四時는 늘 오는데
이러한 날짜가 오지 안 할까?

      ×   ×

아직 자유를 부르지 말자!
아직 사랑을 찾지 말자!
아직 금전을 넘보지 말자!
아직 행락幸樂을 부를 수 없다!

      ×   ×

그러나 아무것도 하지 않으면
우리의 앞길이 늦어질 것 아닌가!
하나 위대한 단결의 성城이
늘 우리 오기를 기다리고 있지 않은가!

(1931년 12월 25일 곤양)

고향故鄕

고향을 떠나서는 그리워하고
고향에 와서 보면 설움뿐이다
부모 형제 얼굴을 바라다볼 제
안타까운 마음을 어찌 말하랴

      ×   ×

세월은 흘러가서 땅은 변變치만

그리워하는 생각은 어찌 변하랴
전에 있던 사람은 없어지지만
전에 보던 산천山川은 여전히 있네

(1931년 12월 27일 곤양)

청춘青春

이십二十의 발딱 고개
다 넘어가서
삼십三十의 시름 고개
다다라 보니
깊숙한 산곡山谷에
험한 소리 나고
울울鬱鬱한 삼림森林은
한숨의 바람에
등등等等한 검은 구름
자욱 끼었네

(1931년 12월 26일 곤양)

처녀處女여

처녀여! 웃지 말아라!
네가 웃으면 나는 울겠노라
아당스러운 그대 몸이 움직이면

방싯방싯 입술을 열어 웃는 것을 보면
나의 순진치 못하고 쾌활치 못하고 무능無能을 조롱하는가 생각코!
어쩐지 남몰래 울음을 우는 것이다.

(1931년 12월 27일 곤양)

아침밥

아침 여덟 시
세수를 하고 나서 밥상을 받을 제
어머니의 하시는 말씀!
"겨울이 와서 밥 짓기 싫고나"
숟갈을 들고 한참이나
모랑모랑* 오르는 밥짐**을 보았다.
      ×   ×
어머니의 무심히 하시는 말씀이지만
자식 된 이 몸은 그 말이 얼마나 쓰라림을 주는가
남들은 자식 두었으니 걱정 없다 하지만
그러나 자식의 본체本體가 없는 내가
어머니의 지은 밥을
웃음으로 먹을까 울음으로 먹을까.

(1931년 12월 31일)

---

* 모락모락.
** 밥 지을 때 나는 김.

명령命令

컴컴한 밤길
무시무시 지긋지긋한 밤길
약한 내가 어찌 갈까?
하나 명령이다— 가야 한다—
     ×   ×
제일 무서운 곳
삼정三町쯤 가면 숲 사잇길
그곳에는 전부터 평판評判이 높던
터덕 발자욱 소리 나면 내 머리끝은 쭈뼛
뽀스락뽀스락
낙엽이 발바닥에 눌리어!
쉬—쉬— 바람 소리! 부엉부엉
올빼미 소리 앗! 살려요! 밤의 공포심
     ×   ×
그러나 죽지 않고
칼끝을 걷는 것같이 간다!
무엇이 나를 이렇게 시키나! 명령이다.
어머니의 명령은 이 숲보다 더 무서운 것이다.

(1931년 12월 31일)

아픈 다리

힘없는 다리가

짙어지는 황혼의 길에서
두벅두벅* 참으로 애처롭다.

      ×   ×

북쪽의 하늘에는
검은 구름이 끼이고
바람은 쌀쌀히 냉대(冷待) 비슷하다!

      ×   ×

까욱까욱 까마귀가
물 찬 논〔田〕 우으로
저녁밥 없다고 슬피 난다.

      ×   ×

마을의 집들은
흉년〔凶年〕에 먹을 것 적다고
힘없고 적은 연기를 올리고 있다.

      ×   ×

갈 길은 백 리
다리는 평생 걷고 있을 것을
모르는 듯 우선 아픔을 참지 못한다.

      ×   ×

한 발자욱 두 발자욱
힘없는 다리 아픔으로 못 이기는 다리
사라지는 밝음! 얼어 가는 길을 걷고 있다.

(1931년 12월 31일)

| * 뚜벅뚜벅.

노부老父의 탄식歎息

우두산牛頭山 밑 오막살이 이 몸 있는 집이로다.
조석朝夕 짓는 연기 날 제 숲 속에서 새는 울고
늙은 가슴 만질 적에 눈물 한숨 흘러난다.

이 몸 찾는 사람들은 하나 없고 둘 없으니
벗도 없는 이 산속에 어느 것이 벗이 되랴.
자연 속에 울음 우는 설운 새가 벗이로다.

청춘 시절 꽃 같은 몸 에서 벌써 시들고
뿌리가 된 머리 누를 보고 기다리리.
죽음길을 바라보니 그래도 눈물 난다.

쭈그러진 이마에다 수건 질끈 동여매고
갈대 같은 두 팔에는 괭이 힘껏 쥐고서는
돌 끼이고 가시 험한 마른 땅을 파는고야.

한 해 동안 뼈 빠진들 먹을 것은 적어지니
설움설움 하는 일이 모두 허사뿐이로다.
한 살 두 살 불어 가니 죽음길이 가깝고나.

누를 보고 웃을 것까* 누를 보고 울음 울까.
꽃이 지고 잎은 지니 그 모양이 가엾고나.

* '것인가'의 지역어.

이 속에서 탄식하는 이 몸인들 안 가겠나.

이 몸 죽고 서러워한들 어느 뉘가 눈물 둘까.
청량淸凉하신 저 물소리 이내 귀에 안 올 때까지
아미타불阿彌陀佛 외고 지고 극락極樂길을 찾아가자.

(1932년 1월 17일 원당)

생生의 길이 그리워

한밤을 자고 나니 눈가가 젖었다.
그 무엇이 나를 울렸는가? 나는 왜 울었는가.
인생이라는 그것이 한 티끌이요 허무虛無인 것을
내가 모르고 있지는 아니하였으니 왜 울었는가.

"이 세상을 살려 하면 이상理想을 가져라. 인내忍耐를 쥐어라. 진행進行을 명심銘心하여라. 그리고 그 반면에 투기鬪氣를 가져라"고 어느 누가 나에게 말을 하였다.

그러나 말한 그것부터 허무인 것을 어쩌랴.

아름다운 생의 눈물 한 방울이 그렇게도 쉽게 떨어질까?
떨어지는 순간에 무엇이 일어났느냐?
희락喜樂! 흥취胸醉? 아무것도 없었다. 다만 생이라는 그것이 눈물인 것이다.
애꿎은 이 몸에서 솟아오르는 그 눈물이 참으로 참스럽다.

어느 누가 "눈물은 인생의 낙樂을 쉬게 하는 요물妖物이라"고 하나 나는 요물이라고는 보지 않는다. 다만 삶을 위하여 허덕거려 놓은 나팔수라고 절실히 느낀다.

그것이 나의 살아 있는 가치다. 나의 이상이다.

"자연으로 돌아가라!" "나를 찾아라"

옛 성인聖人은 이렇게 힘껏 불렀었다.

그러나 어리석은 사람들은 그것을 몰랐었다. 그러므로 지금 금金의 길을 찾는 사람이 수두룩하다.

그곳에서 종교 과학 철학 모—든 것이 폭멸瀑滅을 당한다.

밤사이에 운 것이 자연으로 돌아가라! 나를 찾아라!를 알고서 그렇지 못한 것을 표현함이런가.

에고이스트로 말미암아 그렇게도 슬펐을까?

아니다 나는 삶의 길을 그리워하였던 것이다.

삶이 없으면 죽음이 없는 것과 같이

눈물이 없으면 낙원樂園이 없는 것은 알겠지 하나

나의 낙원은 아니다. 나는 안락을 찾지 안 한다.

삶의 길을 헤매면서도 야릇한 동경憧憬은 없는 것이다.

애틋한 생의 눈물을 흘려 가면서 참되지 못한 삶의 길을 그리워하는 것이다.

다만 나의 가슴 깊이 든 무방무애無防無涯한 삶의 길이 안전眼前에 통전通展하기를 그리워하며 기다리는 것이다.

(1932년 1월 27일)

밤 여덟 시

밤 여덟 시 어둠 속에서도
그 무엇이 살아 있지 않느냐?
침묵을 깨뜨리고 우렁차게
들리는 종鐘 울음!

하루의 고뇌의 맘을 안식하는
모—든 짐승을 염려하는 이 맘!
그러나 걱정할 것 없다.
그 울음은 울음이면서도 성인聖人의 노래가 아니냐.

(1932년 1월 28일)

밤중에 두 동무

밤은 어디까지든지 침체沈滯하여 간다
이 깊어 가는 밤을
그대여! 무엇이라고 이를 것인가?
나는 삶의 줄을 흔드는 요귀妖鬼라고 하련다.

그대의 이상 나의 애무愛撫도
그대의 웃음과 나의 걱정도
무념無念한 이 밤에 쌓이어
역시 끌려가고 있지 않은가?

(1932년 1월 28일)

기다림

뽀스락뽀스락
낙엽 밟는 소리가
바깥 어둠 속에서 난다.
        ×   ×
이 괴로움에 보채는 몸
그를 기다리느라고
쓰린 눈을 감지 못한다.
        ×   ×
그 소리는 여전히 나지만
가까운 마루에 오르지 않고
불덩이 가슴만을 더욱 다룬다.*
        ×   ×
등불은 내렸다 올랐다.
호흡은 낮았다 높았다.
나갈까 말까 주저하는 마음이 가슴을 두드린다.

(1932년 1월 29일)

물

님의 편지를 보고
시키시는 강가에 가서

| * 열나게 한다.

116

물장난을 하다가
님 기다리던 맘을 잊었다.

기다리던 그때에
님은 오지 않고
잊은 이때에 왔건만
물소리 들리어 또다시 잊었다.

무정無情하다는 하소연을
나에게 말을 말아
약속과 잊음은
이 맑은 물소리로 말미암이 아니냐.

(1932년 1월 29일)

마음이 깍갑할 때

사랑하는 벗아!
나에게로 오너라
그대가 온다면 나의 깍갑한 맘은
조금이라도 덜어질까 생각된다.

두 몸이 손목 잡던
행복스러운 그 옛날!
그때의 이 몸은 활기活氣였다.
그러나 지금은 무엇에 눌리어 울음을 운다.

동무여! 무엇이 나를 울리게 하였는가.
도무지 알 수 없는 것이다.
나를 웃기고 울리는 그것은
자유도 아니고 행복도 아니고 예술도 아니다.

자유가 없으면 행복, 예술이 없으면
사람들은 살 수 없다 한다.
그러나 나는 이것이 없으면
능히 살 수 있을지 알 수 없다.

친애하는 벗아!
그 야릇하고 단정한 목소리와 얼굴로써
나의 뇌수에 괴롭게 뒹구는 갑갑증을
쓰다듬어 주기를 바라는 바이다.

(1932년 2월 7일)

첨, 님이 부르시니

험악한 바람이 이 몸에 불고
무정한 세심世心이 이 몸을 덮칠 제
사랑 없고 미움 받는 외로운 처지에
그 누구가 어디서 부르고 있었다.

의지를 세우고 인내를 만들어서
이 애틋한 세상 물에 몸을 던질 제

그래도 따스하다고 믿었던 맘까지
가을바람에 날리는 낙엽과 같았다.

날리고 차이고 밀리우고 구르다가
물소리 청청清淸하고 새소리 설운 맘을 달래 듯하는
숲이 우거진 산길을 바로잡지 못하여
치* 잃은 배같이 터덕터덕 걸어갔다.

들어간 눈 쪼그러진** 볼 나오기 싫은 배
덥슬덥슬한*** 머리! 아 피곤한 몸
이렇게 되어서도 죽지 안 하고
혹독한 이 세상만 동경憧憬하고 있지 않느냐.

죽어라! 죽어라!
이 세상에 살아서 애매한 욕만 얻어먹게
사람이 나서 미움 받고 욕 얻어먹으려고
에잇, 죽어 살아서 쌀 하나라도 없앤다.

그때 나를 어느 누가 부르고 있었다.
나의 죽음을 설워하고 그러는지
또는 불쌍하다고 생각함이런지
소리 급히 그러나 유화柔和하게 부르고 있었다.

---

* '키'의 지역어.
** 쪼그라진.
*** '덥수룩덥수룩'으로 여겨짐. 더부룩하게 많이 난 머리털이 어수선하게 덮여 있는 모습.

이 소리는 두 번이었다.
전부터 찾으려고 애쓰다 나머지다.
좌우간 나의 조금이라는 삶을 위하여는
자애성慈愛聲으로 부르시는 그이를 찾아야 한다.

아— 님이여! 그대가 그곳에 계셨습니까
그대가 나를 불렀습니까 아— 이제 저는 행복이외다.
모—든 고민과 퇴굴심退屈心을 움켜 주셔요!
오직 자애비慈愛悲인 그대의 곁을 떠날 수 없습니다. 아듬어 주셔요!
님이여

(1932년 1월 27일)

해인사海印寺 불교소년회가佛敎少年會歌

봄날은 또다시 돌아와서
해인海印의 숲 속에 숨어드니
꽃들은 다투어 향기 내고
새소리 즐겁다 춤추노나

우리는 이곳서 자라난 몸
부처님 자애성慈愛聲 얻어듣고
믿음을 맹세코 모여드니
맑은 물 가슴을 씻어 주네

누구와 견주려 힘 있게도

용기를 내어서 앞서 가나
다만지 울음을 씻으려고
해탈解脫의 저 언덕 바라누나

장엄한 유리琉璃에 앉은 우리
잊을까 동무를 그 우에서
혜명慧明이 이곳을 비칠 때
고요히 일어나 움켜 보세

힘 있게 씩씩하게 무겁게
금강왕金剛王 보검寶劍을 날리고서
어린 몸 온전히 걸어 나가
망회忘懷를 부수어 치워 보세

모여라 동무야 우리 집에
딴 일은 생각지 말고서는
맞아라 혜봉慧峯에 달 오름을
새겨라 불자佛字를 심자心字까지

(1932년 1월 31일 원당)

설날을 기다림

고운 옷 입고 세배 다니는 설날!
떡 먹고 웃으면서 즐겁게 노는 그 설날
연 날리고 유희하는 한 살의 설날

얼른 오너라 같이 놀다가 맞아

즐거움에 우러나오는 말
"아―설날은 우리의 즐거움을
북돋워 주는 부처님이다―"
어린이 마음에서 들려올지

하루 이틀 날아가 설날으로
조금 조금씩 우리 앞에 놓아 주려 한다.
나중에 즐거움을 모르는 듯이
늘 늘 설날을 기다리며 애쓴다.

(1932년 1월 22일)

불쌍한 아이

아버님은 나를 때려 키우고
어머님은 나를 보듬어서 기르고
형님을랑 나를 골내 키우고
누님은야 나를 업어 키웠소

한 해 두 해 나는 자꾸 크다가
웃어 기른 나를 어머니 가고
업어 키운 나를 누님은 가서
아비 형님 나와 셋이 남았소

자꾸자꾸 나를 때리던 아비
쉴 새 없이 나를 골낸 형님은
셋이 되니 나를 안 때리고요
불쌍타고 나를 안아 줍니다.

엄마 누나 내가 찾으려 가니
땅속에서 나를 부르지 않고
까욱까욱 나를 눈물 흘렸소
차운 바람 나를 불고 있었소.

(1932년 1월 31일)

가지에 앉은 새

잎 없는 가지에 홀로 앉은 저 새야
너는 왜 서럽게 울음을 우느냐
명년明年에 봄날이 또다시 오면
지금 우는 그 소리가 즐거움 되리라

우리야 뜻 가져라 앞길을 걸어라
새빨간 핏기운 용솟음 치노나
어쨌든 함께 모아 일 일을 해 가자
저 새 울음 또다시 기쁨이 되도록

(1932년 1월 31일)

맘이 부르는 말

컴컴한 밤길을 등도 안 가지고
터덕터덕 더듬어
조심해서 걸어간다.

사면四面은 고요치 않고
북풍이 거칠게
옷자락을 날리며
혹독하게 지난다.

그때 내 맘 속에서 부르는 소리
"너의 그림자를 찾아라—"고
아! 해님이 있었다면
영영永永한 내 그림자가 나타날 것을.

(1932년 2월 14일)

어머니에게—조선朝鮮

어머니
꿈을 깨소서
몇 십 년의 고된 꿈을
이때껏 깨지 못합나이까?

봄의 따스러운 온기가

어머니 몸에 대였고
가을의 싸늘한 바람이
어머니 품 안에 든 지
몇 번을 거듭하였나이까?

오오 어머니
쓰고 쓴 그 꿈에서 깨어나
부드럽고 위엄 있는 목소리로
몇 십 년 꿈꾼 것을 부수어 보소서

오오 어머니
어린 자식을 생각하여서
다시 옛날의 길거움을 부어 보소서
오오 어머니 거치러운* 파도에 실린 이 몸을 건져 주소서
그리고 최후까지 잊지 마소서

(1932년 2월 14일 효산재)

야심夜深

해님은 서산西山 속에서 잠자는데
반쪽 달은 수연愁然히 뒤따릅니다
별님은 묵묵히 걸터앉아서
이 밤의 고요함을 내려다봅니다.

| * 거친.

산은 죽은 듯 형상形相만 짓고
물소리는 애닯게 침묵을 깨칩니다.
새소리는 잠꼬대를 하는 듯 안 하는 듯
이 밤의 정적靜寂을 북돋워 줍니다.

집들은 옴게좀게* 소곤거리고
물방아는 일함을 게으르지 않습니다.
사람은 삶을 위해 삶에 목메는
오오 이 밤의 애달픔을 누가 말합니까.

(1932년 2월 14일 효산재)

흰 새여 날아라

흰 새여! 날아라
그대의 목숨은 벌써 시간을 기다리고 있는 것이다.
그 시간이라는 것은 그대의 참다운 삶을 없애려 드는 마귀이다.
오— 그대 흰 새여! 어서 날아라

엊그제 그대의 자유로운 몸은 나의 창 앞에 와서
고운 목소리와 빛나는 우모羽毛를 자랑하였다.
그대의 몸이 꽃 속과 나뭇잎 사이에 들 제면 더욱 귀여움을 받는 것
이다.
오오 그대 흰 새여! 사랑의 새여!

| * 옹기종기. '옴기좀기'라고 표현하기도 했다.

오늘― 오― 오늘 그대는 장난하는 아이의 올가미에 두 발을 묶이어
눈물을 흘리고 있지 않느냐?
　그대는 삶을 기약치 않는다. 죽음을 기다린다!
　왜 왜? 그는 빛 좋은 너의 몸을 아이는 구워 먹으려 드니까?

　최초에 그대는 어리석었다.
　그대를 잡으려는 쬔 줄 모르고 올가미 가운데 든 음식을
　무심히 먹으려 든 것이 잘못이란 말이다.
　오! 사랑의 새, 흰 새여! 다시 울어 보지 못할 것인가?

　올가미로부터 벗어나라 어서 자유로운 천지天地에 몸을 날려라! 어서!
　그대의 빛나는 흰옷에 그대의 붉은 피가 물들고
　그대의 두 발이 올가미에게 부러지더라도
　그대는 참다운 삶을 위爲하여 벗어나거라!
　오! 흰 새! 사랑의 새!! 서러운 새!!! 눈물 찬 새여!!!!

(1932년 2월 14일)

배 쥔 아이

제 놈이 무엇을 하는가 보자고
사랑방 머심애* 여럿이 모여
터벙이** 한 아이 손끝만 보면서
모두들 마음에 비웃어 앉았소

---

* 머슴애.
** 더벅머리.

터벙이 그 애는 이 동리 첨 온 애
바가지 들고서 문전門前에 섰음을
동네의 심술꾼 끄집어들여서
재주를 하라고 졸라 보았소

배고파 못 견뎌 눈물을 흘리며
잡지는* 여러 말 우길 수 없음에
서투른 솜씨로 댓닢 가지고
조그만 배 한 채 만들어 놓았고

"고까짓 대배는 우리도 안 한다"
제일 큰 동리 애 배 주며 놀리니
그 애는 울면서 배 갖고 나갔소
차운 밤거리로 떨면서 나갔소

이튿날 터벙이 쫓겨난 아이는
동리의 냇기에 한숨을 쉬면서
자기가 맨들은 그 배를 안고는
띄우지 못하여 눈물을 흘렸소

(1932년 2월 15일)

| * '재촉하는'의 지역어.

어머니

어머니— 오오 어머니!
왜? 이때껏 자유를 얻지 못하였나이까
자유가 없으면 삶이 없나니 오— 어머니
힘껏! 굼벵이 걸음을 걷고 있는 이때를

아들들은 오열嗚咽 속에서 목메고
복福스러운 대지大地를 쥘 수 없어 통곡하오니
어머니— 오오 어머니 미운 딴 아이들을 배양培養치 마시고
오직! 아들을 위해 오아시스를 지어 보소서

깨소서! 깨소서! 오— 깨치소서
형제들은 맘대로 흩어지노니
어머니 된 그대의 부름이 없으면 오— 도움이 없으면
모자母子의 의리義理가 않나니 오 깨소서!

우리들은 남의 셋방에서 굶주립니다
전에는 우리 집이었건만 지금은 우리 것이 아니외다
무슨 큰 소리만 하면 주인 영감이 매질하니
어머니— 오— 어머니, 우리들은 언제든지 이 짓을
하시렵니까 오— 우리 집을 가지지 않으렵니까
크고 튼튼한 토대土臺를 닦지 않으렵니까?

양식糧食이 없다고 남에게 달라 마소서
옷이 없다고 돈이 없다고 빚지지 마소서

어머니는 커다란 복을 가졌사오니
아들들이 다투어 살리겠나니
어머니— 오오 어머니 피로한 몸과 빛 잃은 눈을 빛을 지어 호령하소
서, 오— 깨어나소서

(1932년 2월 16일)

삼 일三日

어젯날 어머니께서 옷과 음식을 갖다주며 즐겁게 웃음을 머금었었다.
　오늘— 배곯고 몸 떨며 구르는 나의 모양을 보고서도 눈만 껌벅이고
있다.
　내일은 이 몸이 죽어도 장사葬事도 안 지내 줄 모양이 아닌가?
　어머니 오— 어머니 오늘의 태도와 내일의 무자비할 모양을 고쳐 어
제와 같이 이 몸을 모면케 하소서.

(1932년 2월 19일)

맘껏 하자

움켜라 움켜라 아듬어라
쌓였던 흰 눈이 따슨 볕에 녹아지노니
누나야 이때까지 웅크린 두 팔을 벌려
봄의 기운을 아담스러히 안아라

뽑아라! 뜯으라! 광우리에 담아라

포롯포롯한* 새 풀이 땅 우에 솟나니
누나야 그 생기 있는 우리의 희망을
봄의 기운을 정성들여 도려라

들어라— 들어라 귀 기울여라
움 돋는 가지에 새 옷 입고 우쭐거리며
돌아오는 봄을 맞이하는 아름다운 새소리를
우리도 같이 광우리 끼고 발맞추어 보자

마셔라 마셔라 호흡하여라!
동남東南에서 명주치마같이 불어오는
저— 자유自由한 바람을
우리도 같이 이 바람에 노래 보내자

보아라! 보아라! 낮을 들어라
광휘光輝 있게 그리고 희열喜悅이 넘치는
봄의 천신天神의 얼굴을
누나야— 오— 우리도 저 빛을 이 집에 두르자

(1932년 3월 2일)

언니야 봄은 왔다

겨울이라는 것은 비봉산飛鳳山 너머로 몰려가고

| * '푸릇푸릇한'보다 작은 말.

봄이라는 것은 동산東山을 넘어 이 땅에 왔다.
언니야 바구니를 가지고 봄노래 부르며
너울너울 춤추는 아지랑이 속에서 나물을 뜯자.

얼음이라는 것은 자취 없이 사라지고
새파란 물이 바위 속에서 노래 부른다
언니야 수양버들 잎사귀를 배 삼아 가지고
봄의 즐거운 노래를 담뿍 실어 띄워 보내자.

금잔디라는 것은 어디로 갔는지 겨울 따라갔는지
저 들판에는 포릇포릇한 잎들과 꽃들이 깔렸다.
언니야 발맞추어 걸어 나가 맘껏 뛰자
그리고 우리끼리만 좋아 말고 아버지 어머니까지 모시자.

우두산牛頭山에 앉은 눈이 오직이나 밉더니?
가지에 새 움이 안 돋음을 오직이나 기다리던?
언니야 이제는 그 맘도 사라지고 그 형용도 없어졌다.
오직 우리 가슴에는 즐거운 봄노래가 장단 맞춘다.

아버지께서 극락세계는 어떻다고 말씀하셨지
새 울음 꽃피는 아담스러운 이 봄 얼굴이 곧 그곳이 아니냐?
언니야 웅크린 낯을 버리고 오직 활기 있게
이 봄을 치마에 담아 할머니에게 드리자! 오— 언니여!

(1932년 3월 6일)

꽂아 주셔요

이 땅에 이 말*에 봄은 왔는데
내 가슴 이 맘엔 병들었슴네
즐거운 봄꽃을 꺾어 가지고
우울한 이 맘에 꽂아 주셔요.

섧다는 이 말을 듣기 싫다고
향좁스런 그 꽃을 안 꽂아 주면
애타는 내 맘은 어찌 됩니까
불덩이 가슴만 더욱 타지요.

(1932년 3월 7일)

석양夕陽

이때껏 빛을 놓던 그 해님도
붉은 옷 입고서는 설움을 안고
까마귀를 불러서 노래 불키고**
들기 싫은 서산西山에 잠자러 가요.

설움을 부른 노래 까마귀도
아비를 잃어버린 아이같이요
더욱더욱 목메어 울음 웁니다.

* 마을.
** 부르게 하고.

배고프고 힘없어 울음 웁니다.

(1932년 3월 8일)

황혼黃昏

밝음이 사라지고
쌀쌀히 부는 바람
까마귀 울음이 애달파라!
오오— 산곡山谷의 황혼黃昏이여!

움 없는 나뭇가지
기氣 없는 마을 집!
안타깝게 흘러라 시냇물 소리
오오 어둠에 품 안겨

거지는 밥그릇 끼고
힘없어 뵈는 늙은이 잡기 쉽고
저— 산비탈의 길을 걸어라!
오오— 그도 어둠에 달려

가슴 아파라 가슴 아파라!
내 가슴이 어쩐지 이곳에서 아파라!
부엉이 울음이 나는 이 어둠에
불 등빛 반뜩이는 그때 아파라!

(1932년 3월 31일)

양복쟁이가 구불어졌소

양복쟁이 휘다쿵 자빠졌다네
비 온 뒷날 대낮에 거리 우에서
남이 볼까 두려워 꼬리 감춘다.
고소하고 맛나라 아이 맛나라

돈과 의복 없는 놈 저리 가라고
그놈 집 앞 지나면 막아서서는
주먹 쥐어 뽐내는 재주 없는 놈
고소하고 맛나라 아이 맛나라

부잣집의 아들로 술타령하고
궐련 사서 피우며 공부 안 하고 부잣집
남의 집의 처녀에 춤*을 흘리는
미운 자식 저 자식 고소하구나

자기 아비 서울서 양복 한 벌을
글 잘하라 비싼 것 사서 주더니
그것 입고 잘난 체 잡귀 집혔네**
미운 자식 저 자식 고소하구나

지금에도 나에게 골도 두더니***

* '침'의 지역어.
** 잡귀 붙었네.
*** 화도 내더니.

잘못하여 그 몸이 때기쳤었소*
흙투성이 되어서 줄달음친다
뒤꼭지에 "에끼 놈 깨소금이다."

(1932년 4월 15일)

처녀處女여

처녀여 달이 밝다고 나서지 말라
고요한 밤 님이 그리워 달 쳐다보다가
너의 고운 자태가 이슬에 시들어질까 염려다!

새 움

흙의 품 안에서
따뜻한 광선光線을 받아
보들보들한 잎은
남몰래 대지大地 우에 나왔다.
　　　×　　　×
새 희망과 새 동경과
새 생명을 바라고
이 세상에 봄 따라 나온
고목古木의 움 품의 움

| * 패대기쳐지다.

136

일 년 되지 못한 목숨을
일시의 청춘으로 그들이 나올 때
아— 귀여운 처녀여 꺾지를 말아라!
아까운 세 살 먹은 애 죽음과 같음을 오오— 그대여 알아라.

동생을 부름

귀엽고도 사랑스런 나의 동생아
오늘 하루 글 배운 것 그만두고서
둘이 함께 손목 잡고 바깥 가서는
새소리에 품 안겨서 노래 부르자

귀엽고도 사랑스런 나의 동생아
물 흐르는 냇가에서 춤추고 있는
버들강아지 한 가지를 꺾어 가지고
유창히도 소리 나는 피리 만들자

귀엽고도 사랑스런 나의 동생아
물소리는 끊임없이 장단 맞추니
아양 있는 너의 춤을 빌려 가지고
우리들의 설운 밤을 씻어나 다오

귀엽고도 사랑스런 나의 동생아
푸른 잎이 솟아나서 해에 비추고

사늘스런* 바람 속에 휘청거리니
너희는 불러다오 봄의 기쁨을

귀엽고도 사랑스런 나의 동생아
꽃 우에서 나비들이 즐거워하고
그 꽃들도 다투어 향기 내노니
너의 뺨의 거죽에는 봄이 왔구나

꽃

꽃 보고 가는 것가 향기 믿고 가는 것가
층암에 드리운 모양 차마 잊고 못 견디네
이 몸도 청춘이러니 그를 즐겨 하노라

저 꽃님 나려오오 이 무릎에 앉으소서
늙음이 가까워 오니 어느새 시들을걸
그 자태 향기에 취해 세간사世間事를 몰라라

흐르는 맑은 물에 잠길 듯 안 잠길 듯
정열이 타오름도 꺼질 듯 안 꺼질 듯
아서라 인생 희롱戲弄이니 힘껏 참아 가노라

꽃 중에 흰 꽃 즐겨 한 가지 꺾어다가

| * 사늘기라는.

설움을 잊으려고 벽 우에 걸었더니
옛 가지 차마 못 잊어 그를 서러워하더라

(1932년 7월 1일)

자연自然의 소리

우두산牛頭山 바람 불어 해인사海印寺를 씻어 가고
맑은 물 소리치며 홍류동紅流洞에 잠들었네
어쩌다* 고금古今 이래로 나려갈 줄 아는고

봄철이 여름 되고 가을이 겨울 되니
새들의 즐거움도 커졌다 낮아졌다
이곳에 가는 것이란 인생인가 하노라

녹수錄水야 흘러가라 인생아 늙어 가라
청풍淸風이 불든 말든 이즌** 달이 차든 말든
이 몸은 내 길을 찾아 하염없이 가노라

(1932년 6월 26일)

별노래

별님 별님 동무 별님

* 어쩌다.
** 이지러진.

저 하늘에 반짝 별님
우리 엄마 젖 줄 적에
감을감을* 그 눈초리
    ×   ×

나는 나는 저녁때에
학교 보내 줍시사고**
우리 엄마 무릎에서
눈물눈물 조루었소
    ×   ×

나는 나는 동무 없어
이 한밤에 외로웁네
건너 산에 작은 새도
동무 없어 울음 우네
    ×   ×

별님 별님 동무 별님
나의 마음 아시는가
훌쩍훌쩍 울음 울고
감을감을 나를 보네

(1932년 7월 2일 해인사)

매암이

매암매암 매암이 산에서 운다

* 가물가물.
** 주십시오, 라고

140

씰룩씰룩 처량히 흥 내어 운다
남쪽 나라 더운데 여름은 와서
매암매암 매암을 울리게 하네
          ×   ×
매암매암 매암이 들에서 운다
씰룩씰룩 처량히 흥 내어 운다
바람소리 물소리 함께 섞여서
매암매암 매암이 울기만 하네
          ×   ×
매암매암 매암아 비가 올 제면
여름철도 갔는가 울지 않느냐
우리 누님 네 울음 서서 듣다가
아버지께 맞음이* 슬퍼 안 우냐
          ×   ×
매암매암 매암아 여름은 간다
언제든지 즐겁게 울고 있느냐
닥쳐오는 찬바람 생각하여서
슬픈 노래 불러라 기뻐하지 마라

(1932년 8월 9일)

홀나비

나비나비 홀나비 무엇을 찾나

----

* (매를) 맞음이.

훨훨 펄펄 그 걸음 힘이 없구나
아침 이슬 못 먹어 배가 고프냐
꽃에 꿀을 못 찾아 힘없이 나냐

나비나비 홀나비 봄을 잃었나
훨훨 펄펄 맥없이 날아다니게
짝 동무를 못 찾아 슬퍼 나느냐
쉴 데를 못 들어 힘없이 나냐

나비나비 홀나비 바람이 분다
해죽해죽 해죽어 날지를 말고
고운 나래 굽친다* 바위로 가라
그라느면** 우리 집 처마에 자라

나비나비 홀나비 비가 온다야
더듬더듬 더듬어 날지를 말고
고운 나래 적신다 잎으로 가라
그라느면 내 품에 날라오너라

나비나비 홀나비 여름은 간다
봄꽃을 찾으려고 헤매는 동안
여름철도 짙어져 가을을 맞는
애달픈 홀나비야 어디로 갈래

(1932년 8월 9일)

* '구겨진다'의 지역어.
** 그렇게 하지 않으려면.

맑은 물

숲 사이로 흐르는 맑은 물들은
함께 서로 손잡고 흘러나리네
서늘스런 그 자태 어디서 왔나
구름 나라 선물로 이 땅에 왔네

졸졸졸졸 흐르는 맑은 물들은
이 땅 우의 거울이 되어 있어요
구름 얼굴 하늘을 아듬어 있고
저녁 별님 반짝을 감추고 있네

숲 사이에서 흐르는 맑은 물들아
너희들의 앞길이 어드메느냐
동쪽 나라 바다로 길을 걷느냐
아침 해님 모시려 흘러가느냐

졸졸졸졸 흐르는 맑은 물에게
어린 솜씨 만들은 대배를 뛰네*
어머니가 그곳서 이 배를 타고
오도록만 비옵네** 풀피리 부네

(1932년 8월 9일)

* 띄우네.
** '비네'의 높임말.

여름비

구름이 모여들어
빗님을 땅 우에 나리우네
이제는 사死도 생명을 얻었어요
"나리소서 나리소서!
하나님이여 비 나리소서!"
이제는 그 소리는 간 곳 없어요
억조창생億兆蒼生이 우러러
눈물을 올리어 애원哀願이
이제는 그 눈물이 땅 우에 드리웠어요

(1932년 8월 4일 거창)

다리 밑 별님

그믐의 하늘에 별님
다리 밑 물 밑에 반짝
한숨의 바람이 슬쩍
조는 그 얼굴 놀래

천 리千里에 님 얼굴 어려
이 가슴 말리는 어둠
피리의 소리가 쓸쓸
다리 밑 별님은 침묵

(1932년 8월 4일)

144

애달픈 방랑아放浪兒

낙망落望과 주저呪詛를 거듭한 나그네
탄식歎息과 비애悲哀의 품에 안겨서
울음과 한숨의 배에 실리어
눈물의 바다로 흘러갑니다

(1933년 8월 5일 가조* 오는 길)

물을 차는 무리

시냇물 소리 없고
바람도 가물음** 탄다
이 지구의 생명
물은 자취를 감추고 말았다

어지럽게 어지럽게
몸의 끝을 찾는
나비의 춤도
나락 잎에게 미움 받는다

삶의 목숨을 구求하는 헐떡거림
버러지들의 사체死體
인간의 불덩이 가슴

---

* 거창군 가조加祚.
** 가뭄.

오! 우주의 생명이여

(1932년 7월 31일 마정)*

님을 이별離別한 님

님 두고 가는 몸이 어이하야 잊으리오
한 걸음 두 걸음에 나는 것이 눈물이라
가슴이 억매여지노니 그도 또한 설워라.

간다고 말만 하고 가지 않는 저 님이여.
큰마음 잡수시고 용기 있게 나아가소
가는 길 험할지라도 이곳에서 비오리.

산 넘고 물을 건너 이 앞길이 얼마련고
황혼에 한숨 쉬며 깃들 곳을 찾노매라.
님 얼굴 눈물에 섞여 오늘 하루 지났네.

날 좋고 구름 낄 제 이 마음은 변치마는
방 안에 앉은 그대 언제든지 변찮으리.
님께서 보내는 바람이니 찹고 덥지 않으오.

세상에 위대한 것 사랑이라 일컫네
사랑에 거룩한 것 님과 님의 가슴이라

---

* 마정馬丁. 지금의 합천군 가야면 치인리 2구 마장馬場. 밀징이라고도 힘.

다만지 애달파지는 것은 세월인가 하노라.

낮에는 환영幻影인데 꿈속에는 뚜렷하네.
분명히 누웠건만 본능이란 우스워라
천 리에 그 님 얼굴과 맞대어서 웃노라.

잠 깨고 나서 보면 엊저녁의 그 자리라.
찾던 달 이즈러져 서산西山에 걸렸네
바람이 불어오니 그 꿈도 도망했나.

멀수록 가까운 것 전날의 마음이라
공간空間을 통하여 말만은 못하오나
영靈과 혼魂 우리 모르게 왔다 갔다 합니다.

새소리 바람 소리 물소리 벌레 소리
눈물과 한숨이오 이별과 고독이라
이것이 님께서 주시는 선물인가 압니다.

님이여 님이시여 단정할사 거룩할사
천환天歡의 실마리도 만나 보면 풀어질
범부凡夫의 야릇한 정은 쉴 새 없이 부르네.

거룩한 님이시어 안심安心 좋이 계시옵소
앞길이 천겁千劫이오 만해창파萬海滄波 나타나도
그대를 위함이오니 걱정 없이 기다리오.

(1932년 8월 5일 가조 넘어오는 길)

비

비야 비야 너 왜 오니
아침절*에 안 온 네가
건너 마을 일하러 간
우리 엄마 못 오겠다.

비야 비야 너 왜 오니
아침절에 안 온 네가
등 너머 밭 김매러 간
우리 누님 못 오겠다.

비야 비야 오지 마라
빨아 입은 누덕 옷에
사정없이 나리우면
엄마 누님 눈물진다.

비야 비야 오지 마라
우리 집만 우비 없다
일하러 간 엄마 누님
마중 나갈 우비 없다.

(1932년 9월 8일 해인사)

| * 아침결.

가을바람*

가지에 걸린 거미줄 희욜** 줄 알고
환상幻想의 실마리는 몰유지*** 못하는
가을의 바람은 어찌 쓰라려
옛 기억 상자만 모시고 와요

풀잎에 맺힌 물구슬은 떨어뜨리고
어머니 그리워 눈물은 말리지 못하는
가을의 바람은 가슴을 희매며****
헤어진 꿈터의 설움만 불어 주어요

(1932년 9월 8일)

소년少年의 노래

어야디야 이마에 수건 동여라 어야디야
보드라운 두 팔에 괭이 쥐어라
씩씩하게 일터로 나아가잔다
어야디야 동무야 돌부리 파자

어야디야 동산에 해가 오른다

---

* 이 시는 155쪽에 실린 「비애의 가을」과 한 군데만 제외하고 본문이 같다. 2연 '그리워'가 「비애의 가을」에
서는 '그리는'으로 되어 있는 점이 그것이다. 따라서 이 둘을 같은 작품이라 볼 수도 있지만, 허민이 각기
다른 이름으로 육필 시집에 실었던 점을 그대로 따라 전집에서도 두 작품으로 나누어 싣는다.
** '휘어질'로 여겨짐.
*** '모으지'로 여겨짐.
**** '헤매며'로 여겨짐.

풀밭에는 이슬이 맺혀 있고나
즐겁고나 새소리 처량하여라
어야디야 동무야 풀을 매어라

어야디야 서산에 해 넘어간다
하루 종일 일한 몸 피곤하고나
저녁연기 오른다 쉬지를 마라
어야디야 동무야 흙을 파잔다

어야디야 하루는 짙어 간다
집 모양을 생각곤 슬퍼하지 마라
하루뿐만 아닌 우리 일이다
어야디야 동무야 노래 불러라

(1932년 9월 27일)

해인사립강습소海印私立講習所 운동가運動歌

다사로운 광명光明에 쌓인 우리들
즐거웁네 그 마음 어디 비하랴
씩씩한 그 용기를 모두 내어서
오늘 날의 운동을 힘껏 해 보세

하늘에는 구름이 하나 없구나
땅 우에는 바람이 살살 불고나
회려하게 장식한 운동장에는

남녀노소 모두 다 박수쳐 주네

해인사립강습소 이름 내기는
우리들의 마음에 매여 있도다
모자라는 힘이라도 모두 뽐내어
최후의 승리를 얻어 봅시다

기다리던 운동회 닥쳐왔도다
즐거웁게 씩씩케 활발스럽게
용기 우에 용기를 더욱 더 내서
아— 우리 운동날 오늘이로다

(1932년 9월 28일)

설움

한숨이 나요
내 가슴에서 추억에 부대낀
부드러운 풀들을 흔들 만한
섧디섧은 한숨이 흘러요

눈물이 나요
내 가슴에 감춘 님 이별의 실마리가
부드러운 풀들을 기를 만한
쓰디쓴 눈물이 흘러요

여름은 갔어요!
추억의 아궁에서 연기가 흘러
얇디얇은 가슴을 조아* 매는
애달픈 가을이 돌아왔어요

청춘은 져요!
봄이 잎과 함께 한숨에 불려 온 눈물에 흘러요
애달픈 가을에 매여서 병든 몸은
옛일에 얽힌 맘은 늙어요!

달구경

동녘에서 달 오른 지가 매우 오래건만
구름에 덮인 그 모양은 아직 볼 수 없어요.
오늘 밤 달은 십오야十五夜를 표증한 달인 줄 알고
저는 잔디밭을 지나 맑은 시냇가로 나왔어요.

바람이 불어 내 가슴 쓰담고**
수양버들 늘어진 가지를 흔들어요.
달은 안 나와 물 위에 짓는 곡선曲線을 볼 수 없으나
다못,*** 물소리만 듣고는 달님 오시기만 기다리겠지요.

* '조여'의 지역어.
** 쓰다듬고.
*** '나만'의 지역어.

바람이 힘차게 불어 구름을 몰아내면
물에 내린 달 얼굴을 보련만
수양버들 물 우에 그 마음을 그리는 것을 생각코 놀랠까 염려해서
차마 불어 줍시사고 빌지 않겠어요.

달님이 스스로 나타나 물 밑에 잠기어 있을 때엔
버들가지가 온순溫純스럽게 달님에다 얼굴을 그리고 있을 것을 느끼며
저는 눈을 또렷이 뜨고 보고 있겠어요.
타향에 계신 저의 님 얼굴을 행여 그려 줄까 하고는.

밤

만상萬像은 숨 쉬지 않고 잠들었다.
목 아프게 울던 새며
고민에서 헤어날 수 없던 인생은
우주의 묶음에 목을 바쳤다.

가슴을 보듬어 눈물 참으며
긴 한숨 서리어 이 몸 감을 제
그때에 인생은 조금씩 미끄러져 갔다
순간의 떨림도 다시 올 줄 몰랐다.

월송月頌

어젠 듯 기운 달이 한 달 전에 둥근달이
이내 몸속 태우려 날마다 괴롭히려
백공白空에 웃음 웃으며 나만 보고 걸렸네

솔가지 숨었으나 솔의 열매 완연하고
물 밑에 나리우니 해용궁海龍宮의 거울 같네
이 가슴 슬픔을 더하니 지옥문地獄門의 독구*라

저 달아 너 오름은 누구 위해 올라왔니
슬픔 몸 위안하고 기쁨 몸 더 깊게
아서라 세월농악歲月弄樂이니 너와 놀면 무심코

동쪽서 서쪽 나라 몇 억만 리億萬里 누웠건만
헐떡임 내지 않고 쉬운 듯이 건너가네
저 달아 너 빛 아래서 통곡함을 아느뇨

찼다 기우나니 너는 어이 그 팔자八字냐
울었다 울음 울다 우리 어이 이 사주四柱냐
너무도 갈 길 막연해 희롱함이 그런가.

* 여기에서는 「님이 온다 하기로」(97쪽)와 달리 '개'의 일본식 소리를 뜻한다.

비애悲哀의 가을

가지에 걸린 거미줄은 희율 줄 알고
환상幻想의 실마리는 몰유지 못하는
가을의 바람은 어찌 쓰라려
옛 기억 상자만 모시고 와요

풀잎에 맺힌 물구슬은 떨어뜨리고
어머니 그리는 눈물은 말리지 못하는
가을의 바람은 가슴을 희매며
헤어진 꿈터의 설움만 불어 주어요

가야찬伽倻讚

가야伽倻 좋다느니 그 말이 거짓말이
젊은이 찾아들면 돌아설 줄 모르고나
홍안紅顔이 백발白髮 노쇠老衰니 그를 설워하노라.

청수靑水 녹엽綠葉엔 월세풍越世風 불어오고
고봉高峯 석암石巖에 백련白蓮인 듯 구름 논다
창공蒼空을 품은 맘이 가야를 울리도다.

가야 이 선경仙境을 흐르난다 맑은 물에
모지지 않는 심서心書로써 님 소식을 실어서
애틋한 세간世間 사람께 알리는 게 옳게나.

날으는 새 짐승은 숲만을 찾건마는
듣고 온 인간들은 숨겨 갈 길 잃었거니
중봉中峯을 암도는* 안개 이들의 시름인가.

평지平地서 쳐다보면 운무雲霧의 조화造化인데
길 따라 오르는 이 와서 보면 다 같구나
듣던 말 간 곳이 없고 산에 홀로 놓였네.

이런들 어떠하리 저런들 어떠하리
진세塵世 부대낀 몸 삶 길이 아득한 몸
마회**를 던져 버려라 너와 같이 일생一生을.

(1932년 12월 2일)

---

* '감도는'으로 여겨짐.
** '마회魔懷'로 여겨짐. 마음을 어지럽히는 번뇌.

제3부

제5시집第五詩集

미명 시집未名詩集*

시월 우일雨日

비는 시월十月 비!
잎은 황엽黃葉
새는 가을에 울고
바람은 산에 잔다

　　눈물은 비일까?
　　한숨은 바람일까?
　　그리움이 새 울음이라면
　　청춘은 황엽이랄까

비는 말없이 나리고
잎은 소리도 없이 떨어지거든
새 울음은 까닭이 없고
바람은 자취도 없다

　　비는 눈물에 자고
　　바람은 한숨에 고이며
　　새는 공허空虛에 부르짖고
　　낙엽은 적막寂寞에 인다.

(11월 작)*

| * 앞쪽에 있는 몇 작품에는 해가 적혀 있지 않으나, 1933년 11월에서 1934년 2월 사이에 쓴 작품들이다.

농부農夫 심중心中

두 팔 팔짱 끼고 힘없이 선 저 농부야
앞뜰에 심은 벼가 금파金波 하늘 어여뻐도
어찌타 수심愁心 만면滿面에 장탄식長歎息이 어인 일고

여보 말 들어 보 그런 말씀 아이 마소
사십 년四十年 처음 수재水災 겪은 가슴 안 쓰리오
게다가 내 것 아니니 헛수고하였구려

아침저녁으로 생각는 건 살길이오
꿈에도 못 잊을손 남의 논 부친 것은
한수재旱水災 치르고 나면 우리 차지 몇 말일까

못 죽은 목숨이라 할 수 없이 괭이 쥐나
두 어깨 얹힌 짐은 밤낮에 묵어가니
도대체 농부 팔자란 험악險惡 두 자字뿐이죠

하나 여보 손님 이 길이 참길이오
하고 또 하여서 피 뼈가 갈아져도
우리는 이 일뿐이니 죽음 온들 피하리

(11월 2일 야)

구원久遠

바람이 자니 우주도 잠이다.
달이 안 뜨니 별조차 꿈이다.
인생은 기식氣息하고
삶은 문門을 닫은 듯 묵묵하다.

적막에 잡힌 중中에서도
산 넘고 물 건너 별들을 더듬어
내 맘의 가는 길.
어둠의 덩굴을 헤치고 헤쳐 가는 곳.

산도 아니오 물도 아니며
하늘의 별과 달에도 아니고
대지大地의 모든 무리에게 아니며
꿈도 아니고 삶에도 아닌 내 맘의 가는 길.

고요함을 타 솟는 맘
인간고人間苦의 쓰린 상자 안에서 부딪친 맘

(11월 7일 야. 안림 박금조가*에서)

* 경상북도 고령군 안림면安林面 박금조가朴今鳥家

약심躍心

내 마음 가는 곳 무궁화無窮花 피는 곳
꾀꼬리 노래에 춤추는 그곳
검붉은 색시가 호미를 쥐고
땀방울 흘리는 묵은 밭언덕

내 마음 도는 곳 하얀 꽃 웃는 꽃
실버들 물가에 움츠리는 곳
끄실린* 두 뺨에 웃음 띠우고
온몸에 때들을 씻치는** 물 우

내 마음 감도는 닭 소리 높은 곳
새벽녘 들판에 노래 나는 곳
괭이를 쥐고서 일하는 동무
아침빛 비친 대지大地의 기쁨

(11월 15일 곤양 외가에서)

어둠의 거리를 걸어서

떠나간 옛 동무를 가슴에 얽고
지나간 꿈터 우로 거닐었더니
어디서 피리 소리 떨리어 오고

---

* '그을린'의 지역어.
** '씻기는'의 지역어.

무너진 돌성城 우에 희미한 별빛

고요히 잠이 든 찬 거리에는
조을 듯 꺼질 듯이 등불은 비쳐
옛날의 어린 동무 발자취 소리
가슴속 그윽이도 들려오네

어디로 향하여서 걸어가 보니
눈물진 이 땅에서 잠 못 이룬 몸
옛적에 그리던 곳 내 동무 간 곳
어둠을 더듬어서 걸어가리라

(11월 16일 곤양 외가에서)

사랑의 몽상夢想

꽃들은 시들어 열매 맺으나
님들은 나눠져 눈물만 남아
열매를 안 맺는 꽃이랄진대
사랑도 아침 들 선안개지요

바닷가 갈대가 나부껴도
안 부는 바람에 흔들릴거나
님이라 이저곳* 눈물 젖어도

* 이곳저곳.

눈물이 자는 곳 참사랑이죠

(11월 16일 곤양)

밤노래

달빛에 구슬피 우는 벌레
풀잎에 반짝이는 밤 내린 이슬
벌레는 달빛에 하소연하고
이슬은 가을밤 눈물이러라

지나간 꿈노래 듣노라니
낙엽에 바람 일어 땅에 구르네
엿듣는 내 가슴 묻힌 꿈빛은
살뜰히 끔벅임 하늘 별 모양

(11월 19일 곤양)

내 사랑 가신 곳

내 사랑 가신 곳은 산山 넘는 나라
노을 비긴 새벽에 흰 꽃이 피는 곳
넘어넘어 가려면 언제나 만나리
산 우에서 그리다 눈물지고 오네

내 사랑 가신 곳은 물 넘는 나라

하얀 물새 창파蒼波에 나래치는 그곳
건너건너 배 저어 언제나 보려나
한숨지다 갈대만 만지다가 오네

내 사랑 가신 곳은 흰 구름 나라
달과 별을 껴안는 사랑의 그 나라
올라올라 가는 넋 분홍빛 마음 우
흩어졌다 모이면 내려다보시리

(11월 20일 곤양)

강江 막힌 내 사랑

그리운 너를 가슴에 고이 안고 잠들랴 하니
달 내린 강변에 물새의 울음
내 맘의 그림자는 사라지노나
이슬에 젖은 꽃아 지난 내 사랑아

이 강 언덕을 세월은 흘러가고 눈물만 남아
바람에 밀리는 물결의 소리
그대의 자취인가 귀 기울이니
저녁날 연기러라 지난 내 사랑아

애달픈 청춘 흐르는 강물에 띄워 보내리
그동안 접힌 설움 풀어 버릴까
백구는 옛터로 찾아가건만

너는 왜 못 오시나 강 막힌 사랑아

(11월 20일 어* 곤양)

조부모祖父母님 묘墓를 찾아

죽음이 무엇이고 삶이 무엇이고
죽음이 있으니 삶이 있고
삶이 있는 탓으로 죽음이란 것이 있는 것이어든
인생은 꿈에서 울고 기뻐하는 것이다.

삶으로 오는 길이 참길이라면
죽음의 길도 참길일 것을
정情이란 것이 가로막아
두 가지 길을 가려 놨는가?

집은 산 사람의 것이고
산은 죽음을 묻나니
아름다운 산이라 하여도
죽음을 띠니까 무섭게 뵈는구나

아— 죽음이여 누구가 이름 지었느냐
만발한 꽃에 나비가 놀아도
여름비에 시들어 버리면

| * '어於.'에서.

봄도 속절없이 가고 만 것이니……

인생아! 너에게는 각기 죽음의 폭탄을 가지고 있다.
생명의 도화선에 세월과 병病의 불이 타들어 간다.
그러나 위태함을 알면서도 끌 수가 없다.
나를 창조한 신神일망정 못 꺼 주는 것이다.

남산南山 너머로 가신 조부모祖父母님 자취를 더듬어 옛날의 얼굴을
가슴에 그리면서 걸어갔었다.
한 걸음 두 걸음에 솟는 내 맘은 이승에서 저승을 가는 느낌이 들었다.

땅에는 뭇 물건들이
가을이 왔다고 기氣를 죽이고
하늘 우으로 떠나는 새들 구름이
내 맘을 아는지 비장한 표정을 가졌었다.

꿈을 꿈을 걸어 나가는 길
이 길 우으로 죽은 육체에 남은 영혼은 울고 갔을 것이다.
그것은 일생을 애달픈 중에 맞추어 버린 쓰라린 생애를 돌보면서……

황토산 우에 주묵주묵이* 솟은 묘들
그 무덤 속에는 가지가지 죽음을 감추었을 것이다. 아사餓死, 익사溺
死, 피타사被打死,** 병사病死, 악사惡死,*** 늙은이, 젊은이, 여자, 남자, 지

---

* '조그맣게'보다 큰 뜻으로 여겨짐.
** 매 맞아 죽음.
*** 나쁜 일로 죽음.

금 뼈만 남은 무덤과 썩어 가는 살, 흙이 되는 무덤이 있을 것이다.

나는 이 가지가지 무덤 사이를 걸어요.
단테가 지옥地獄을 지날 때 내 같은 맘을 가졌을까?
하믈릿*이 오피리야**의 관棺 전前에서 통곡함이 내 가슴의 눈물 같았을까?

할아버지! 할머님!
불효한 외손자는 무덤으로 찾아왔습니다.
만나러 왔지만 왜 대답이 없고 얼굴도 사라졌으며 무정한 무덤만 대하게 합니까
두 분 다 돌아가실 적에 저를 보시지 못하였지요! 외손자는 방앗고***
라고 말씀하심이 오늘날에 증명하였습니다그려!

옛날 제가 어릴 때 제가 그리던 낙원樂園
이 낙원을 인도引導하려고 하였을 때 외조부님은 갑자기 허무하게도
세 맘을 서버리시고 외딴길로 돌아가셨습니다 아—

오— 이제는 할 수 없습니다. 죽음을 원망怨望한들 어쩌겠습니까
죽음길에 막아서서 외조부님을 가시지 말라고 하였을지라도 할 수
없었을 것입니다.
다못 외조부님은 최후의 일별一瞥을 못하신 것을 서운히 여기시고 이
돌자갈 많은 길을 오시며 울었을 것입니다.

* 햄릿.
** 오필리아.
*** 방앗공이.

용서하십시오. 예전 제가 잘못할 적에 용서하심을, 오늘의 저의 죄罪를 용서하셔요. 할아버지 할머니 왜 대답이 없습니까.

대답이 없으시면 그러면 용서하신단 말씀입니까?

이왕에 돌아가셨으니 옛날의 그때는 두 번 다시 안 올 것이오며 어린 저의 앞길이나마 돌보아 주십시오 이것이 저의 축원祝願이옵니다.

아— 생각하니 눈물입니다.

저를 부르신 말씀! 엎드렸으니 저의 귀에 그윽이 들리어오는 듯 느낍니다.

저의 어린 몸에 나오는 눈물이 이 무덤을 떠내려가도록 흘려도 저의 맘은 가라앉지를 못할 만큼 비애悲哀에 잠겼습니다.

저는 갑니다. 이후에 몇 번이나 이곳을 올지는 모르겠으나 이번만은 갑니다.

가고 싶지 않은 마음이야 오죽하였겠습니까마는 제 몸을 얽매여 논 사정이란 것이 들어주지 못하여 가옵니다.

까마귀는 솔가지에서 울음을 운다.

나는 무덤 앞에서 눈물 젖었다.

흰 구름은 무심하게 떴고

산들거리는 바람은 박정하게 분다.

에라 죽은 이는 죽고 말았다.

아무리 인생이 죽음의 꽃을 가지고 있다 하더라도 삶의 향기는 잘 맡아야 한다.

죽음의 주문呪文은 불살라 버리자.
앞길의 곡보曲譜에 노래 부르자!
　인생은 꿈이지만
　삶은 환영이지만.

(11월 20일 곤양)

농촌農村의 아침

좁은 이 들에도 새벽이 온다고 여태 곤잠에서 죽은 듯한 삶은 보시시 눈 부빈다.

동쪽 하늘에 시커넣게 구들장같이 덮인 구름이 새벽빛을 입어 성낸 사람이 웃는 것같이 붉그티티*하게 물들어 있다.

"꼬기요—" 아침 안개에 아득어 있는 산山 밑 마을로부터 속임 없는 닭소리 붉은 동쪽 하늘에 기어오르듯이 은은하면서도 군세게 펴져 나간다.

대지大地의 고요하던 상자의 뚜껑은, 이 소리로 살그머니 열렸다.

집집의 살문**은 열려 간다.

길거리로 걸어 나오는 일꾼들!

그들은 눈꼽이 낀 얼굴에 웃음으로 화장하고 무거운 거름 지게를 어깨에 지고 나간다.

남녀노소들이 모여 거리에는 드문드문한 일꾼들이다.

괭이와 거름 소쿠리를 쥔 남아해男兒孩들 계집아이들은 부수수한 머리 우에 물동이를 이고

아침 공기를 바쁘게 들이마시고 바쁘게 걷는다.

* 불그죽죽.
** 사립문.

튼튼한 땅을 걸어 나가

삶의 아름다운 대리석大理石을 완상玩賞하려고

보하얀* 김이 뭉실뭉실 피는 논밭으로

또는 대자연大自然의 젖[乳]인 맑은 물을 길러 냇가로!

닭은 또 울음을 일제히 치켜들었다.

소의산 꼭대기에 학두홍鶴頭紅 같은 햇빛은 얹혀 점점 커져 뻗쳐 내려 온다.

둘러선 산 우으로 안개는 답답하게 걸리었다.

그것이 바람이 불 때마다 슬슬 피하여 나간다.

남산南山 중허리에 띠를 두른 듯한 김은

들판에서 일하였던 지난날의 농부들의 한숨의 표현인가?

그렇지 않으면 갑갑한 현실現實이 장차 아침 햇발에 사라질 기쁨의 전면前面에 걸린 고연苦煙과 같음을 보여 줌인가?

또 그렇지 않으면 애달픈 이 설움을 보십시오라고, 인류人類를 연민憐憫하는 신神이, 지어낸 자연의 신전神前에 보내는 선물일까?

"요놈의 논이 누 놈의 것인데

사람의 억장을 다 태우노.

아리랑 아리랑 아라리요 아리랑 저 너머로 날 넘겨 주소"

이런 노래가 들려온다.

"내 힘이 세서 역발力拔 천지天地한다면

앞에 놓인 남산을 차 던지겠건만

| * 보얀.

171

에헤용 에헤용 아이구나 답답해
내 가슴 타는 불 소방대消防隊도 못 꺼 주어"
이런 노래도 어쩐지 답답하게 들려온다.

마을 집들은 서리에 덮인 채 조리 없이 세워져 있다. 그 사이사이에
빗자루같이 선 포플러 나뭇가로* 아침 끼를 짓는 연기가 가난한 집 부잣
집 할 것 없이 자유롭게 오르고 있다.

들판에는 일꾼들이 소를 몰고 씨를 뿌리고 흙을 때리고 있다.

가지가지 우습고 답답하고 명랑한 전망展望의 노래가 그들의 입술 밖
으로 터져 나와 아침 하늘에 불덩어리를 피운다.

그들은 그들의 노래를 따라 괴로움을 풀이하고, 삶의 제단祭壇 앞에
서 합장하는 것이다.

그들은 핏기 없는 죽살이 무엇의 지장支障인 것도 모른다.

그들은 괭이와 지게와 쟁기를 원망할 줄도 모른다.

그들은 새벽길에 감기感氣 들고 저녁 걸음에 고달픈 줄도 모른다.

다못 삶을 위하여 참된 길을 바라보는 늙은이나 젊은이나 여인들이
나 어린애들인 것이다.

그들 중에는 어제 곡상穀商에게 나락을 판 사람이 있다. 나락 한 근에
오 전 사 원 이것에 성낸 사람도 있다. 허나 우선, 아쉬움이 있는 거래야
나락뿐이니까 팔아야겠다는 것이고 나락은 농사지으면 생긴다는 배짱들
이다.

그러나 지금은 그렇지만 명년明年 봄에는 빚내느니 장리長利 내느니
하여 근근이 살아갈 사람들이다.

| * 나무 사이로.

172

그들 중에는 오늘 아침에 아들내미를 시켜 목화木花를 팔라고 이르고 자기는 들에 나가는 자들도 있을 것이며 남의 집 머슴과 북간도北間島니 일본日本이니 돌아다니다가 결국 고향만 못하여 일하는 사람들도 있을 것이다.

그들은 자력갱생自力更生이니 단발색의短髮色衣니 하는, 여태 듣지도 못한 무식한 자들이다.

"그저 사는 것이고 그저 흰옷 입는 것이고 선조先祖로부터 내려오는 상투인데 왜 잘라— 상놈들" 하고 성낸 자들이다.

"그놈들이 할 일이 없으니까 괜히 장보러 가는데 삿갓을 들치고 가시개*로 상투를 문지른단 말이야" 이런 소리를 하여 눈물짓는 노인들도 있다.

"인젠 면사도** 주재소도 못 가게 되어서 흰옷 입고 상투로선 에헤 참! 세상도 망하지 망해!"

햇빛은 그 힘찬 열광熱光으로 대지大地를 쏘았다. 새들은 기쁘다고 들우로 지저귀며 난다. 집에 나던 연기도 희미해졌다. 들판의 일꾼들의 이마에는 땀이 맺혔을 것이다.

돋는 햇빛에 안부를 드리는 닭 소리가 또 한창 시끄럽게 울렸다.

개들도 거리를 왔다 갔다 짖었다 뛰다 한다.

흰옷 입은 사람들이 땅 우에 또렷하니 빛을 낸다.

신작로新作路 길 우으로 시커먼 자동차自動車가 먼지를 날리며 달린다.

그 뒤에를 개미 걸음 같은 소구루마가 움직이고 자전거自轉車도 힘차게 달린다.

아— 활동의 아침은 다시 온 것이다.

* '가위'의 지역어.
** 면사面舍도.

"동무야 서러운 꿈 어서 깨라
아리랑 고개로 붉은 해가
두 팔을 벌리고 날아든다
아리랑 아리랑 아라리요."

보통학교普通學校 졸업을 마쳐, 갈 곳 없이 집안 농사를 짓는 친구가 아침 일을 마치고 괭이를 어깨에 걸치고 돌아오며 목청 좋은「아리랑」 곡曲을 끄집어낸다.

땅은 변함이 없이 어제의 얼굴을 하고 있다.

그러나 이 땅 우으로 걸어가는 사람은 어제와 같지 아니하고 또한 어제 일하여 놓은 것보다 아침을 지내고 나니 변해지도록 일을 하였다.

"밥 묵었나." "오냐." "보리갈이 다 했나." "오늘은 끝날 상숩다."* "옛 건너 논은 다한다고 했나니마는 몰라."

아침 먹고 난 후의 그들의 말이다.

거리는 바쁘고 시끄러워졌다. 등교하는 아동들! 면소面所로 금융조합 金融組合으로 사무 보러 가는 샐러리맨들— 그들의 얼굴은 곱고 빤지르르하다. 하나 그들은 현실現實을 고려하여 핸들을 잡은 운전수運轉手들이다. 장래의 지침指針을 바로잡으려고 애쓰는 가옥설계자家屋設計者들이다. 만일에 나의 맘의 바라는 바를 그들이 저버리지나 않으면……

"짧은 하루를 의미意味 있게 굳세게 보람 있게"

이런 슬로건 앞에서 배우는 자는 배움터로! 일하여 살려는 자들은 일터로!

| * '성싶다'의 지역어.

174

그들의 의지意志는 얼굴에 요동 없이 인印쳐 있다.

"근검저축勤儉貯蓄!
그리하여 부모처자父母妻子
안위공락安位共樂!"
이런 꿈을 머리에 그리면서.

아— 농촌! 아름다운 아침!
　그들은 이 품에 아듬겨 자유의 공기를 마시며 애꿎은 쓰라린 줄을 건
넉거리면서* 거룩한 삶의 전당殿堂 앞에서 조상의 핏줄을 저며 잡으며 기
도 올리고 있지 않느냐?

　그들은 이 변함이 없고 보드라운 궤도軌道 우에서 삶의 노래 영락永樂
할 북채를 쥐고 씩씩하게도 거리낌 없이 걸어 나가지 않느냐?

(11월 20일 곤양)

빨래하는 처녀處女

잔잔히 흐르는 시냇물 가에
어여쁜 처녀는 수건을 쓰고
들었다 내리는 방망이 춤에
물속의 얼굴이 방긋방긋해

| * '건드리면서'라는 뜻으로 여겨짐.

가슴속 어여쁜 붉은 마음은
냇가의 해숙인* 꽃이라 할까
바람에 흔드는 아름다운 꽃
물결에 나붓치는** 처녀의 모양

소리는 못 들은 체 얌전하지만
물장구치는 맘 아는 게지요
탐스런 머리채 쥐어 볼거나
울러맨*** 방망이 잡아 볼거나

(11월 21일 곤양 비봉천변에서)

진주晋州 남강변南江邊에서

1. 저녁

　고단한 아들을 아듬어 주는 어머니의 두 팔과 같이 저녁의 장막帳幕
은 고요히 내려간다.
　타임의 신神이 은신隱身하여 하얗던 공간에 신비의 막幕을 치고 먹으
로써 점점 어둠의 마크를 그리니 희미하던 전등電燈 불빛은 눈알이 또록
또록해진다.
　장롱에 조개〔貝〕 박힌 것 같은 불빛이 어둠을 배경背景하여 물 밑에
나리니 하늘의 별이 물에 나린 것이 제 그림자를 잃고 놀란 표정을 짓는다.

* '많이 숙인'이라는 뜻으로 여겨짐.
** '나부끼는'의 지역어.
*** '올려 든'의 지역어.

아— 용궁전龍宮殿 처마나 다리에 걸어 논 무수한 불이 수상水上에 나타남이나 아닐까?

뭇 소리는 지하철도地下鐵道를 탈 군중群衆이 몰려서 나려가듯*이 점점 기어들어 간다.

자동차自動車의 헤드라이트의 두 선선線의 굵다란 광선이 공중에 사斜로 런던 템스 천川의 다리같이 치켜들어 걸렸다.

남강南江의 물은 흐르는지 안 흐르는지 어둠과 입 맞추며 뭇 알궂은 혼魂을 아듬고 소리도 없다.

아— 어둠이다. 고달픈 어둠이다.

무한한 누리에 어둠이 가로막아서 천만 리 바깥 심사心事를 지척에 가져다준다.

신은 어둠을 낳고 인생은 고달픔을 낳았다. 고달픈 인생은 어둠의 구속拘束을 받아 밝음이란 자유를 찾는다.

여기는 닭 소리 개 소리는 들리지 않는다. 고요한 농촌의 소리와는 반대인 시끄럽고 귀 간질이는 세찬 소리뿐이다.

그 소리들이 일시一時에 잠의 나라로 어둠에 포위되어 떠나가는 것이니 이후의 체재體裁는 태고太古의 느낌 북극, 남극南極의 반년半年간 방인 것을 느낀다.

오— 고요한 밤 이 밤에 비명과 분노는 다—다 주머니에 넣어졌다.

도회都會에 만일 밤이라는 것이 없었더라면 고뇌 울분의 불덩어리에 태워져 볶일 것이다.

뭇 맘은 모아져 간다.
내일의 일을 가슴에 그리면서
오늘의 고달픔을 자리에 쉬면서
그러나 강물과 타임은 쉬지 않는다.
어둠은 깊어 가건만……
삶은 잠자지마는……

2.아침

가사자假死者가 숨을 돌려 몸을 조금씩 움직이는 것같이 밤의 그림자는 아침빛에 몰려 나간다. 어둠과 빛이 범벅된 사이로 비행기飛行機 연막煙幕과 같은 아침 안개는 널리 둘러 있는 산을 이불 덮고 있다.

강 건너 함석집은 많은 어린애들이 추워서 옴기좀기 웅크린 것처럼 피어 있다.

호랑이 가죽 같은 하늘의 구름은 싸늘한 가을 아침 하늘을 안 춥게 하여 줌일까? 평원平原의 가에 막힌 희미한 산꼭대기까지 덮여 있다.

처녀의 사랑의 맘같이 흐르는 남강의 물은 애꿎은 님으로 하여 피우는 한숨 같은 김을 올리면서 아득한 나락에 침묵의 이면裏面으로 흐르고 있다.

환상幻想의 무지개같이 아름푸시* 걸려 있는 진주교晉州橋는 자기의 중대한 임무로 생각지 않고 태연한 꿈만 꾸고 있다.

속 빠르게 달리는 광음光陰에 변함이 없는 하늘과 땅 그중에 삶만이 곰작곰작 옴직이기만 한다.

| *어렴풋이.

순순한 바람 앞에 종짓불*같이 쓰러질 듯 말 듯이 삶은 잠에서 죽고 활동活動에 살며 일정치 못한 궤도 우으로 취증醉症 냈다 정신 차렸다 하여 제한制限이 한이 있는 땅 안에만 뺑뺑 돌고만 있다.

강변가로 붙어 젊은이의 읊조리는 느린 곡조曲調가 흐르는 강물에 맞춰지며 점점 우렁차게 커져 나간다.

오— 밤의 기식氣息의 탱크에 아침의 출발出發의 가솔린을 넣은 것이로구나!

명랑明朗한 사이렌을 대지大地에 흠뻑 던져 주며 원기 왕성하게 달리는 자동차

활동의 포도鋪道! 온갖 느낌을 담뿍 아듬고 짚신감발하는 시대의 총아寵兒이며 괴동怪童인 기차汽車의 기적성汽笛聲!

고달픈 잠을 억제하고 그제도 오늘이라는 빛 있을 듯한 길 우를 바라보며 살려고 하는 젊은 거머티티한** 아낙네. 또는 처녀들! 머슴애들은 물동우*** 양철통을 이고 지고 대자연大自然의 젖통인 강변에 와서 길게 호흡하고 물을 마음껏 분량分量대로 떠간다. 그들은 수돗물! 현대現代의 인조식人造式 물은 못 열어 먹는 자者들이다.

한 소리 두 소리 한 무덤이 두 무덤이 침묵沈默의 일묵一默에서 번잡煩雜의 확대경擴大鏡은 점점 크담하게**** 보여 준다.

느린 걸음으로부터 잦은걸음으로!

느린 호흡으로부터 바쁜 호흡으로

아둔한 신경神經으로부터 예민銳敏한 신경으로

활동의 물레방아는 물이 점점 많아짐에 따라 속 빠르게 돌아간다.

* 종지에 밝힌 불.
** '거무튀튀한'의 지역어.
*** '물동이'의 지역어.
**** 커다랗게.

태양太陽이란 큰아버지가 동산 꼭대기에 지상地上의 뭇 아들을 여지餘地없이 잡아 일으켰다.

더군다나 도회란 시끄럼쟁이 아들을 깨웠다.

이 도회 아들의 심장 안에 박힌 핏줄을 뾰족한 삶의 탑塔 우에를 먼저 오르려고 정의正義며 연민憐憫이며 희생犠牲을 모른다.

보람 있는 자들만은 제해 놓고!

시커먼 연기는 피어오른다.

뭇 생령生靈은 삶의 엄엄嚴嚴한 제단祭壇 앞에서 몸서리를 치며 어쩔 수 없이 기계적機械的으로 준수遵守를 받는다.

끊임없는 군중!

저 사이에는 지식 계급知識階級, 무식 계급無識階級! 자본가資本家, 빈자貧者, 룸펜, 육자育者, 기식자寄食者 등! 인류人類의 반 폭半幅은 늘렸을 것이다.

똑같은 인피人皮를 덮쓰고 있으면서도 어느 사람은 ○○○으로 또 어느 사람은 ○○○으로

죽은 듯한 가을밤을 지나고
귀 간질이는 도회의 아침은 맞았다.
씩씩한 걸음으로!
산뜻한 화장化粧으로!
천 인千人은 노래하고
만 인萬人은 한숨짓는!

(11월 24일 호국사에서)

고적孤寂한 앞길

너로 하여 넋 없는 삶의 앞길은
초생달의 구름에 덮인 빛이라
구름에 든 초생달 찰 때 있으나
가슴속 고인 눈물 언제 마르리.

해가 가니 청춘도 흰머리 생각
붉은 마음 서리에 희미해졌네
보듬으며 청하던 옛 자리 빛도
구슬픈 한숨으로 변하였어라.

짤막한 인생人生의 갈래갈래에
속혀서* 가는 길 끝이 없고나
더듬다가 쓰러진 애달픈 몸을
사랑아 꿈 깨어서 안아 주려마.

(12월 2일 해인사)

못 믿을 지반地盤

스룻스룻** 부는 바람에 꺼질 듯 말 듯 하는 종짓불은 생生의 부대끼
는 기염氣焰이다.

느릿느릿 쟁기를 끌고 땀을 촐촐 흘리며 논밭을 가는 소의 걸음은 좁

---

* 속아서.
** '설렁설렁'으로 여겨짐.

은 현실을 더듬어 가는 무리들의 답답한 가슴이다.

바람에 나부끼는 쓴 나무 씨같이 갈 바 모르는 젊은이들 발길!

수면水面에 얼렁거리는 날벌레를 서로 먼저 잡아먹으려고 폴딱폴딱 뛰는 고기들 같은 생의 번잡煩雜하고 이기적利己的인 궤도軌道!

바둑판 우에서 흑백黑白이 뒤섞인 것처럼 비분悲憤, 원한怨恨, 애원哀願, 조소嘲笑, 농락弄諾 등이 뒤범벅된 오늘의 카레리나*여―

거문고의 느리고 높은 리듬과 같은 간奸하고 후厚하고 유柔하고 강强한 오늘의 반복면상反覆面相이여.

우리는 뜯는 일력日曆의 한 장 한 장에 얼마나 기다렸던고?

고슴도치 같은 가슴을 졸여 가며 행왕좌行住坐 와어묵臥語默 동정動靜에 삶 길이 수준기水準器의 반듯함과 같이 되도록 얼마나 합장合掌하였던고.

문지** 묻은 책상冊床 앞에 녹슨 펜을 들고 핼쑥해진 낯빛으로 무엇을 구상構想하고 있는 이들이나

오그라진 괭이에다 힘을 바쳐 답답한 땅만 파는 시커멓게 끄슬린 농민農民들이나

입술이 보―하고 눈이 쑥 들어간 걸식군乞食群들이다!

보다 ○○으로 부모 처자를 뒤 버리고 쪼그라진 낯에 열熱과 성誠을 각인刻印하고 ××*** 이들을 위하여 일생一生의 몸덩어리****를 바치는 자者들이나

모두가 삶의 탑塔을 쌓으려고 하는 맘

또는 생生이라는 수도전水道銓 하나에 모여든 물꾼들이 서로 먼저 담

---

* 톨스토이 소설 『안나 카레니나』의 여주인공.
** '먼지'의 지역어.
*** 원본에 글자를 숨겼다. 숨긴 글자가 서로 다른 것임을 알리기 위해 부호를 다르게 썼음.
**** 몸뚱어리.

아 갈려고 하거나 남의 그릇을 대신하여 받아 주는 마음성 같은 마음을 가진 것이다.

약간 틀리는 비위라도 술 담배로 순간적 우울憂鬱을 꺼 버리는 탕자蕩子들!

모르고 없는 자들의 성적誠的 애원哀怨들을 들어주지 않는 ○○이들.

저녁 구름과 아침 안개 같은 신의信義의 간판看板을 보이는 척하며 참된 약속은 잊어버리고 마는 ××이들!

인권人權 지권地權을 휘주무르고 착오錯誤 많은 주판珠板을 놓으며, 그래도 젠 척 코똥*을 뀌는 ▽▽이들!

그들은 삶의 절정絶頂에서 권權과 역力, 자유自由의 고함을 지르는 한편, 숨이 헐떡거려 올라오려고 하는 △△들에게 조소嘲笑만 던져 주지 않느냐.

오— 요철凹凸한 이 자리여!

오— 믿지 못할 이 지반地盤이여!

태양과 달이 분별없이 비쳐 주되, 그 빛을 보는 사람에 있어서는 기쁨과 슬픔이 나누어지나니!

이 땅이— 우리들이 안고 서고 눕는, 이 더러운 이 자리가 나중에 또 어느 누구의 유린장蹂躪場이 되며 우리는 다시 가시덤불과 돌조각 많은 땅 우에 까스러운** 눈물을 흘리게 되려는지?

요凸에 서고 철凹에 선 몸들이여!

---

* '콧방귀'의 지역어.
** '가소로운'이라는 뜻으로 여겨짐.

지반의 안과 밖에 묻힌 마음들이여!

옛날의 쉰내 나고 곰팡이 핀 인류의 반목적反目的 역사歷史는 회진灰塵
하여 버리자

그리고 앞날을 이마에 손을 얹고 백절천곡百折千曲의 삶 길에 참된 덩
어리로 나아가 똑같은 솜씨로 구슬을 갈아 단합團合의 진주등眞珠燈을 만
들고 그 안에다가 생의 진광眞光을 켜 보지 않으려는가?

그렇다 그대들이여 자타自他를 없애 버리자. 오— 엄숙한 동아同我로
걸어 나가자!

자타가 없어지면 걸음도 굳세고 빠르나니.

(1933년 12월 10일)

우리 마을

우리 마을 집들은 가난합니다.
겨울바람 불어도 종우* 못 사서
끄스럼** 낀 문들을 바르질 못해
근심하는 이들이 과반이라요.

남의 논을 부쳐도 시원칠 못해
까마귀의 울음에 한숨집니다.
지붕들을 못 이는 걱정보다도
누덕옷을 못 벗는 복 없는 이죠.

---

* '종이'의 지역어.
** '그을림'의 시역어.

글 모르는 젊은이 고지서告知書 들고
애태우는 얼굴들 참 못 보아요.
살길에 글 모르는 일꾼들이니
우리 마을 신세도 참 딱하지요.

그래도 내일을 기다려 가며
잘살려고 애쓰는 거룩한 마음
늙은이나 젊은이 힘을 합하여
이웃을 돌봐 주는 마음입니다.

(12월 11일)

기氣죽인 자者들이여!

새날이 오기 전 그대들의 힘을 굳혀라!
생生의 흙 구렁*에서 두 다리를 빼지 못하여 애쓰는 자者
마천루摩天樓 같은 집이 꽉 찬 땅에 일시에 불이 붙어 황야荒野로 변한
자리로 재투성이 검정으로 헐떡거리며 다니다가 꿈을 깬 자
반듯이 누워 눈만 감으면 공중空中에다 누각樓閣을 짓는 환상자幻想者
그대들은 세기말世紀末의 세찬 바람에 몸을 떨며 넋 잃은 자들이다.

풀이 움성한** 돌성 밑에 앉아 옛날의 사적史蹟을 뒤풀이하고 현재現在
의 인간들의 약디 약은 뇌수를 비웃고 미워하는 자
높은 먼당이***에 서서 들을 내려다보며 한숨짓는 자

---

* 흙 구렁텅이.
** '무성한'이라는 뜻으로 여겨짐.

자동차自動車 기차汽車에 탄 뚱뚱한 사람들을 비웃고 불버하는* 자

신문新聞의 사회면社會面을 들치고 늘어 가는 죄악罪惡에 눈을 찌푸리는 자

그대들이여! 앉아 묵상하고 혀 찰 때가 아닌 줄 알자.

레코드를 꾹 눌리고 있는 바늘 끝으로 붙어 가지가지 소리가 나는 것처럼 반주伴奏와 노래가 어우러진 것이 오늘의 시대時代 풍경風景이다.

그러나 바늘은 끝끝내 눌리고 있지 않느냐?

돌고 돌고 다 돌아 버리면 나중에는 무성선無聲線 우으로 눌리는 것 같이

의지意志, 인내忍耐, 열성熱誠이면 우리의 새날은 오고 마나니……

묵은 꿈에서 깨어나 걸어 날려는 앞길에 자죽**을 옮기며 생각을 하자.

사자獅子가 갓 잡혀 우리 칸 안에 들어 고함을 지르고 발버둥을 치나 튼튼한 창살은 연민憐憫이 없나니.

이 절기絶機에서 부수어 버릴 기운을 기르자는 것이다.

그리고 새날을[自由] 기다리자는 것이다.

흐트러진 실을 차근차근 풀어 바늘에 끼고 의복을 깁는 아낙네가 되자는 말이다.

오— 질병의 날! 가까웁건만

묶은 줄은 이마적 썩어질 때가 되었건만……

(1933년 12월 11일)

*** '꼭대기'의 지역어.
* '부러워하는'의 지역어.
** '자국'의 지역어.

186

봄으로 가자*

한 잎 두 잎 꽃잎이 열리는 맘
인생아 꿈 깨어서 봄으로 가자
저 언덕 오신 뜻은 웃음을 주려
겨울의 눈물길을 밟고 옴이라

희망의 나래 접고 앉았지 말고
너 나도 할 것 없이 봄으로 가자
지나간 한숨 넋을 뒤풀이 말고
기쁨의 봄 청춘을 아듬어 보자

봄이라는 청춘에 노래를 싣고
인생의 언덕에서 맞이를 하자
하품 나는 길에서 괴롭지 말고
가슴의 인생 꽃을 활짝 피우자

(1933년 12월 12일)

애수哀愁의 야한夜恨

벗이라도 있으면 고적치 않지
이 한밤 새우려니 눈물이러라
바람 소리 잠드니 맘은 흔들려

| * '유행가'라 갈래 지었다.

187

먼 산의 별빛같이 내 눈은 젖네

정情이라는 사람의 가슴의 꽃은
세상의 바람 앞에 다르게 피네
눈물의 비 아래서 우는 가슴도
하늘 우 별빛 같은 꽃을 그리네

초생달의 굽은 빛 내 맘이런가
흩어진 가슴 환*은 묻지 못하네
사라진 그림자를 더듬는 넋을
끊어라 끊지 못해 보채고 마네

(1933년 12월 13일)

농부가農夫歌**

봄이 왔다 동무네야 우리 들에 봄님이 왔나
소를 몰아 논밭 갈고 씨를 함뿍 흩어 보자
얼러루 상사뒤야 얼사 뛰자 마음대로

여름이면 김을 매고 낫을 들어 풀잎을 뜯자
구슬 지어 흐르는 땀 우리 정력精力 걸음이란다
얼러루 상사뒤야 얼싸 뛰자 기운대로

---

* 환幻.
** 이 글은 '민요'로 갈래 지었다.

가을이다 풍년이다 한 섬 두 섬 걷어 들일 제
벼슬자리 불법잖다 팔자八字 한탄 걷어치우자
얼러루 상사뒤야 얼싸 좋은 신명이다

잠을 깨라 설운 꿈을 두 팔 두고 우지를 마라
한 줌 두 줌 땅을 팔 제 만백성이 살아를 간다
얼러루 상사뒤야 얼싸 좋은 경사이다

(1933년 12월 13일)

해인사립강습소海印私立講習所 교가校歌

가야의 산줄기는 우리의 이상
해인의 품은 뜻은 새날의 낙원
대자비大慈悲 드리우신 젖 마시어 가며
온온溫溫한 품 안에서 배워 나가자

어둠을 밝히시는 배움의 빛을
못 찾아 헤매는 이 얼마이리오
굳은 뜻 길러 주는 사랑의 집에
아듬킨 우리들은 길 얻은 미자迷者

벋치는 우리의 힘 그늘 없는 힘
나날에 돋아지는 새날의 마음
봄 맞은 만화卍花 송이 가슴에 안고
맘 어둔 동무들께 향기香氣 주리라

189

후렴
해인사립강습소海印私立講習所
배움의 터
동무야 손잡자 어서 오너라

(1933년 12월 14일)

동무의 손목

오너라 오너라 어서 뛰오라
손을 잡자 얼씨구 뜨뜻하구나
붉은 볼에 웃음 띠어 어서 웃어라
아이고 좋구나 반갑다 동무의 손목

비 와도 눈 와도 바람 불어도
손을 잡자 얼씨구 뜨뜻하구나
너나 가슴 붇힌 마음 어서 말하자
아이고 좋구나 기쁘다 동무의 손목

가 보자 가 보자 어서 가 보자
손을 잡자 얼씨구 뜨뜻하구나
한숨 눈물 흘리는 이 어서 달래자
아이고 좋구나 춤추자 동무의 손목

(1933년 12월 14일)

슬퍼하지 말자

바람결에 밀리는 그 신세이니
산을 넘는 구름을 슬퍼하지 말자
저쪽에서 불어오는 바람이면
넘은 구름 뒤돌아 정말로 오시니

철 따라 지고 피는 그 운명이니
시든다 꽃들을 슬퍼하지 말자
못 막는 봄철이 찾아오며는
저 버렸던 그 꽃은 응당히 피리니

눈물에서 웃음의 길을 밟나니
애달프다 옛 님을 슬퍼하지 말자
한숨으로 시든 몸에 기쁨이 오면
눈물인 지난 길도 헛웃음뿐이니

(1933년 12월 17일)

저녁이 오면

끝없다 내 가슴 저녁이 오면
웃다가도 부질없는 한숨이러라

달래지 못하는 내 가슴속을
노래로써 잊으려던 눈물이러라

앞길을 사랑 칼에 베였으니
애달프다 인생꽃은 시들었어라

덤 우에 선 이를 그립다 하여
썩은 줄을 잡은 이 몸 꿈이었던가

(1933년 12월 18일)

부엉이

부엉이가 운다면 새날이 오네
부엉이의 울음은 님 맞는 노래
새벽길을 더듬어 오시는 님을
서리 젖은 몸으로 기쁘다 우네

넘어가는 조각달 애달픈 빛은
동이 트는 하늘에 사라져 가니
어둠길을 더듬던 사랑의 넋도
부엉이의 노래에 귀 기울이네

부엉부엉 부엉이 님 맞는 노래
가신 님도 눈물로 기뻐 들으리
잠이 든 내 귀에 알리려 하여
서리 맞은 혼으로 동트는 노래

(1933년 12월 18일)

우한憂恨

수풀 속 새가 밤중에 지저귀나니
그 마음 답답함을 잠 못 자는 가슴은
지난 꿈 더듬는 내 운명이야

잡힐 듯하나 그림자 사라지나니
처량한 옛 노래도 우환의 매듭이라
피던 꽃 시들은 그 신세던가

고요한 밤은 젊은이 눈물이고요
이지러진 조각달은 사랑에 여윈 심장
울음에 끝없는 애달픈 혼아

(1933년 12월 26일)

언니

정월달 보름날에 가시던 언니
강남 제비 오는 날 편지 오신 후
기러기 우는 달밤 가을이 와도
저 먼 곳 가신 언니 왜 소식 없나

수풀 우 달님이 돋아 오를 때
으스름 진 솔밭 길 지게 지시고
휘파람 불면서 오시던 모양

그 일도 벌써 옛날 그리웁고나

기다리는 내 마음 소식 모른 맘
저 달님도 아는지 흐리어 있네
먼 데서 휘파람 들리어오면
언니의 자취인 듯 서운한 가슴

(1934년 1월 5일)

귀뚜라미

뜰창 밑 귀뚜라미
    귀뜨르르릉 귀뜨르르릉 귀뜨르르릉
담장 사이에도
    귀뜨르르릉 귀뜨르르릉 귀뜨르르릉
오늘 밤 오는 달님 맞이하려고
초저녁 마당에서 노래 부르네

풀 속의 귀뚜라미
    귀뜨르르릉 귀뜨르르릉 귀뜨르르릉
바위틈 그늘에도
    귀뜨르르릉 귀뜨르르릉 귀뜨르르릉
달님도 좋다구나 웃어 주니까
흥 내어 소리 곱게 한층 더 노네

(1934년 1월 8일)

눈

살금살금 흰 눈이 얌전하게도
곱고 고운 모양을 나타냈어요
잎 떨어진 나무에 꾸미겠다고
살금살금 나려서 덮어 줍니다

슬쩍슬쩍 솜눈이 아담스럽게
아름다운 자태를 보이고서요
험살궂은* 집 울을 단장하는지
슬쩍슬쩍 나려서 덮어 줍니다.

(1934년 1월 10일)

언제나

가슴에 읊조리던 노랫소리도
달빛 드는 뜰에서 슬피 떨구나

한 번 핀 가지에는 언제나
어느 때나 꽃이 피어 웃어 줄까

찾아서 뵈오려고 꿈 맺으려니
옛 기억의 눈물에 젖었구나

| * 험상궂은.

195

놀고 간 파랑새는 언제나
어느 때나 옛 가지에 찾아와 울까

(1934년 1월 24일)

그리운 저 강남江南

나래라도 있으면 날아가려나
구름 끼고 바다 건너 제비와 같이
꿈에라도 찾아오는 간절한 마음
그리운 저 강남을 언제 가오리

세월은 흘러흘러 다시 못 오니
푸른 잎도 부질없이 말라지노나
이 세상에 그 봄은 못 오시는지
그리운 강남땅이 보고 싶어요

가고 가도 구만리九萬里 가없는 하늘
어린 넋이 그 언제 웃음일 거나
꿈조차 흐려지는 바다의 물결
그리워라 강남이 꽃피는 땅이

(1934년 2월 7일)

눈

설렁설렁 보얀 눈 나려옵니다
하나님이 주시는 겨울꽃이요
한 살 먹는 동생의 얼굴 우에다
분을 발라 설날을 넘기라고요

얼둥얼둥* 천천 눈 나려옵니다
우리 이 땅 보려고 맵시 좋게요
빨랫줄에 걸린 옷 설날 옷 보고
무엇인지 말하며 인사를 해요

듬성듬성 쌓여져 자꾸 모여서
차별 없이 곱장케** 말큼*** 덮어요
잠이 오는 눈꺼죽**** 어서 뜨라고
새 해님이 온다고 여쭙는대요

(1934년 2월 9일)

초생달*****

두 살 세 살 먹는 애는 저 달을 보고

* 이리저리 둘러보는 모습을 본뜬 말로 여겨짐.
** 곱게.
*** '모두 다'의 지역어.
**** '눈꺼풀'의 지역어.
***** '동요'라 갈래 지었다.

손칼로써 깎아 놓은 손톱 같대요
"손톱달 봐 아이구나 왜 저리 적누"
두 손으로 짝장구*하면서 놀죠

네 살 다섯 먹는 애는 저 달을 보고
조각 수박 먹어 버린 껍질이래나
"저 하늘에 수박 껍질 내가 던졌어"
메롱메롱 눈맵시로 쳐다보지요

여섯 일곱 먹는 애는 저 달을 보고
늙은 할멈 곱사 할멈 모양 같대요
"늑살궂게** 구부리고 어데 가는고"
해해히히 웃으면서 놀려대지요

여덟 아홉 먹는 애는 저 달을 보고
하얀 토끼 타고 노는 배라고 하죠
"토끼님은 어데 갔노 배만 떠 있네"
근심 상을 지으면서 물끄럼 보죠

(2월 10일)

달놀이 가자

달놀이 가자 저 앞산 우에

---

* '짝짜꿍'의 지역어. 손뼉을 치면서 하는 재롱.
** 늑수그레하게.

이뿐아 분냄아 팔 잡고 가자
가다가 못 가면 기러기 타고
어여쁜 얼굴과 만나러 가자

달놀이 가자 저 하늘 우에
은쟁반 금쟁반 하나님 그릇
웃음꽃 다발을 담뿍 담아다
황토산 이 들에 퍼 놓으러 가자

(2월 10일)

덧없는 세상世上

세상이 덧없으니 믿을 곳 없어
한 포기 서리 맞은 꽃 쥐고 보니
쓰라린 바람결에 시달린 모양
꿈같은 운명 우에 한숨 지노나

나비들 가는 곳은 꽃핀 곳인데
비 맞은 그 나래로 어이 갈거나
구태여 간다며는 가고 말리만
시달린 그늘 찾아 어이 갈거나

세상은 거품이라 믿을 곳 없어
청춘도 모양 없는 시들지는 꽃
눈물의 비에 돌에 맞는 이내 넋은

옛 하늘 쳐다보며 서거푼* 웃음

(1934년 2월 16일)

한숨지는 저 강변

흐르면 또다시 못 오는 물은
강을 건너 떠나신 누나 같아요
지나간 날 단옷날 그네 뛰던 때
날리던 댕기는 내 품에 있네

가을 가고 눈은 덮여 해는 저물어
집을 찾아 새들은 날아가건만
분홍빛 입술로 웃던 얼굴은
댕기 암은** 내 품은 몰라보는지

잔잔한 물결 우에 달은 나려서
은비늘 금비늘로 강을 덮노나
배를 타고 이 강을 떠나신 때는
빛과 같은 달님이 기우신 새벽

(1934년 2월 21일)

* '서글픈'의 지역어.
** '안은'의 센 말.

무명화無名花

무명無名꽃 핀 언덕에 해가 기우니
우던 새 자취 없고 물소리 높아
길 잃은 나그네 눈물질 때에
말 없는 꽃송이 흐느적거려

철 따라 피었건만 이름이 없어
사람의 발자취에 밟히는 신세
향기와 꿀을 빚어 벌 나비 와도
가소로운 사람은 박대하구나

먼 절에서 종소리 들리어오니
고달픈 하루 날도 이미 졌구나
박정도 모르는 꽃의 마음과
사나이의 먹은 뜻 뉘가 알거나

(1934년 2월 21일)

청춘靑春은 웃을 때라

꽃이 피자 새가 울고 나비 날으니
우리도 젊었세라 노래 부르자
저녁 해 지는 곳을 보지를 말고
뜨는 해 기쁜 날을 노래 부르자

붉은 댕기 연지 볼은 인생의 봄 때
우리는 젊었세라 춤추어 보자
푸른 잔디 돋는 땅에 봄은 왔으니
피어진 이 한때를 춤추어 보자

잔디 우에 비가 오고 안개 덮여도
젊음의 봄 향기는 남아 있어라
연지 볼이 주름살을 생각지 말고
오신 꽃 이 한때를 노래 부르자

(1934년 2월 24일)

맞이하자 온 봄을

휘두른 아지랑이 고이고이 덮으니
바람도 따스하고 쌓인 눈도 녹아라
어허어허 오야오야 봄노래 이 강산의 봄노래
땅속에서 기운차게 웅장하게 울리네

눈발에 시달렸던 나무 풀이 움 내니
봉오리 꽃그늘에 춤출 때가 가까워
어허어허 오야오야 봄노래 이 강산의 봄노래
푸른 하늘 향하여서 힘 있게도 지르네

새들의 눈꺼죽이 슬금슬금 열리니
가슴에 새 피 돌고 접힌 활개 펼처라

어허어허 오야오야 봄노래 이 강산의 봄노래
허공에서 미묘하게 남남하게* 들리네

두 팔을 펼쳐 보자 두 다리를 떠들썩
늙은이 젊은이야 맞이하자 온 봄을
어허어허 오야오야 봄노래 이 강산의 봄노래
산과 들이 떨리게 소리 높여 읊으세

(1934년 2월 21일)

| * 낭낭하게.

제 **4** 부 싹트는 잔디밭

—허창호許昌瑚 시집詩集
제6권第六卷

첫말*

겨울도 갔다
1933년의 겨울은 멀리 갔다
새해라 한다 봄이 오는 새해라 한다
내 나이 스물한 살!
삼십三+의 초보初步!
오— 이 땅 우에는 봄을 맞이한다
철의 봄이 아니요 영원永遠의
화살의 봄이!
그리고 눈물 한숨 등등等等. 모든 고苦를 기탄없이 밝혀 주려는 내 가슴의 향香은
이제 살모시** 피어오르기 시작한다
모든 고苦를 뒤보내고 기쁨을 막잡는*** 싹은 잔디 속, 묵은 땅에서 솟아오른다. 내 가슴의 향기 돋아나는 싹의 기운!
오— 길겁다 오직 길겁다.

(1934년 2월 26일)

젊은 방랑아放浪兒

제비 오는 삼월달 길을 걸어서
재를 넘고 배를 타며

---

* 머리말.
** '살며시'의 지역어.
*** 마구잡는.

덧없이도 눈 날리는 북국北國을 향한
낡은 짚신 이내 신세 가슴이 쓰려

해 저무는 산길은 눈물에 지고
하룻밤 잠 못 잠도 꿈이었건만
닭이 우는 새벽에 남은 달빛이
나그네의 주린 속 왜 몰랐던가

고향 땅 수양버들 가슴에 안고
남북 만 리南北萬里 정처 없이 흐르는 이 몸
바라는 내일이 오지 않으므로
속임에 날짜만 꼽기만 하나

눈 덮인 넓은 들을 자취 남기며
까마귀의 벗도 잃어 외로웁고나
이 들이 다하면 뭰가* 물인가
나래치는 저 새는 알고 있으리

(1934년 2월 24일)

오셨다니**

아우 만억萬偉아
기죽인 이 땅 우에 봄님이 오셨단다.

---

* 산인가.
** 원문에 '소년시'라 갈래 지었다.

보아라 낯을 들어서!
우두산牛頭山은 쌓아 논 솜같이 눈에 덮여 있지 않았더냐?
그것이 하품을 치는고나
이제 기지개를 켜는가 보다.
그리고 거머티티한 옷을 갈아입고 있잖느냐?

아우 만억아
잠자던 이 땅 우에 봄님이 오셨단다.
들어라 귀를 기울여!
물레방아 도는 소리에 덩달아 목쉬었던 새들의 다시 가다듬어 지르
는 노래를,
그것이 어깨춤을 치는고나
이제 입술을 살모시 벌리는가 보다.
그리고 새론 모양 다리와 가벼운 단장으로 나오지 않느냐?

아우 만억아
눈물과 한숨이 가득 찬 이 땅 우에 봄님이 걸으신단다.
가슴에 손대어 보라! 피가 뛰는가를
지난 바람과 눈 자취를 전송하고, 새로이 움을 내어 보려는 나무와
풀들의
그것이 웃는구나
이제 발꿈치를 들어 본다
그리고 웬 세상에 펴 주려는 곱고 맑고 기쁨의 향기를 가득 담고 있
잖느냐?

아우 만억아

오셨다니! 우리에게 노래하고, 춤추게 하려! 봄의 날개는 빛을 싣고 날라오셨다니.

그대 부은 눈꺼죽을 열어 뜨고

움크렸던* 두 팔 두 다리를 죽 펴

그넷줄 뜰 때와 같이

동무와 함께 맑은 바람 마셔 가며 함뿍 노래하고 뛰어 보자야

(1934년 2월 24일)

뜬 날을 쏘려무나

어지러운 머리엔들 뜻 없을쏘냐

답답한 가슴속엔 뜰 피 같으리

어두운 이 거리로 헤매는 넋은

지향志向 없는 발길이라 한恨도 많아요

낙망落望이 없고 보면 분기奮起 있을까

뛰는 피 있고 보니 자취 있어라

붉은 근육 땀방울 설움에서도

처높여** 걷는 발에 향상向上 있어요

오는 길 흩어지는 길 갈래갈랜데

새는 물방울 그 설움이야

일모공—毛孔 사이사이 믿음을 넣고

---

* '움츠렸던'의 지역어.
** 치높여.

뜬 날을 쏘아 보자 동무의 손아

(1934년 2월 27일)

금붕이의 죽음

나의 사랑 금붕이
너 찾아가는 곳 어디냐?
아— 오늘도
해 드는 산 우에 까마귀 두세 마리

험한 이곳 아무 데
너 살아 볼 지*가 없었더냐
아— 고요한
이 땅에 삶들은 떨면서 울음 울어

나의 사랑 금붕이
너 죽음 그 길이 바램이냐?
아— 피 뭉친
궁창에 비닭이** 나래로 허물어져

(1934년 3월 1일)

* 지地.
** 비둘기.

211

고야孤夜의 애한哀恨

내 가슴에 쌓고 쌓인 사랑의 탑이
거듭 오는 눈바람을 왜 몰랐던가
아— 뜻 몰라주는 그이로 하여
오고 가는 사잇길 막히었어라

애틋하다 지난 길 속임에 온 길
저 하늘에 별과 같이 잡지 못함을
아— 무엇 바라고 뿌리침일까
쌓여진 눈밭으로 헤매는 이 몸

옛날의 웃음 철 붉은 그 꽃이
네 줄기의 눈물에 흐리려는가
아— 허물어진 가슴의 두덩
애환에서 우는 새야 너 짐작하리

(3월 6일)

깃 없는 갈매기

금학金鶴 포마드 빛 같은 하늘에
이른 구름 그 뒤에 다시 쌓이고
어질려졌다 뭉쳤다 앉았다 하는
수평선水平線 저 먼 가에는 포용包容도 많아라

백발白髮이 휘날리는 것 같은 바다 물결
가늘었다 두터웠다 물었다 멈췄다 하며
요란히 유롱遊弄질 치는 물결 우에 그 우에
먹을 것 더듬어 나는 갈매기 떼!

가는 배 눈물 싣고 오는 배 원한 담아
애비이곡哀悲離曲이 끊임없는 이 세상의 포구浦口
탁류濁流에 마취痲醉된 삶의 거리
무표정한 용모容貌의 잔교棧橋!

석탄연石炭煙에 때 찐* 하늘을 창공蒼空이라 나르는
깃 없는 갈매기 떼 울음도 없거늘……
석조夕照에 지는 혼魂을 잡으려는, 나그네의 마음에
기적성汽笛聲 애태우려 멱살을 잡나니

오 부지중 뱃살을 쥐며
우짖는 저 새들의 날개를 보나니
광활廣闊한 바다 저 가 아름풋이
흑점黑點인 듯 섬 하나 그들의 쉴 곳인가?

(1934년 3월 9일)

| * '낀'의 지역어.

해의 흑점黑點을 쏘자

이 설움 언제 벗어 버려 보오리
한 많은 살이 우에 까다로움이
빈주먹 힘주려도 울려 보려도
저 검은 구름장이 거리를 덮어.

그 언제 웃음살을 왜 못 잡았나
아지렁* 끼인 들이 원스러워요
이 거리 헤매이는 목 놓은 혼이
지나간 웃음살을 짚으랴 하네.

몸 우에 걸친 옷이 묵고 낡아도
내 이 맘 새긴 글자 희미해져도
피통을 오달으는** 붉은 병체病体는
비겁卑怯턴 이 나라를 흐르려 하네.

갈고 간 예리한 촉 화살에 박아
덮인 구름장을 쫙 헤치고
그늘진 저 해 복판 두 눈 겨누어
한스런 저 흑점黑點을 쏘아 봅시다.

(1934년 3월 11일)

---

* 아지랑이.
** '심장을 매우 달구는'이라는 뜻으로 여겨짐.

님의 초상肖像을 그립니다

검은 폭마暴馬에 치맛자락 찢기고
취우驟雨 몬 삭풍朔風에 머리털을 휘갈라 버림
아― 붉은 동정 낡아서 환영幻影과 같으신
나의 님 우리 님의 그 초상을 그립니다.

매운 연기 방 안을 눌리고
밤의 어둠 구렁에서 환상곡幻想曲 울려
요마妖魔스런 몽귀夢鬼는 어린 피통을 말리느냐
오― 내 님 그대여 이녁 말은 모양을 보나니까.

이 거리는 분혈墳血이 깟득* 찬 관힐罐詰!
빈혈증貧血症과 회색灰色의 낯빛의 민중民衆이 자물어진** 상자箱子!
저주咀呪스런 캘린더 빛 잃은 태양!
님이여 이들의 윤기潤氣 없는 맥박脈搏을 짚어 보셔요.

세기世紀란 주름에 그 이마를 꽉 잘리고
비겁한 자손들에게 그의 이지러진 창을 주시며
"너희들은 나의 아들이니라" 한 말씀뿐인
나의 사랑 그대 성자聖姿***를 피의 잉크로 그려 봅니다.

(1934년 3월 12일)

---

* '가득'의 지역어.
** '기절한'의 지역어.
*** 성스런 자태.

오시려며는

설움에 떠나가신 그대 오시려며는
수접은* 모양 차려 낯 붉히지 말고
바른길 가리셔서 걸어오셔요
이곳은 그대 옛 땅 살던 곳이니.

까쓸한 원한으로 그대가 오셨으니
낡은 거문고를 타지 마시고
기만欺瞞과 부정리不正理를 못 가져와요
오시는 그 길 우는 맑아졌나니.

반가워 오신다면 당장 돌을 깎아서
군데군데 드리울 곳 놓겠습니다.
고운 신 흙구덩**에 밟지 마시고
치마폭 꼭 쥐시고 더디*** 오셔요.

마루에 오르시면 담장 문을 여셔요
기다리던 내가 곧 달려들어서
그리워 애태우던 그의 매듭을
가슴에 폭 아듬겨 풀어 보리다.

(1934년 3월 12일)

---

* '수줍은'의 지역어.
** 흙구덩이.
*** 천천히.

평원平原의 외딴집

가없는 들판 우에 해가 기울면
때 놓친 까마귀 떼 소리 구슬퍼
외로운 초가 우로 까무런* 노을
포플러 감는 연기 시름도 없어

달 보고 우지짖는 처량한 개 소리
헤매는 나그네의 가슴을 울려
방초芳草는 시들어서 흩어졌으니
길조차 어데인지 아득합니다.

외딴집 이 들판에 봄비 나리면
모든 새 기뻐서 노래 부르리
하룻밤 쉬고 가는 손의 마음도
그날을 기다리며 노래 불러요.

(1934년 3월 14일)

황야荒野의 설야雪夜

아득한 황야에 밤눈이 나리니
윈스러운 바람도 일어 휘감아 도는구나.
아— 요란타 이 어둠을 외로운 까마귀

| * '까물어지는.' 여기서는 '기색을 잃어버리는'이라는 뜻.

쓰러진 마른 풀 위로 구슬피 우노나.

끝없는 이 길로 무엇을 바라고
덧없이도 잡아 보려고 자취들 남기나
아— 애닲다 가는 곳이 뫼인지 물인지
허무한 어둔 꿈결에 갈팡도 못 차려*

에이는 내 가슴 언제면 차려나
음산스런 거친 들이여 밝음을 맞으리
아— 우습다 눈바람아 아무리 막아도
내 길은 가고 말리니 너 짐작하여라.

(1934년 3월 15일)

제비는 오나니

지난해 구월 구일 봄 따라간 곳
강남江南 땅 바다 멀리 아득한 나라
겨울 진 푸른 하늘 구름 타고서
환고향* 오는 손님 아아 기특해

가지에 그네 매고 휘영청 뛸 때
바람 탄 나래로 날고 나르며
조그만 주둥이*** 로 노래 부르던

* 갈팡질팡하여.
** 환고향還故鄕. 고향으로 돌아옴.
*** 주둥이.

옛 님이 오시고나 맞이를 하자

검은 구름 우에 여도* 꿈쩍도 않고
푸른 물 파도쳐도 예사로운 길
온다면 오고 마는 내 사랑 그 님
봄꽃의 소식 듣고 오신다누나

(1934년 3월 29일)

그대를 찾으며

먼 동산이 밝아져 날이 새이면
파랑새 울던 숲에 노을 덮으니
옛날의 내 사랑아 아― 내 사랑아
그대 모양 보드런 음성을 그리워하노라.

빈 하늘 가없이 떠가는 구름
나그네 설움 싣고 가려함인지
눈물인 내 사랑아 아― 내 사랑아
그대 보려 산 넘고 물 건너 정처定處도 없구나.

꿈도 낡아 시들은 이 어린 처상**
새벽녘 부른 노래 귀 대어 보네.
웃으실 내 사랑아 아― 내 사랑아

* 이어도.
** 초상.

219

그대 찾아 밤이나 낮이나 헤매입니다.

(1934년 4월 1일)

나가 봅시다

시냇가로 가자. 봄춤을 추러
버들은 흐늘흐늘 맑은 물은 졸졸졸
머리 씻어 잠 깨나. 피리 부르며
슬렁슬렁* 띄우자. 아아 우리 눈물을

언덕 위로 가자. 봄나물 캐러
꽃들은 해쑥해쑥** 나비들은 훨펄펄
기운차게 부르는 노래 소리에
움숙움숙*** 뜯는다. 아아 우리 향기를

저 산 우로 가자. 봄맞이하러
새들은 찌작주작**** 맑은 바람 솔솔솔
가슴 넓혀 아듬는 오는 님 보며
둥덩덩큼***** 뛰논다. 아아 우리 신명을

(1934년 4월 2일)

---

* '슬렁슬렁'과 '술렁술렁'을 하나로 묶은 첩어.
** 해쑥해쑥.
*** 움쑥움쑥.
**** 여러 새가 지저귀는 소리를 본뜬 말.
***** 심장이 둥덩거리며 미구 뛰는 듯한 짓을 본뜬 말.

난 안 가 난 안 업혀

아버지 어머니 왜 그러시우
솥단지 독박'을 남을 왜 줘요
우리는 어떡하구 어찌 살라구
왜 농도 내서 오고 왜 집 비워서……

응? 누나 왜 울어 좀 알려 줘요.
말 않으면 팽이채로 때려 줄 테야
뭐? 남의 집, 우리 게 아냐 왜? 어째서……
응 그래 만주 땅에 간다는 게군……

아버지 어머니 가지 못해요
그곳은 우리 땅이 아니라지요.
춥고 험한 남의 나라 어떻게 가요.
죽어두 살지 뭘 빌어먹어두.

응, 안 가믄 안 돼요 꼭 죽겠대요.
난 안 가 난 안 업혀 이 하늘 못 버려.
누나야 그렇지? 저 감나무 못 보지
그래그래 참이지 난 안 가려우.

(1934년 4월 3일)

| * '독아지.' 바가지.

자장가

제석帝釋님이 점지하고
용왕龍王께서 감로甘露 주어
칠성七星님에 나린 자태
귀동아기 내 꽃이야

장수산長壽山의 머루 다래
빚은 술인 엄마 젖을
옴쏙옴쏙 빠는 입술
귀염아기 내 향기야

선녀仙女들의 하강 노래
귀 기울여 들어 보나
감고 뜨는 두 눈방울
사랑아기 피는 웃음

까마귀야 울지 말고
삽살개도 짖지 마라
자장자장 자는 아기
선꿈 깰라 울음 울라

(1934년 4월 3일)

춘사春思

만 리萬里 허공虛空에다
님 얼굴 그려 보고
지척咫尺 간두間頭에
님 생각 뒹구나니
영운嶺雲이 그인가 하여
잡아 볼까 하노라

(4월 7일 어 고령)

낙동강洛東江을 지나며

하늘엔 물결구름
땅에는 강 물결
칠백 리 가는 물
언제 그 님 보오리

아득한 바다로
가기 싫어하는지
앙살을 피우듯이
물은 늘 떱니다

흘러도 안 흐르는 건
강물인가 하였더니
옛 님을 찾는 마음

223

안 가래도 가는 것을

강명江名은 옛이건만
물은 아니 그 옛이라
사람도 청춘 잃어
찾아감이 얼마일까?

(4월 9일 어 대구)

한자寒子의 남긴 노래

내 사랑은 서리인지 이슬이런지
밤하늘에 깜박이는 작은 별인지

세상살이 괴로우니 사랑도 우네
지난 그이 원망한들 무얼 하리까

애꿎은 눈물길을 더듬어 가니
사랑만은 비를 세워 남겨 두리다.

잊을 리 없는 그이의 모양과 이름
헐린 가슴에나마 아듬고 가오

내 무덤에 때늦은 꽃이 피거든
가신 사랑 그래도 찾는 줄 아오

(1934년 4월 19일)

부슬비*

부슬부슬 부슬비 꽃 보려 오오
잔디밭 핀 풀잎에 잠자러 오오
버들가지 나 보고 웃고 있으니
소리 좋은 노래를 들으라 하오

부슬부슬 부슬비 나려오시니
꼬슬머리** 여女애가 맞이합니다
단잠 깨는 어린애 하품하는데
부슬부슬 부슬비 어여쁜 걸음

할미꽃 진달래꽃 기도 드리고
나비들 추는 춤도 조용도 하며
황토산의 뻐꾹새 철을 알리니
부슬부슬 부슬비 나려 옵니다

춘원春園의 노래

종달종달 종달새 비비배배 반주하고
꾀꼴꾀꼴 꾀꼬리 카랑한 노래 불러
탁탁탁 탁탁탁 장단 치는 탁목조
구경하러 오시라고 선전하는 저 제비

* 원문에는 '동요'라 갈래 지었다.
** '곱슬머리'의 지역어.

해죽해죽 훨펄펄 술 취했다 나비들이
허허하하 낯 붉혀 꽃 아가씨 웃음을 쳐
콸콸콸 콸콸콸 박수 친다 시냇물
점잖하게 춤을 추는 수양버들 흐느렁

벙실벙실 해님이 가기 싫어 머뭇머뭇
뻐꾹뻐꾹 뻐꾸기 잘 논다고 고함을 쳐
둥땅땅 둥땅땅 개미 떼의 행진곡
누른 탑 우 쓴 나물꽃 오른다고 에차차

(1934년 4월 26일)

옛 봄이 그리워

풀각시를 아듬고 잠자던 그 봄
꽃다발 움켜쥐고 나눠 주면서
종다리 울음소리 찾아다니던
자취 없는 옛 봄이 그리웁고나

허물어진 돌성에 찾아왔건만
옛 노래 간 데 몰라 서러워집니다
버들피리 부르며 눈물 재울까
말 없는 나무들은 봄 맞았다오

(1934년 4월 11일)

초춘初春 영곡迎曲

저 먼 동리洞里는 아름풋한 그림자 같고
물 건너 두덩의 기운 없는 수양버들은
항간巷間을 스쳐가는 바람결에 엉덩춤 춥니다
이월의 봄! 싹 트고 봉오리 가득 찬 봄.

지난날의 센티멘털한 고가苦歌를
전신주電信柱 늘인 줄에 앉아 부르는
얼룩진 나래도 새들은 우지짖나니
그대 나의 동무여! 오 귀 기울여 보라.

높은 가지에나 바닥의 새 풀에나
엄연嚴然히 가신 봄은 다시 와 웃나니
부둔한* 구름조차 어둔한 걸음걸이
젊음의 향기香氣의 오신 봄 그대 기다렸다지.

자 그러니 나오라 동무여.
우리의 놀음터 들로 나오라.
그리고 한 소리 한 괭이 잘 쳐
첫봄의 굳고 맑은 씨를 뿌려 보자.

(4월 11일 야로)**

---

* 느리게 떠 가는.
** 허민이 살았던 합천군 가야면 아래쪽에 있는 면 이름.

연蓮의 춘사곡春思曲

봄은 다시 돌아와 꽃 피우건만
지나간 봄 그 꽃은 피잖으라
바구니의 나물을 쓰다듬으며
지나간 봄 그이에 눈물 어려요

한평생을 꿋꿋이 지내잔 말도
흘러가는 저 물과 다름이 없고
날마다 지나가며 노랫소리도
내 가슴에 얼룽*만 지워 놓았네

분홍 댕기 입에다 물고 본 그이
지금에는 왜왜 그리 무심하온가
새악시의 가슴에 못 찍어 놓고
설움에 눈물만을 내게 하여요

새가 울고 꽃 피어 봄은 왔건만
이 봄도 다 가려니 못 잡는 마음
그이는 버리고서 떠나가오나
한 번 핀 내 꽃은 시들잖아요

(1934년 5월 4일)

| * 일룩.

수놓은 손수건
― 아내 될 사람으로부터 받은 선물

연분홍색 인조에 실을 입혀서
붉고 희고 푸르니 꽃 피었다오.
철을 알고 피는 꽃은 믿었으나마
그대가 지은 봄은 몰랐습니다.

꽃은 피면 열흘도 못 가시건만
손수건에 핀 꽃은 질 줄 모르네.
안 시드는 꽃과 같이 변치 말자고
그대는 수건으로 말을 합니다.

철 따라서 핀 꽃엔 벌 나비 가고
수건 우에 웃는 꽃 내 맘이 가오.
천만년을 흘러가는 물과도 같이
그대 맘 이 수건에 흘렀습니다.

(1934년 6월 10일)

석류石榴가 열면

울 밑에 자라나는 석류나무는
옛날의 내 사랑이 심었습니다.
잊으랴 잊지 못할 그이의 모양
석류는 그이같이 보이는구려.

꽃피는 봄도 가고 가을도 가서
흘러간 내 청춘이 그리운 때에
가지에 달린 석류 보듬어 안고
기억의 축대에서 울음 웁니다.

익은 열매 따서 보내려 하나
있는 곳 몰라 하여 눈물 어려요.
뻐꾹새 울음 우는 가을 저녁에
그이의 입술같이 보이는구려.
    ― 가을을 생각하고 ―

(1934년 6월 12일 야로에서)

아침비

달밤에 들려오는 피리와 같이
구슬피 애끊으려 비는 옵니다.
느끼어 울음 우는 눈물도 같이
아침 비 방울지어 나려옵니다.

나뭇잎 소리 없이 조을다*가도
깨우는 닭 소리에 흔들립니다.
잠 오는 이 세상에 비는 나리니
빈 내 가슴에 고이는가요.

| * 졸다.

눈물로 지나간 쓰림의 노래
그늘진 내 고향의 설움의 노래
그때에 흐른 것이 지금 오는지
아픈 내 마음은 몰라보아요.

(1934년 6월 12일 야로에서)

응응쟁이 종구鐘九

자고 나면 응응 잠에 취해 응응
"와* 우노 응 엔요** 울지 마라 구야"
엎드려서 응응 눈 흘기며 응응

"아이고 참 구야 울지 마라 아요"***
성미 느린 누님 부엌에서 말해
"때리**** 놓고 응응 그만도라***** 응응"

트집쟁이 종구 응응쟁이 종구
까닭 없는 트집 얄미웁게 내네
누워서도 훌쩍 앉아서도 응응

(1934년 6월 12일 야로에서)

* '왜'의 지역어.
** '아니요'라는 뜻인 듯.
*** '응'의 지역어.
**** '때려'의 지역어.
***** '그만둬라'의 지역어.

자던 곳아 잘 있거라

우거진 숲 사이로 새 울음 나고
개인 푸른 하늘 흰 구름 뜨는
버들잎 입에 물고 노래하던 곳
저녁노을 덮인 터 내 자란 곳아

울 넘어 봉사꽃*은 봄놀이하고
뒷덤불 살구남게** 열매 열려서
내 마음 어린 넋을 기쁘게 해 주던 곳
못 있을 고향집 떠나가려요

앞뒷집 동무들아 서러워 마오
또다시 만나 웃을 때가 오려니
세상이 거칠어 갈 길 모르나
내 떠나는 이 터에 눈물 지우랴

(1934년 6월 15일)

해인축구가 海印蹴球歌

후레! 후레!
단련된 두 다리 힘 있게 뻗쳐서
떠오는 풋볼 두둥실 뜬 풋볼을

* 복사꽃.
** 살구나무.

날쌔게 뛰어들어 퉁

오라잇 오라잇
기묘한 연락에 싸고도는 저편도
건네는 풋볼 슬렁쿵 뜬 풋볼을
"들어간다" 고함으로 쑥!

차자! 차자!
해인의 건아야 씩씩하게 차 보자
뻗치는 풋볼 더덩실 뜬 풋볼을
"잘 찼다" 박수에 "오!"

오라잇 오라잇
가슴을 내밀자 두 팔도 펴라
머리로 풋볼 살그럼이* 풋볼을
우리 편 주었다. "음 차자! 차자!"

(1934년 6월 6일)

소낙비가 와서

소낙비가 와서
여름의 소낙비가 나려서
오막살이 우리 집이 샙니다.

| * 살금살금.

작년 가을에 새*로 인 집이 새어요.

건너 산비탈에
엄마하고 쪼아 놓은 감자밭이
무너지는 산태**에 덮였습니다.
산태 나는 바람에 뽑힌 나무나 주면 좋겠지만

소낙비가 나려쳐도
함석집은 아무렇잖고
반반한 땅에 있는 살진 논과 밭은
복새***도 밀리지 않습데다.

(1934년 6월 18일)

나그네의 뱃길

세상이 왜 이다지 한숨지을까.
흘리는 눈물 자취 마르질 않네
내 난 곳 떠나온 지 몇 해이런가.
저무는 이 뱃길도 설움의 무덤.

찬 달빛 말도 없이 물을 비추며
갈매기 느린 나래 잠길 듯 말 듯.

* 억새.
** 산사태.
*** 논밭 두덩에 난 풀.

234

고요히 옛 기억이 조을다가도
수평선水平線 오는 구름 반가운 마음.

뱃장에 밀려오는 물결의 소리
노 젓는 그 소리도 흔적이 없어
목메어 울어 주는 물새의 혼에
어린 몸 내 가슴도 기뻐 오나요.

(1934년 6월 29일 야로에서)

달빛 젖은 강江가

젊은이의 노랫소리 고요히 떨고
물결은 소리 없이 넘나서 놀며
다릿가의 버들가지 흔들리우는
달빛 젖은 강가엔 수심이 덮여

맥없이 걸음 걷는 젊은이 맘은
괴롭던 지난날을 추억함일까
말없이 웃어 주는 잔물결에는
밝은 달마다 말며 나려왔나니

(1934년 7월 2일 야로에서)

애곡哀曲

먼 산 우에 저녁노을
님의 고달픈 가슴의 한숨일까.
노을은 어둠에 사라지나.
못 잊을 그 얼굴을 어찌하리까.

저 강변에 물새 울음
님의 지난날 부르던 노래인가.
고요히 그 노래 귀 기울이니
애달던 지난 일에 눈물이 잦아.

(1934년 7월 6일 야로에서)

폐지廢址에 서서

무너진 돌성 밑에 가을이 찾아
푸른 풀 잎새마다 시들어 오고
풀마다 덮인 이끼 몇 해던가.
아 우는 벌레 소리로 떨리우노라.

세상의 사람들은 맘도 없으리
옛 가신 피 묻은 혼 어데 묻혔을까.
찬바람 불어오는 저녁 하늘에
아 까마귀 우는 소리 눈물 어려요.

저녁 해 산을 넘어가고 마누나.
옛 기억 아듬고서 나는 우노라.
어데서 피리 소리 목메이는지
아 참지 못할 내 맘에 한숨지어요.

(1934년 7월 7일 야로에서)

문에 비친 두 그림자*

아버지 목은 가늘고
김 부자 목은 툭툭하다
종짓불 깜박이는 방 안에서
문에 비친 그림자 두 그림자.

김 부자 머리는 울뚝불뚝
아버지 머리는 솟을솟을
김 부자 주먹이 들었다 놓았다
아버지 허리는 구버둥하다.**

"여태 이자利子도 아니 줘?"
큰 말소리가 터져 나왔다
"조금만 더 참아 주십시오"
모기 소리 같은 말이 가늘게 들린다.

---

* 원문에 '동시'로 갈래 지었다.
** '굽었다.' '구부정하다'의 지역어.

밖에서 그림자 모양을 보다가
김 부자 머리 보고 주먹으로 밀었지
"이제 봐 이제 봐"
큰소리 못하는 내 가슴도…….

(1934년 7월 9일 야로에서)

그믐밤

그믐밤 하늘 우에 겨운 별빛은
내 사랑이 가면서 남긴 웃음가
힘도 없이 떠나신 그의 자취는
은하숫가 희미한 구름 같아라.

땅 우에 외롭게 선 이내 넋은
무덤 없는 옛 기억에 불타오르네
모든 원성 닥쳐도 변치 말고서
뜻과 뜻을 같이해 나가란 말씀.

허물어진 내 얼굴에 주름 잡히고
까스러운 노래도 한숨의 종자
희미하게 떠오르는 웃음의 별을
말없이 잡으려는 미련의 마음.

(1934년 7월 13일 야로에서)

청춘靑春을 맞으려네

내 가슴에 피랴 하는 봉오리 꽃은
새벽날 노을빛에 붉게 물들어
희망의 저 언덕을 넘자 하시는
오신 님 봄과 함께 활짝 피랴네

겨울밤 눈바람에 지친 꽃잎
기쁨의 나비춤에 노래 부르네
사라진 묵은 노래 잊어버리고
피는 꽃 내 청춘에 두 팔 들랴네

내 가슴이 붉은 피에 꽃을 띄우고
새벽날 별빛 찾아 맞이하려네
피오르는 향깃발에 내 희망 싣고
인생人生의 청춘들에 춤춰 보랴네

(1934년 7월 14일 야로에서)

시들은 청춘

아득하게 저 산 넘는 흰 구름이여
내 희망 어데 간지 찾아나 주렴
사랑에 버린 몸은 갈대 같으니
질정 없는 이 몸을 싸서나 주렴

옷고름에 매듭이 풀리기 전에
달 뜨면 한숨으로 보게 되었나
시들은 내 청춘을 찾지 못하여
물에 나린 별빛에 눈물 어려요

피는 꽃에 붉은 마음 묻어 내리네
철 가면 나비 벌도 오지 않나니
꿋꿋한 참사랑을 잠재우려면
변함없는 별빛에 묻어 보랴네

(1934년 7월 14일 야로에서)

결원結怨

달빛 아래 손목 잡고
옷고름 서로 맺은 일
지금은 소식도 없어
느낄 때 가슴 우에
손만 얹노라

떨리우며 맺었건만
내 마음 쉽게 버릴 줄
밤마다 이슬 맞으며
양버들* 가지 물고 홀로 눈물에

* 미루나무.

꿈을 잃고 헤매는 몸
낡아진 노래 부르네
벌레는 고요히 울고
못 풀릴 가슴속엔 한숨 서리어

(1934년 7월 21일)

산야山夜의 누한淚恨

이슬비 나리노라
안개는 피어 산을 덮고
어둠에 잠든 고요한 밤

새벽녘 종소리에
설운 꿈 깨어 생각느니
팔벼개 젖은 눈물 못 씻는 맘

(1934년 7월 23일)

물 너머

물결 너머 고향 길 배 저어 가는 곳
앵두밭 꽃필 때에 봄놀이하는 곳
지는 햇빛 아듬고 머문 저 배는
잘지 올지 모르나 저문지 모르나

송이구름 피는데 파도는 자고
못 보이게 아슴이*는 끼였구나
고향 꿈 더듬는 어린 내 눈에
흰 물새는 짝을 지어 날아 노누나

말도 없이 빛만을 바다에 누이는
우리 고향 굽어보는 달도 설워요
언덕 위에 홀로 선 어린 이 몸도
새벽이 될 때까지 기다리려오

(1934년 7월 27일)

달을 잡고

창에 비친 달
그대가 남기고 간 웃음인가
밝았다 기우는 설움 버릴 곳 없어

눈을 감아도
그대는 가슴속에 나타나고
버리려 달 쳐다보면 눈물이 흘러

변함이 없을
그대 맘 저 달 아래 맹서 든 때

| * 안개 같은 것을 일컫는 듯.

그 일은 풀 아래 우는 벌레 소린지

(1934년 8월 5일)

배 저어서

돛을 달고서 노를 저어라
　　　슬렁슬렁 배 떠나간다.
아침 안개 걷어지는 사이로
　　　붉은 해는 떠오른다.
바람은 시원코 물결은 잔잔해
　　　저기 보이는 산과 들에
아 기쁘다. 동무야
　　　삶의 노래 울려온다.

희망을 아듬고 노를 저어라.
　　　거침없이 물결을 넘자
우리 힘이 없어질 때까지도
　　　이 배를 저으리라.
싱싱한 기분이 가슴에 돋는다.
　　　뛰는 젊은 피 맑은 정신
아 힘차다 동무야
　　　빛나는 곳으로

(1934년 8월 13일)

우리 행진곡行進曲

모여서 나가자 걸음을 같이하여
네 동무 내 동무 괭이 낫을 쥐고는
우리들의 일터 논밭으로 산으로
가슴에 솟음치는 붉은 피 식기 전
펼쳐라 우리의 힘을 씨 뿌려라 이 땅에
오!

어두운 곳으로 새벽종 울려온다
덮인 안개 제쳐* 밝음은 새어 와
우리들의 새날 동무들아 반겨라
막 솟는 샘의 물이 땅 우에 넘치니
부르자 우리의 노래 세워 보자 깃대를
하!

(1934년 7월 23일)

운동가運動歌**

우두봉牛頭峯 붉은 노을 아침에 이는
그 밑이 우리들의 자라나는 곳

　　　후렴

---

* '젖혀'의 지역어.
** 원문에 '슈프리히 콜'이라 갈래 지었다. 합창시.

244

나가자 모두 다 으아 운동장으로
빛나게 굳세게 장하게 쾌하게 이 몸을 달구자

홍류수 굴러굴러 흐르는 우에
깨끗한 우리 정신 거기 보인다

끝까지 버티리라 견뎌 내리라
내일에 바쳐 놓은 이날의 이 몸

위여차 위여차 우리 해인 강습소
위여차 위여차 플레이 플레이 플레이

(1934년 9월 10일)

울 넘어 담 넘어

앞집 처녀 머리채 뒷집 총각의 한숨 바람
사이에다 울을 두고 간조증* 난 입다심에
푸른 살구 익어간다 으아 하하하 어쩔거나

뒷집 총각 눈웃음 앞집 처녀의 두근 가슴
물 퍼다가 넋을 잃고 쪽박 든 손 풍덩풍덩
물장난을 치는구나 으아 하하하 어쩔거나

* 간이 조여드는 증상.

울 가운데 피는 꽃 이름도 모를 꽃이건만
서로 끓는 피에 서려 기운 좋게 우쑥우쑥*
시달려도 붉어진다 으아 하하하 어쩔거나

달이 올라 밝은 밤 울 넘에서도 담 안에도
피리한** 숨 보닥질쳐*** 몰라주는 달님에다
마음을 내어 감는구나 으아 하하하 어쩔거나

(1934년 7월 26일)

수박 타령****

자 수박이오 수박
어서들 사려 어 싸구려!
　　서글서글한 단맛!

이가 빠진 늙은이 숟가락 들고
서벅서벅 긁어 먹게 좋은
　　수박이오! 어우 자 수박!

내외 싸움한 뒤에 마주 앉아서
움쑥음쑥***** 갈라 먹게 좋은

* '무엇이 기운 좋게 올라오는 꼴'을 뜻하는 지역어.
** '파리한'인 듯.
*** 심장이 쿵쿵거리며 뛰는 모양.
**** 원문에 '민요'라 갈래 지었다.
***** '움쑥움쑥'을 변형시킨 말.

수박이오! 어우 자 수박!

첫사랑 한 시악씨* 물동이에 넣어
정든 님에 선물하기 좋은
　　　수박이오! 어우 자 수박!

(1934년 8월 29일)

추석秋夕 노래

풋밤 풋대추 주머니에 넣어
이웃 동무 내 동무와 나눠서 먹는
팔월 한가윗날 우리의 추석 노래

송편 옥수수 손수건에 싸서
가난한 동무에게 선물을 하자
새 맘 기쁜 노래 우리의 추석 노래

달도 맑고요 둥그럼**하다네
너도 함께 나도 같이 서로 부르자
넓게 퍼져 간다 우리의 추석 노래

(1934년 8월 30일)

---

* '새악씨.' '새색시'의 지역말.
** 둥그스름하다.

병아리*

날을 듯이 날을 듯이 하늘을 보는
병아리의 애태우는 모양이던가
날아가는 산새들을 쳐다보면서
병알병알 못 날아 울음을 우네

하고 싶어 묻고 싶어 기다린다면
병아리의 조급함을 알아주런만
날아가는 산새들은 돌보지 않고
병알병알 울음만이 뜰에 울리네

(1934년 9월 19일)

나물을 캐서

작년 가을 언덕에 불 질렀더니
제비 손님 오기 전 포릇포릇 나물 났네
동무동무 여애** 동무 여기저기 흩어져
답북답북*** 도려내어 바구니에 넣는다.

물오른 버들을 피리 만들면
릴릴빼빼 서로 불며 생긋벙긋**** 웃음 웃네

* 원문에서 '동요'라 갈래 지었다.
** 여자애.
*** 담뿍담뿍.
**** 싱긋벙긋.

248

일찍 피는 할미꽃을 살큼 꺾어 꼽고는*
붉은 댕기 자랑하니 나물 캠도 잊었다.

냉이 캐고 쑥 캐어 해가 기우니
저녁 짓는 연기가 언덕 우에 서리우네
동무동무 여애 동무 앞서 뒤서 걸으며
흥흥흥흥 콧노래가 앞뒤에서 어울려.

(1934년 9월 21일)

목메는 나그네

하늘에 떠가는 달과 같은지
이 신세는 나그네 길에 우는 몸
잔디밭 걸음도 꿈인지 가고
다시 또 서리 우를 더듬게 되나.

기울면 차지는 달이지마는
이 신세는 나그네 희망 없는 몸
안 가면 아니 될 눈물의 길을
해 지는 산비탈에 외롭게 우네.

그리운 옛날이 눈에 어리면
비 나리는 그믐밤 자리가 설고

| * '꽂고는'의 지역어.

찬바람 오동잎 창에 부치면
잠 조는 등불 따라 목메이네

(1934년 10월 15일 야로에서)

우리는 대장꾼*

할아버지는 불무질**하고
아저씨와 나는 망치 들었다.
씰꿍씰꿍 불은 확확
불에 달은 쇠뭉치 우리 손으로
호미 낫 괭이 독구 칼이 된단다.

검은 얼굴이 땀투성이네
거진*** 팔뚝은 뭉클거린다.
퉁 챙 퉁 챙 요놈을 퉁 챙
힘껏힘껏 때려서 들게 해야만
일하는 우리들의 힘이 덜 든다.

(1934년 11월 15일)

---

* 원문에서 '동요'라 갈래 지었다.
** '풀무질'의 옛말.
*** '검은'의 지역어.

허 참 억궂다*

금니 박은 이 옆에서 말을 하면
코를 흔들며 눈살을 찌푸리더라.
당신네들은 사향내 피우지만
없는 우리는 땀 짠내 피우지 뭘
　　　허 참 억궂다 별사람 있는가?

살진 저 양반 양궐련 피우면서
허연 연기엔 머리를 흔들더라.
오줌 누려면 길가에 누면서도
똥오줌 냄새 피하려 하는가 흥
　　　허 참 억궂다 별사람 있는가?

(1934년 11월 17일)

아리롱 신세**

고방 없는 내 집에 볏섬이 당하나
찬 듯 가슴속이 텅 비었네
아리롱 아리롱 가지를 마소
아리롱 그 넘어도 눈바람 찹다.

농사지은 내 쌀은 남 주어 버리고

* '억울하다'라는 뜻으로 쓰는 시인의 조어로 보임.
** 원문에 '민요'라 갈래 지었다.

냄새 나는 왜쌀*이 살찌우네
아리롱 아리롱 빚낸 돈 못 줘
아리롱 그 고개를 치어다본다.

당신네는 살고기** 사서들 먹지만
우리는 미꼬라지*** 맛을 보네
아리롱 아리롱 불버들 마소
아이롱 그 마루에 노을 서린다.

쫓겨 가는 신세가 오죽해 그러나
웃으며 미워하는 뱃장 때문
아리롱 아리롱 서로 웃을까
아리롱 그 노래에 춤추어 본다.

(1934년 12월 9일)

조선朝鮮 청년青年의 노래

빛나는 문화文化 반만년半萬年의 역사歷史
무궁화無窮花 피는 혼魂을 이어받은 몸
정연整然한 대오隊伍 우렁찬 구가謳歌
태평양 파도 우에 번치는 이상理想
우리는 젊은 기백 조선의 나팔

* 왜인들이 배급으로 나누어 준 쌀을 뜻하는 것 같다.
** '살코기'의 지역어.
*** '미꾸라지'의 지역어.

백두白頭의 정맥精脈 한라산漢拏山에 벋쳐

삼천리三千里 돋는 봄에 맥박의 약동躍動

발랄潑剌한 의기意氣 굳굳한* 주먹

아세아亞細亞 창공蒼空으로 울리는 조성潮聲

우리는 젊은 역군役軍 조선의 쇠북

용약勇躍의 희망希望 염염炎炎하다 가슴

동서東西에 떨쳐떨쳐 씩씩한 기상氣象

벋치는 큰 힘 박차는 용진勇進

여명黎明의 대지大地 우로 이끄는 정열情熱

우리는 젊은 기초基礎 조선의 기적汽笛

뚫어라 창석蒼石 녹여 보자 쇠를

우리의 뜨는 눈에 조선이 있다

패자覇者인 사명使命 감연敢然한 돌격突擊

혁혁赫赫한 장도壯途에 퍼지는 개가凱歌

우리는 젊은 성벽城壁 조선의 태양

(1934년 12월 11일)**

오도가悟道歌***

가비라성迦毗羅城 뒤 두고 법法을 구구求하려

---

* 꿋꿋한.
** 아래와 같은 곁말이 작품에 붙어 있다. "이상 「조선朝鮮 청년靑年의 노래」는 1935년 신춘문예 현상 모집 동아일보사에 응모하였던 것인 만큼 2일의 노력이 들었던 작作이다."
*** 원문에는 '성가聖歌'라 갈래 지었다.

만승萬乘의 귀貴하신 몸 자춰 어데랴
육 년의 고행苦行에 고달픈 걸음이
길 없는 설산雪山으로 홀로 가셨네
　　　신달타〔悉達多〕* 신달타 우리의 기쁨

정반왕궁淨飯王宮 왕위王位는 세상世上의 한 꿈
영화榮華와 애정愛情도 아침의 이슬
생사生死의 고해苦海에 헤매는 중생衆生을
건지실 큰 서원誓願을 가슴에 맺으심
　　　신달타 신달타 우리의 기쁨

우담발화** 우거진 금강좌金剛座에는
어둠을 헤쳐 내는 빛이 서리고
바른 길 이끄실 삼계三界의 도사道師로
여명黎明의 땅 우에는 기쁨이 오도다
　　　석가존釋迦尊 석가존 우리의 기쁨

맑게 개인 동천東天에 새벽별 돋아
더듬던 한〔大〕길을 깨달으셨네
누리에 뻗친 자비慈悲의 광명光明에
우리도 그 빛 따라 저 언덕 오르자
　　　석가존 석가존 우리의 기쁨

(1934년 12월 28일)***

---

* 싯다르타.
** 우담바라.
*** "이상以上 오도가悟道歌는 작곡作曲하얏다."라는 곁말이 붙어 있다.

요놈의 물방아*

물방아 물방아 요놈의 물방아
내 논에서 나는 쌀을 어느 놈 줄려고
쿠궁쿵쿵 화난다 찧어 재끼노

물방아 물방아 요놈의 물방아
장리 낸 것 주고 나면 가슴이 터진다.
쿵궁쿵쿵 얄밉게 찧어 재끼노

물방아 물방아 요놈의 물방아
자식새끼 월사금도 싸래기**로 주겠다.
쿠궁쿵쿵 성난다 찧어 재끼노

물방아 물방아 요놈의 물방아
딩기***나마 내 못하는 신세를 아느냐
쿠궁쿵쿵 괴롭게 찧어 재끼노

물방아 물방아 요놈의 물방아
밤새도록 찧어 줘야 그놈이 좋단다.
쿠궁쿵쿵 벌거덕쿵 찧어 재껴라.

(1934년 12월 30일 야로에서)

---

* 원문에는 '민요'라 갈래 지었다.
** '싸라기'의 지역어.
*** '등겨'의 지역어.

이쿠*이쿠 골이 난다

당신은 가시개 쥐고 머리를 쌉박**
우리는 작두를 밟고 꼴풀을 쌉박
머리를 깎아서 주면 돈을 벌지만
꼴풀을 끊어서는 땀만 생긴다.
이쿠이쿠 골이 난다 벼락 맞을 것

당신은 흰 쌀밥 먹고 트림을 끌끌
우리는 보리밥 먹고 방귀를 퉁퉁
체증을 나수는*** 데는 약이 들지만
보리밥 못 먹는 약은 없지 못할까
이쿠이쿠 골이 난다 번개가 칠 것

(1934년 12월 30일 야로에서)

봄맞이 가자

앞산에 아지랑이 서린다네
뒤 언덕 찬바람이 가 버린다네
　　짝을 지어 춤을 추며 노래 부르며
　　흥이 넘치는 발걸음 마차**** 봄맞이 가자

* '이키'의 지역어.
** '싹둑'의 지역어.
*** '낫게 하는'의 지역어.
**** '맞추어'의 지역어.

앞들에 쓰러진 풀 피어오르면
뒷마을 무궁화가 향기로워라
　　짝을 지어 춤을 추며 노래 부르며
　　흥이 넘치는 발걸음 마차 봄맞이 가자

가신 봄 이 땅으로 기쁨이 온다.
꿈꾸던 청춘들아 일어나거라
　　짝을 지어 춤을 추며 노래 부르며
　　흥이 넘치는 발걸음 마차 봄맞이 가자

(1935년 1월 5일)

제5부

낫과 괭이

—허창호許昌瑚 시집詩集
제7권第七券

돌아가신 어머니

꽃피는 산모롱이 새는 울건만
어머니는 그 새소리 들으시는가
외로운 무덤가에 피는 꽃으로
오늘도 무덤 앞에 꽂았습니다.

무심한 저 솔개는 구름을 업고
가없는 하늘길을 머뭇거리네
가면 올 줄 모를 구름에다가
그리운 내 마음을 싸서 보내네

뻐꾹새 산모롱*에 울음을 울면
어머니의 넋소린가 가슴 아프고
진달래 무덤가에 붉게 피면
내 어머니 고운 모양 더욱 그리워**

달밤을 걸어

열하루 밤 달빛 아래 외롭게 걸어
주린 가슴 움켜잡고 덧없이 가네
그늘진 산길 돌아가는 이 몸에
무심한 저 달빛이 숨어서 드네

* 산모롱이.
** 이 뒤로 습작집에 낙장이 있는 것으로 미루어 작품이 마무리되지 못한 것 같다.

물소리에 가는 마음 아득한 마음
언제면 그 님 보리 대답도 없네
먼 산에 반짝이는 별빛과 같이
새봄을 맞이하여 봄노래 불러 보자

스르르스르르 물소리는 두덩을 넘나 돌고
아지랑이 끼인 들엔 씨뿌리 노래라
우리도 다 같이 두 팔을 동동 걷고
이 봄을 놓지 말고 이 힘을 바쳐 보자

(1935년 3월 14일)

자하동유紫霞洞遊*

열렸다 자하동문 젊은이 발자취로
춘경春景이 덧없어서 이제로 날 끌었네
자하紫霞에 이 맘 추주워** 세상 일 잊어 보니

춘우春雨에 힘 올려서 온 새풀 모양 짓고
맑은 물소리 높여 소식 전해 흐른다네
우리도 피리 불면 옛 장단 버리고자

춘광春光 만리공萬里空에 날으나니 작은 새요
지암地巖 층천리層淺裏에 붉은 단장 철쭉이네

* 원문에서 '시조'라 갈래 지었다.
** '추주다.' '축이다'의 지역어. '추주워'는 '축여.'

벽수碧水에 발을 담그니 님 소식이 가까워라

(1935년 4월 16일 어 자하동)

유산遊山*

청산靑山을 뉘 버리리 녹수綠水를 마다하랴
공허空虛를 울려 놓다 저 새소리 반갑구여
황혼黃昏에 길 찾는 객客이 쉬어 갈까 하노라

삭월朔月에 바람이니 벗인 줄 웃을쏘냐
굉굉轟轟한 물소리에 이 심사心事 한없구여
층암層岩에 저 노송老松이야 물어 무삼하리오

(1935년 2월 12일 야로에서)

지는 꽃

철 따라 피었다면 왜 그리 설워지나
웃음이 한때라서 청춘도 덧없어라.

흰 단장 붉은 모양 벌 나비 부르건만
색 잃고 시들면 봄철도 구름이라.

| * 원문에서 '시조'라 갈래 지었다.

가슴속 피던 꽃이 한때의 봄이던가
옛 기억 잊으려니 뻐꾸기 다시 우네.

청춘이 설움인가 봄철을 울며 보랴
님으로 맺힌 정에 지는 꽃 서럽다네.

(1935년 4월 26일)

사창紗窓에 비친 달

덧없이 흐르는 세월의 줄에
그 봄도 가고 마니 꿈이라 할까

옛날을 더듬는 쓸쓸한 가슴
조그만 사창으로 달빛이 드네

고요히 얼굴 들어 쳐다보오니
서럽다 바람결에 잎 떨어지네

울면서 흐르는 젊은 이 몸에
님 따라 저 달빛도 흐려 오네

(1935년 4월 25일)

삼월三月의 눈바람

우두牛頭에 바람이니 비봉飛鳳에 꿩이 운다
하진월下辰月* 눈 나려서 초화草花를 시들키네**
까마귀 울고 간 뒤라 마음 편타 하리오

동무여 굳이 다문 그 입술 높게 뵈네
바른길 걷는 가슴 뉘 아니 없으리까
봄철이 겨울인 듯하여 그대 생각 묻노라

(1935년 5월 2일 15명 동무가 합천서로 간 뒤에)

타향他鄕에 오는 비

푸른 산허리 돌아 오르는 안개는
풀 수 없는 내 가슴의 한숨이랄까
산과 들에 나려오는 궂은 비 따라
내 산천 그리워서 눈물 흐르네

산 아래 주막집의 밥 짓는 연기는
넘어야 할 산길 새로 숨어서 들고
추진 자리 시름없는 떠나온 몸에
처마 끝 빗방울의 소리 구슬퍼

---

* 늦은 삼월.
** 시들게 하네.

꿩 소리 뻐꾹 소리 간간히 들리니
저물은 뜰 우에로 봄이 가고나
끼인 안개 어느 때나 거둬져 가리
내일은 이 발길이 어데 멈추랴

(1935년 5월 14일)

사라지는 마음

아침 안개 산을 돌다 사라지나니
님으로 해 맺힌 마음 안개와 같네
저 멀리 날개 치는 새의 갈 길은
동쪽인가 남쪽인가 정처 없고나

한 해 동안 웃음 웃던 그대와 이 몸
영원할 우리 청춘 왜 울음인가
운명의 가르침에 애태운 가슴
내일은 어느 길로 걸어나 볼까

천사 같은 나의 님아 우지를 마라
울면 옛 기억이 다시 그립다
기타의 뜯는 소리 사라지나니
사라지는 그 소리에 이 맘 보내네

(1935년 5월 17일 야로 약혼녀와 인연을 끊으며……)

재 넘는 구름

님 노실 이곳엔 바람도 없건마는
웬일로 구름덩이 재 넘어간다오
정함 없어 가신 님 구름과도 같아
저무는 빈 뜰 우로 눈물이 든다

옛날의 웃음은 새소리 같았건만
아득한 그이 길이 또 가도 험타오
붉은 노을 가신 님 원한이라 보나니
무너진 옛터 우로 한숨이 흘러

짙어진 이때를 그 님은 아시련만
처량한 두견 소리 이 밤을 새려나
넘어가라 구름아 탄 설움을 실어서
눈물의 저 재 넘어 님 찾아가라

(1935년 6월 25일)

궂은비

적막한 산촌에 궂은비 나려오니
나그네 가슴 깊이 서러움이 잦아드네

가슴속 그림자 옛날 일 생각키니
이 비는 눈물인가 소리 없이 나려오네

무너진 뜰 우에 새소리 처량하니
짙어진 황혼 따라 노래도 우러난다

비 오는 낡은 뜰 나그네 우는 뜰에
님 가신 뒤 터라서 원한도 잦았더라

(1935년 6월 21일)

낭주浪舟

잠드는 바다 우엔 새소리 끊어지고
님의 정에 가슴속은 잠 못 이뤄 하노라

떠나는 작은 배는 바닷길 끝이 없고
님 떨어져 사는 몸이 웃음 볼 날 있으랴

섬 우에 큰 소나무 세상이 보고프냐
해 지우고 달맞이에 덧없다고 하노라

옛 골을 떠나온 지 기억도 어름하다
뱃머리에 드는 파도 끝없는 원한이라

(1935년 6월 28일)

사향思鄉

열 손가락 꼽아 가며 가는 날을 헤아리니
정 없는 세상일이 세월 따라 더하네
막을 수 없는 눈물이 기쁘다고 안 나랴
그리운 내 옛터엔 하늘 멀리 구름 도네

호숫가의 나무 아래 다리를 멈추어서
물 밑에 여윈 얼굴 물결 새로 뵈오니
웃을 수 없는 내 운명 물결과도 같아서
반가운 새소리도 그 님 그려 서러워라

이 모롱이 돌아가면 어느 나루 건너랴나
산 넘는 구름에다 이내 탄식 싣네
뵈올 수 없는 내 고향 구름과도 같아서
날마다 멀어져요 산과 물이 몇몇이라

(1935년 5월 19일)

달 따라 지는 꽃

밤 깊은 뜰 우에는 달도 서러워
늦은 봄 지는 꽃에 이슬이 드네

산 넘는 달빛 따라 고이는 눈물
밤중의 종소리에 그리운 옛일

한철의 고운 몸은 물소리 같고
정든 내 산천이 날로 멀어져

달 아래 이 청춘이 시든단 말요
명춘*의 그리운 철 다시 찾으리

(1935년 5월 26일)

명상暝想의 밤

고요한 웃물에 돌 던져진 것같이
내 마음에 떠오르는 다섯 빛 구름

눈물의 뜰 우에 달조차 으스름하고
물소리에 이 청춘이 멈춤도 없네

사랑은 바람 없이 보채는 파도런가
님의 정은 사공 없는 나룻배던가

탄식은 이슬 젖은 저녁의 꽃이런가
설운 눈물 꽃을 치는 봄비라 하랴

(1935년 6월 6일)

| * 명춘明春. 올봄.

생각나는 꿈

꿈은 흩어지는 별의 흐름인가
헛되어라 그 얼굴도 한 개의 별이던가

차마 못 잊겠네 옛날의 님이여
꿈속에서 찾은 일이 가슴에 엉켜지네

꿈은 눈물 없는 애달픈 울음
생각나면 가슴속에 눈물의 꿈이더라

깨면 사라지네 꿈이라 하오니
적막하다 님의 자취 하늘의 별이던가

(1935년 6월 10일)

뒷덤불 앞덤불*

뒷덤불 딸** 열렸네 붉게 맛나게
시집간 우리 누나 작년 여름엔
행주치마 물들이며 많이 땄던데
지금 나는 딸을 따며 노래 부르네

앞덤불 찔레꽃이 희고 곱고나

---

* 원문에서 '동요'라 갈래 지었다.
** 딸기.

시집간 우리 누나 꽃필 때마다
헝클어진 머리에다 꺾어 꼽던데*
지금 나도 그때 생각 따서 봅니다

동리 뒤 덤불 우에 귀뚝새** 울고
앞냇가 덤불 속에 꽃은 피건만
산 넘어서 떠나간 우리 누나는
작년의 덤불놀이 잊지 않았나

(1935년 6월 17일)

밤에 오는 비

추억의 덩굴에 눈물의 쓰린 비
피었던 금잔화는 시들어 버린다

처마 끝 떨어지는 어둠의 여름비
소리도 애처로워 가슴은 쓰린다

옛날은 어둠인가 멀어졌건만
한 일은 빗소린가 머리에 들린다

뒤숭한*** 이 밤을 새우지 못하는

---

* '꽂던데'의 지역어.
** '굴뚝새'를 가리키는 듯.
*** '뒤숭하다'는 야무지지 못한 사람 됨됨이를 일컫는 지역어. 여기서는 '뒤숭숭한'이라는 뜻으로 쓰임.

젊은이 가슴 깊이 옛날을 그린다

(1935년 6월 24일)

김매는 총각總角*

이마에 땀 솟는다
오뉴월 장마통에 물외는 크고
한 줌 두 줌 김맬 때마다 가슴속엔 그대 생각
에에야 늘시구 어루화라
꼬부라진 물외를 옳구나 물외를
똑 따서 주고 싶다

호미 쥔 손을 보니
지난날 달 밝던 밤 감나무 밑에서
수줍던 그대 허리를 아듬었던 생각난다
에에야 늘시구 어루화라
시집가신 그 님이 옳구나 그 님이
정말로 보고 싶다

이 남새** 북돋워서
장에 가 팔아 볼까 나눠서 먹을까
논밭에서 늙는 청춘이 애터지게 여겨진다
에에야 늘시구 어루화라

---

* 원문에 '민요'라 갈래 지었다.
** 푸성귀.

김을 담아 나르니 옳구나 나르니
고랑도 멀어진다

바람은 서늘서늘
구름은 해를 두고 이저리 가건만
이내 몸은 님 떨어져서 흙하고 신세타령
에에야 늘시구 어루화라
비 싣고 온 구름아 옳구나 구름아
님 실어 쉬 오너라

(1935년 7월 3일)

풀 매는 노래*

호미 든 동무는 덤벅 풀 매라
괭이 쥔 동무는 깔린 풀 매라
너도 나도 다 같이 우리의 뜰을
어질러진 풀들을 뜯어 없애자

한여름 더운 때 매암이 울고
구름을 떠미는 바람도 설렁
남애 여애** 모두 다 우리의 밭을
거름 먹고 자라난 풀들을 뽑자

---

* 원문에서 '동요'라 갈래 지었다.
** 남자아이, 여자아이.

호미 든 동무야 노래 불러라
괭이 쥔 동무야 장단 맞추라
너 힘 내 힘 합해서 깨끗이 뜯어
우리들의 묵은 뜰 다시 빛내자

(1935년 7월 4일 위 작곡)*

봄의 행진行進

동무네들아 서로 손잡아 함께 나가자
우리 일터로 굳게 뛰어
우리 가는 곳에 설움과 탄식이 있으랴
두 주먹 두 다리 가슴에 뛰는 피 반짝이는 눈빛
어여차 지여차 모든 장애 넘어 기쁘게 가자
우리 청춘을 일에 바치자 맑고 빛나게
이 봄을 따라 용감하게 장하게
모여 나가자

(위 작곡)

여름의 행진行進

나려 쪼이는 태양 아래서 콩밭을 매니
물씬물씬 더운 김이 코를 찌른다

---

* '위爲 작곡作曲.' 작곡을 위하여.

수건을 쓰고 동무와 함께 벼논을 매며
에용데용* 노래 부르니 된 줄 몰라라

땀을 흘리자 몸을 달구자 굳세게 되자
설렁설렁 시원한 바람 흠북** 마시며

　　후렴
　　더움을 참고 기운을 내어
　　오늘의 우리 일을
　　검은 팔다리 걷어붙이고
　　힘차게 일을 하자

(1935년 8월 16일 위 작곡)

님 무덤에서
　─돌아온 옛날의 아내

님 무덤에 저 달이 비치어 들어
밤새도록 귀뚜라미 울음을 우네
목메어 우는 귀뚜라미 님의 넋인지
텅 빈 가슴으로 울며 듣노라

치맛단을 스치는 바람도 차고
짚신 발에 풀잎의 이슬이 지네

* 민요 후렴 '어허듸여'와 같은 뿌리에서 나온 말.
** 흠뻑.

수건을 입에다 물고 달 쳐다보니
눈물에 얼룩져서 흐리어 오네

님 무덤을 지키나 여위진 달아
늙는 청춘 눈물로 살라고 하나
지난해 흙덩어리인 님의 무덤에
귀뚜라미 우는 잔디 푸르러 있네

(1935년 8월 28일)

소나기*

더움에 보채이는 이 들판에
우리네 막힌 가슴 더 맥히네**
에헤야 산 입에 거미줄 치나
앞 남산 봉우리에 안개가 도네

기다린 비지만 하 속아서
마당에 보리 덕석 걷지 않소
에헤야 아니다 정말이로군
양버들 치는 바람 비바람이네

번갯불 뒤따라서 우레 소리
억막힌 근심들이 시원쿠나

* 원문에 '민요'라 갈래 지었다.
** '막히네'의 지역어.

에헤야 그렇다 너도 그렇지
물괭이* 들고 들고 삿갓을 쓰자

콩밭에 메물밭**에 풀 매던 이
벼논에 땀 흘리며 논매던 이
에헤야 얼씨구 길거웁다네
입은 옷 다 추져도*** 신명난다네

따루고**** 따루어라 소낙비야
우리네 걱정마저 씻어 가라
에헤야 좋구나 풍년이로세
이 들판 가을맞이 소나기라네

(1935년 8월 21일)

안개

먼 산의 아침 안개 님의 모양인가
내 기억에 서글픈 맹서의 표정인가

초라한 이 삶 우에 다시 눈물이고
여름밤의 짧음도 오히려 길어짐을

---

* 물이 있는 곳에서 쓰는 괭이.
** '메밀밭'의 지역어.
*** '추지다.' 적시다. '추져도'는 '적셔도.'
**** '따르고'의 지역어. 소나기가 물을 따르듯 내려라라는 뜻.

든 정은 아침 안개 돌고 사라지니
믿어 봐도 한때의 웃음의 추억이라

(1935년 8월 21일)

해인사海印寺 계곡가溪谷歌

지팡이 갈아 짚고 홍류동을 돌아드니
농산정 굽은 솔이 뛰는 물에 춤을 추네
시원하다 부는 바람 내 가슴을 열어 주니
오 오 내 가슴을 열어 주니
아름답다 내 사랑아 해인의 계곡이여

절승대 뒤에 두고 광풍루를 안고 드니
수풀 우 또 숲이요 바위 우에 또 바위라
쏟아지는 저 맑은 물 내 마음을 씻어 주니
오 오 내 마음을 씻어 주니
장하도다 내 보배야 해인의 계곡이여

모롱이 끝이 없다 낙화담을 굽어보니
바위에 부딪치는 물 흰 꽃 이뤄 떨어지네
아지 못할 저 새소리 온 곳 모를 이 선경아
오 오 온 곳 모를 이 선경아
귀하도다 내 산수야 해인의 계곡이여

샘물에 목 추주고 첩석대*를 지나 보니

옥류정 시원스뤄** 가는 길이 늦어진다
산은 첩첩 물은 쾅쾅 굽이굽이 내 자랑아
오 오 굽이굽이 내 자랑아
쾌하도다 내 강산아 해인의 계곡이여

(1935년 9월 8일)

가을의 행진行進

검푸른 하늘 구름과 같이
높게높게 깨끗하게
뜻을 기루자 우리들 동무네야
　　옳다옳다 기루자 기루자
　　모두 다 손잡고 발들을 맞추어
　　상쾌한 오늘을 기쁨의 노래하자

물들인 산천 단풍잎같이
붉게붉게 깨끗하게
이 맘을 맑히자 우리들 동무네야
　　옳다옳다 맑히자 맑히자
　　모두 다 손잡고 발들을 맞추어
　　상쾌한 오늘을 기쁨의 노래하자

논밭에 익은 곡식과 같이

* 첩석대疊石臺. 누룩덤이라고도 한다.
** 시원스러워.

굳게굳게 충실하게
열매를 이루자 우리들 동무네야
　　옳다옳다 이루자 이루자
　　모두 다 손잡고 발들을 맞추어
　　상쾌한 오늘을 기쁨의 노래하자

(1935년 9월 19일)

그윽한 생각生覺

산 넘어 저 산 넘어 흰 구름 떠가는 곳
강남제비 떼를 지어 날아간 저 산 넘어
어머니 그리운 내 어머니 그리운
그윽한 생각이 저 하늘가에 돕니다.

물결이 출렁이는 강가에 서 있으면
갈댓잎을 흔들흔들 바람도 쓸쓸하고
고깃배 흘러가는 뱃노래의 구슬픔
그윽한 생각이 이랑물* 우에 뜹니다

(1935년 9월 22일)

* 이랑이 진물.

시조時調 오 수五首

추공秋空

검푸른 가을 하늘 깊고 깊어 가없는데
한 조각 흰 구름은 온 곳 갈 곳 모르구려
두견은 한 울음 치고 소리 끊어졌노라

신信

예사로 믿는 것이 정말치 못하여도
한 마음 굳이 바쳐 믿는다면 단몸*이라
동무여 오는 날 향해 믿고 믿어 봅시다.

주朱

붉음은 정열이요 변치 못할 맹세로다
이 붉음 낡아갈 때 그대여 보실 건가
문지** 낀 골방을 벗어나 저 일터로 나가소

산국山菊

깊은 곳 넝쿨 속에 산국화 피어 있소
철 맞아 피었건만 찾는 이 그 누구랴
가을은 예도 왔다거니 향내 더욱 품내오

토兎

석유石油궤 철망 안에 토끼 한 놈 잠을 자오

* 한 몸.
** '먼지'의 지역어.

높은 봉峰 뛰던 놈이 용기勇氣 어데 갔단 말고
사람아 토끼 이 신세를 그냥 웃어 보리오

(1935년 9월 22일)

가야산가伽倻山歌

하늘에 우뜩* 솟아오른 산
산 아래 쾅쾅 쏟아지는 물
바위 우에 또 바위요 수풀 우에 또 숲인데
구름 넘어 산이 솟고 산 넘어 구름 인다
        오 오 오
        내 강산 내 보배 내 자랑 가야산아

하늘에 우뜩 솟아오른 산
산 아래 쾅쾅 쏟아지는 물
물을 건너 절벽이요 절벽 넘어 계곡인데
신록 따라 푸르렀다 단풍에 붉어진다
        오 오 오
        내 강산 내 보배 내 자랑 가야산아

하늘에 우뜩 솟아오른 산
산 아래 쾅쾅 쏟아지는 물
우두봉에 뜻을 받고 홍류수에 뜻을 길러

| * '우뚝'의 지역어.

천만년을 아름답게 빛나게 커 나가자
　　　오 오 오
　　　내 강산 내 보배 내 자랑 가야산아

애향가愛鄕歌

가야산 높은 기상 가슴에 품고
홍류수는 우리 정신 맑게 흐르네
　　　비바람 눈보라 모든 험난 닥쳐도
　　　송백처럼 청청하고 바위처럼 버티세

자라난 우리 터전 동이 트이면
모두 함께 저 일터로 버쩍 나가자
　　　비바람 눈보라 모든 험난 닥쳐도
　　　송백처럼 청청하고 바위처럼 버티세

가야의 들과 산이 기름지는 날
홍류수야 흘러흘러 길이 빛나라
　　　비바람 눈보라 모든 험난 닥쳐도
　　　송백처럼 청청하고 바위처럼 버티세

(1935년 11월 22일)

바다의 노래

앞개* 바닥 물결에 조개가 크고
조개 주우며 물을 보니 설움이 크네
아리롱 상사롱 언제 오나
님을 실은 그 배가 언제나 와요

드는 물에 온 님은 잠이라 섧고
나는 물에 돛을 다니 바다가 섧네
아리롱 상사롱 왜 가시나
오막살이 집 보니 가야 된다오

삼포三浦 청년동우회가靑年洞友會歌

— 성남전成南田 씨 작사, 소설 「설풍雪風」 중에 —**

부소산父蘇山 돌아드는 세찬 갯바람
검붉은 팔다리를 달구어 보자
    우리는 바위다 바닷가의 바위다
    모든 험난 닥쳐도 물러서지 않는다

삼포만 출렁이는 험한 파도는
가슴에 출렁이는 높은 뜻이다

---

* 앞쪽 포구.
** 허민이 쓴 것으로 짐작되는 소설 「설풍」의 등장인물 가운데 하나인 성남전이 지은 노랫말. 소설 원본은
찾을 수 없다.

우리는 바위다 바닷가의 바위다
모든 험난 닥쳐도 물러서지 않는다

칡처럼 얽혀 얽혀 앞으로 가자
내 고향 떠메고서 동트는 데로
　　우리는 바위다 바닷가의 바위다
　　모든 험난 닥쳐도 물러서지 않는다

(1935년 11월 29일)

해가 해가 붉은 해가*

해가 해가 붉은 해가
동쪽 산에 둥실둥실
잠꾸러기 일어나라
고함치며 부르네

해가 해가 붉은 해가
동쪽 산에 벙실벙실
열심으로 공부하라
고함치며 이르네

해가 해가 붉은 해가
동쪽 산에 생긋생긋

| * 원문에 '동요'라 갈래 지었다.

의논 좋게 지내라고
아침부터 이르네

해가 해가 붉은 해가
우리 땅을 밝히면서
밝은 데로 오라 오라
아침부터 부르네

(1935년 12월 3일)

경남민요집慶南民謠集

말꾼아 질*꾼아 말 몰아라
수천 리 밖으로 돈 실로** 가자

시어머니 죽으라고 축원했더니
보리방아 넘길 때엔 생각이 나네

열둘이 어울려서 모기장 치마
입었다가 벗었다가 다 떨어지네

뒷집에 김 도령이 자영구*** 타면
우리 집에 저 문둥이 밭골을 타네

* '길'의 지역어.
** '실으려'의 지역어.
*** '자전거'의 지역어.

우리 님 죽으라고 축원했더니
뒷집에 김 도령의 부고가 왔네

함양 산천 물레방아 물을 안고 돌고
요 내야 가슴에는 님을 안고 돈다

보리밥 된장에 배 불려서
부잣집 공일하다 다 꺼졌네

총각아 총각아 유다른 총각아
말 많은 우리 집에 뭣하러 왔노
처녀가 잘나서 정을 두러 왔나
숫돌이 좋아서 낫 갈러 왔지

요 내야 손목은 왜 담석* 쥐나
길이상사** 접저고리*** 등 나감세
길이상사 접저고리 등 나가면
꼽상추**** 접저고리 내 해 줌세
당사실 사다가 내 집어***** 줌세

울타리 밑에다 정든 님 두고
호박잎이 얄랑얄랑 못 보겠네

* '담쏙'의 지역어.
** 좋은 실이라는 뜻으로 보임.
*** 겹저고리.
**** '곱절로 단추를 단'이라는 뜻으로 여겨지는 말.
***** '기워'의 지역어.

호박잎이 얄랑얄랑 못 보겠거든
벼개를 돋워 베고 날만 보소

치마끈 졸라 가며 논 샀더니
신작로 복판이 내 논일세
신작로 된 것도 원통한데
치도비* 내라고 날 조르네

보조꾼 낭군을 원했더니
구둣발길 차기가 웬일인고

산천이 고와서 내 여기 왔나
님 살던 곳이라 내 여기 왔지

오라바니** 장가는 명년에 가도
농우소*** 팔아서 내 치우소
농우소 팔아서 안 되거든
사대야 봉제사 실수하여도
제우답**** 팔아서 날 치우소

뒷집의 김 도령 말 듣다가
쪽도리***** 못 써 본 내 팔자야

* 치도비治道費.
** 오라버니.
*** 농삿소.
**** 위토.
***** 족두리.

아이고 배야 지고 배야 애기 놓을* 밴가
삼시랑판**에 물 떠 놓고 빌어를 볼까

총각이 떠다 준 홍갑사 댕기
사랑도 못 떼어서 사성***이 왔네

시어머니 무덤이 대명산****인가
우리네 삼 동새*****가 떼갈보 난다

우리 님 보다가 남의 님 보니
없더나****** 신명이 절로 난다

우리 집에 등잔불은 기름 없어 가고
거창읍내 정깃불*******은 날만 새면 간다

처녀와 총각과 장난 끝에
가남죽******* 설대를 뿌지랐네********

가남죽 설대는 돈 되 돈********* 해도

* '낳을'의 지역어.
** 삼신판三神板.
*** 사성四星.
**** 대명산大名山. 명당이 있는 좋은 산.
***** 삼 동서.
****** 없던.
******* '전깃불'의 지역어.
******** 대나무의 어떤 종류를 일컫는 말.
********* '부러뜨렸네'의 지역어.
********** '돈이 되어 돈'이라는 말.

요 내 홀목*은 천 냥일세

궐련불이 빤득하면** 나오마더니
성냥 한 통 다 기리도*** 안 나오네

담 넘어 갈 때는 개가 짖고
품 안에 들 때는 닭이 운다

청치마 밑에다 소주병 달고
우수****야 달밤에 날 찾아오네

울 넘어 담 넘어 꼴 베는 총각
눈치나 있거든 외***** 받아먹게

주는 외 안 받고 왜 이리 카노
내 홀목 잡고서 발발 떠노

옥당목 중우적삼 깜동깔****** 친
홀목이 호리******* 낡은 날 오라네

총각아 총각아 치마끈 놔라

* 하나뿐인 목.
** 반짝하면.
*** '그어도'의 지역어.
**** 우수雨水.
***** 오이.
****** 검둥빛. 검은 빛.
******* 뜻이 분명치 않음.

291

외실로 감친 것 콩 튀듯 튀네

물렛돌 베고서 잠자는 총각
언제나 커 가지고 내 낭군 될꼬

물레야 빙빙빙 어서 돌아라
뒷집의 김 도령 밤이슬 맞네

물동우* 안에다 술 받아 이고
걸음걸이 뽄을 내다** 다 쏟았네

걸음걸이 뽄을 내다 쏟은 술은
보리뜨물 같애도*** 맛만 좋네

신작로 따라서 전봇대 서고
우리님 따라서 나도 섰네****

다람쥐통*****

빙빙빙빙 물레 돈다

* 물동이.
** 맵시를 내다.
*** '같아도'의 지역어.
**** 이 작품은 시인이 들었거나, 본 경남 민요들을 한자리에 모아 놓은 결과로 보인다. 엄밀한 뜻에서 창
    작이라 하기 어려우나, 허민의 민요시에 대한 관심의 깊이와 너비를 잘 알 수 있는 작품이다.
***** 원문에 '동요'라 갈래 지었다.

운전수는 다람쥐
양철 물레 자동차는
안만* 가도 그 자리다

꿀밤 껍질 소복소복
알 꿀밤은 누 먹었노
철사 구녕** 좁은 데로
좁은 입을 내어 민다

빙빙빙빙 돌아가도
운전수는 그 자리
높은 남게*** 올라가기
해 지도록 연습한다.

(1936년 2월 29일)

병아리

〔강수〕
"열 마리 병아리가 아홉 마리다
옴마야**** 한 마리는 어데 갔는고
어제 정***** 때 쌀 줄 때 열 마리던걸

* '아무리'의 지역어.
** '구멍'의 지역어.
*** '나무'의 지역어.
**** 엄마야.
***** '저녁'의 지역어.

훙훙 어디 갔노 찾아다고* 훙"

〔어머니〕
"강수야 우지 마라 그 병아리는
까마귀 등에 업혀 산 넘어갔다
어미닭이 꼬꼬댁 꼭 울고 울어도
삐욕삐욕** 병아리는 물 넘어갔다"

(1936년 2월 29일)***

제 이십칠 장第二十七章의 봄

자랑할 것 없는 내 삶의 수풀에
수액樹液은 오르며 새론 연륜을 짓고

산섶 바위 아래 피는 아지랑 너울이
토끼의 깊은 꿈을 그윽이 깨우치거늘

피리 하나 맨들어 노래하지 못하는 설움이거니
벗이여! 이 스물일곱의 나이를 비웃어 버리라

거짓 없이 살고 남을 믿어만 산다기에
묵은 초옥草屋의 주인은 점점 여위어져

* 찾아다오.
** '삐악삐악'의 지역어.
*** 이 작품을 끝으로 1940년 1월까지 작품이 보이지 않고, 바로 1940년 2월 작품인 다음의 「제 이십칠 장의 봄」으로 이어졌다. 적지 않은 시들이 사라진 것으로 여겨진다.

진달래 태우던 골의 햇볕도
그의 너른 이마에는 창백蒼白하였다.

(1940년 2월 17일)

송화절松花節

송화松花 향기 후군한 산협촌山峽村
뻐꾹은 골 깊이 앉아 채스러* 울고

이사 온 새악시 물 길으는 시내엔
엉금엉금 기는 가재가 알을 품어

돌배 아가배** 산뻔*** 살구가 열었거니
마을 아이들이란 찌레찌레**** 뭉치고

감자밭 북 치던 노인은
햇벌***** 나가는 곳을 유심히 본다

(1940년 6월 7일)

* 뜻을 알기 어려움. '체할 듯이'의 가능성이 있음.
** '아그배'의 지역어.
*** '산버찌'의 지역어. 산벚나무의 열매.
**** '찌리찌리.' '끼리끼리'의 지역어.
***** 새 봄에 갓 나온 벌.

제6부 시집詩集 NO. 8

야산로夜山路

산山과 어둠이 가로막는 골에
도깨비불*인 듯 반딧불만 나서느냐

이 길은 북北으로 큰 재를 넘어야
경부선京釜線 김천金泉까지 사뭇 백여 리百餘里

우중충한 하늘이라 북극성北極星도 안 보이고
그 가시내 생각마저 영영 따라오질 않어

이럴 땐 제발 듣기 싫던 육자백六字白인들 알었더라면**
소장수 내 팔자八字로 행이*** 좋았으리라만

호젓한 품으로 스며드는 밤바람에
엊그제 그 주막酒幕 돗자리방房이 어른거린다

너도 못난 주인主人을 따라 울고 싶지 않더냐
방울 소리 죽이며 걸어가는 이 짐승아

산턱엔 청승궂인**** 소쩍새 울고
초롱불 쥔 손등에 비가 듣는다.

(1940년 7월 23일 어 해인사)

---

* 도깨비불.
** 알았더라면.
*** 행行이.
**** 청성궂은.

고정孤情

장맛비 걷음한* 어스름에
빈 마루에 두 무릎을 고우고** 앉아

가꾸지 아니한 뜰 봉선화鳳仙花는 이슬을 달고
안개 사이로 걸린 무지개와 더불어 행복幸福을 지녔건만

순純하고 약弱한 양심良心을 버리지 못한 채
벌레 먹는 가슴을 어루만진 지 벌써 몇 해이더냐

산협山峽에 여름이 짙어도 늘 내 맘은 음산陰散하야
복새이는*** 하늘을 날러갈 새에게 노래도 못 전傳했노라

영嶺 위거나 산山모롱 길에 행幸여 어느 소식消息을 그려
어머니가 찾어다 주신 축축한 신문新聞을 뒤적거리며

문득 한限없이 울고 싶기도 하고
다시 껄껄껄 웃고 싶기도 하고……

(1940년 7월 23일 어 해인사)

---

* 걷힌.
** 괴고.
*** '복닥거리는'이라는 뜻으로 보임. '수선스럽게 뒤끓는.'

우후雨後 청산靑山

맑게 개인 하늘 아래
청산靑山은 무렁무렁* 자란다.

시절時節을 걱정하야 굴을 나온 너구리도
함박꽃 그늘에서 낮잠을 자고

멍에 건 암소가 젖 먹이는 두던**엔
모내기하던 사람들이 점심을 나누어

앞산山 허리 감자밭 지키던 이 노인李老人은
밤마다 멧돼지 등쌀에 목이 쉬었고

막걸리 한 사발을 들이켠 거공鉅工*** 김 도령
시리렁시리렁**** 톱질을 한다.

(1940년 7월 23일 어 해인사)

들에서 받은 감명感銘

생각生覺 없이 어정어정 들길로 가노라니
팔이 앙상한 황소 앞에 서 버리어

---

* 무럭무럭.
** '언덕'의 지역어.
*** 톱질을 하는 사람.
**** 스르렁스르렁.

벼 향기香氣 혼곤한 두덕*에 누워 한나절
벌레 우는 푸른 하늘을 두고……

이 누런 들을 버리어 저 황토黃土재를 넘은
구름 같은 옛날 벗들이 소용도는 머리엔

아아 어이 할거나
아직 철없이 자라난 내 짓궂은 마음아!

종일終日 큰 걱정을 아듬고
수수 목 숙여진 빈 산 밑을 돌면

낯설은 먼 데 손님이 상냥스러워
문득 얼굴을 펴며 그 뒷모습을 보았노라.

(1940년 9월 5일 어 야로)

산렵기山獵記

추석秋夕 이듬날** 그와 바람 없는 골에 들어
산山새들이 먹다 남긴 산과山果를 따며

산 밖을 나가는 날의 설움을 잊어 보려고
가재 웅크린 개울에서 노래도 불렀더니라

* 두둑.
** 이튿날.

전설傳說도 없는 이 산천山川 깊숙한 넌출 앞에
가지고 오신 괴로움을 모두 묻어 두어서

사람을 보고도 피하지 않는 짐승들로 하여
다양한 봄날을 기다려 파내도록 당부하였더니라

허울 차게 태고太古의 꿈이 감긴 교목喬木이
유원悠遠한 한숨을 보여 주시는 너드렁이* 비탈

머루랑 다래랑 으름이랑 한것!**
그와 노나 먹으며 철없이 잠들었더니라

(1940년 9월 17일 어 해인사)

여수旅愁

산비둘기처럼 두려움을 한 가닥 지니고
낯설은 산천山川을 구비 돌아 나가면

흔한 인정人情치고 하나나*** 반겨 주는 이 없고
머무는 곳마다 맘은 수집어**** 머리를 숙였노라

　어린 시절時節에 품었던 이름 대동강大同江은 벌써 보내고

* '너들겅'의 다른 말. 돌들이 넓게 깔려 있는 비탈.
** '같은 성질의 것'이라는 뜻. 한은 접두어.
*** 하나도.
**** 수줍어.

사투리 다른 곁에 손이 창窓을 내어다보며……

산도 고울세라 들도 사랑할세라 가을 저무는 날!
멀어지는 고향故鄕 멀어지는 사람 아아 생각지도 말자

숱한 이별離別을 싣고 숱한 당부를 싣고
새벽안개에 흘러가는 꿈들을 싣고

철들어 처음 내 가슴은 관서關西 천 리千里 벌에
숙여진 수수목을 끌어안았다

(1940년 11월 1일 어 해인사.
9월 28일 동룡굴 가는 차 속에서 반분만 맨들었다가 이제 완성했다.)

산성山城

산성山城으로 산성으로 길을 찾아 오르면
먼 데 들에서 들려오는 풍물 소리가 있어

귓전이 붉도록 고함高喊을 질러서
외로이 날으는 솔개를 손들어 불러 보고

가슴을 드나드는 하늬바람아 너에게
머언 삼국三國의 홍망興亡을 피리 불어 전傳하겠니

흘러가라 세월歲月아 흘러가라 영화榮華야

히말라야야 울려라 울려라 태평양太平洋아

창검槍劍이 번적이는 성두城頭 높이 자청색紫靑色 깃旗발
양양嗚嗚한* 각적角笛 돌진突進의 말굽 사랑하는 것을 위爲하야

피 서린 효곡嘯哭 소리 연봉連峰마다 뭉서려** 나면
오호 천지天地는 낙화落花 낙화절落花節 오월五月 두견杜鵑 우는 밤

울고 갔느냐 원통히 패망敗亡의 혼魂아
웃고 갔느냐 장壯하게 개선凱旋의 북아

산성으로 산성으로 무너진 길을 돌아 나며
애절히 애절히 단소短簫 소리에 젖어

(1940년 12월 4일 어 해인사)

남방산南方山골에서

무명 겹두루마기에 짚신이 격이라면
터벙머리에 사포가 당할까 보냐

순희舜姬야 담배 한 갑을 사오너라
의젓하게 한 개를 피어 물고 어정어정 비탈을 오르면

* 울고 그치지 않을.
** '뭉쳐 서리다'라는 뜻.

305

햇살 퍼지는 기슭에선 장끼가 푸르르 날고
마른 잎새를 따 먹던 토끼란 놈 우습도 하여……

내 행색行色을 어짓잖게* 비웃을 친구가 있을까 부냐
아시랑이** 바위에 올라 미친 듯 노래를 부르나니

두메 사람들이란 순박純朴하야 먼빛으로도 인사人事를 하고
군불 모둘*** 나무를 저르렁 찍어 넘기었다.

요즈음은 달이 좋더라 동짓冬至달 보름께
횃불 없이도 고기 잡는 자미를 가졌고

사랑방 윷놀이를 서너 판 치루고 나면
서로들 웃으며 홍시紅枾 먹는 구짐승****도 있었더니라

(1940년 12월 어 해인사)

안개 속에서

안개 속에서 종이 울린다
안개 속에서 말소리 들린다

탁목啄木이 쫓는 것 무디고 깊은 숲에는

* 어쭙잖게.
** 아슬하게 여겨지는 벼랑.
*** 모을.
**** 굴짐승.

306

이슬 품은 독사毒蛇가 풀 베고 누웠으리라

세 골 물 합쳐지는 곳 찔레는 풍기어
다리 저는 궁노루가 코를 실룽거리며*

안개 속에서 나는 너를 잊어버리고
날개 아래에 도는 고향故鄕을 눈 감고 더듬었노라

보리가 익거들랑
모를 심거들랑

노오란 망감**을 염주念珠 삼아 목에다 걸고
마가목*** 지팡이에 주문呪文을 새기고

알 품은 암꿩을 찾어가리라****
버섯 피는 산섶을 찾어가리라

안개 속에서 기지개 켜면
안개 속에서 얼굴이 나선다

(1940년 6월 13일 어 해인사)

---

* 실룩거리며.
** 망개나무의 열매.
*** 장미과의 활엽교목 이름.
**** 찾어가리라.

율화촌栗花村

산밭 너머로 마을이 나려앉고 나려앉은 마을 건너 워어머* 송아지는 흰 찔레에 묻혔다

맹맹이** 제비인 듯 번대질*** 치고 못자리판 보리판 뒤섞인 들! 들 저편으로 사방砂防한 산! 산턱을 눌러 펴져 나간 푸르른 하늘!

은어銀魚 떼 피둥거리는 시내로 구름 까라지고**** 구름을 밀어 자잔한***** 물결

담배 연기 구수한 두던 아래서 염소는 아른한 눈짓하고 수염 땋은 상제****** 두건頭巾 우에 잠자리 앉았다 날아

훈훈한 산기슭 밤꽃은 올해도 흠북 피어 벌들이 잉잉거려서 재 넘어갈 사람 웃통 벗고 쳐다보다 먼 데 모내기 소리에 눈 감아 버렸다

장군將軍 소리 잦은 정자나무 아래 아재비 손주 사촌 동서 물팽이 짚고 삿갓 쓴 근사한 얼굴들이 새앗참 탁배기******* 에 마음이 커졌다

암탉이 앙차게 울고 나린 둥어리 달걀이 구을러 둘!******** 몇 번 싸움

* 소 울음소리.
** 칼샛과의 새로 몸 길이는 18cm 남짓. 제비와 비슷한데 검은 갈색에 허리, 목, 턱이 희며 나는 속도가 빨라 소리가 들리며 높은 산이나 해안 절벽에 산다.
*** 매우 잦게 드나드는 짓을 일컫는 말로 보임.
**** 가라앉고.
***** '작은'의 지역어.
****** 상주.
******* 새참, 막걸리.
******** 암탉이 힘차게 울고 나린 둥우리 달걀이 굴러 둘!

308

에 벼슬 이즈러진 장닭이 맞받아 나서면 이곳저곳에서 따라 울어 처마가
절리고 절리는 처마 아래 배배거리는 노오란 제비 주둥이

아기 서는 듯 부인네 살구씨를 볼가 버리며* 시금시금 눈 감고 울 밖
을 돌아 나가면 못난 아이놈들 올개미**로 새새끼 나꾸려*** 용쓰는구나

전설傳說을 찾아 흙내 나는 골방을 들어서면 돋베기**** 쓴 옛 진사進士
관을 고쳐 쓰고『충렬전忠列傳』보는 눈에 눈물 개진하여 숨 가빠 기침에
몇 번 허리가 굽고 옷고름에 달린 코수건은 손주를 대신하였다

어린것 돌떡이 이웃으로 돌고 시집 갓 온 새악시 집 구경하려 꺼름
한***** 속곳에 치마만 갈아입은 안늙은이****** 발엔 낡은 짚신이 따른다
어둠 나리는 들로 보맥이******* 외는 소리 별들은 하나하나 헤아릴 수
있고 설은******** 인기척에 짖는 노구老狗 아직 저녁을 치루지 안 했나*********
보다

정자나무 아래 담뱃불 나서고 예스러운 모기 소리 산들바람에 끼어
그 바람 속에는 머언 정든 사람 그림자인 듯 밤 밤나무꽃 향내마저 부채
들고 나선 사람에게로 흘러나렸다

밤 밤나무꽃 아래서 나는야 기다린다 너 진정 소원이 무엇이냐 올해

* '발라 버리며.' '까 버리며'의 지역어.
** 올가미.
*** 낚으려.
**** 돋보기.
***** '거무튀튀한'의 지역어.
****** 노파.
******* '보막이.' 봇물을 막아 논에 물을 대는 일.
******** '선.' 낯선.
********* 아니 하였나.

도 밤꽃은 흠뿍 피어 검은 하늘에서 나리는 별을 달고 강江바람 푸짐한 옛 마음으로 돌아가면 너 고운 향내가 너 고운 향내가 살아나리라

(1941년 6월 27일 어 해인사)

소전설小傳說

솔잎마다 이슬을 꿰어 들고 간밤 빗소리에 구질구질 옛 산모롱이 주막酒幕을 찾아갔더라

찌그러진 싸리울을 끼고 돌면 비웃* 굽는 냄새 허리 굽은 안늙은이 등쌀에 괴춤**을 치켜들고 동구東口 밖 정자亭子나무 뒤에 숨어 버린 날

초롱불 켜 들어 살랑살랑 마중 나가다 범 소리에 되돌아서면 머리엔 찬란한 별들이 꺼져 버리고 산맥山脈 우에 녹아나린 어둠이 무수한 악귀惡鬼를 번호番號 불렀다

목맨 시체屍体 뒤룽거리던 떡갈나무 숲서 찰랑거리는 안개를 헤쳐 나서면 으레 뻐꾸기 울고 십여 리十餘里 개울가에 갈펴니*** 고인 야향夜香

낡은 가마 한 채 허전스레**** 비탈에 나려오면 서리 맞은 철이라 풀잎이 말려 친정 문門에 남긴 이별離別의 동요動搖가 산천山川에 가득하였다

---

* 청어.
** 고의춤.
*** '가냘프게.' 안개가 얕게 깔렸다는 뜻으로 여겨짐.
**** 허전하게.

사뢰는* 눈 산섶을 지나는 초라한 상여喪輿 안에 옛이야기 잘하시던 할아버지 세 해 앓은 단칸머리 방房을 떠나시고 추진 뜰 노구老狗 눈머리 새끼를 품어 누웠더란다

무정無情하다 나는 가 버렸노라 세월歲月을
포호랴苞胡羅**야 너도 가 버렸노라 아득히

내 기억記憶의 석비石碑에 얹힌 너의 노정路程은 이끼가 푸르고 간절히 마시던 캄차카 바람은 벌레 먹는 가슴에서 한기寒氣를 잃구나

서로 돌아갈 젊은 향산鄉山도 없고 맞서서 웃으면 웃음 뒤에 왜 눈이 아찔하느냐 왜 눈이 아찔하느냐

간밤 빗소리에 언뜻 잠을 잃고 까만 저편 새벽을 어정어정 찾아갔더라

(1941년 6월 30일 어 해인사)

정원庭園

한나절 구름만 어른거리고
벌들은 살차게 드나들어

좁다란 뜰을 이마 짚고 거니노라니
아하 아 반갑구나 열熱나던 몸에 맥박脈搏이 순조順調롭다

* '공손히 말씀을 올리는.' 여기서는 비유 표현.
** 미상. 아마 허민이 읽으며 감동을 크게 받았던 작품 속의 주인공인 듯.

하찮은 내 세상世上을 지니어 가꾸어 온 지 서른이지만
어기여 가는 바람 새에 헛되이 주먹만 쥐었구나

버릇을 고치기 어려워 탐내던 꽃은 심었으나마
시일時日을 보낼수록 어째 손보기 싫어만 지나

오이가 자라면 호박이 알맞아 가면
보골보글* 지져서 잃은 입맛을 돌리리오

섭섭히 돌아간 누이가 행여 편지나 보내신다면
정원庭園을 벗어나 온종일 산을 밟아 보리라

(1941년 7월 3일 어 해인사)

잔한殘恨

걱정을 아듬고 시내에 와서
풀어 버리랴 해만 지웠네

대배를 맨들어 뱅뱅 띄워서
작은 내 뜻을 보내려건만

엄서라** 물굽이 발로 못 가서
거품에 산산이 부서짐 말가***

* 보글보글.
** '가혹하구나'라는 뜻인 듯.
*** 부서졌단 말인가.

한恨을 못 풀어 꽃도 진다니
피를 보고서 마는 두견杜鵑이

애를 갈아서 마신다 하면
구만리九萬里 하늘도 갑갑타마는

첩첩 물길이 산을 둘러서
구구비* 돌며는 눈이 멀구나

(1941년 7월 6일 어 해인사)

광무월狂舞月

부서진다 부서진다 물굽이 우에 달이 저 달이 부서진다

머리 푼 무녀巫女 자지러진 얼굴 새하얗고 쾌자快子 물에 차르르 잠겨 지자 아글아글 달겨드는** 검둥 물귀신鬼神

숨어 버리면 누런 쏘***에 달이 숨어 버리면 서슬 시퍼런 노호怒號 밤 청산靑山을 질책叱責하여

어쩐 수수꺼끼****냐 함박꽃이 달 모가지 잡아 점점 새파라지면***** 구

---

* 굽이굽이.
** 달려드는.
*** '소'의 지역어.
**** 수수께끼.
***** 새파래지면.

수한 이야기 구수한 이야기는 없다 하더냐

어젯밤 영장*을 평원平原으로 띄우고 쿵쿵 울어라 목 놓아 울어라 핏덩어리 아이를 던져 버리라

몸서리야 고기 떼 서리 몸서리야 캄캄 하상河床은 발가락을 깨물고 아래로 아래로 노딧돌**을 더듬는데

달빛 실실이 나리는 솔잎 아래 부서진 줄을 다시 꾸미면 내일來日 거미는 신선神仙이 된다는 걸

어이없어 아가리 벌리면 그럴까 확 물비른내*** 아찔 엎드러진 등서리**** 우에 벼락이 지나고 모레쯤 널 속에 담긴 나는 눈을 치뜬 채 묻히어 갈 청산靑山

짜개져***** 나리리라 하늘 복판 은하銀河가 범람汎濫하면 언덕으로 달이 부서져 출렁거리고 자백字白******이 넘어오는 영嶺에서 별들이 허허처******* 초롱거린다

추시라 추시라 춤추시라 자지러진 무녀 쾌자 걷어 사푼 걸어 나갔다 앙기작 물러서 부서진 달을 건졌다 가슴에 싸안고 젓대 구슬픈 산가山家

* 시체.
** '노딧돌'의 지역어.
*** '물비란내'의 지역어.
**** 등허리.
***** '쪼개져'의 지역어.
****** 육자백이.
******* 허허하며.

314

를 찾아가시라

(1941년 7월 8일 어 해인사)

복분자覆盆子

가랑비 덤불에 고이는 아래 산딸기 붉게 익어 치마 간드랑한* 두메 새악시 헌 소쿠리에 조심스레 담겼다

비 오다 말고 안개 걷히고 골은 이내 어두워져 날이 날마다 몸서리친 장마 새악시 이마에도 어둠이 새려** 아침 마을 당산에 공들인 피로疲勞가 있나니

바깥손님들네야 이런 경황 몰라 줄 소랴*** 아시랑**** 덤불 너드렁 비탈에 긁히고 미끄러지는 연약한 애를 차마 알아 줄 소랴

추진 바위 우 퍼대고***** 앉아 안개 허물어진 사이 큰 절은 종소리에 젖고 얼른 저곳으로 가고픈 마음 오뉴월 산딸기가 원수롭구나

붉었음네 내 가슴도 딸깃빛 닮아 처얼철****** 넘쳐 볼에 문지르다 부끄러 돌아서 보면 중매꾼 눈살에 눈치채 숨은 덜렁거림이 살아나옵고

* '간드러진'의 지역어.
** 서리어.
*** 것인가.
**** 뒤의 '긁히고'와 마주선 말로, 가시 많은 풀과 나무들이 숲을 이룬 곳을 뜻하는 말인 듯.
***** '퍼더버리고'의 지역어.
****** 철철.

골에 숨어 피는 도라지꽃 무얼 바래* 피어 누굴 알아 웃느냐 풀피리 슬픈 시내에서 엉덩이 무거워지고 비들기** 구구거리는 소리에 헝클어진 머리 풀어 땋옵네

추진 짚신 날이 나 벗어 버리고 온 김에 날망***에 올라 살피면 어리는 먼 곳이 오는 밤 꿈에 담겨우리라 혹 서운한 생각 올까 무서 나려오자니 십 리+里 긴 골엔 푸름만 짙어서 오라

신 사오랴 치맛감 사오랴 어정대다 넘어지면 산산 섶에 허처지고**** 담으랴 담으랴 애쓴 볼엔 덮어 나리는 골의 안개 안개 사이로 구질구질 가랑비 가랑비 흠뿍 맞고 절고 나려오는 길가에 오호 오 오지게***** 오지게 열린 복분자覆盆子 덤불!

(1941년 7월 11일 어 해인사)

도島

백사장白沙場에서 장구를 친다
상모를 돌리면 바다가 돌고 바다가 지치면 하늘이 돈다

바다 속을 아느냐
처량히 부는 휘파람 해녀海女야 바다 속을 일러라

* 바라.
** 비둘기.
*** '마루'의 지역어.
**** '흩어지고'의 지역어.
***** '오달지게'의 지역어. 아무지고 일차게.

316

조개껍질을 묻으며 울던 자가
실없이 웃으며 자꾸 파느냐

훨훨 활개를 치며 당신이
뭍으로 뭍으로 걸어오는 건

꽃도 다 진 동백나무 아래서
한가한 게가 뻘을 품어서

눈에 덮인 세상을 삭이지 못하여 쓰러져 울면
모래로 모래로 덮어 주는 하늬 올바람!

손뼉을 치면서 뛰어들자
손뼉을 치면서 뛰어들자

캄캄한 마음을 열어 버리며 나는
바다야! 모래야! 갈매기야……

(1941년 8월 10일 울산군 목도 해안)

해곡海曲

모래를 밟고서 생각는 것은
어부漁夫 못 됨이 한恨스럽소라

먹은 내 뜻을 돛에 붙여서

울릉鬱陵 먼 섬에 보내려 하나

어연* 바람이 이리 불어서
쉰 허리 물길만 볶일 거냐

실없는 짓이라 익히 알면서
조개껍질만 줏어** 던지고

먼 배가 싫어서 돌아서 오면
섧더라 갈매기 야린 소리가

먼 배가 싫어서 감는 눈 아래
섧더라 넘는 해 더운 빛깔이

(1941년 8월 14일 울산군 서생포)

해협海峽

대양大洋에서 불어오는 소식消息은
유희遊戱하는 고래 태풍颱風에 넘어진 포경선捕鯨船

검은 얼굴로 허허쳐 웃으면
드러난 잇속이 사랑타 해녀海女야

* '어쩐'의 지역어.
** '주워'의 지역어.

318

젊은 어느 날을 부탁하고 떠난 해협海峽에
우리는 정말 웃어야 할 것이냐

먼 항구港口에서 들리는 너의 노래는
용서하라 나는 귀가 멀었다

하코다데*에서 오는 거냐 저기 저 배는
알래스카의 사금砂金아 자바의 유자림柚子林아

작은 눈망울을 굴리는 넓은 바다 우에
아하 아 너는 어째서 대답이 없느냐

대양에서 들려오는 오늘의 소식은
날개를 맞대고 지절거리는** 갈매기 노래!

(1941년 8월 12일 울산군 목도)

해수도海水圖

해변海邊에서 지도地圖를 그리다가
소년少年아 모가지를 고향故鄕 편으로 돌려라

바람과 바람이 싸우는 물에서
쓸개 적은 미래未來란 없는 법法이다

---

* 일본의 북해도北海島.
** 지저귀는.

낡은 옷들을 활활 날려 버리고
바다로 바다로 뛰어들며는

까우리*의 자손子孫아 고라니** 상좌야
눈깔을 치뜨라 기울어진 저리로 그물을 던져라

을린*** 나불**** 감감히 밀려와
뭍에는 아우성이 떼서리 치고

오늘 어린 소년의 할 짓이라고는
나렸던 돛 표나게 달 뿐이었다

(1941년 8월 15일 서생포)

단수短首

1

해녀海女가 검다는 건 거짓말이오
흰 조개 갈아서 분 바른다오

2

나갔다 바딪쳐***** 다시 갈리는

---

* 중국 사람들이 고려를 낮추어 일컫는 말.
** 사슴과의 짐승. 변통 없는 사람을 일컫기도 한다.
*** '얽힌'인 듯.
**** '나울'의 지역어.
***** 부딪쳐.

물가이* 바둑돌이 그립습니다

3

바다가 잔잔타 판치지 마오
당신만 보며는 사납습니다

4

안만** 모래에 물을 부어도
당신의 성미처럼 안개 핍니다

5

바다와 나와는 헛말도 없이
온종일 떠나기 싫어합니다

6

바다는 영원永遠한 설운 다르미***
바다가 모래만 다려 줍니다

(1941년 8월 14일 울산군 서생포)****

* '물가.' '가이'는 '가'의 지역어.
** '아무리'의 지역어.
*** 다리미.
**** 이 작품부터 두어 달 남짓한 시기(1941년 10월까지) 작품이 육필 시집에서 떨어져 나갔다. 떨어져 나
간 맨 뒤 작품으로 여겨지는 작품의 끝 두 줄이 남아 있다. "내 찾기가 겨워겨워 돌아설 적에/바꾸어서
내 맘을 아웁시오서(1941년 10월 7일 어 산청군 단성면 백운동)." 백운동은 허민의 조부 고향. 아마 집
안 시제를 모시러 다녀온 듯하다.

성묘省墓

내 하래비*는 아전이었다.
내 할머니는 이름보다 요괴妖鬼라는 별명別名이 유명有名했다.

내 애비는 점잖은 선비 그때의 개화開化꾼
측량測量을 하여 일본인日本人 지주地主의 사무원事務員이었다.

고모姑母 셋이 차례로 죽고
영남嶺南서 첫째간다는 남사당패 아재비**도 멋에 살다 죽었다.

아들을 앞에 보낸 어버이들의 슬픔이
늙고 가난한 그들의 얼굴에서 거두지 못한 채

단 하나 유복자遺腹子 손주를 한껏 사랑해 보지 못한 채
먼 곳에서 먼 곳에서 철나기를 기다리다 돌아가 버리여

형제兄弟도 없이 애비 얼굴도 모르며 자라난 위태로운 혈통血統!
얼굴을 붉히며 무덤을 보자니 어쩐 말이냐

어미가 아들을 앞세우고 숱한 의부義父를 갈아 살고
젊고 길거울 날을 구박에서 가난에서 쫓기어 살다가

며누리***를 보고 손주놈을 보고서야

* '할아버지'의 지역어.
** '아저씨'의 지역어.

그 자주 쉬던 한숨이 덜해진 내 어머니

시가媤家를 저주咀呪하면서도 호로자식 안 맨들기 위爲해
길구나 삼십 년三十年을 거두신 거룩한 내 어머니

내 하나로 하여 첫정情을 잊지 못해 들려주시던
젊은 날의 아버지의 덕성德性이 눈에 떠오른다.

하래비도 할머니도 고모도 애비도 아재비도
풀지 못한 원을 나에게만 맡겨 놓아

이 너른 하늘 아래 아아 이 하늘 아래
족보族譜를 떠메고 살아가라니 숨이 차구나.

      (1941년 10월 15일 단성의 내 아버지 성묘를 마치고 진주에 돌아와서)

기다림

골이 깊어도 내 속만 하랴
널 찾아 심심深深 산山에 왔노라

부르튼 발가락 낙엽落葉에 묻고
열 손 마디마다 자려지도록*

*** 며느리.
* 저리도록.

허릿길 저편엔 잎만 나는데
심심 하늘은 연해 푸르고

얼굴을 가리며 머중거리니*
맞치는** 새소리 재를 못 넘어

(1941년 10월 25일 어 해인사)

밤비에 젖으며

벗의 병석病席을 나오며 어린 눈물이
밝은 거리에선들 멎질 안 했다

굴욕屈辱과 퇴폐頹廢 속에 자라난 마음들이
파리한 손을 쥐자 덥게 바딧치는 건

헐어 맺은 옛 우정友情이 되려*** 살아서
잊어버렸던 그것을 짐작하였음이리라

무료히 흘려보낸 햇수 오륙 년五六年이여
늙었구나 그도 나도 서로 나누어져****

분간하기 어련***** 뒷골목 길에서

---

* '어정거리니' 또는 '머뭇거리니.'
** 마주치는.
*** 도리어. 되레.
**** 나뉘어서.

비 맞으며 수군거리던 담뱃불이

오늘밤 비에 젖어 걷는 내 눈으로
침침한 바람에 휩싸여 스며들구나

(1941년 2월 13일 어 진주)

병상기病床記

─기1基─

두어 오래기* 머리털 떨어진 벼개 우에
청춘靑春을 부뜰려고** 병病과 싸우느니

삼 년三年이여 돌려다고 내 정열情熱과 젊음을
사랑할 모든 것을 빼앗아 간 가증可憎한 것아

아픈 가슴속에서 자라난 여러 희망希望이
순順하잖은 맥박脈搏에 기운을 잃어버릴 때

죽음이여 오려거든 아아 서슴지 말라
내 살은*** 삼십三十에 뉘우침이란 없었거니

소란騷亂과 공포恐怖 속의 어둔 문門을 열면서

***** 어려운
* '오라기'의 지역어.
** '붙잡으려고'의 지역어.
*** '산.' 살아온.

언제 반갑게 불러 줄 소리가 들릴 것이냐!

(1941년 11월 17일 어 진주)

병상기病床記
— 기2基二

적이나* 기운 차리면 일어나리다
구미口味 없어도 억지로라도 배를 채워서

걱정해 주는 여러 벗이여 내 사랑이여
고마워라 내 이마를 짚으며 웃어 보이니

파리를 날리고 사과와 약을 바쳐 주는 손들을
어찌 내 약弱한 심장心臟인들 평온平穩하리까

갑갑합니다 문門을 여오서 아아 날이 좋구려
나를 부뜰어 일으켜 주오소 바람을 마시게

누어런 잇삭**을 드러내며 하늘을 보니
벗이여 기뻐하오 항결*** 몸이 가볍습니다.

(1941년 11월 18일 어 진주)

* 조금이나.
** '이.' 잇속을.
*** '한결'의 지역어.

병상기病床記

―기3基三

벽壁 넘어 들려오는 머언 강江의 빨래 소리
기적汽笛은 뉘를 다려가려* 저리 우느냐

반가울 일 없는 이향異鄕 조용한 병실病室에서
가슴 위 사과만 만지며 해를 보내나니

바라는 건 많고 성취成就 안 되는 젊은 팔자八字
몸조차 허약虛弱하야 남의 축에 빠진단 말이냐

여러 벗의 신세身勢를 지고 낫을 병이라면
낫은 뒤 저 우정友情에 어찌 대답對答하리오

돌아가리라 열熱 나린 머리를 숙이고 향산鄕山의 길로
자긍自矜과 허념虛念을 날려 버리고 뉘우침 없이

움집 된장밥이라 달게 여기며
아아 푸른 하늘을 이고서 흙을 파리라

(1941년 11월 18일 어 진주)

| * 데려가려.

적야寂夜

삼경三更 어둠 지우려 지우려 초初겨울비 나리고
호롱불빛 붙들려 붙들려 더 여위 가는 듯 몸

기지개 비슷 팔을 들어 이마에 얹으니
물밀듯 두려움이 차르르 흘러

버언이* 뜬눈으로 눈으로 까라앉는 모습이
바람 휘날리는 저 사막沙漠으로 자취를 잃고

시계종時計鐘 여운餘韻 사라지자 참괴慚愧의 소리
도곤거리는** 맥박脈搏에 실리며 역력히 들려

불연이*** 바다 밑인 듯하여 이불을 걷어차고
어머닐 부르며 방문房門을 열자니

오오 내 하나만 이런 듯 막막하여
어둠 속으로 어둠 속으로 손을 저었소

(1941년 11월 19일 어 진주)

---

* 뻔히.
** 도근거리는.
*** 불연不然이.

328

고향故鄕으로 열린 길 우에서

새근새근 자는 어린것 옆에서
호롱불 다스리며 바누질* 할 아내

얼레빗 쥔 어깨가 담에 맛치어**
거울 없이 빗는 머리에 경황없으실 내 어머니

내 잘되어 오길 빌어 주던 마을 사람을
몇 번이나 시달린 머릿속에 모시어 보았었더냐

고향故鄕은 달라졌으려니 아아 그 익살맞은 박 노인朴老人은?
어린 노래를 받아 주던 산山허리 진달래야 가을 머루야

안타까워라 주름마다 흘려보낸 내 청춘靑春
빈궁困窮과 권태倦怠가 앗아 간 작은 희망希望인들

허식虛飾과 교만憍慢이 풍을 치는 항간巷間에서
어째 너그러이 믿을 수 없는 것이냐

정情에 어둡고 이利에 녹록하야
바로잡으려도 양심良心은 퇴색退色이 지고

처진 건 병약病弱과 빠져날 수 없는 우울憂鬱

* 바느질.
** '결리어'의 지역어.

329

캄캄한 밤을 즐겨 버린 몸이라

불연이 나서 버린 저무는 길 우에서
걸어 드는 고향 바람을 마시며 어정거린다.

(1941년 12월 5일 어 진주)

노영盧漢 · 이정숙李貞淑 결혼結婚 축시祝詩

청홍靑紅실 듸룬* 아래 굳이 맺은 첫 눈결이
송죽松竹 푸른 뜻을 닮아닮아 가랍이니
악수 센 바람인들 휘여 꺾다 하리오

험코 가쁠 적에 앞을 서 이끌으고
차고 호젓할 제 뒤에선 가려 주어
세상世上길 아장창한 몫을 서로 도와 가오서

(1941년 12월 23일 어 진주)

집에 돌아와서

세숫대야에 발을 잠그고 앞을 내어다보니
산山과 하늘은 구름과 더불어 이리도 맑았느냐

| * 드리운.

330

쓰러진 울에나마 산새들이 앉아 지절대다 가고
장독간 앵두나무에도 아몰히* 봄을 머금어

그리 답답하던 터가 새로워지는 건
못난 자식子息이라도 반가이 맞는 어머니 자애慈愛가 있음이어니

탐탐히 바라던 건 하나 이루지 못하고
죄스러워 부끄러워 어찌 향산鄉山과 대정對情하리요

남의 애비거나 남편男便이 안 되었더라면
속속들이 집이 거북하거나 반갑지 않으련만

날이 갈수록 부풀은 생각이 졸아들어서
이러구러 나도 염양과 틀이 잡히는 것이냐

(1942년 1월 6일 어 해인사)

산설기山雪記

솔가루 덮이여진** 바위를 타고
심산深山 옛이야기 넌출을 밟아 올라

산신령山神靈 어흥거리던 시절時節을 회고回顧하면
눈에 묻힌 세월歲月이 취송翠松***에 어리였더라

---

* '아물거리다'에 뿌리를 둔 말. '아물거리게.'
** 덮이어진.

자나깨나 아지랑이 가슴에 품었던 바람을
첩첩산疊疊山 중허리에 감아나 두고

구름이 휘젓고 새겨 주고 간 노래를
메롱거리는 산새들이 읊조리누나.

(1942년 1월 6일 어 해인사)

| *** 짙푸른 소나무.

제7부 | 발표시[*]

* 이 자리는 허민 시인이 신문이나 잡지에 발표했던 것만을 따로 모았다. 육필 시집에도 실려 있는 작품의 경우에도 싣되, 차이가 나는 곳이 있으면 주로 처리했다. 따로 언급하지 않은 작품은 모두 육필 시집에 없는 것들이다.

이별離別한 님*

세상서 위대한 것 사랑이라 일카르네**
사랑서 거룩한 것 님과 님의 가슴이라
다만지 애닯아지는 것 세월인가 합니다

잠 깨고 나서 보면 엊저녁에 그 자리
찾던 달 이지러져 서산西山에 걸리었네
바람이 불어오오니 나의 꿈을 가져갔나

멀수록 가까운 것 전前날에 마음이오
공간을 통하여서 말만은 못하오나
영靈과 혼魂 저이들 모르게 왔다갔다 합니다

거룩한 님이시여 안심安心 좋이*** 계시옵소
앞길이 천인千仞이오 만해창파萬海滄波 나타나도
그대를 위함이오니 걱정 없이 계시옵소

《불교》 11 · 12월 합호(102호), 1932년

나는 가고저

저 하늘 끝까지 나는 가고저

---

* 《불교》에 실린 세 편은 모두 불교식 호인 '창호일지昌瑚一枝'라는 이름으로 실었다.
** 일컫네.
*** 좋게.

구름에 아듬겨 저 산 넘어서
번뇌 찬 이 가슴 달빛에 씻고
한숨에 보챈 몸 햇발 받으며

옛날의 자취엔 눈물 덮히고
피려 든 꽃송이 질풍에 젖네
고단 꿈 깬 나비 꽃 찾으렬* 때
거치른 비바람 앞길을 막아

출 듯이 주잖는 세상의 손을
쓴 웃음 웃는 자 그 누구더뇨
낙망과 비애에 감긴 가슴이
빈 하늘 우러러 두근거리어

저 하늘 끝에서 나는 자고저
구름에 아듬겨 꿈을 꾸고저
안식安息의 천사天使가 두 팔 벌리면
지나간 꿈노래 불러 볼거나

《불교》 5 · 6월 합호(107호), 1933년

우두산牛頭山 우에서

바위 우 또 바위요 포개어진 나무로다

| * 찾으려할.

저 새는 바람을 타 높이높이 노래하네
틈 사이 걸린 철쭉은 늦봄이라 알더라

《불교》7월호(108호), 1933년

엿장수*

짤각짤각 엿장수
가위침질 엿장수
"엿 사려" 소리 없고
골목길만 짤각짤각

일 전 줄게 엿 주소
걸레 줄게 엿 주소
동생하구 노나 먹게**
쪼곰쪼곰*** 더 주소

엄마 아빠 일 간 뒤
우리 둘이 집 본다
집 보라고 일 전 준 걸
짤각짤각 엿 샀네

《동아일보》, 1936년 4월 2일

* '동요'로 실림.
** 나누어 먹게.
*** 조금조금.

담배 실은 나귀*

― 연초煙草 배급원配給員과 나귀

찔꺽찔꺽 담배 궤
나귀 귀가 쫑긋

솔방울이 또골
나귀 머리 굽실

찔꺽찔꺽 저 나귀
담배 싣고 간다

술에 취한 주인은
담배 물고 간다

《동아일보》, 1936년 4월 5일

향수리 고개

향수리 고개 우 흰 구름 피고
술 취한 장꾼이 넘어갑니다
나무 간 언니가 오시지 않어
고개 밑 샘 가서 기다립니다

| * '동요'로 실림.

향수리 고개는 십 리 길인데
시집간 누나는 백 리랍니다
산언덕 목화는 희게도 피어
베 짜실 누나가 그립습니다

《경남평론》, 1937년 11월

봄의 보표譜表*

가난한 내 가슴에 봄이 올 리 있나?
떨어진 그물〔網〕을 기워 대해大海의 어군魚群을 몰아넣을
바다같이 힘찬 희망을 줏을** 길 없구나
봄은?
참담한 상흔을 수테이*** 실어 왔고
봄은?
얇은 희망을 찢어진 풀피리로 불린다
네가 올 때마다 소나무 마디가 하나씩 늘었고
네가 갈 때마다 마을의 젊은이를 눈물로 전송餞送하였다
시내의 조약돌이 로맨틱한 꿈을 불러도
사공沙工의 쥔 삿대엔 허물어진 미련未練이 향수鄕愁를 얽매였었다
들아 마을아 그리고
눈물로 아롱진 산아!
가장 영리한 너희들의 눈으로 보라!

* 발표 지면을 알 수 없음.
** '주울'의 지역어.
*** 숱하게.

자애慈愛로운 너희들의 포삭한 품엔

투색'한 풍경화風景畵가 걸려 있음으로

그래도 이지理智로운 소조小鳥가 흙을 쫏고**

쫏은 그곳에 새싹이 힘차게 오르면

봄비는 새 손님을 아듬어 입 맞추고

거치른 사랑의 호흡呼吸이 대지의 정수박이***를 다듬어 나간다

찬란燦爛한 태양이 두렷한 인상印像을 남기면 산기슭 마을에 조으름****
오는 닭 울음이 들리고

안개가 아스름히 휘두른 먼 산에로

이 땅의 숭고한 정서情緒가 흐르는구나

검은 땅에 순결純潔한 정을 남긴 옛사람들은

시방 먼 도회都會에서 무엇을 꿈꾸는가?

무성한 대숲에 까치가 짖어도 개가 창공蒼空에 고대苦待하는 뜻을 보
여도

일월日月이 걸어간 서편 녘은 더욱 아슴한 노을만

명풀어***** 놓았구나……

그러나 봄은 분명 왔고 시베리아 설원雪原을 알리던 꿈도 깨었나니
먼지

묻은 보표譜表를 다시 넘기며

좁은 내 가슴에 파동波動치는 음률을 이 봄의 전파電波에 선물하련다

(1938년 3월 13일)

---

* '투색透色한.' 투명한 색깔의.
** '쪼고'의 지역어.
*** 정수리.
**** 졸음.
***** 밝게 풀어.

전원田園

메뚜기 나르는 들로
허수애비*의 노래가 흐른다
○
황토산黃土山 산소山所에 묻힌 조상의 땀이
벼 머리마다 이슬로 맺히고
○
까마귀 홍시를 엿보는 묵은 마을에는
전설을 일러 준 사랑이 깃들어
○
서럽게 자란 연이가 시집을 가고 나면
우물가 이야기가 하나 더 느는 산山 안
○
언덕 호을로 매인 어미소는
지나온 세 철을 반추反芻한다

《조선일보》, 1939년 12월 12일

독목禿木

천년 굴밤남게** 일월日月이 굽히어
만 리 바람의 탄식도 컸을라

---

* '허수아비'의 지역어.
** '도토리나무'의 지역어.

341

수없이 새들은 울다 떠났고
북극北極 파도 소리 거룩히 들려

밤이면 별들이 나려와 열었다
낮이면 굴밤이 하나씩 떨어져

탁목조啄木鳥 조상祖上이 정복 못한 국토國土 우에
다람쥐 후예만 살져 가는 세월이여!

．．．．．．．．．．．．．．．．．．．．．．

누가 또 봄을 부를 거냐?
구름도……
청산도……
조용한 산골—.

《동아일보》, 1939년 12월 22일

병상음病床吟

찬바람 들치는* 창가에 끼운 새벽꿈을
언제 산새는 물어 영嶺 넘었느냐?

오호! 여기는 산골이라 너른 지역이 부러워

| * '들이치는'의 지역어.

항상 피 마른 손을 펴 날을 보냈다

곱게 살다 죽을 사나이 뜻을
답답한 사람아 짐작을 못하느냐

병신病身 아들을 낳은 어버이 초상肖像이 그지없이 미워
어리석다 마라 나는 손가락을 깨물었노라

《조선일보》, 1940년 1월 30일

설후雪後*

두메에 다시 태고太古의 풍속風俗이 돌아와
너구리 족속族屬들의 영화榮華가 비롯하고

오랜 세월歲月을 두고 개척開拓한 비탈 목에는
아직도 구성진 노부老夫의 노래가 묻히었노라

천박賤薄한 무리들이 모여 지껄대는 이 하로**가
하찮은 살림에 무슨 탐탁함이 있을 것이냐

요순堯舜의 풍조風潮를 부럽지 않은 모중방***에는
몰이하여 잡은 멧돼지가 지글지글 주향酒香을 풍기고……

* 육필 시집 7권 끝자리에 실려 있으나 원문 낙장됨.
** 하루.
*** 대청 앞 마룻바닥에 가로지른 방.

설령雪嶺! 휘날리는 눈보라 사이로
남바위 쓴 숯쟁이 첫길을 틔운다

《동아일보》, 1940년 3월 1일

야산로夜山路

산과 어둠이 가로막는 골에
도까비불처럼* 반딧불만 나서느냐

이 길은 북北으로 큰 재를 넘어야
경부선京釜線 김천金泉까지 사뭇 백여 리百餘里!**

우중충한 하늘이라 북극성北極星도 안 보이고
그 계집애*** 생각마저 영영 따라오질 않어

이럴 땐 제발 듣기 싫던 육자六字백이라도 배웠더라면****
소장수 내 팔자八字로 행이 좋았으리라만

호젓한 품으로 스며드는 밤바람에
엊그제 그 주막酒幕 돗자리방房이 어른거린다

너도 못난 주인主人을 따라 울고 싶지 않더냐

* 육필 시집(299쪽)에는 "불인 듯"으로 적혀 있음.
** 육필 시집에는 '!'가 없음.
*** 육필 시집에는 '가시내'로 적혀 있음.
**** 육필 시집에는 "육자백六字白인들 알았더라면"으로 적혀 있음.

방울 소리 죽이며 걸어가는 이 짐승아!*
산턱엔 청승궂은** 소쩍새 울고
초롱불 쥔 손등에 비가 듣는다.

《문장》11호, 1940년 7월 24일***

남방산南方山골에서****

무명 겹두루마기에 짚신이 격이라면
터벙머리에 사포가 당할까 부냐

순희舜姬야 담배 한 갑을 사오너라
의젓하게 한 개를 피어 물고 어정어정 비탈을 오르면

햇살 퍼지는 기슭에선 장끼가 푸르르 날고
마른 잎새를 따 먹던 토끼란 놈 우습기도 하여……

내 행색行色을 어짓잖게 비웃을 친구가 있을까 보냐
아시랑이 바위에 올라 미친 듯 노래를 부르나니

두메 사람들이란 순박純朴하야 먼빛으로도 인사를 하고
군불 모둘 나무를 저르렁 찍어 넘기었다……

* 육필 시집에는 '!'가 없음.
** 육필 시집에는 '청승궂인'으로 적혀 있음.
*** 육필 시집에는 7월 23일로 적혀 있음.
**** 육필 시집(305쪽)에 실린 것과 다른 바 없다. 다만 육필 시집에서는 3연의 '우습기도 하여'를 '우습도
  하여', 6연에 한자어로 쓴 '자미'를 한글로 적었다.

요즈음은 달이 좋더라 동짓달 보름께
횃불 없이도 고기 잡는 자미滋味를 가졌고

사랑방 윷놀이를 서너 판 치루고 나면
서로들 웃으며 홍시紅柿 먹는 구짐승도 있었더니라

『문예가文藝街』17호, 1941년

고정孤情

장맛비 걷음한 어스름에
빈 마루에 두 무릎을 고우고 앉아

가꾸지 아니한 뜰 봉선화鳳仙花는 이슬을 달고
안개 사이로 걸린 무지개와 더불어 행복幸福을 지녔건만

순純하고 약弱한 양심良心을 버리지 못한 채
벌레 먹는 가슴을 어루만진 지 벌써 몇 해이더냐

산협山峽에 여름이 짙어도 늘 내 맘은 음산陰散하야
복새이는 하늘을 날러갈 새에게 노래도 못 전傳했노라

영嶺 위거나 산山모통 길*에 행幸여 어느 소식消息을 그려
어머니가 찾어 주신** 축축한 신문新聞을 뒤적거리며

---

* 육필 시집(300쪽)에는 '산모롱 길'로 되어 있음.
** 육필 시집에는 '찾어다 주신'으로 되어 있음.

문득 한限없이 울고 싶기도 하고
다시 껄껄껄 웃고 싶기도 하고……

《만선일보》, 1941년 11월 17일

해수도海水圖

해변海邊에서 지도地圖를 그리다가
소년少年아 목을 고향故鄕 편으로 돌려라

바람과 바람이 싸우는 물에선
쓸개 적은 미래未來란 없는 법法이다

낡은 옷들을 활활 날려 버리고
바다로 바다로 뛰어들며는

까우리의 자손子孫아 고라니 상좌야
눈깔을 치뜨라 기울어진 저리로 그물을 던져라

을린 나불 감감히 와지끈 밀려와
뭍에는 아우성이 떼서리 치고

오늘! 어린 소년의 할 짓이라고는
나렸던 돛 표나게 달 뿐이었다   《만선일보》, 1941년 11월 18일*

---

* 육필 시집(319쪽)에는 2년의 '물에선'이 '물에서'로 5연의 '감감히 와지끈 밀려와'가 '감감히 밀려와'로 6연의 '오늘!'이 '오늘'로 되어 있다. 이 작품은 현재 찾을 수 있는 허민의 최후 발표작이다.

II | 소설

구룡산九龍山

1

"탕."

연달아

"탕."

봄날 아지랑이처럼 토우土雨가 왼 산골을 덮었다.

이곳 절기는 가을에서 겨울로 바뀌어 들면 의례히 이러하다. 바람도 분다.

전팔田八이는 게진게진한* 눈으로 건너편 호랑이골에서 난 총소리를 듣고 흥미스러운 듯 잠시 연기를 찾았다.

"탕."

산이 곧 무너지는 듯 와르르하고 그 여음은 머언 비알이산 마루로 사라졌다.

| * 눈곱이 끼고, 눈이 썩 맑지 못한 상태.

"놈! 이번엔 하나 꺼꾸러뜨렸나?"

그는 잣나무〔栢〕 끝에 바람 따라 흐늘거리며 장대에 맨 낫으로 높이 달린 잣송이를 호리다가 이렇게 중얼거렸다. 그는 다시

"껏다리 바람에 잣 못 따겠네!"

했다.

한참 동안 그는 호랑이골과 잣송이를 보다가 문득 여기서 왼편으로 세 등대 거쳐 용쏘〔龍淵〕 덤 우에서 노루 두 마리가 게글거리며* 솔 듬성한 멀랑**으로 올라가는 것을 보고

"저 노루 노루 봐라!"

고함을 질렀다. 허자*** 어디선지

"어."

하는 바람 소리 같은 그렇다고 그도 아닌 소리가 들려왔다. 전팔이는 사방으로 머리를 돌려 보았으나 소리의 주인을 찾지 못하고 미간의 사마구****만 만졌다.

"점센가?"

하다가도 아까 장담 다린***** 껏다리가 곧장 머리에 떠올라 다시 고개를 들고 호랑이골을 바라보게 된다.

껏다리란 위인은 이 참봉 맏아들이다. 키가 후리후리하고 싱겁고 염양 없고 목통 잘 다린다****** 해 동네에서 불러 주는 칭호랍신다.

그가 아까 이 길로 안 왔거나 전팔이 앞에서 황소만 한 멧돼지를 기어이 잡아 보겠다는 장담을 하지 않았다면 지금 전팔이의 비꼬움질*******

* 힘들어 하는 모습.
** '마루'의 지역어.
*** 그리하자.
**** '사마귀'의 지역어.
***** 장담을 한.
****** '목통 잘 다리다.' 목소리를 잘 높인다.
******* 비꼬는 짓.

352

을 받지 안 했을 것이다.

나무에서 나려온 그는 벗어 두었던 버섯모자(중절모 다 해진 것)를 쓰고 흙이 민질민질한* 발통구두(자동차 타이어로 배처럼 기운 신)를 목도리발**에 끼어 신어 무성하게 자란 풀 사이와 바위틈에서 잣을 찾아 바지게에 쟁구었다.***

허다가 그는 푸르고 붉고 누런 잎들이 숲을 새어 오는 싸늘한 바람에 휘느렁거리는 향내 자욱한 사이에 앉아 어느새 구기자 잎을 곰방대에 재어 물고 파아란 하늘과 줄기차게 뻗쳐진 구룡산맥을 둘러보며 엄숙한 생각에 잠기었다(그의 가슴에도 푸르고 누르고 붉은 가을이 왔나 보다).

"응? 와 노근盧根이가 여태 안 와."

명상이 깨여지면 아들 노근이를 기두리고**** 그러다가 벌떡 일어나 저편 개울로 가더니 벌컥벌컥 물을 마시고 돌아온다.

석양은 붉은 빛을 숲 새로 비추어 그의 때 묻은 옷섶과 짚으로 바짓가랑이를 맨 것이며, 얼굴이 송진투성이인 땅잘막한***** 체수를 얼룽****** 지웠다.

"허! 이놈의 날이 명년 감자 농사 또 망치려 드나배."

하고 하늘을 보며 상을 찌푸렸다.

"저르렁 저르렁."

왼 골 안이 울리는 도끼 소리는 바로 그 아래에서 들렸다. 그것은 점세의 숯나무 찍는 소리다.

"넘어간다. 넘어간다. 동실 영고개로 내 넘어간다, 이후 후후!"

* 만질만질한.
** 목도리처럼 감발을 한 발.
*** '담았다'의 지역어.
**** 기다리고.
***** 땅딸막한.
****** 얼른.

도끼 소리가 자질더니* 이내 점세의 목청이 들리고 와지걱죽적**하고 나무가 나자빠졌다. 허자 뒤미처 출출한 노래가 쏟아지는 것이다.

"날 좀 보소 날 좀 보소 날이 날 좀 보소 동지섣달 꽃 본 듯이 상긋 웃고 보소."

점세는 늦은 가을이면서 삼베 등지게를 어깨에 걸치고 도끼를 쥐어 어정어정 숯굴로 왔다.

숯굴에선 새하얀 연기가 모랑모랑 피어오른다. 그는 담배를 피우며 굴뚝을 살피더니

"인저*** 내일이면 이마가 땅글땅글****하겠네!"

하고 굴 앞에 던져둔 바지게를 졌다. 그는 흑탄(소나무숯)을 굽는다. 백탄(참나무숯)은 비싸 알아먹지 않으며 또한 연목도 싸고 일손도 나긋나긋함에서다.

처음 마른 연목을 굴 안에 콩나물 세우듯 하고 불을 사른다. 하면 하루 동안은 검은 연기다. 아궁이를 차차 막아 들수록 불은 나무 속으로 타들며 연기는 자줏빛이다. 이렇게 삼사 일을 지나 하루 동안은 아궁이를 숨구멍만 두고 막고 뒤 굴뚝도 엄지손가락이 들어갈 만큼 낙낙하게 해 두게 되면 연기는 새하얗고 사람들은 불 끌 흙을 져다 붓는 것이 굽는 순서라 한다.

삼십 리 밖을 나가야 들을 보는 장자골 사람들은 봄에서 가을까지 산사냥을 하다 끊어지면 이듬해 봄까지 숯을 구어 산다.

점세 숯굴이 있는 뇌짓골에도 세 군데나 되며 그 이웃골인 싱짓골 툭골 양받잇골에도 열 넘어 들어 배겼다.

점세는 숯쟁이치고 시검시검하다.***** 비록 연소하나 굽는 것이 능숙

* 잦아지더니.
** 와지끈뚝딱.
*** 이제.
**** 땅글땅글.

해 나무 세우는 법이며 갈구랭이* 쥐는 법에다 흙 묻는 법이 흐물흐물하지 않아 뚝심도 세고 따라 일이 몸에 척척 붙음으로 남 보기 무척 수월하다.

그래 그런지 언제나 얼굴에 옷에 검정을 묻히지 않으며 새숯(덜 구워진 숯)도 굽지 않는다 한다.

그에게는 다른 이름이 하나 있다. 그것은 개오지라는 것인데 삼 년 전 겨울 함정에 멧돼지를 끌어내다 잘못해 튕겨 가는 서슬에 높은 언덕에서 내려 배겨 앞니를 둘이나 분질렀기 때문이다.

그는 웅치고 기시고** 하지 않으며 양달박아지란 말처럼 음침한 구석이 없고 어디까지 경우를 밝히는 위인이다.

"개오지 아재 그 흙 내일 쓸랑가 배요."

점세가 흙을 파고 있으니 그 옆길로 올라오던 노근이가 묻는 말이다. 그는 아까 잣을 지고 가더니 비우고 오는 길이다.

"웅! 너 인자 오나 지금 몇 짐째고?"

하며 돌아다본다.

"아배 거하고 모다 다섯 짐째니요. 모다 이천칠백 송이니요."

점세는 고개만 끄덕이었다.

"아재는 내일 숯 내면 은전 푼이나 구경하겠네요."

"흥, 은전?"

그는 끊었다 다시 이어

"동전도 차지할 수 없단다. 비럭먹을*** 놈의 연목 값이 경치게 비쌌제, 술값도 좀 있고 가스락빚****을 갚고 나면 뭐이 남것노……. 그건 그러고 남은 삯돈 받었나?"

"삯은 무슨 삯. 사흘을 따도 머 꿩 구워 먹은 자리니요. 내 요량엔 그걸 또 빚에 제할 상시푸디요."*

"……."

"작은아들은 들어줄 상 하더그만 당초 참봉이 버틴대요."

"아무렇거나 끌끌."

노근이는 우두머니 흙 파는 것을 보고 섰다가 쥐고 있던 솔잎을 씹는다. 그 꼴을 본 점세는 메시꼬운지**

"또또 솔버러지*** 나왔네."

하고 괭이를 던지며 손을 털었다.

그는 노근이 간 뒤 바위 우에 앉아 무엇을 생각하며 곰방대를 물었다.

그도 물론 칡뿌리 솔잎을 먹는다. 허나 노근이처럼 볼 때마다 늘 씹는 그 지질치 잎****은 도저히 그로서는 본받을 수 없었다.

장자골에는 흉년도 자질다.*****

칡뿌리 죽실竹實이 없어지면 솔잎을 후리고 송구******도 베껴 먹는다. 하기야 신선의 음식이니 별천지 음식(이 말은 접장의 말이란다.)이니 하나 기실은 죽지 못해 하는 수작들이다.

감자 톨이라도 있는 사람이라곤 칠십 호 중에서도 대여섯 집밖에 없다 한다. 이러니 자연 용쏘에 빠진 귀신이나, 덤에서 떨어진 귀신이 허다분하고******* 여기보다 더 깊숙한 데나 혹은 세간을 다 팔고 만주나 북간도로 봇짐에다 바가지 달고 떠나는 사람놈 아닌 놈(이 말은 이 참봉이 한 말이다.)도 있다.

---

* 성싶습디다.
** 메스꺼운지.
*** 송충이.
**** 지질하게 먹는 잎.
***** '잦다'의 지역어.
****** '송기'의 지역어.
******* 허다하고.

저 구룡산이 우뚝 솟아 동으로 박쥐 날개처럼 굼시렁거리고* 나가 십리 밖 비알이산을 외어싸고** 이쪽 호랑이골에서 발원한 시내는 동남으로 소리치고 흐르는 산비탈에 벌어진 동네에, 그런 반갑지 못한 소문이 나는 것이다.

전팔이 부자가 바지게에 그득히 잣송이를 쟁구어 점세 숯굴로 온 때는 석양이 노을을 이루고 구룡산 마루를 싸서 넘어가는 때이다.

점세는 전팔이에게 그들 사이에 말하는 소위 신문新聞을 알리었다.

그것은 접장***집 머슴 왕방울과 그 집 며느리인 바람쟁이 마누라가 오늘 새벽 담 넘었다는 누구에게 들은 말이었다.

접장 아들 바람쟁이는 큰 난봉꾼이어서 동네의 매꼬롬한**** 여편네나 새악시를 낚으려 드는 위인인지라 의례 자기 마누라는 눈이 치켜들었느니 코머리가 납작하느니 비지퉁이***** 찡찡이라 두드린다.

들으니 그는 요즈음 무슨 해롭잖은 말끝에 몹시 아내를 때렸다 한다.

이런 학대를 참기 어려움도 여자라 하겠거니와 또한 방울같이 말과 거동이 달랑달랑하고 아근자근하며****** 믿음직한 자기 집 머슴을 따라간 것은 역시 여자로서의 현명한 짓이라 안 할 수 없다.

"그래 그 집에서는 어쨌다등고?"

전팔이의 물음에 점세는

"바람쟁이가 벼르며 찾으러 갔다더구마."

"가? 흥 쓸데없는 짓을……. 넌들 그 집에서 장이******* 성할라, 잘 갔지 실진******** 지팡이 만나 잘 갔지."

* 구불거리고.
** 에워싸고.
*** 학교 선생.
**** '미끈한'의 지역어.
***** 몸이 살쪄 옷 바깥으로 살집이 나오는 것 같은 사람을 일컫는 말.
****** 아기자기하며.
******* 참으로.
******** '실實진.' 듬직한.

전팔이는 짐작이나 있는 듯이 우울한 말을 끊었다.

송아지 소리에 어울려 숯굴에서 나오는 사람들이며, 잣 따 가지고 오는 사람들의 지저귀는 소리가, 흐린 산골을 흔들리게 가까이 들린다.

점세는 일어서며 말했다.

"참 삯은 왜 안 받소?"

"……."

그 말이 전팔이 귀에는 따끔하게 들리었음으로 멀뚱해졌다.

"삯은 삯이고 빚은 빚인데 그런 인사 어디 있노."

그는 내 일처럼 가슴이 설레는지, 횟박을 쓰는* 것이다. 전팔이도 일어서며

"글쎄 사람 사는 게 해마다 기름 달 듯하면 누구나 없이 용쏘 구신이 되걸레라. 그 인심 봐 이 날씨 좀 봐……."

그는 곰방대를 들어 하늘을 가리키고 말을 다시 이었다.

"쌀값 담뱃값이 오르는 이 병자년 흉년에 뉘라서 제 것 먹고 엽엽하게** 일해 줄라 끌끌."

"그러니 허방이나 파시랑께."

"흥, 허방?"

"어서 멧돼지나 잡아야 살지."

"그것이나 머 힘이 부쳐 할 수 있나. 또 헌댔자 껏다리 바람에 장이 편할라."

하긴 말인즉 옳은 말이다. 누구누구는 돝***을 사고 허방을 파도 껏다리 총 바람에 그리고 휘살짓는**** 머리에 고분이***** 못해 먹은 일이 있다.

---

* '열을 내어 말하는'으로 여겨짐.
** '영리하게', '알뜰하게'의 지역어.
*** 돼지.
**** 훼방 놓는.
***** 곱게.

"그럼 어쩌랴교? 용쏘나 만주 생각이 간절함교?"

"허 헐 수 있나 바람 먹고 살지."

하고 비알이산을 멀거니 바라본다.

그가 함정을 못 파느니 힘이 부치느니 하는 방패의 이면에는 무슨 곡절이 있었다.

어릴 때 누렁개를 약으로 팔 때 올개미*를 사랑하는 개 목에 걸어 준 후 그놈을 생각하고 눈물 흘리는 인간성이 무척 야린** 점이라 하겠다.

이 참봉은 잣 농사부터 쳐 봐도 아주 톡톡하다. 해마다 적게 잡아 오백 두 육백 두 따는 잣으로 금년에는 잣알이 장마에 덜 여물고 쪽데기***가 많다고 해서 작년보다 삼 배나 줄여 서른 송이에 일전 금으로 따게 했다.

전팔이는 그 집에 빚이 있어 늘 시름하며 산다. 금년에도 적으나 농사거리라도 있었으면 시원히 갚고자 했으나 그도 할 수 없었다.

점세와 노근이가 골짝으로 머루 다래 따러 간 후 그는 검은 토수****에 말간 콧물을 닦으며 무어라 중얼거리고 앉았다.

"매는 꿩 차고 순사 칼 차고 점세 혀 차고…… 광대 줄 타고 이 참봉 말 타고 농군들 밭골 타고…… 아주가리 가분나리*****가 만나 아주 과부寡婦가 되고 주개 조래가 얼려지면****** 주객酒客이 지팽이*******를 버리고 조래무래早來하시고……."

그는 홀로 산에나 밭에 앉았으면 누구에게 들은 것인지 자기 말인지 뜻 모를 이런 말을 지껄이는 버릇이 있다. 가슴이 답답하면 외우고 외우고 나면 속이 헐어진다 했다.

---

* 올가미.
** 여린.
*** 쪽정이.
**** 토시.
***** '아주까리 가분나리.' 가분나리는 소의 등에 붙어사는 작은 벌레.
****** 주걱 조리가 어울리면.
******* 지팡이. 허민은 이 옆에 'ㄱ' 자 모양의 지팡이를 그려 놓았다.

그는 산에 오면 산 것 같다 했다. 산은 내 고향 같고 내 집 같다 했다. 산처럼 줄기차고 청청하고 유구悠久히 살아 보고팠다. 하야 그는 산의 철이 돌아감도 모른다. 어느 때는 겨울을 봄이라 하고 여름을 가을이라 하며 또 산은 시절과는 아무 관계없다 했다.

그것은 그의 성격화한 산의 타입인 동시 유심幽深, 향수鄕愁의 공명이다.

산! 그의 산 앞에는 하루를 두고 자주 일어나는 생활의 파란도 사라졌으며 애오라지 늙음과 죽음까지 생의 법칙에서 이탈離脫된 것 같았다.

게진게진한 눈 뚜뚜한* 입술 불거진 관대 좁은 이마 땅잘막한 체수! 상냥하고 믿음직한 그 얼굴엔 언제나 순직함이 간직해 있었다.

집안사람이 춘풍이** 무랑충이***라 하거나 동네에서 놋쇠화로 태평이 산지기라 하거나 그는 일절 간섭을 끊으며 지내오는 것이다.

2

"위르릉 위르릉 위르릉."

할머니의 물레 잣는 소리다.

신문지로 반쯤 둘러 바른 울퉁불퉁한**** 벽엔 빈대 피가 혼란하고 꺼져 드는 천정이며 휘어진 선반 우에 얹힌 그을린 농들이 반딧불만 한 호롱불에 비추인다.

걸레 헝겊 호박 베개가 너절한데 흙내 쉰내 짠내 지른내***** 석유내가

---

* 두터운.
** 태평스런 사람.
*** 아무 생각이 없는 사람.
**** '울퉁불퉁한'의 지역어.
***** 지린내.

합쳐 떨지건하고 건건접접한* 냄새가 코를 쏜다.

할머니는 다 찬 구리실을 빼어내고 이내 집내끼**를 가락에다 꽂아 솜가락을 대어 위르릉위르릉 실을 뽑는다. 그는 언제나 이처럼 펑퍼줌하게*** 앉아 돌리는 것이다.

"그것도 별반 없제. 인자**** 거기도 다 핥어***** 먹었던가배."

잣던 솜가락을 버리고 돌아앉으며 석이石耳****** 티와 꼬타리******* 가리는 며느리를 보고 말했다.

"없어야 살지요."

며느리의 대답은 기죽어 보인다. 그는 이른 아침부터 보따리 들고 비알이산 석이 따러 갔다가 아까에사******** 왔다.

"……"

"……"

할머니는 인제, 함께 석이를 가리게 되었으나 서로 말이 없었다.

먼 데서 개 짖는 소리 여러 번 들리건만, 갓난이 젖 먹이러 간 성근聖根이와, 전팔이 노근이는 여태 안 온다.

"석이 꼬라지 이래서야 값이나 나갈라. 다 바삭어려지고********* 가려도 꼬타리 돌뿐이니……."

"그것도 뭐 많이 있어야지요. 다 핥어 먹은 비렁**********을 그래도 있는가 하고, 사지를 거머리 붙듯 해 따니, 내사 곧장 수족이 문둥이처럼 웅

---

* 들쩍지근하고, 소금기를 머금은 듯한.
** '지푸라기'의 지역어.
*** 펑퍼짐하게.
**** '이제'의 지역어.
***** '핥아'의 지역어.
****** 석이버섯.
******* '꼭지'의 지역어.
******** 아까서야.
********* 바스러지고.
********** 비탈.

그려 들고 술병신같이 눈이 빙빙 돌아, 자칫하면 쉰 길 낭더리*에 이름 없는 구신**이 되겠디요."

"하모 하모 거기는 범도 건너뛰다 떨어져 죽은 데 앙이가⋯⋯."

"그래도 뭐 길수네 상철네는 힘도 붙고 날램도 붙어 죽을 둥 살 둥 모르고 애발스리*** 발 디딜 수 없는 곳까지 올라가니 그런 성화 없지만 우리네보다 두 목 세 목 긁어낸다오."

"그 몸집이 '왕산 딩이'****만 한 칠이 오마이는 어떻더노?"

"그이사 뭐 내보담 못하지요. 늘 낮은 데로 돌며 곧장 고함만 지른당께."

할머니는 잠시 바깥 바람 소리에 귀를 기울이더니 몸을 사시나무 떨듯 떨며

"아무렇거나 줄초상 나겠다. 난 꿈마다 피옷을 입으니 야야 너 보내 놓고 그 억심 쓰는 건 어찌 다 말로 해. 그래도 자꾸 가거등 어이 할라고, 글씨***** 네 죽고 나면 이 살림 어이 할라고."

"어무이는 별생각 다 해서 목숨이 그리 쉬 끊어질까 배요. 몇 십 년 모질스런 살림 살아도 아무렇지도 않은걸."

"앙 그르니라.****** 내 말이 옳으니라. 인자 거기는 제발 덕분 가지 마라. 와 다른 일 다 두고 죽을 일을 한단 말고 끌끌."

"이 많은 경구(식구)며 빚을 어쩔라고. 누가 갚아 주나요. 그래도 내사 한 말에 일곱 양 반(일 원 오십 전)씩 받으니 꺼진 배가 뽕긋이******* 일어나더구먼요."

---

* 낭떠러지.
** 귀신.
*** 악착스럽게.
**** 왕산 덩어리. '딩이'는 '덩어리'의 지역어.
***** 글쎄.
****** 아니 그러니라.
******* '봉긋이'보다 센 말.

이 말에 질린 할머니는 한참이나 머리를 긁다가

"별놈의 세상 어디 할 게 없어 바위를 누룽지* 긁듯 하라노…… 끌끌."

세상에 며느리 기르는 시어머니, 시어머니 받드는 며느리 간엔 흔히 물어뜯고 괄괄하고 퍼붓고 뇌꼴스럽건만,** 노근이 할머니 어머니만은 딴판이라 하겠다.

그것은 시어머니 되는 사람이 어질고 엽엽하고 얼래변통***이 있어야 하는 반면, 며느리가 어전코 탐탁하고 정인스러우며, 누구름한 한편,**** 어디까지 곧고 고르고 고와야 되는 법이다.

남편이 세정*****에 절벽이요, 모랑성******이니, 둘레성*******도 없어 꾸어다 놓은 보릿자루처럼 능그럽고 어구퉁스럽건만******** 아내는 뚝심도 세고 우악스럽고 칠칠받어********* 밭에 오줌동이 여 나르고 낫질 호미질 괭이질로부터 빨래 끄니********** 잇는[繼] 데 이르도록 없는 거리라도 잘 엉버무려 내여 매꼬름하게 설거지는*********** 품이 여간 아니다.

봄이면 도라지 더덕 산나물 두룹************ 고사리를 뜯고 가을이 오면 굴밤 산배(山梨)를 줍는다. 아이들은 물고동************* 가재를 잡아 오고 당구************** 갈매 아그배 뺄동*************** 으름 머루 다래 포구를 광주리에 담아 온다 하고 어느 때는 온 집안이 다 나가 칡뿌리를 캐고 요사이처럼

* '누룽지'의 지역어.
** 보기에 못마땅하고 아니꼽게.
*** 둘러대는 변통수.
**** 어질고 탐탁하고 인정스러우며, 느긋한 한편.
***** 세상 물정.
****** 모가 난 됨됨이.
******* 융통성, 요령.
******** 능글맞고 고집불통이지만.
********* 칠칠맞아.
********** 끼니.
*********** 잘 버무려 내어 매끄럽게 설거지하는.
************ 두릅.
************* 다슬기.
************** 당귀.
*************** 뺄기.

363

솔잎을 후린다.

이렇게 되면 들숨 날숨 없이 노근이 어머니는 설치지만 남편은 어디 개가 짖는 양하고 열 번 스무 번 졸우고* 퍼붓고 해야 겨우 엉덩이를 떼니 재부럽는** 아내가 애타는 것은 뻔한 일이다.

"소와 곰처럼 저리 미련 받아서야*** 어이 사노?"

하면

"개처럼 돌방거려도**** 한 때 밥 한 그릇이니라."

하며 능구렁이처럼 산으로 가 버린다.

그들은 집안에서만 이러나 바깥하고는 일절 시비곡절이 끊어진다. 나고 나서 남의 멱살***** 한번 잡아 보지 안 했다 하며 욕인들 번듯이 못해 본 어진 위인들이다.

들으니 노근이 어머니가 작년 봄 산채 뜯으러 산에 갔다가 불이 났음으로 그냥 볼 수 없어서 끄는 참에 불꾼들이 몰려왔다. 그날 밤 평생 가야 술이며 욕이며 손질이 없는 남편이 어디서 야마리 빠진 소리******를 듣고 와선 듯 아내의 머리채를 쥐어 방바닥에 메치고 자근자근 눌렀다 한다.

"우리 우대〔先代〕부터 고을상〔君賞〕 면상面賞 타먹은 집안을 이년이 들어 꾸중거리다니……."*******

그때부터 쓴 말이 그 뒤는 걸핏하면 툭 쏜다. 하면

"신주 개 물어 가게 저놈의 '부리독'********을 버릴까 부다."

아내는 턱 받아 주며 벽 귀퉁이에 얹어둔 부리독을 가리킨다.

또 어머니 아들 사이는 바람이 자야 아근자근하지 시척하면********* 개

* '조르고'의 지역어.
** 부지런한.
*** 미련스러워서야.
**** 부지런히 돌아다니는 모습.
***** '멱살'의 지역어.
****** 얼토당토않은 소리.
******* '구정물을 흐리다니'를 뜻하는 지역어.
******** 조상단지.

물어 갈 놈아. 네 애비 자식 아닌 불상놈아 하고 되우 우레가 끓는 때는 게백금*을 버글버글 내며 아들 앞에서 넉장구**를 친다. 이렇게 되면 어머니 잔소리에 대꾸를 했거나 눈을 고라*** 떠야 한다.

양철 같은 어머니 또한 부모 하나 자식 하나 밑이라 무던히 염량을 차려야 하겠고 의리니 도리니 사리까지 차근히 심양해야**** 할 것이다. 이웃 사람이 "아들이 있고 또 있나." 하면 어머니는 옛날을 추억하고 갑자기 불쌍함이 들어 아들을 아듬고 눈물을 흘린다.

허나 없는 살림을 살자 하니 그도 저도 싫었다. 그들은 언제나 두더지나 박쥐처럼 답답함과 어두운 분위기에서만 날을 보낼 수밖에 도리가 없다.

이윽고 전팔이와 노근이가 들어왔다.

그는 방 안을 둘러보더니

"성근이는 어디 갔능교?"

하고 물었다.

"수동네 집에 갓난이 젖 좀 얻어 먹이려 갔그마."

어머니는 일변 구리실 담긴 소쿠리며 석이를 주섬주섬 치우고 걸레로 훔치며 대답하고 다시 물었다.

"와 인자 오노 배고픈 줄도 몰랐나."

전팔이는 버섯모자를 쓴 채 말없이 두 무릎을 고이고 두 팔을 싸잡아 쥐며 곰방대를 뻑뻑 빤다.

아내는 부엌에서 그릇을 딸그락거리더니 찌그러진 상을 들고 왔다. 큰 바가지에는 콩가루에 솔가루 섞은 그들의 밥(?)이 파르스름하게 담기었다.

********* 톡하면.
* 게거품.
** 넋두리.
*** '흘기어'의 지역어.
**** 깊이 헤아려야.

사립문에서 아이 우는 소리 들리더니 고대 성근이가 갓난이를 엎고 코를 홀짝거리며 들어왔다. 그는 곧 올 것 같으다.

"좀 먹여 주더냐?"

할머니와 어머니의 한꺼번에 묻는 말에 성근이는 머리를 흔들며

"쬐곰 빨리고 마더구마 머 거기도 젖이 작다 하더구마."

하며 아우를 어머니에게 건니고* 밥상 앞에 퍼슬이고** 앉는다.

"참 힝***아 사리잣(구운 잣) 가져왔나?"

문득 생각난 듯 노근이에게 물었다. 노근이는 말없이 있다가 쓰게 웃으며

"개울 건너다 빠뜨렸다."

아우는 쥔 숟갈을 던지며

"거짓말 거짓말 아침에 고염****도 안 따 주고 머 내 인자야 너 심부름도 안 해 줄기다야 체."

"고염? 고염은 비리*****가 올라 못 먹는단다."

"싫여 싫여!"

성근이는 입을 삐죽거리며 두 다리를 퍼덩거렸다.****** 할머니는 슬쩍 노근에게 눈짓을 하더니 자급그렇게******* 성근이를 붙들고

"어진 도련님 오늘밤 무슨 거동하시느라 이리 예뿌장********합네까."

추스르고 어르는 보람 있어 성근이도 다시 숟갈을 들었다. 여럿은 더운 물에 가루를 태워 훌훌 마시었으나 성근이는 그냥 트집을 내어 심술세게 앉았다.

* 건네고.
** 퍼더버리고.
*** '형'의 지역어.
**** '고용'의 지역어.
***** 벌레.
****** 퍼덕거리다.
******* 자상한 모습으로.
******** 예쁘장.

"먹어."

어머니의 차운 얼굴을 살펴도 아들은 억지라는 것을 차근히 보이고자 함인지

"싫여. 난 이거 쓰고 송진내 나는 건 먹기 싫여. 밥 주어 밥."

"밥?"

어머니는 입술을 앙물었다.* 있을수록 여윈 볼이 뽀루퉁하고** 자애스럽던 눈엔 저주와 초조와 엄숙과 노여움이 드러났다.

"안 먹을래."

"싫여."

마침내 주먹이 등골짝에 나렸다.

"우매."

성근이는 뒤로 휘번 대질을 쳤다.*** 그 통에 쓴 된장과 깻잎들의 반찬이 엎질러졌다. 어머니는 비를 쥐고 어깨와 머리를 친다. 아이 소리는 점점 높고 갓난이도 선잠을 깨어 방 안은 깨단지 깨어 놓은 것 같다.

참다못해 전팔이는 어머니가 꾸짖는 것을 가로맡아 지금까지 사마귀만 만지던 송진투성이 손을 불쑥 내어

"똑같다."

크게 고함쳤다. 아내는 잠시 얼이 빠져 있다가 머리끝까지 성이 올랐는지

"와 냈더노 와? 안 냈더면 죽겠더나? 너 같으면 자식 열이면 열 스물이면 스물 다 망치겠다……. 안 울리게 하지 와 돈이나 쌀이나 지고 오지와……."

아내는 어안이 벙벙해진 남편의 앞에 기세를 올리며

---

* 앙다물었다.
** 뽀로통하고.
*** 홀떡 넘어졌다.

"서까래가 썩으니 아나. 구둘*에 불이 안 들어도 저 울이 저렇게 쓰러
져도 아나. 와 어째서 간섭이고. 당신만 부모가? 당신만 경우 바르나. 그
래도 남의 일에사 이마에 신짝 부치고 나서는 위인이 얼마나 집안일엔
얼마나 조촐하등고?"

자칫하면 싸움이 일어날 성한 그때 뜻밖에 전팔이는 웃어 버렸다.

"너하고 싸웠자 소득날 것 없다."

음성을 낮추고 다시 사마구를 만지며 곰방대를 물었다.

이 머리에 제물로 돌아선 성근이는 안 먹겠다고 하던 가루를 입가로 묻
혀 가며 털어 넣고 자지러지게 울던 갓난이도 소록소록 할머니 품에서 잔다.

"……."

"……."

무거운 침묵이 흐른다. 호롱불은 파르르하고 뚫버진** 문구멍으로 새
는 바람은 서리처럼 차다.

"힝아 살찐이 어디 갔노?"

문득 노근이에게 고양이 소식을 물은 성근이는 밖으로 나가 고함쳐
부른다. 이웃집 개가 끙끙거리고 짖으니 그는 얼얼이*** 떨며 들어와

"힝아 살찐이가 저게야 수壽 저그 집에 갔능갑다.**** 제사 음식 한다
더니 냄새 맡고 갔능갑다."

한다. 노근이는

"누가 아나 글씨***** 갔으면 배부르지."

하고 아랫목을 가르치며 그만 자라 했다.

"수 할배 보믄 큰일 날낀데……."

* 구들.
** '뚫어진'의 지역어.
*** 추위로 몸을 움츠린 모습.
**** 저기 수 자기 집에 갔는가 보다.
***** 그리로.

368

그는 자리에 누워서도 긴낭* 고양이를 생각하는 것이 측은스럽다.

금년 늦은 봄이었다. 몇 년 만에 친정에 간 성근이 어머니가 살갑다고 누렁 고양이 새끼를 얻어 왔다. 성근이는 할머니가 지어 준 이름을 부르며 아듬고 놀고 배 우에서 잠재우며 제 먹으라고 생전 음식은 모두 고양이를 먹이었다. 그는 어디서 얻었는지 방울까지 달아 놓고 밤낮 좋아했다. 허나 요즈음 성근이 눈에도 살찐이가 무척 여위어 보였다. 그는 그 처상이 딱해

"부잣집에 가거라이."

하며 어르던 일도 있었다. 그래 그런지는 모르나 요즈음 와서 집 안에 있기가 성그리우며** 나가면 으레 누구누구 집 살강을 설거지한다는 말까지 들리었다.

며칠 전 수동네가 와 수 저그 집에 난데없는 누렁 고양이가 나타나 그릇 깨고 참봉 잡술 고기를 장쳤다는*** 말을 전하고 갔다. 할머니와 어머니는 걱정을 했으나 여태 짬짬한**** 것을 보아 그들은 아직 고양이가 뉘 집 것인지 모르는 모양이다.

엊그제 성근이가 도적고양이로 변하는 살찐이를 두고 몹시 근심할 적에 할머니 말씀이 참봉댁 잣을 다 까고 나면 산제가 있고 고방제가 있으니, 그때 가서 음식을 얻어먹자 했다. 성근이는 하늘에나 오를 듯 좋아하며 어제도 오늘도 손가락 꼽는 양을 여러 번 보았다.

아내가 물러앉자마자 이번엔 어머니가 나섰다.

"어찌 됐노?"

그는 잣 깐 삯을 말하려던 참이다.

"안 줄라 카더나."

* '그냥'의 지역어.
** '불편하며', '마땅찮으며'를 뜻하는 말인 듯.
*** '끝을 내다'를 뜻하는 지역어.
**** 마음에 깨끗하게 해결을 보지 못하고 남아 있는.

"......"

"어쩐다더노? 응? 와 말이 없노?"

"......"

허나 전팔이는 곰방대만 빤다.

"빚에 제한다지요, 머."

노근이가 대신 대답하니 아버지는 게진게진한 눈을 끔벅거리며 무섭게 우울해진 표정을 지어 책망하는 듯 아들을 힐끔 본다.

"구태여 그런다더나⋯⋯."

할머니 말끝은 까무러지면서 이었다.

"이런 때 좀 생각하면 죽겠던가? 에이구 인간도 인간도 파살 날* 대로 다 난 이내 살림 번연히 알면서 그래⋯⋯."

생각하면 할수록 억장이 무너지는지 사뭇 어머니는 말을 쏟는다.

"그래 너는 사정 말 좀 따끈따끈히 못했더냐. 그 빚 떼어먹고 달아나지 안 한다 하지. 와 입이 없었더냐 눈이 없었더냐. 어찌 그리 무랑충이고 얼레도** 없노. 그래도 야—는 비렁을 긴다 흙을 판다 사내 일 계집 일 하는 줄 번연히 안 보나? 불쌍도 없나. 너의 그 눈깔에는 살림 두랑하는*** 재간도 죽어 빠졌나. 서글프다 가소롭다 지질찮다.**** 들어간 밥은 똥 안 되나. 이런 흉년에도 썩어 빠진 선심 쓰나? 삼동(겨울)이 오면 어쩔 것고 옷은? 밥은? 이년을 못 잡아먹어 이가 갈리나. 하루도 옳은 세월 못 보내는 이년이 하 그리 죽이고 싶거든 용쏘에나 던지라. 에이구에이구 이년이 와 이리 복이 없을꼬? 지지리도 박복항기라!"

그는 토라지며 모지랑머리*****를 와득와득 긁고 간지러운 듯 온몸을

* '파사破事가 날' 파탄 날.
** 연의 얼레. 여기서는 비유로 쓰인 말.
*** 돌보는.
**** 지질하다.
***** 모지라진 머리.

비꼬이며 일변 옷고름에 맨 코수건에다 건눈물*과 콧물을 닦는다. 일이 이렇게 되면 전팔이가 점세에게 한 '바람 먹고 살지.' 한 말도 당치 않은 듯하다.

전팔이는 그제사** 물쭈리***를 떼고

"설마? 보소."

뚝 끊고 어머니 말을 기다린다.

"설마? 네 설마는 개설마더라 설마?"

"그래도 보소 잘살 것이니."

"에이구에이구 육초난다.**** 귀에서 눈물 난다."

할머니는 화난답시고 주워 걸러 붓고 나니 그만만 해도 속이 확 트인다. 그는 자는 성근이 배에다 누더기를 걸쳐 주고 물레를 끌어다녔다.

빼곡하게 연기가 들어찬 방 안에는 그 연기보다 십 배 이십 배의 고민과 우울과 탄식이 들어찼다. 어제나 오늘이나 내일이나 한결같은 생의 궤도에는 그들의 꿈의 열차 '설마' 의 수레만 구을고***** 있다.

3

건너 산기슭과 안 이운 지붕들을 까막까치들이 우비며****** 갈갈거리고 가끔 뒤 언덕에서 송아지 소리가 들린다.

토우 낀 구룡산에 든 단풍은 환상과 정서를 띤 '보헤미안'의 슬픈 그

* 마른 눈물.
** 그제야.
*** 담뱃대 가운데 입에 무는 부분.
**** 몸에서 풀이 나다. 이루어질 수 없을 일을 뜻함.
***** 구르고.
****** 후비며.

림이었다. 그 우에를 자기 혼자만 감상鑑賞하는 듯 솔개가 원을 그리고 자취 없는 저 허궁 나그네의 얼룽진 노래가 아르삭인다.*

하나 참봉댁 고방 앞에서, 오늘 잣 캐는 사람들에게는 먼지와 송진내 속에 울려진 교향악이 있었다.

그들은 모두 얼굴 의복이 송진투성이며 밤숭이** 머릿수건 쓴 부인네 저고리 치마로 누릿누릿하게*** 먼지가 앉았다.

키질하는 부인네, 마당가에 쌓아 놓은 부스러기에 엉켜 이삭 줍는 어린애들, 깐 잣을 티와 돌을 가려서 대기****를 기다리는 이, 아내가 남편더러 욱잡고 왈기고***** 혹은 아근자근하는 이, 참봉 앞과 고방 안 책상머리에 걸터앉은 작은아들 앞에서 아양피우는 이, 고함치고 웃고 뽐내고 노래하고 우두머니 앉았고…….

"이 사람 남의 이마."

하는 이,

"어허 잘못했네."

하고 돌아보는 곰보,

"아지뱀******요, 나도 한 짐 져다 주이소 예."

몸피*******가 호리호리한 여인의 손질하는 모양,

"아서 그리 따리면 다 깨어지니까니 괭이 모를 배시시 눕혀 살근살근 따려 봐."

서투른 사람을 알으켜******** 주는 상냥한 늙은이며,

"바람이 불거든 지화 바람이 불고요 풍년이 들거든 가시내 풍년 들어

---

* 자취 없는 저 허공에로 나그네의 어우러진 노래가 아로새긴다.
** 밤송이.
*** '누릿누릿하게'의 지역어.
**** 대기待機.
***** 다그치고 으르고.
****** '아주버니요'의 지역어.
******* 몸매.
******** 가르쳐.

라."

총각의 노래소리에 왁자지껄*하는 사람들의 가지가지의 '포—스'**에다가 고함과 어루눅치는*** 말을 하며 어정버정 다니는 참봉의 정중하고 엄엄한 태도들이 잠깐 사이에 표 잡아 본 경景이다.

이 참봉은 몸피가 실팍한데 오소리감투에다 모비단 겹저고리와 회색 세루바지를 입었다. 꼬아리**** 같은 눈은 색안경 안에서 끔으럭거리고***** 가락지 낀 손가락으론 구레나룻을 다린다.

"아나 득쇠야—."

참봉은 저편에서 갈구리******로 부스러기를 검어내는******* 머슴을 불러 말[斗]을 가져오라 분부하신다. 득쇠는 무어라 군성거리더니******** 이내 건들건들하고 걸어왔다. 그는 참봉이 있으면 머리가 센다. 금시 이것 이리해라 했다가 다시 저것 저래라 하니 그야말로 방울처럼 달랑달랑 안 하면 지팽이가 오고 팔도******** 욕이 쏟아지는 것이다.

"이 사람 것 되어 봐."

"예—."

득쇠는 무뚝뚝하게 말을 하며 잣을 된다.

"야—야 앞골 방성백이 열두 말 아홉 되 적어라."

그는 되고 나자 아들에게 알리고 담배를 빤다.

"영감님 얼마 주시겠소?"

성백이 아내가 수집어하며********** 물으니 그는 내심 뇌꼴스러우나 외

* 왁자그르르.
** '포즈'인 듯.
*** 어르고 달래는.
**** '꽈리'의 지역어.
***** 꾸무럭거리고.
****** '갈고리'의 지역어.
******* 긁어내는.
******** 구시렁거리더니.
********* 팔도八道.
********** 수줍어하며.

면은 무척 사글사글해

"어허 적게 줄까 걱정 말게. 번연히 박절치 못한 내 속 알면서 저래."

하고 법령* 근처의 주름살을 벌려 숭물스럽고** 능글능글하게 웃었다. 그것은 마치 어린애들의 성살궂고*** 수선스러운 엉이리****짓 함과 비슷했다.

참봉은 수삽한 듯이 턱으로 옷깃 서슬을 가루고 징한 누렁 냄새를 회피하는 배암처럼 머리를 저편으로 돌렸다.

작자는 여기 참봉이란 사람을 늦게나마 소개 안 할 수 없다.

장자골 사람들은 그를 이 참봉, 수 할아버지, 합천댁陜川宅이라 부른다.

그는 마을 사람들이 거의 자기 덕분에 산다는 말대로 논밭이 실측하고***** 전엽******도 묵직하다.

세상을 터놓고 흔한 부자치고 근면의 모범 안 됨이 없는 그 예를 따라 나이 육십이 넘은 지금도 그는 개똥망태를 메며 머슴 뒤를 밟아 극진히 분부하는 노력을 아끼지 않는다 한다.

들으니 그의 스무 살 안팎의 시절은 장돌림으로 행세하고 그 뒤 합천 지방 어느 촌에다 전방을 벌여 농군들을 호리고 터를 넓히고 돈을 깔며 노름꾼 뒤를 대어, 그럭저럭 중살림까지 늘어 나갔다.

장자골로 들어온 때에는 사십이 넘어선 데 산을 사서 많은 이*******를 보고자 함이라 한다.

그는 산에 대한 애착을 쉬이 느꼈다. 산중 사람들의 철부지를 이용하였으며 자기와 그들 사이에 선을 그어 안과 밖을 분명이 구분 지었던 것이다.

* 코밑.
** 흉물스럽고.
*** 심술궂고.
**** '언구럭.' 사특하고 교묘한 말로 떠벌리며 남을 농락하는 태도.
***** 실팍하고.
****** 전엽錢葉. 돈.
******* 이利.

문어 쌈지에다 자기황自起黃을 넣어 산에 허쳐 두면* 열흘 사이 적게 잡아 두 마리씩 여우 너구리가 턱을 주저앉히고 꺼부러진다. 보를 막아 물레방아를 놓는다. 도급기稻扱機를 세 틀이나 사다 놓고 가마니 짜는 기계니 새끼 꼬는 기계니 하여 세를 받고…… 이렇게 되면 낱낱이 헤아릴 수 없는 것이다. 엿 늘듯이 느는 살림 풍문엔 논을 산다 밭을 산다 야단났다.

　산 산에는 밤 감 잣나무를 심으며 숯 연목을 팔고 빚을 지워 숯을 앗아 팔고 이리하야 가을이 오면 산에서 나는 것만 해도 이삼십 석 거리는 된다.

　큰아들은 관청 교섭이 번지럽더니 덜컹 총 허가를 내었고 작은아들은 보통학교까지 다니다 만 것으로 보아 엄청나게 똑똑하여 어루눅치고** 약빠르고 재치스럽다.

　참봉이 몇 년 전에 당산에서 동제洞祭 지내기를(전부터 지내오다가 마을이 쇠퇴해 안 지내던 것을) 부흥하고 난 뒤 별로 이렇다 할 것이 없었다가 작년 가을 그의 진갑잔치를 '모멘트'로 동네 사람들로부터 후하다는 칭송을 받는 것이었다.

　새로 사 온 축음기 바람에 홀딱 반해 버린 그들은 자급을 할 듯*** 기뻐했다. 그래 그런지 그 뒤 아이들이 나무 가며 귀 모지래진**** 일본 노래를 부르는 것이었다.

　"사—께와 나미다까 담배 연긴가—."

　그 노래인 바 곧 이것이란다.

　강약하고 딱딱한 눈구멍 큰 코 시커만***** 눈썹과 구레나룻 어진 듯하

* '흩어 두면'의 지역어.
** 얼렁뚱땅 요령이 좋고.
*** '기절을 할 듯'의 지역어.
**** '망가진.' 닳은.
***** 시커먼.

나 숭물스럽고 간사한 듯하나 그악스런 정이 온 얼굴을 떠돈다.

마을 사람들은 벽을 보다 말고 오고 산에서 일하다가 오며 아들 장가 들인다고 온다.

"어허 이놈의 곳은 내 아니면 못 사나."

그는 누구 앞을 가리지 않고 이런 말을 하고 이내 잔소리가 나온다.

"사람 사는 거이 앞일 모르고 막 써 버리면 일찍 바가지 신세가 쉬운 법여. 내 젊은 때사……"

서두부터 살림 사는 법을 설연하시고 그 다음은 으레 자기 자랑이 쏟아진다.

"이건 자네가 사람됨이 곧고 고르고 해 주는 거이니 알뜰살뜰해 갚게."

하며 돈을 내어 놓은 것인데 이런 사람들은 정말 세금 곡수 일 등을 조촐하게 한 곧고 '고르고' 한 사람들이다.

대개 이렇게 해 그들은 살아가는데, 보다 더 자세함을 알라면 점세에 게나, 석 달 전 만주로 간 판수 아버지에게 들으면 나으리라.

전팔이는 어머니와 한참이나 억질벅질하다가* 못 이겨 잣 빼수러** 오긴 왔으나 별로 애써 봤자 소득이 없을 것이매(잣 한 말에 삼 전이고 그도 역시 빚에 제할 것임으로) 다리 힘 팔 힘이 붙질 안 했다.

그는 가지 마라 해도 기어이 간 아내 있을 비알이산이며, 점세 숯굴 근방을 어리둥절하게 서서 보기를, 한 말을 까는 데도 여러 번 몸을 세웠다.

비렁을 기는 아내며 자기들이 이렇게 애써도 끝장은 허살*** 날 것임을 생각하니 허기지는 마음을 어쩔 수 없었다. 그는 울고 싶다가도 참봉 앞에서 어리광을 지길까**** 하는 요술적 심리에 잡히기도 했다.

그것은 반의식에서 오는 무척 고적하고 슬픈 것이 어우러져 현실과

---

* 서로 우기다가.
** '빼으려'의 지역어.
*** 허사虛事.
**** 부릴까.

융화할 수 없는 일종의 허무감이었다. 그렇다고 이것은 혼미混迷가 빚어낸 것도 아니다. '번연함'을 의식하면서도 그 '번연함'을 극복할 수 없는 인간적 양심이 대치代置된 것이다.

키를 잡은 어머니를 보나 괭이를 쥔 노근이를 보나 그것은 너머도* 그림자로서 아니 영혼으로서 쓸쓸했다. 차라리 무데기** 지어 있는 잣알 그것이 행복스러웠다.

그는 쥐었던 되를 잣 무데기 우에 던졌다. 그러고 물끄러미 보았다. 문득 그 잣은 울음의 무데기로 변했다가 다시 잣도 아닌 듯 또는 어찌 보면 잣인 듯 느껴졌다.

전팔이는 무슨 소리를 들은 듯했다.

"이 사람 와 이리 서 있어."

무쇠박***을 긁는 듯한 소리는 참봉이었다.

"오 오십니까."

그는 허둥지둥 인사하고 던졌던 되를 쥐고 자루에 묻은 송진을 손톱으로 긁는다.

그들은 아무 말이 없었다. 하나 내심으로는 하고 싶은 말이 물구렁이****를 그리고 있는 것이다. 더욱이나 전팔이에 있어서야.

그는 당장에 미친놈이 되고 싶었다라기보다 아수라나 사자처럼 되고 싶었다. 구레나룻을 절절이 끌어 힘껏 메치고 싶었다. 자기 앞에 섰는 뚱뚱보는 보기에 몇 푼어치 안 돼 보인다. 비단 아수라나 사자를 원치 않더라도 넉넉히 메칠 힘은 자기에게 있다. 하나 자기를 한 번 살피고 나서 고쳐 참봉을 볼 때는 천차의 사이였다. 날짐승과 버러지의 사이였다.

참봉은 꼬아리 같은 붉은 눈알을 안경 안에서 여러 번 끔벅거리나 종

* 너무도.
** '무더기'의 지역어.
*** 무쇠로 만든 바가지.
**** 구렁이가 기어가는 듯한 모양의 물살.

시 처음 태도를 변치 않으며 배를 내고 섰다.

"영감님 저—."

어머니 말이 불쑥 나오자 전팔이는 고대 놀라 벙어리 소리를 하며 두 손을 앞에 내어 저었다.

"뭐? 샀 말인가?"

그만 눈치를 채었다. 참봉은 빚에 대한 설명을 한참 쏟았다. 그는 사흘 동안 잣을 까고 또 잣 깐 삯을 빚에서 제하겠다고 마침내 최후 선고를 내리었다.

그때 숨이 씨근씨근하며 오는 아이 하나가

"힝아—."

하고 부르며 어깨를 거들거들하고

"힝아 저게야 수가 우리 고염 따 가져갔다. 도적놈의 자식 하니깨 내 뺨을 따리더라."

성근이는 갓난이를 느질막하게 업고 살찐이를 아듬고 노근이 앞에서 "저게야 저게야." 한다.

"뭐 어째 이놈—."

돌연 참봉이 나서며 어긴다. 그 서슬 바람에 성근이는

"우매야."

자급질을 먹고* 달아나려 했으나 돌부리에 걸려 그냥 엎어졌다. 그 바람에 고양이는 몸을 빼쳐 달아났다.

"저게다 저게다."

참봉은 달아나는 고양이를 쫓으려다 말고 전팔이를 향해

"이 사람 자네 집 괭인가? 앙?"

하고 그릇 깬 것이며 산제 지낼 음식 파살 낸 것을 온 눈이 홀홀거리

| * 질겁하고.

도록* 주워섬겼다. 그러다가 엎어진 성근이 앞을 다가서며

"너 이놈 네가 그 괭이를 우리 집에 보냈제 응? 와와 우리 수를 도적 놈이라노. 느—집 고염이가 응."

하며 담뱃대를 높이 울려 맸다. 그때 할머니가 토끼처럼 뛰어나와

"영감님 지만 하이소, 철부지 그게 뭐 압냈가."

하며 손을 비비다시피 빌었다. 근방의 일꾼들도 일손을 거두고 와 참봉을 만류하며 고방 안으로 데리고 갔다.

노근이는 우는 성근이를 어르며 저편 담 모퉁이로 돌아 나갔다.

할머니 품에 안긴 갓난이의 볼엔 어느새 송진이 묻었다.

4

장자골에서 앞골로 나려가는 길가에 늙은 배나무 한 주 서고 그 밑에는 당산이 있다.

동네 사람들은 이 터를 여의주如意珠터라 이르고 동신洞神인 산신령과 북두칠성을 모셨다 한다. 들으니 옛날 용쏘(당산에서 비탈로 조금 내려간다.)에 무지개가 서 천녀天女가 목욕하신 후 용이 오백 년마다 한 마리씩 승천하게 되어 지금까지 아홉 마리가 여의주터에서 여의주를 얻어 승천했다 한다. 그리고 이후 한 마리만 더 오르면 구룡산이 평지가 되고 낙동강물이 이쪽으로 흘러 장자골 일대가 왕도읍王都邑 터가 된다 한다.

일이 이렇고 보니 사람들이 그냥 있을 리 만무하다. 그들은(여자들이 많다.) 정월 열나흘날 밤과 칠석날 밤에 용쏘에서 기름불 켜고 물밥을 허쳐 명복을 빌며 당신에는 소제 종이 사루고** 누구든지 아이 못 놓은 이,

---

* 타오를 듯이.
** 소지燒紙 종이 사르고.

379

동티난 집, 배, 머리 아픈 이들이 모여들어 죄 씻음을 받는 것이다. 누구나 없이 신령님을 위하는 정성만 지극하면 좋다 한다. 문둥이도 좋을시고 거지도 좋을시고라 한다. 다못 빌되 첫째 마을 잘되기를(뜻인 바 나머지 용 한 마리마저 승천하옵기를) 빌고 둘째 사해동포의 명복을 빌며 셋째 자기 죄 삭음*이라 한다.

요즈음 마을에 돌아다니는 이야기가 둘이 있다. 하나는 즉 노근이 어머니가 갓난이 놓을 때 태를 못 놓아 야단저단 할 즈음 할머니가 별이 찬 새벽녘 당산에 와 넉장구를 치며

"천지신명 굽어살피여 줍시사 강 씨 부인 그저 순산하게 하옵시고 어린 생명 수명장수 총기영민 복덕귀족 하옵기를 눌러 받자 합내다, 오방 신주님네 북두칠성님네 산신령님네ㅡ."

하고 오방 시방으로 국궁 예배했다 하며 또 하나는 석 달 전에 만주로 간 판수 아버지가 살림이 일도록 삼칠일 동안이나 자정에 와서 기도 드렸다는 것이다.

그런데 이 당산에서 또 한 가지 거룩한 일을 하는 것이 있다. 그것은 이 참봉댁 잣을 다 까고 나면 지낸다는 산제山祭이다. 산제는 곧 동제이고 동제를 지내는 이유는 가축家畜을 산짐승이 해치지 않도록(이전에는 범이나 여우 씩**이 마을의 송아지 닭을 물어 간 일이 많았다.) 빌며 밭곡식을 휘살*** 안 짓도록 함에 있다.

장자골에선 이월 십칠일 밤과 구월 십칠일 밤에 지낸다. 이때가 되면 마을 굶주린 아귀들은 제물이나 얻을까 하고 구경은 뒷전에 두며 설그대인다.****

잣은 사흘 만에사 다 까고 오늘밤 모처럼 이 참봉은 도복 소매 나부

---

* 죄 소멸.
** '삵'을 일컫는 듯.
*** 해찰.
**** 설렌다.

치며* 외출을 하게 되었다.

아침부터 득쇠를 부려 당산 근방을 조촐케 하고 불 놓을 나무며 왼새끼 치기까지 분부하고 안에서는 돼지를 잡는다 시루떡을 한다 적**을 굽는다 하며 야단이 났던 것이다.

모닥불이 훤하게 밝은 데서 풍물 소리가 산천이 떠나갈듯 쟁글거리고*** 가까숭이**** 코쩡쩡이 언청이 곰보 눈핼끔이***** 곰배팔이 절름발이 노인 아이 남자 여자들이 차츰 모여들어 가로 에워싼다.

풍물 소리가 자진가락에서 춤가락으로 넘어가고 다시 자리풀이가락******으로 울려지자 태포수*******잘 하는 황대초란 얼금뱅이가 옆 타진 두루마기를 펄렁거리며 신 꼴망태 같은 보따리를 지고 큰 부채 펴들어 소리 먹이는 모양에 둘러선 사람들의 입을 터놓게 했다.

풍물 소리가 뚝 그치고 이내 접장은 제물이 그득한 제상 앞에서 도복 소매 바람에 나부치며 축문을 읽고 조금 지나 참봉이 향을 사르고 잔에 술을 따루어 향불 우에로 돌려 잔대에 공손히 놓고 물러 나와 나붓이 절을 한다.

엄숙과 경건과 신앙의 세계였다.

밤은 그새 이윽해졌다.******** 낮에 보면 몽롱한 산이건만 공포와 암흑을 빚어 천지를 덮는 큰 박쥐 같으며 달무리 하는 하늘엔 별도 헤아릴 만큼 드물었다.

문득 용쏘 덤 우에서 노루가 슬피 운다. 이 아닌 밤에 어인 일인고?

그 울음은 구룡의 넋〔神〕이 거창한 밤〔自然〕의 리듬을 대지〔生〕 우에

* 나부끼며.
** '전'의 지역어.
*** 쟁쟁거리고.
**** 까까머리.
***** 사팔뜨기.
****** 자진모리가락.
******* 포수 가운데 으뜸 포수. 탈놀이에서 포수 치장을 뜻함.
******** 이슥해졌다.

381

가림 없이 베풀어 놓는 것 같다.

그것은 인간의 욕欲과 추醜와 악惡에서 벗어나 고결 무구한 자애의 삶을 구가謳歌하는 구원久遠의 노래였다. 동시에 내일의 삶의 운명을 예고하는 신의 말이었다.

노루는 운다. 거창한 밤의 리듬은 숭고崇高하게 울린다.

산제를 지내고 돌아가는 사람들은 무슨 불안을 느꼈다. 노루가 정 밤중에 울면 동네에 반갑지 못할 것이 닥쳐온다*는 것이었기 때문이다.

그들이 사라진 후 수 식간**이나 지나 두 사람의 그림자가 솔 그림자를 밟으며 초조스럽게 당산까지 이르렀다. 그들은 당산 우에까지 올라가 무엇을 재빠르게 가져온 그릇에다 담아 다시 바람같이 돌아섰다.

다음 얼마 후 득쇠와 다른 일꾼이 내려와서 당산을 살피다가 갔다.

5

이튿날 이른 아침부터 온 동네가 뒤집어졌다.

그것은 새벽녘 범이 내려와 참봉댁 송아지를 물고 갔다는 것이다.

참봉은 펄펄 뛰며

"어허 어허 이런 변이 어디 있나. 다른 집 다 두고 하필 내 것을 장치다니."

소문은 뒤이어 났다. 당산의 헛세*** 음식은 없어졌으나 하되 곳곳이 부스레기****를 흘린 것을 보아 동네의 잡구신이 침범한 것에 틀림없다는 말이었다.

---

* '닥쳐오다'의 지역어.
** 몇 차례 숨을 돌릴 때가 지날 만큼 시간이 흘러.
*** 흩어 둔.
**** 부스러기.

참봉은 듣고 더욱 노발대발하야 가라사*

"이놈 득쇠야 정말가? 응? 이놈 너 빨리 가 그것 지키라 할 때는 어련히 요량**하고 시킨 것이라고⋯⋯. 이 후리개 아들놈아."

목침木枕이 날고 방망이가 뛴다. 하다가 분이 가라앉질 안 해 사뭇 쑤알거리며 골목을 나온다.

"어니 놈고 썩 나서라. 거리에서 피를 토하고 죽을 개망나니들아. 당대 고축년에 굶어 죽은 구신이 아닌 다음에야 동네를 위한 정성을 팔아 먹으려 들다니⋯⋯."

골목은 한참이나 뒤숭숭했다. 하나 참봉 서슬에 내오,*** 하고 나서는 이는 없었다.

참봉이 이렇게 기개를 올리는 그 반면에는 숨은 곡절이 있다. 그것은 산제를 지내면 으레 고기 떡 적을 당산 우에 얹어 두어야 산짐승이 해를 입히지 않는다는데 기준 되어 자기 집 송아지를 잃은 것은 곧 이런 때문이라고 단정을 내린 것이다.

한편 껏다리는 총을 메고 실직한 장정들을 뽑아 수나 터진 듯이 아침밥을 먹자마자 산으로 더터**** 올라갔던 것이다.

온 동네가 벌집 쑤신 것같이 뒤숭숭한 중에도 전팔이 집에서는 다른 걱정에 싸여 있다.

안 가려는 노근이를 욱잡어***** 헛세 음식 거두러 갔던 할머니는 새벽부터 배를 아듬고 좁은 방 안을 궁굴며 신음한다.

"글씨,****** 무서운 음식 먹지 마시라 안 합디요."

며누리는 상이 새파랗게 질려 넋치가 된 어머니를 아듬고 있다. 그의

* 가라사대.
** 요량.
*** 나요.
**** '더듬어'의 지역어.
***** 단단히 앞장세워.
****** 글쎄.

얼굴에는 일즉 보지 못한 황당한 저주와 히스테릭한 분노가 있었다.

"글씨 이 어구*가 발꽹이가 미련바지가……."**

할머니는 며느리 아들의 팔과 바짓가랑이를 붙들고 뻐절리는*** 배를 쥐어틀며 무섭게 꺼진 눈을 생그렇게 떠 마디마디 끊어 말을 한다.

"고기 한 모타리**** 떡 부스레기 그게 먹고 싶어서…… 아유아유…… 가지 말 것을, 가지 말 것을……."

마침내 그는 눈물을 흘리며 말소리가 떨리었다.

며느리는 사뭇 배를 주무르고 꼿꼿이 앉혀 등을 두드리고 이내 어깨를 만진다. 그러다가도 밖을 나가더니 '갯구**** 물리는 영감'을 다리고 왔다.

갯구를 물려 봐도 아무렇지도 안 했으며 마침내 혼몽한 중에서 발버둥치고 수숫대 같은 몸을 웅지른다.******

"근아이 근아이."

"근이 둘은 밖에 갔습니다."

"우리 아들 있나 애기도 있나……. 나는 인제 그만이다 잘 살어라이. 싸우지 말고 근이 잘 기루고 살어라이—."

"어무이 어무이!"

며느리의 눈에서는 눈물이 사뭇 멎지 않고 흐른다. 그는 거풀*******과 뼈만 남은 시어머니 손을 쥐고 자지러지며 양어깨를 추슬렀다.

지리******** 말러 죽겠는 시간이 흐른다.

이마로 가슴으로 식은땀이 흐르는 할머니가 문득 사시나무 떨듯 온몸을 떨더니 강철오리 같은 소리를 질렀다.

---

* 어리석은 사람.
** 발꽹이 났나, 미련바지가.
*** 뻣뻣해지는.
**** 원문에 '주註 일편一片'이라 밝혀 두었음.
***** 객귀客鬼.
****** '문지른다'는 뜻인 듯.
******* '껍질'의 지역어.
******** '지레'의 지역어.

"저 구신 저 구신."

하자 여태 말없이 앉았던 전팔이가

"옴마 옴마 죽지 마라."

억양과 음률이 든 목소리를 뽑았다.

"옴마이 내 네 호강 한 번 못 시켜 주고 내 편한 꼴 한 번 못 뵈어 보고……."

그의 목소리는 마디마디 끊어져 끝까지 못 가 울음으로 대신했다.

다시 벅찬 숨소리와 방정맞은 초조가 방 안을 덮었다.

전팔이는 지금까지 눈물을 흘려 보지 않았던 만큼 이 눈물만은 죽음과 애정을 절실히 느낀 표정이었다.

죽음? 애정? 전팔이는 여태 여기 대하여는 늘 비웃고 왔다. 하나 기어이 인간의 안과 밖 즉 어둠과 밝음이 절충되어 그의 앞에 거슬어졌다.*

그는 어둠에 싸였다. 적막과 비애가 방 안을 엄습하고 운명의 닻줄이 뒤루어진** 느낌이었다.

사람은 의지가 굳센 듯하나 흔히 환멸에 사로잡히는 적이 있다. 이것은 생활의 파탄에서 오는 순간의 상흔傷痕일 것이다.

그는 지금 이런 심경에 잡혀 있으며 무서운 저주, 즉 인간이 지은 미신迷信에게 지배받는 비열과 퇴보, 그리고 거기에서 갈등되는 대립과 반항을 보았다. 그는 머리를 저었다. 하나 저주는 떠나지 않았다.

눈을 감으면 가지가지의 생각이 낱낱 악마형惡魔型을 나투어*** 박도迫到하고 눈을 뜨면 시들은 어머니 얼굴에 순결한 눈물이 있었다.

그때 문득 가슴을 치는 섬광閃光! 전팔이는 자기로서 도저히 규시窺視할 수 없는 본성本性의 교시敎示를 받았다.

---

* 거슬리게 되었다.
** 드리워진.
*** 나타내며.

오랫동안 솔잎으로 살 채운 뱃속에다 허들갑스리* 썹어 넘긴 고기와 떡에 체한 것에 틀림없다는 순간의 깨달음! 곧 그것이다. 그것은 전팔이로서 오류誤謬의 발견이 안 될 수 없는 것이다.

그는 격정이 끓어올라 선뜻 일어서며

"옴마이 내 약 캐어 올게."

한 마디 말을 남기고 괭이를 쥐여 산을 향하였다.

*

전팔이가 산으로 가기 전에 일어난 성근이 일을 말하게 되었다.

잣 깨는 첫날 참봉 서슬에 놓친 살찐이는 나흘이 되어도 들어오지 안했다.

성근이는 밤으로 수잠을 자며 노근이를 조르고 어머니에게 꾸중을 사며 이러다가 날이 밝으면 숲에 어둠이 깃들기까지 고방 근처로 밭으로 당산으로 살찐이를 부르며 다녔다.

그는 문득 가다가도 서끄서면** 살찐이를 부른다. 먼 숲에 너구리가 울고 부엉이 울면 찬 땅에 펄썩 주저앉아 울기도 했다. 곧장 고양이 소리가 들릴 듯하여 귀를 기울이면 바람에 흔들리는 새 댓잎과 수숫잎의 와시랑거리는*** 소리였다. 남의 집 담 밑으로 울 사이로 드나드는 강아지 고양이를 보고 여러 번 달려가기도 했다.

그 야볼야볼**** 지껄이던 성근이가 급작히***** 겨울을 새우는 나무 움처럼 차고 우울해졌다. 귀여운 벙어리였다.

---

* 호들갑스레.
** 설라치면.
*** 비벼대며 나는 소리.
**** 재잘재잘.
***** 갑자기, 급작스레.

오늘도 아침 할머니 발병 난 때 나간 그는 뒷산으로 시내로 하염없이 다니다가 점심때 지나서쯤 마을로 내려오다 말고 나무 가는 노근이를 만났다.

"어디서 오노?"

"……."

성근이는 형의 물음에 아무 말 없고 튼 손만 들어 산을 가리킨다.

"니 살찐이 찾나?"

"……."

역시 대답이 없고 고개만 한 번 끄덕였다. 형은 짐짓 우람스럽게 타이르기를

"니 할머님 지금 곧 돌아가시랴는데 그도 모르고 와 괭이만 찾노?"

했다. 하자 그는 아우의 시푸른 볼로 자르르 흐르는 눈물을 보았다. 그도 눈언저리와 코 안이 화끈함을 느끼어

"근아 치운데* 얼른 집에 가거라이. 내 나중에 살찐이 찾아 줄께이."

형은 아우의 까칠해진 얼굴에다 자기의 싸늘한 볼을 응질으며** 슬픈 동정을 보였다.

이러다가 형은 산으로 가고 아우는 내려왔다.

성근이가 참봉댁 울 밑까지 이르렀을 때다. 문득 수그리고 가는 머리를 치켜들게 한 그림자 하나가 스쳐갔다. 그는 본능적으로(습관인지도 모른다.) 이제 막 그 그림자가 들어간 울 사이를 들여다보았다. 그의 눈엔 장독 곁으로 돌아 나가는 누런 것을 보자 부지중

"살찐아이."

하고 불렀다. 그것은 확실히 살찐이였다. 성근이는 서슴지 않고 대문간으로 발을 들여놓았다.

* 추운데.
** 문지르며.

"누고?"

방문이 열리더니 참봉의 무쇠박을 긁는 소리가 났다.

"저게 여게 금방요 우리 살찐이가요 들어왔거등요."

"뭐? 살찐이?"

"저게 우리 고양이 누렁 살찐이가요……."

참봉은 나왔다. 슬픈 얼굴로 하고 쳐다보는 어린이의 눈엔 당황한 공포가 흐른다.

하자 아까 그 장독 곁으로 돌아오는 살찐이 모습이 띄었다. 그는 달려가서 덥썩* 아듬었다. 수염과 머리로 불붙은 자리가 있고 눈곱이 끼인 핼쑥한 허리였다.

"니 와 여게 왔더노. 우리 집이 싫더나. 밥이 없어 성나더나? 난 너 찾아다녔다 울었다 살찐아이 우리 살찐아이."

성근이는 기뿌면서** 울고 그럴수록 말이 맺혀 그냥 손으로만 따독거렸다.

"아나 이놈 그 괭이 여 내 놔."

참봉은 버선발로 달려와 아듬은 고양이를 뺏어 뽀죽한*** 돌에다 높이 들어 내리쳤다.

"우매야! 우매야!"

고양이는 입으로 피를 흘리고 죽었다.

"어허 시원타 시원타. 이놈 네 할미(할머니)나 갖다 고아 먹이라."

참봉은 온 얼굴이 훌훌거리며 고방제 지낼 제물을 파살 내었으니 그릇 깨었으니 하며 방으로 들어갔다.

성근이는 고양이를 아듬고 울며 바람과 토우에 시달리면서 형님이

---

* 덥석.
** 기쁘면서.
*** 뾰족한.

나무 간 산으로 올라간다. 그것은 불쌍한 살찐이를 노근이와 함께 묻어 주고 싶은 정의 발로였다.

6

이러기 전 점세는 여전히 숯굴 근처에서 도끼질을 하며 노래를 부른다. 사흘 전 숯을 내고 어제 저녁에사 불을 질렀다. 숯굴엔 검은 연기가 뭉텅뭉텅 핀다.

"구룡산 넘어서 가신 님은 새 담뱃대 엿 사도 오지 않소 아리룽 아리룽 아라리요. 음지 밭 이 꽃이 언제나 피노."

그는 다시 소리를 높여

"저 산이 고와도 내 산인가 이 들이 옥톤들 내 들인가 아리룽 아리룽 아라리요 모중방 구석엔 꿈도 섧다."

슬픈 '멜로디'는 마을까지 들리는 듯 청아하고 음률이 세었다.

산골의 눈이 녹아 붉은 진달래 피면 탐내는 듯 뻐꾸기 울고 가마 탄 새악시 산모롱을 돌며 물들인 산천에 향수를 느껴 분홍색 저고리에 눈물을 흘려 얼룽 지우는 가을…… 이 철이 가면 저 철이 오고…… 해마다 해마다 고적과 비애만 오는 점세의 스물일곱인 가슴은, 오늘도 무척 설레는 것인가?

그에게는 부모도 없고 아내도 없었다. 올봄까지 남의 집으로 전전한 그라, 집도 돈도 없었다. 다못 노래가 살림이고 님이었다.

"박두쿵!"

전팔이는 그의 노래를 듣고 숯굴 밑까지 이르러 점세를 불렀다.

"전 생원잉교?"

"노래 또 부르게."

그는 오늘처럼 무척 사람이 그립고 음성을 그리워한 적이 없었다. 그래 다른 데 다 두고도 여기를 왔던 것이다.

점세는 의심하며 물었다. 버섯모자 밑에 엄청나게 무거운 애수가 고였음을 놓칠 수 없었기 때문이다. 전팔이는 간단하게 어머니 이야기를 하고 힘없이 일어나 약초를 찾으며 우으로 올라가는 것이다.

(연기는 바람에 이리저리 번롱翻弄 당하며 토우는 점점 두터워졌다.)

점세가 아까 찍던 나무를 눕히자 그 자빠지는 소리와 함께 총소리가 났다. 뒤미처 마을에서는 저문 연기가 튀어 오르고 거리거리엔 사람들이 고함과 비명을 친다.

"범이야!"

건너 등대를 내려오는 한 떼 사람들이 한꺼번에 지르자 범은 어느새 개울을 건너고 언덕을 올라 불이 벌건 마을로 향해 이수라阿修羅처럼 달렸다.

바람과 불과 아우성! 그것은 마치 화산이 터진 것처럼 불시의 폭발이었다.

점세는 주먹을 쥐고 떨고 있다가 우으로 향해 전팔이를 부르며 허둥지둥 산을 내려갔다.

범이 용쏘 덤으로 쫓겨 간 후 이내 산에서 내려오는 장정들은 막대를 휘두르며 서로서로 참봉 아들은 선불 맞은 범에게 다리를 물렸느니 송아지는 반쯤 먹혔느니 동네 아이 하나가 범 내려오는 길로 올라오다 높은 어덕*에서 떨어졌느니 했다.

이 말을 들은 참봉은 자기 잣 고방에 난 불에 환장 나서 있었는지라 더욱 사상이 되어 아직도 타는 불에 뛰어들고 거리를 휩쓸며 산신령을 저주하고 북두칠성을 불러 침 뱉었다가 기운이 소진해 거리에 엎어지고

| * 언덕.

말았다.

　사람들은 어제 저녁 노루 운 것을 이야기하고 여러 날을 노력한 잣의 아까운 말만 했으나 불난 원인에는 아무도 말하지 안 했다.

*

　산기슭에 어둠이 내렸다. 장경성은 구룡산 마루에 희멀끔하고 초저녁의 산기운(바람)은 냉혹했다.

　산에서 마을로 내려오는 한 떼의 사람들 중에 전팔이는 여덟 살 먹은 시체를 안고 아이 어머니와 형은 피 흐르는 얼굴에 손을 대이면서 운다. 점세 뒤로 따르는 사람들은 어둠에 가려 모르겠으나 각기 어린 죽음에 대한 안타까움을 생각하는지 묵묵히 걷는다.

　"성근아 내 너를 어이 이 찬 땅에 묻겠노."

　아버지의 비장한 말이 떨어지자 울음과 함께 형 노근이가

　"근아이 내 네 원수 갚어 줄게. 네 원수 내 안다 내 갚아 줄께이."

　하고 쓰러진다. 그리고 부르짖는다. 건너 숲에서 부엉이가 울었다. 숲을 뚫고 어둠을 헤치고 부엉이 소리는 얼어붙은 은하에까지 사모친다.

　"부엉부엉."

　달은 미구에 뜰 것이다.

(1936년 12월 13일)

어산금魚山琴

1

"원차종성願此鍾聲—편법계遍法界—

철위유암鐵圍幽暗—실계명悉皆明—

삼도이고三途離苦—파도산破刀山—

일체중생一切衆生—성정각成正覺—"*

....

새벽 허공에 언제 바람이 지났는지 잎사귀 두셋 달빛을 질러 흐른다.

아직 어두운 처마 밑에서는 맑고 근엄한 종소리가 들렸다.

염불과 천천히 울려 나가던 종소리가…… 대—ㅇ…… 하고 끝을 굴려 산허리를 돌면, 그 소리 따라 여명은 점점 스며들어 마루에 웅크린 소녀의 윤곽을 점점 드러내는 것이었다.

---

* 절에서 새벽 예불하며 종칠 때 하는 처음 염불. 종송鍾頌이라 한다. 대강을 밝히면 다음과 같다. "원컨대 이 종소리 온 우주에 가득 차고/철위산지옥 깊고 어두운 밤이 모두 밝아지고/삼도하늘, 사람, 축생의 고를 칼로 파하고/일체 중생이 깨달음을 얻어라."

"……약인若人—욕료지欲了知—삼세일체불三世—切佛—."*

여기까지 읊으자니까 방에서 문득 부른 것 같아야 소녀는 게송偈頌을 뚝 끊고

"부르셨어요?……"

하니까, 아무 말이 없기에 재오처**

"어머니 일어나셨에요."

다잡으니 되레 저편에서

"응? 뭐 말이냐?"

라고 엉뚱히 물어 오는 것이다.

……관음화觀音華는 자기가 필연 잠꼬대가 심하였구나, 느끼며 눈을 부빈 다음 촛불 놓인 탁자卓子 우에를 바라보았다.

묵은 불화 가운데 불보살佛菩薩을 제한 야차夜叉 건달파乾達波*** 모습들이 금시 꿈에서 보던 거와 방불하며 이번은 현실로 받은 두려움이 커 버렸다.

—내 정성이 미것함****일러라—

무연히 이 생각을 쥐어 보다가 바깥 종소리에 휩쓸려 버리는 생각! 절절이 사무치는 소리의 손이 주무시는 자연의 허리를 만져 드리는 듯 그 모양이 선히 보이는 듯하였다.

—어쩌면 저런 소리를 잡아 볼 수는 없을까?—

시달려 마른 입술이나 이빨이 자그시 누를 때엔 빛깔이 연돋고,*****
오롯한 코나릉******을 건너 도드라진 이마 아래 아미는 낮에보다 수월히

---

* "만일 사람이 과거, 현재, 미래 일체의 부처님을 알고자 한다면." 이어질 말은 "응관법계성應觀法界性 일체유심조—切唯心造, 곧 법계의 모든 성품이 모두 마음에서 이루진 것임을 알아야 한다."
** 재차.
*** 팔부八部 신상神象 가운데 음악을 맡은 신. 부처님 법을 옹호, 찬탄하는 천상신.
**** 모자람.
***** 연하게 돋고.
****** 콧날.

피었다.

그는 일어나며 머리칼을 쓰다듬어 귀 너머로 자겨* 두기를 두세 번…… 한이 없는 듯 함숨**이 물린 입술이 이빨에서 놓여지자 흘렀다.

다님***을 매고 일어서 줄에 걸린 두루마기를 쥐려는 자그마한 체수가 옷섶 새로 나온 유두乳頭를 감추려 머리를 숙이며 잘라진 머리털이 버성 거려져 눈앞을 가리었다.

그는 벗기려던 옷을 놓고 불전에서 다기茶器를 온공히*** 들고 밖을 나왔다.

뒤안 새암까*****엔 사늘한 어둠이 사렸고 우러러 고목 사이로 내다보 이나니 별들은 이 적은***** 우물에도 못 내림을 저윽히****** 슬퍼하는 빛 으로서다.

"어머니 아까는 잠꼬대였던가요?"

모염暮念이 언제 쇠성*******을 마쳤는지, 또 옆에 와 선지도 모른다.

"음! 꿈이었어―."

할 뿐, 여내******** 별만 헤아리기에 정신이 팔렸다가

"참 방을 쓸어야지……하고 향로의 불은?"

"다 해 놨어요. 어머니나 얼른 세수허세요―."

세수를 마치고 방으로 들어오니 모염은 장삼 가사에 염주를 돌리며 어전스러이********* 꿇앉아 있었다.

---

* 젖혀.
** 한숨.
*** 대님.
**** 온순하고 공손히.
***** 샘가.
****** '작은.' 허민은 '작다'와 '적다'를 '적다' 하나로 묶어 씀.
******* 적이.
******** 종치기.
********* 이내.
********** '의젓하게'로 여겨짐.

어머니가 두루마기를 입고 어간에 서시자 모염은 다기 뚜껑을 열었고 이내 탁자 옆, 제자리에 가 목탁을 들면서 매양 그 뽄체로* 사성례四聖禮**가 시작되는 것이다.

성인을 섬기려는 마음에야 어느 배포엔들 섬수함***이 있으리오마는 관음화 오척 단신엔 시방 어느 것보다 넘어 버린 어릿함이 흐르는 것이었다.

촛불이 어린 가느른**** 두 눈은 지극한 공뇌*****를 엮어 온 피로가 서리었으나 하나 은은히 엿보이는 열 끓는 지조는 두 뺨에 어질러진 머리털로 하여 더욱 성긋함이 있었다.

날이 환히 밝아 모염이 밥 짓는 동안 향주는 두루마기 채******로 쓰러져 바람처럼 몰아오는 생각에서 헤어나질 못하였고, 그걸 멀리하려 탱화幀畵******* 편으로 얼굴을 두었을 땐 바른 눈시울 가에 맺힌 적은 사마귀가 언제 눈물에 뭉갤 번하여******** 있었다.

가끄린********* 손등이 이마를 쓰다듬는 채 비로소 놀란 듯 새끼손가락이 그 사마귀를 만져 보다가 히근이********** 드러난 이마 주름으로 천천히 옮아가 버리며

"알 수 없는 일이로다—."

하였다.

그는 이즈음 근거 없는 눈물에 부대껴 온다. 잡힐 듯 잡힐 듯하다 안

---

* 버릇대로.
** 원주. "주1. 사성례四聖禮—나무아미타불南無阿彌陀佛, 관세음보살觀世音菩薩, 대세지보살大勢至菩薩, 대해중보살大海衆菩薩, 이름을 부르며 예를 함."
*** 섬세함.
**** 가녀린.
***** 공뇌空惱. 헛된 번뇌.
****** '쩨.' 허민은 '쩨'와 '채'를 나누지 않고, '채'로 묶어 씀.
******* 원주. "주2. 탱화幀畵—불보살을 그린 불화佛畵."
******** 뭉개질 뻔하여.
********* '거친'의 지역어.
********** '희멀겋게'로 여겨짐.

잡히는 것! 그래 내버려 두면 제 쪽에서 다르지게* 유혹하는 것! 이 어기** 중간에서 방황하는 자기! 허황을 일삼는 데 덤비는 뉘우침이냐? 지난 시절의 잔한殘恨이 사리여 듦이냐……?

"향주……."

기어이 이 말이 입술에서 버끔***되어 떨어지자 기다렸다는 듯, 날으는 파리가 하필 운명의 거문고 줄을 건드려…… 들었음일까. 그도 손을 피에**** 무심히 머리 위 거문고를 가부엽게***** 탄지彈指하나니

"―디―ㅇ―."

"……뜨―ㅇ……."

이 냉철한 소리가 죽어 버리기 전 그는 신에 바친 사람처럼 벌떡 일어나기가 무섭게 허벅지에다 거문고를 눕히고 쾌도 고르지 않은 채 열 손끝이 줄 우에 뛰었다.

점점 가슴이 부프르고****** 입술은 꼬옥 다물어져 또록한 눈알은 금시 구슬이 되어 코나릉을 굴러질 것만 같다.

낮은 소리가 자리를 잡기 전 높은 율이 뛰어나가고 서렁서렁 연잦여******* 나가다 뚝 머물러 붙는 선율! 비바람이 지난 뒤 깊은 골에 홀로 남은 달의 격조이다.

이 곡조를 세 번을 탔으되 끝끝내 이맛살을 펴질 못했음에 그는 거문고를 슬쩍 밀어 버리고 답답한 듯 문을 열고 문턱을 짚었다.

2

어느 해 겨울!

아마 동지를 지난, 눈이 며칠을 두고 나리어 짐승이나 사람이 행보하기 어려운 그런 날이었다. 홍류동紅流洞 정류소에서 차를 나린 한 여인이 열 살 남짓한 계집애를 앞세우고 눈에 빠지며 절을 향해 걸었다.

흰 누버* 저고리에 회색 치마를 입어 얼핏 보아 중년 축인 듯하나 윤기 도는 얼굴에서나 걸음걸이에서 서른은 낙낙히** 됨 직하였다.

여인은 눈바람에 한참씩 눈을 감았다 걷고 걸으며 좌우 산세를 돌아볼 뿐, 종시 말이 없었다.

보따리 몇 개와 큰 가방 진 짐꾼이 심심 산로에 또한 벗이 홀가분타 함에선가 사뭇 수렁거리나 여인은 열에 한 마디쯤 대답이요 그보다 먼 생각에 잠긴 듯하였다.

올올히 떠는 여식에게 자기 목도리를 둘러 주고 그도 안 허리에서 명주 수건을 풀어 귀와 턱을 싸며, 그제야 절에 대한 사정을 물어보는 것이었다.

사흘 후 이 여인은 여승들 있는 삼선암三仙庵엘 찾아왔다.

법당에 들어 온공히 예를 드린 다음 감원監院***을 불러 돈 십 원을 주며 불공을 모시라 하였다.

음식이 소반 우에 괴이고 부존扶尊****이 요령搖鈴과 징을 나려놓음이 끝나자 머리가 희끗희끗하고 광대뼈가 험모한***** 감원은 벼루와 장지를 가져오라 하였다.

* 누비.
** 넉넉히.
*** 원주. "주3. 감원監院─암자庵子를 주장하는 승가의 벼슬."
**** 원주. "주4. 부존扶尊─부처의 시봉侍奉하는 이."
***** 험한 모습을 한.

붓에 먹을 먹이고 종이를 편 감원이 몇 번 초연히 앉은 재주齋主의 옆
모습을 보다가

"축원을 올려야 됩사옵는데……."

하고 망사렸다가* 다시

"주소는?"

재주는 그제야 깨달은 듯 감원을 돌아보며 눈치에 서리는 말로

"범백에 모자랍나이다 그냥……."

"아니 재주께서 겸양이십니다, 법제가 그러하오니……."

재촉에 못 이겨 가르치고 가르침을 받아쓴 걸 본다면

—서울서 멀지 않은 어느 시골이었고—

다음 재주의 명함을 물은 감원에게 옅은 웃음을 지어

"이것만으로 올리시면 어떠하오리까?"

하고는 곁에 앉힌 여식을 가르치었다.

감원의 거치른 손에 쥔 붓은 벼루에서 종이 우에 머물었다가 다시 벼
루로 건너며 손의 의향을 거역키 어려울 뜻을 보이나니 그 사이 검은 눈
만 반듯거리며** 두 얼굴만 갈아 보던 여식은 총명에 재롱진 말로

"어머니부텀 적으세요."

하였다.

문득 침묵을 날린 소녀로 하여 때를 얻은 감원은 자애가 있는 눈을
주며

"그 어린것이 기특도 하구나—."

하였다가 뒤미처

"시가 늦어 옵나이다."

라고 간청하였다.

---

* 망설였다가.
** 반들거리며.

이윽히 재주는 이마에 손을 얹었다가 서늘한 눈망울을 굴려 유리장에 든 불상佛像을 살피며

"방方 향주香主!"

손끝으로 방바닥에 그리어 보임이 채 끝나기도 전에

"이애는 설분高粉이라 일카름나이다."*

일렀다.

이 일로 서로 친분이 두터워졌음인가 근 달포나 그곳에서 머무는 중에 향주는 자기 목적을 알려 드리었고, 또한 감원으로부터 승가僧家의 제도와 생활을 대강 얻게 되었다.

그는 자기 운명의 진전에 있어서 이승尼僧으로보담 청신녀淸信女**로서 행세함이 극단을 피함이요 금욕의 총림叢林***에 처하렴에**** 자기 목적과 병행하는 자유로움이 있음으로, 어느 날 정행淨行이란 감원에게 통정을 하여 보았다.

정행이 그리리라 짐작코 청신녀로서 탈진脫塵의 결구를 지을 수 있다 함에서, 미족하나 자기가 수계受戒***** 스님이 되어 주리라 자단까지 하였다.

향주는 보기보다 수던스런****** 정행을 스승 삼아 보살계菩薩戒*******를 받게 이르렀고 설분은 아주 다른 스님 밑으로 낙발落髮을 하였을 뿐 아니라 대중大衆과 섭술려******** 있기 어울리지 않아 큰 절에서 오 리나 떨어진 이 도솔암兜率庵을 빌어 온 것이었다.

---

* 일컫나이다.
** 원주. "주5. 청신녀淸信女─여신도女信徒를 말함."
*** 원주. "주6. 총림叢林─사원寺院을 이름."
**** 처하려 함에.
***** 원주. "주7. 수계受戒─속俗을 벗어남으로서 율律을 받아 지키기로 함."
****** 수수하고 무던한.
******* 원주. "주8. 보살계菩薩戒─계조항戒條項 중中의 일부一部. 이 계戒는 오십팔조목五十八條目
　　　이나 된다."
******** 섞여.

이 절은 이조李朝 초두 무학대사無學大師란 고승이 수도처로 창건한 바요 그 뒤 몇 번 중수를 거듭하였다 하나 마루가 투강나고* 세끝**이 섞어 나리어 무센 바람만 불어도 곧 쓰러질 것만 같았다.

큰방 오른편으로 사철 어둔 지대방地袋房***은 강구****와 쥐똥으로 절었고 천수다라니千手陀羅尼*****를 써 붙인 큰방 천정은 군데군데 헤어져 그리로 바람이 들치곤 하였다.

북에서 남으로 협곡이 어줄러****** 나리다가 건너 아슬한 남산이 섬뜻******* 막자 갑자기 계류는 한 번 구비를 쳐 흐르는데 천년에 겨운 수목들이 울울하여 언제나 이 뜰 앞은 해검은******** 그림자만 서리어 있었다.

향주가 빈 채로 여러 해나 지난 곳을 굳이 있자 한 뜻을 모르려니와 그보다 자연에 대한 이해가 얼마큼 속됨을 벗어난지도 알기 어려웠다.

그는 이 집을 수리하고 나서 얼마쯤은 몇 가지 아는 염불로 위안을 삼았고 딸 모염이 배운 송주誦呪*********로 조석 예불을 근수勤修함에 괴로움을 던지고 더덜머시********** 다섯 해를 흘렸다.

이런 가운데 그는 고전古典에 대한 연구와 비판이 게으름이 없었고 조선의 풍류風流와 아악雅樂엔 가끔 침식을 잊고 몰두하여 갔다.

서질書秩을 받친 문궤文机가 저리도록, 꾀꼬리는 울다 가고, 서릿발 머금은 달빛이 앞산 우에 올라 처마 그림자를 방 속 깊이 던지면 염하듯 묶은 한을 거문고에 쏟으며, 선배들의 창조법唱調法과 탄률법彈律法을 따

---

* 구멍이 뚫리고.
** '부스러기'의 지역어.
*** 원주. "주9. 지대방地袋房─절 큰방 옆으로 불은 적은 방을 이름."
**** 바퀴벌레.
***** 원주. "주10. 천수다라니千手陀羅尼─범음梵音으로 외우는 주문呪文 중中의 일부一部."
****** 어울려.
******* 선뜻.
******** 희검은.
********* 원주. "주11. 송주誦呪─주문呪文을 외우는 걸 이름."
********** 더도 덜도 말고.

르고 지우고 모아 가기도 하였다.

비수*에 젖은 창백한 얼굴이 자연이라 섭슬려** 버리는 음률로 하여 더욱 피곤함을 보이면, 이따금 곁에 무료히 앉은 모염의 입에서 흐르는 말!

"사숙님께서 아시면 어떡하시려우."

하는 걱정을 대답하여

"네 마음도 짐작은 한다."

하고는 또 줄줄이 뜯고 고비고비 부르다가 손끝과 목이 지쳐 버린 다음에야

"기능이 옅은 탓이로다. 아모래도 읊은 것이 잡히지 않어―."

그만 쓰러져 버린 채 생각다 자 버리거나 간혹 수연히 밖을 나가 밤 깊도록 있다 오는 것이었다.

모염이 앉아 졸다 인기척에 눈을 떠 물으면 그냥 밖에서 놀다 왔노라 할 뿐, 말하기 싫은 기정***을 보이나니 이러므로 그들 사이엔 각각 고독의 성을 지켜 버리는 것이었다.

산 기운이 움직여 어느 살고 죽는 문제를 제공하여 두 사람의 심경에 이변을 일으키는 그 어우럼**** 길에서 본다면 모다 법계法界 묘유妙有에 대한 공명이 있었으나 이 공명은 그대로 그치지 않고, 두 판단을 가르게 하는 생리적 변동이 있었던 것이었다.

그러지 않아도 첫서리에 탁랑*****을 본 월계 잎은 햇살마저 냉돌하다.

엊그제도 몇 잎 어젯밤에도 몇 잎 나날이 불어 가는 화단의 낙엽이 향주의 빈 가슴에만 채워 버리는 듯 서글픔이 없지도 않다.

---

* 비수悲愁.
** 휩쓸려.
*** 기정氣情.
**** 어울림.
***** 흐린 물결.

오늘 새벽만 하여도 무시시한 꿈의 낙엽이 허약해진 머리를 그늘지음도 계절의 탓이라 할런지 모르나 그의 내성에 엎드린 의욕이 결구를 못 지은 채 외위外圍와 마찰을 거듭함을 짐작할 수 있는 것이다.

달 전만 보아도 골 안의 녹음이 겨우 물에 젖으려 했을 뿐이었고, 자기 공부의 과정인들 푸름이 짙어* 있었더니 졸지에 돌아서는 천지란 가히 떳떳치 못함을 느끼게 하였다.

뜰 녘에서 월계의 지조志操와 자기 숙제를 견주어 보다가 신총이 어글어글한 짚신을 끌고 바깥 채전 밭에로 나왔다.

속이 꼭꼭 차오른 배차**가 소담스럽게 자라 있는 걸 보고야 아침상에 생으로 한 포기 안 올린 모엄이 미웁다.

입동이 얼마치 않아 닥칠 것이므로 고초와 소곰*** 준비를 해야 되려니…… 이번엔 배차김치로만 하고 동기미****도 낙낙히 담아 보려니……생각을 뒤구르는 판에

"호도독."

하고 도토리 하나 사정없이 정수리를 내려치고 돌 틈에 숨어 버리었다.

쪼르르— 찬 기운이 등을 스치는데 바로 우에서 야드러지게***** 빈가 조頻加鳥******가 울지 않느냐?

분명 저것이 약한 가지로만 가려 앉다가 열매를 떨어뜨린 것인가 보다— 느끼는 척하나, 홀연 그 소리에 홀려 버리나니 소리의 폭이 넓거나 좁지 않을 뿐, 풍부한 굴곡도 안 보이면서 아슬아슬 까무러쳤다, 일바더******* 매듭********을 지고 나동그라지는 율격에, 한동안 자기를 잊어

---

* '짙어'의 지역어
** '배추'의 지역어.
*** '고추'와 '소금'의 옛말.
**** 동치미.
***** 흐드러지게.
****** '가룽빈가.' 극락의 새.
******* '일으켜 세워'의 지역어.
******** 매듭.

버렸던 것이다.

보이는 바 빛깔과 들려오는 소리의 농천강약濃淺强弱이 절후節侯와 협조란* 틀을 지어, 그 영모**를 보여 주는 데 살아온 향주로서는 미진微塵에 속하는 빈가조의 어린양쯤이야 예사로운 것이로되 작은 바탕이 너른 허공을 지음하는*** 그 의연함을 범범히 놓칠 수는 없는 것이었다.

문을 들어서는 어머니 얼굴이 핼쑥해 있으므로 모염은 빨래하러 나가다가

"어디가 아프세요?"

걱정함에

"아프긴!"

하여 버린다.

향주는 어느 틀거리를 잡지 못한 채 방에 들어와 먹먹히 앉았다가 불현듯 장문을 열고 수궤를 들어내어 그 안에서 조선종이로 맨 책과 칼집에 숨은 비수를 빼어 쥐었다.

칼날에 녹이 약간 일었으나 성긋함을 잃지 않을 뿐 오히려 그럼으로 빛을 내는 듯한 것이었고 책은 두께가 낮고 아귀에 들 만한 연률첩研律帖****이라 명제한 것이다.

이 칼과 책은 옛날 그의 소리 선생 곡정谷正으로부터 전하여 온 것이나 그만큼 지금 자기 운명을 불러낸 슬픈 전설에 속한 것이기도 하다.

향주 집은 소위 명문이었다.

육대조부께서 경상도 김해 부사府使를 살았고 강원도 김릉 지역 원을 산 이는 그의 바로 조부라 들었다.

이 방 씨方氏 문중은 그리 넓지 않을 뿐, 손이 기리여***** 향주 아버지

* 협조協助한.
** 영모靈模.
*** 짓는.
**** 악기 가락을 연습하기 위해 만든 첩으로 된 책.

403

까지 오대 독자로 내려옴으로 하여 딸 하나 낳고 탯줄이 끊어진 그 어머니는 늙도록 수심과 공으로 날을 보내었다 했다.

향주 나이 열너히'였을 무렵 집안과는 영영 멀어 버린 아버지는 첩을 다리고 북만으로 가 버리어 여식이 여학교엘 드나, 처군**이 삯너바누질***을 하나 알 리 없고 몇 년 후엔 객사客死라는, 그곳 사람의 후의로 알려 준 소식으로 완전히 결말이 나고 만 것이다.

여식이 철이 나기 전 그때만 해도 가세가 득신거릴 때엔, 치우치면 사사한 어머니는 자기 집 사랑에 객을 치렀고 그중에서 상****이나 사주를 들치는 손이면 전 식간***** 아끼지 않으며 베풀었다 하였다.

그러나 보는 이마다 기구함을 지적하나니 이 불쌍한 부인은 이제는 기 궂지 않음을 일러 줄 사람을 기다릴 만큼 미신의 종이 되고 말았다.

그들은 운명의 지시대로 십 년 후엔 아주 결정하였나니 딸은 기적妓籍에 두고 어머니는 늘 수명受命에 대한 불공을 모시었다 하였다.

달리 생각한다면 그즈음의 자기네 현실을 피할 수 없었을는지도 모르려니와 여하간 향주가 다니던 학교도 두고 선선히 나서 버린 것은 고습에 젖은 어머니를 굴복시킨 것이 아닐 수 없었다.

몇 해가 흘러 장안 오입쟁이 입으로 한창 오르내리게 향주는 득신하였고 자기 역 이 생활 부면에서는****** 자긍까지 하였다.

그즈음 우연히 경상도에 산다는 곡정斛正이란 분이 서울로 올라왔다.

곡정은 벌써 칠십 객이요 성품이 고결하여 성악간 당시 국창國唱의 자리를 차지할 수 있을 인품이었다.

***** '귀하여.' 드물어.
* '열넷'의 지역어.
** '남편'을 이르는 지역어인데, 여기서는 안사람을 일컬음.
*** 삯바느질.
**** 관상觀相.
***** 모든 끼니.
****** 자기 역시 이 생활에 있어서는.

404

그때 향주는 벌써 예사로움을 넘어 버린 자기 딴은 창률의 독특한 경지를 개척하려는 때인지라 이런 고명한 선생을 은근히 기다렸던 것이다.

곡정이 어느 여름날 마루에서 다님을 풀고 누웠으려니 대문간을 들어서는 새파란 여자가 있었다.

주인을 물어 안손은* 인사를 치르고도 한참 어느 압력을 받았음인가 입을 열지 안 했고 노련에 든 곡정은 벌써 무인 중에 손의 재색이 펀뜻거리는** 얼굴에서 범범치 않은 걸 짐작하였다.

나중 객의 내의를 안 뒤요 구면처럼 풀어진 그 자리에서 주인은 농을 지어

"이런 송장을 찾아 무엇 하시려나."

껄껄 웃음에

"황송하오나 그 송장을 묻어 주려 왔음나이다."

하는 손의 애티 있는 대답…….

그 뒤 향주는 종종 곡정을 찾았고 선생께서도 이만한 인품에게야 가림 없이 지낭知囊***을 풀어 보이었다.

간혹 술상을 차리고 두 분의 얼굴에 화기가 일면, 곡정은 향주를 추구려**** 소리를 시키었고 이녁은 젓가락을 쥐어 소반을 치나니…….

그 으릿으릿한***** 초성으로 오관청을 지를 땐 장단 치는 곡정의 관자놀이가 다르르 떨리었고 진양조에서 엇중머리 단머리******로 엮어 나가르매 무더운 날이라도 땀이 언제 멎었는지 몰랐다.

"향주 소리는 강산제면서 풍월이 숨은 게여―."

그 소리의 격을 지적하다가

---

* 얌전한.
** 번뜩이는.
*** 배움 보따리.
**** 부추겨.
***** 으리으리한.
****** '엇중모리'와 '단모리.'

"여태 못 들을 성미聲美구려. 일찍 누구께 사사師事했건대 말 놓는 법이 분명탄 말인가."

이윽고 명주옷 무릎에 거문고를 눕히고

"보아! 이건 나무니 줄이니 엮여선 안 되느니! 이녁 가슴을 뜯는 듯 혼을 어르는 듯해야만, 나나 향주가 조상들의 남긴 뜻을 이 가운데서 통해 볼 수 있는 것이여!"

하며 소리와 기악에 대하여 그 다루는 자의 심엄해야 될 정신부터 이르고 다음으로 탄지법과 가사歌詞에 따르는 율격을 전습시키는 것이었다.

이러구러 이태가 흘러 향주는 거의 곡정의 속을 받은 것처럼 청과 아*에 속됨을 찾을 수 없고 항간에서 삭걸어질** 티가 없었다.

그러나 나이 묵은 낡***은 필경 넘어가고 마는 법이다.

며칠을 두고 나리는 비에 장독간에 가꾸던 석류가 익는 늦은 여름! 몇 첩 약을 지어 든 향주는 불러진 배를 가리며 우연히 더친 병으로 누워버린 곡정을 찾았다.

눈과 볼은 두터운 어둠이 사리고 이마에 그어진 주름은 들치는 찬 기운에 약간 피었다 이내 굵었다.

향주 떨리는 손이 곡정의 수염을 쓰다듬었다가 이마를 짚으니 곡정의 맥 높은 손이 향주의 손등에 힘없이 포개어지며

"잘 왔다—."

하였다.

"전 줄 알으세요—."

물음에, 눈을 한 번 떴다 감으며 다음 말을 이으려니 숨이 가쁜 것이다. 이편으로 돌아누우려 머리를 들었을 때 부지중 향주는 제 무릎을 벼

---

* '목청'과 '아雅.'
** 섞일.
*** 남기. 나무의 옛말.

406

개 대신 넣으며

"답답하십니까?"

그래도 그뿐. 곡정은 온몸에 흐르는 피가 한참 굳었다 물어지는 빛으로서 입술을 몇 번이나 버믈거리다가*

"향주야!"

하였다. 대답을 하거나 말거나 그는 또 이어

"이것을 부탁한다—."

하고 상발**이 풀어져 은동곳***이 굴러 있는 벼개 옆 조그마한 궤를 가르쳐**** 또

"부탁한다—."

향주가 곡정의 얼굴에 나타나는 고민이 더욱 굵음과 자기에게 이르는 말을 연하여 급함을 느껴 몇 번 큰 소리를 쳤으나 거두어 가는 호흡은 불 안 켠 방 안 어둠과 다름없었다.

곡정은 그전부터 몇 번이나 자기 뜻을 이어 달라는 부탁과 그러려면 진애의 환경을 벗어나 산중에 가 수양하란 권유와 아울러 뱃속에 든 것까지 걱정함이 있었던 것이었다.

그러나 설분을 낳고 시골서 지나는 그로서는 어머니를 버리고 갈 수 없음이요, 딸의 미년*****함에도 갈 수 없었더려니 설분이 일곱 되는 한겨울 어머니께서 돌아가신 다음에야 비로소 실현된 것이었다.

향주는 이 비수의 정신과 자기가 씻처져****** 나올 숙명의 계류溪流와를 견주어 그 사이엔 너무나 적막한 혼이 움직이는 듯하여 모름지기 가차히******* 하기를 싫어하였던 것이었다.

---

* '우물거리다가'의 지역어.
** 상반上髮.
*** 은비녀.
**** 가리켜.
***** 미년未年.
****** 씻기어.

허나 아까처럼 빈가조의 울음에서 틀거리를 잡지 못하는 그런 경우, 이 비수는 곡정의 호흡이요 사랑이매 온전히 이 앞에다 넋을 바치고 해만하려는 마음을 물리치랴 함은 그의 예술적 권능이기도 하다.

그는 칼을 입에 묾으로 하여 새파랗게 질린 얼굴 그대로 거문고에 나루나나* 고민에 부대끼던 곡정의 최후와 이 칼을 품고 폭포瀑布 아래 선 젊은 날의 스승을 추모하는 애끊는 탄가율**이 줄마다 흐르는 것이었다.

간간히 혼의 높은 절후가 있고 까므러*** 붙는 삶의 신음이 드놓이는 것이매 매양 짚어 내는 기교보다 한결 엄숙함이 있었으나 향주의 이성異性은 은연히 빈가조를 따르려는 고심이 숨었던 모양이다.

하나 그 지향이 풀어지고 율격의 구성에 파탄이 일었을 땐 그는 물었던 칼을 뱉어 버리고 연률첩을 쥐고 마루로 나왔다.

기둥****에 기댄 채 맥없이 푸른 하늘을 쳐다보노라니 제 집을 잃었거나 동무를 찾는 까마귀가 아득히 뜨고, 한 무데기 구름은 그냥 그 머무른 곳에서 사라져 버릴 것만 같다.

—아— 나는 왜 저 구름만 한 존재도 없을까?

그건 개탄이 아니라 이즈음 그의 생활 영역에 따르는 습성이었다.

하나 습성을 다 던져 버리기란 무게가 너무 큰 것이니 곡정이 이 길에 살고 자기가 그 지표址標를 다듬는 의연한 지조일까 보냐?

그는 연률첩을 폈다.

이것은 스승의 생애를 말함이요 엇줄러***** 그의 생명과 재산보다 값진, 음률의 성품과 창도의 대의가 기록된 것이니 그중 눈에 뜨이는 걸 의역하면

****** 가까이.
* 내리나니.
** 탄가율彈歌律. 퉁기는 소리가락.
*** 까무러져.
**** 기둥.
***** '어쩌면'을 뜻하는 말인 듯.

'……옛날에서 전해 오는 악류는 오음육율五音六律을 체 삼아 왔으나 내가 속한 이 끼대*엔 용납성이, 적은도다.

연고로 음률의 구도를 새 관점에서 추정할 수 있는도다. 내 관견管見을 빌려 말한다면 이 공간엔 음의 성품을 삼성三性으로 가를 수 있나니 일왈 희성喜性이요, 이는 비성悲性이요, 삼왈 묵성默性이라—. 희비가 어긋남에 묵이 어르는 바요 묵이 달아남에 희비가 잡는도다. 희와 묵이 어울림에 비가 시새움이요, 비와 묵이 치우침에 희가 격을 잃는도다.

예를 들어 논지컨대 유수성流水聲은 듣는 사람마다 각각 다르메라.

감정이 기쁜 이에겐 희요, 슬프면 비요, 희도 비도 아닌 사람에겐 예사로움이라. 풍우風雨와 조충鳥虫이 대질러** 벌어 나는 공간이며 명암明暗과 수탈受奪이 복재한 항간을 통 잡아 이 삼성 안에 넣을 수 있는도다—.

그리고 거문고나 가야금은 이 삼성의 평범하면서 오묘한 율경을 지을 수 없나니 새론 악기를 창조치 않으면 영영 이를 포착할 수 없으리라.'

설파하고, 다음으로 악기 모형模型을 떠 논 이상한 그림을 군데군데 그려 둔 것이었다.

향주는 오기 싫은 이런 곳을 가라 한 곡정의 뜻을 짐작하는 외에 이 첩 안에 숨은 그의 사상도 그전보다 준실***함을 불현듯 느끼었던 것이다.

—뜻을 이으리라—

그러나 삼성을 포격하는 악기를 맨든다는 건 바랄 수 없는 것이 아닐까?

머리엔 검은 구름이 일고 소나기까지 내린다. 이 구름이나 비를 그쳐 줄 바람은 없을까? 향주는 먹먹하여 기동 옆에서 웅얼웅얼 들려오는 벌 소리를 듣는지 안 듣는지도 모른다.

---

* 끼니를 잇는 대대. 현시대.
** 마주 질러.
*** 준수하고 실함.

4

몇 날이 지났다.

오래간만에 마을에 내려가 오동나무를 한 주 사다 뜰에 눕히고 그 우에 앉은 향주는 지금 담 울로 벋은 월계 봉오리에만 눈을 빼앗긴다.

담 안에 있음을 버금차서* 그런지 원체 꽃들이란 격을 피우느라 그런지 바람이 일거나 말거나 저렇게 휘느러거리니** 머리에 실꾸리를 담고 풀어 나가는 그의 눈엔 유심히 어리는데, 순간! 잣새 한 마리 잣알을 물고 지나다 살큼 앉았다 다시 날라 버리는 사건이란 또한 가슴이 종이라면 울림이 컸을 것이다.

그가 창백한 얼굴을 만지며 수수한 생각에 잡혀 있자니까 문을 들어서는 모염이 무를 뽑아 들었기

"얘 무 하나 다오."

하였다.

모염이 얼핏 눈치를 못 차릴망정 넘겨짚어

"칼 갖다 드리리까?"

하니 어머니는 머리만 끄대기었다.***

껍질을 벳기고**** 뜰을 거닐며 먹자니까 이번엔 성오聖午라는 정행의 손주 상좌뻘 되는 애가 남녀 바지에 다님을 매고 소곰 함지를 인 채 들어서며

"공양 잡사습니껴―."

인사다. 이편 대답이 채 저 귀에 가기 전 또

"에이 물 다 잡순네―."

* '벅차서'인 듯.
** 흐느적거리니.
*** 끄덕였다.
**** 벗기고.

하며 제 딴은 퍽 우수운가* 보기에 따라

"미리 김장 않느냐—."

하여 버렸다.

나중에 성오는 편지 한 장을 건네었고 향주는 놀라움에 오동나무에 되레 주저앉아 오 년 만에 처음인 바깥소식에 대하여 얼른 떼어봄을 망사리였다.**

그건 과수원을 경영하는 재종 육촌 오라버니로부터였으나 자기 거처를 어찌 알았을까 하여 자존심이 상하는데 사연을 읽고 난 뒤론 어쩐지 반가움을 넘어 이런 혈족血族마저 없었더면*** 하는 생각까지 들었다.

하긴 그들의 체모로는 이런 생활 부면이 증오에 가까울는지 모른다. 아니 자기에 대한 멸시로서 조전해 오는 것이 아닌가도 모른다.

—그런 케케묵은 짓을 걷어치우고 빨리 나와서 먹으나 굶으나 같이 있자—

는 뜻이 이 위치位置의 토정土情을 다른 자연 앞에 굴복함을 권하는 것이 아니고 무어냐?

그는 초조에 가까운 분노를 느끼며 와드득 찢어 화단에다 던져 버렸다.

천지 안에는 자기 속을 진실로 이해해 주는 자가 없는 것을 느끼자 산그늘 나리듯 젖어 드는 고독 안에 쌓인 자신을 보았다.

어느 겨를에 그 발길은 세심동洗心洞으로 들어서는 비탈길에 놓였다.

낙엽은 몇 날 전보다 사북이 깔리고 개울가로 벋은 아가배**** 붉은 윤이 걱정에 젖은 산새를 유혹한다.

여울에 가까운 계류를 막아 으법***** 넓은 높이 벌어진 곳에 물은 급

* 우스운가.
** 망설였다.
*** 없었더라면.
**** 아가위.

한 세를 꺾으며 점점이 낙엽들을 부뜰었다.*

좌우로 나무들이 설멍하게 서고 그 나무 나무 허리를 멀구** 다래 넌출이 휘휘 둘러 감았는데 지금까지 남은 열매는 필연 고기들의 눈 새우리***로 시들은 것인가 보다.

향주는 아름드리 서나무에 몸을 기대고 그늘에 맑은 물 밑을 굽어본다.

"세심동……."

이 늪 이름이 떠오르자 오라버니에게 받은 모멸이 점점 씻어져 갈 뿐 아니라 이 마음의 영토領土에 붙는**** 정열이 물이랑처럼 일었다.

문득 그는 돌을 던졌다. 커다란 파문이 일고 이랑 우에 실린 잎사귀는 정서를 꿈꾸다 쪼이었다.

그와 같은 일이 또 우에서도 있었나니 비들기가 푸드득 가지를 굴리고 청살피*****는 검은 그림자를 날려 건너편으로 옮은 일! 청살피가 비들기를 쫓으려 그런 건 아닌 듯하면서 어쩌면 일부러 놀래준 듯한 이 허공의 수수꺼끼는 율격의 구성에 장애로 여기는 간성間聲의 마찰을 터득 못함과 다르지 않다.

성큼 누르자 띠—ㅇ 하고 감아치는 기악의 소리다. 청살피의 비들기 날리 듯하다면****** 퍽이나 단순하려니와 음률의 경계란 지프기******* 전 벌써 지프려는 자의 혼에서 울리는 소리를 소영********한 것이다.

그건 율의 교시보다 혼의 규명인 것이다.

***** '제법'의 지역어.
* 붙잡았다.
** 머루.
*** 고기들이 눈으로 바라보며 시간을 보낼 어떤 것.
**** 불어나는.
***** 청설모.
****** 청설모가 나뭇가지에 앉은 비들기를 날릴 듯한 소리.
******* '짚기'의 지역어.
******** '소영素詠한.' 시 따위를 읊은.

향주는 자기와 계류를 두고 이 사이에 교성交性하는 생명이 유구함을 풀이할 거룩한 향미響美가 없음을 이런 시류時流가 거듭할수록 느껴 오는 것이었다.

그러나 그 다음 순간 향주는 다른 각도에서 놀라운 영감靈感을 받았나니 나무 그늘이 투영된 물 아래 고기들이 한가로이 이울렁거리는* 그 점이었다.

좁은 이 늪 안을 그들의 세상을 삼고 순절淳節한 삶을 영위한다는 것이 아니요 모든 걸 망각한 채 구애 없는 율동을 지어내는 그 초연함이었다.

고기의 몸짓 따라 저도 모르는 창조唱調가 흐른다. 바르고 달아나고 불끈 솟구치고 홱 감아 돌고 해걸피** 풀어져, 율은 음을 사귀고 음은 율을 낳아 야릿야릿 구비를 넘고 풍덩실 낭떠러지며 시내와 나무와 바위를 휘몰아 쥘 때 빈산을 지켜 날던 솔개미***마저 그 소리를 물고 지금 어느 숲에서 날개를 접었는지 모른다.

5

그날 밤 향주는 이슥토록 촛불 앞에서 화선지에다 커다랗게 고기 모형을 그리기에 여념이 없었다.

그가 받은 영감이란 어형魚形을 악기체로 하고 그 울리는 바 소리를 고기의 율동에 견준다면 자기의 과제요 진즉 곡정이 설파한 삼성을 거기서 포착할 수 있다는 결론을 쥐었기 때문이다.

---

* 이리저리 움직여 다니는.
** '재빨리'를 뜻하는 말인 듯.
*** 솔개.

그건 지성知性의 섬광閃光이다.

고기의 측면과 평면을 본떠 놓고 향주는 밤새도록 남이 모를 법열法悅에 젖어 있었다.

이튿날은 비가 나렸다. 비가 나리면 산기슭 수꿩처럼 몹시 구즐븐해진다.* 그러자니 어제 오라버니 편지에 대한 뉘우침이 있어, 버린 편지를 다시 주워다 주소를 옮기고 여기서 처음으로 편지를 쓰며 악기 만드는 데 들 재료와 연장을 부탁하였다.

모염이 어디로 간 건지 불러도 없기에 손수 두루마기에 삿갓을 쓰고 오 리 큰절엘 나려와 편지를 부치고 삼선암으로 왔다.

뒷방 어두운데서 염불하고 계시던 스승은

"자네 잘 왔구나."

일어서 손을 잡아 가까이 앉혔고

"날두 꽤 추어졌에요."

하는 향주 얼굴을 이내가 듣는 눈으로 보는 것이었다.

한동안 그들의 흔히 주고받는 말들이 진하여지자 스승 편에서 어세가 달라지며 여태 들려주지 않던 설연을 베푸는 것이니 사성제四聖諦** 팔정도八正道***로부터 육근六根****의 죄업과 삼계三界***** 윤회지고輪廻之苦를 차곡차곡 따지어 가다가

"사람의 보報를 받기 어렵고 또한 불법을 만나기 어려운 고로 숙세선근宿世善根으로조차 이룬 현시의 기틀을 구하지 않는다면 영겁永劫토록 고해에서 침윤沈淪함이로다."

이르고 향주의 수운이 지난 듯한 얼굴을 살핀 뒤 매듭을 지어

---

* 구즐븐하다.
** 원주. "주12. 사성제四聖諦—고苦, 집集, 멸滅, 도道."
*** 원주. "주13. 팔정도八正道—정견定見, 정사正思, 정어正語, 정업正業, 정명正命, 정정진正精進, 정념正念, 정정正定."
**** 원주. "주14. 육근六根—안眼, 이耳, 비鼻, 설舌, 신身, 의意."
***** 원주. "주15. 삼계三界—욕계欲界, 색세色界, 무색계無色界."

"이러니 어이 우리가 태만하리요. 사마邪摩에 빠져 길을 잃으리오. 생멸이 공화空華어니 사대四大*의 무상함을 보는구나⋯⋯."

스승은 피 마른 입술에 손등을 문지르며 저편 기맥을 지엄하나니 향주로서 이렇다는 대꾸도 없으매 스승으로서도 더 할 말이 끊어져 잠시 그 사이엔 사량키 어려운 노을이 피는 것이었다.

향주는 수계 스님을 부모와 다름없이 섬기었다. 우수사려**한 날 지금처럼 그저 이렇게 앉아만 있어도 마음이 안순하여지고 여내*** 젖어 온 고독을 날릴 수도 있었던 것이다.

하나 이즈음 뜻밖에도 그 내부에 하나의 항쟁抗爭이 있음을 뽑아 보았을 때 놀라움보다 두려움이 있었다.

사사무애한 정행으로서는 언제나 향주에 대하여는 너그러운 것이다. 치의緇衣****를 두른 그 양심이 버금나는 차 정행은 향주 하는 일이 동정이 설고, 그는 제대로 정행의 사상에 접근함을 주저하는 것이었다.

그건 멀리서 보는 것보다 가까이 봄이 그 윤곽을 잡기 어려움과 같이 입산 전에 짐작이 입산 후의 판단과는 거리가 멀어 인제는 미봉할 수 없는 범주範疇의 충돌과 분열로 나타난 것이었다.

솔직하게 정행은 향주에게 아주 낙발하길 권하였고, 향주는 두 가지 세계를 지니어 방황하고 있었던 것이다.

향주는 지금 이 자리에서 그 흐름을 보았다. 스승이 이루는 마음을 거역키란 채질이 바로 선다. 하나 그는 눈을 꼭 감고 입술을 지그시 물었다.

"스님!"

"무엇이냐?"

"스님 은혜는 태산도 미족하나이다."

---

* 원주. "주16. 사대四大—지地, 수水, 화火, 풍風."
** 근심과 시름에 차 생각함.
*** 이내.
**** 원주. "주17. 치의緇衣—물들인 옷이니 중이 된다는 뜻."

"……."

"그만!"

"응?"

"그만 저를 버려 주십시오—."

"아니 그게 무슨 뜻이냐?"

"불법과 인연이 먼 것이외다."

스승은 똑바로 눈을 주며

"인연?"

하였다가

"……."

말이 입 안에 돌았을 뿐이요 염주 든 손은 표나게 떨리었다.

향주로서는 더 할 말이 없는 것이다. 사홍서원四弘誓願*을 따라 구원의 진리에 사느냐? 번뇌를 울 삼고 예술의 모옥茅屋에 묻히느냐? 인제는 그의 결향決向은 판이한 것이니 정행의 고유보다 곡정의 유언이 중함이었다.

그 이후로 그들 사이는 남 보기는 성글어졌으나 속속들이 뜬 건 아닌 듯하였고 오히려 정 미는 은하를 두고 양 언덕에 서 버린 견우직녀에 견줄 그런 것이었으리라.

향주의 잠시 통일된 머리에 이번은 엉뚱한 괴리乖離가 있었나니 곧 모염을 두고 이름이다.

김장을 마친 모염은 일이 고되어 그럼인지 자리에 누워 버리매 향주는 오랜만에 물을 기루고** 불을 넣고 그랬다.

처음엔 감긴가 하여 소엽蘇葉과 탕약을 달여 주었으나 여내 그러니

---

* 원주. "주18. 사홍서원四弘誓願—중생무변서원도衆生無邊誓願度, 번뇌무진서원단煩惱無盡誓願斷, 법문무량서원학法門無量誓願學, 불도무상서원성佛道無上誓願成, 이하략以下略."
** 긷고.

벗도 없는 이런 곳에서는 이것처럼 막막함이 다시없다.

　의원을 다려다 보이니 의원 태도가 이 터와 인물을 넘겨보매 뇌꼴스러우나 할 수 없는 것─어리덩한* 날이 지나고 지나고…… 하루는 짐작에 우러난 말로

　"너 소원이 뭐냐?"

　물으매, 딸은 삭두削刀로 반드르리** 깎은 머리에 와락 이불을 둘러쓰며 한참 대답이 없다가

　"아저씨가 보고 싶어요─."

　이러는 것이었다.

　"아저씨가?"

　또 조용하였다가

　"귀분인 지금 어쩌고 있을까……?"

　향주는 대번 머리를 맞은 것처럼 눈앞이 아찔하였다.

　이 사건이 있은 뒤부텀 모녀는 서로 건드리길 싫어하였다.

　모염이 삼선암 제 스님에게 가 버린 동안 향주는 굳게 문을 닫고 빈방을 지키며 절벽 앞에 서 버린 자기네 운명을 짚어 보며 산새들이 마루에 올랐다 날아가거나 어느 재를 넘어온 줄 모를 바람이 잠든 문풍지를 일깨우거나 그런 자연의 인정에로 귀를 기울이지 않았다.

6

　향주는 침식을 잊고 어형 그린 종이에 정신을 쏟았다.

　벌써 그 우에는 악기로서 부분을 따서 이름과 해석을 기입하였나니

---

* 마음이 가라앉지 않고 어릿어릿한 상태를 이르는 말로 여겨짐.
** 반드르르.

고기 머릴— '사공司空(허공을 잡다.)'

눈을— '신문神門(신이 출입함.)' *

등을— '도천走天(온갖 것이 뛰어 놈.)'

배를— '수지受地(사랑을 다 받음.)'

꼬릴— '지정指情(정을 버리지 못함.)'

이라 하였고 삼성三性을 가르는 줄은 희성선喜性線 비성선을 양편에 두고 묵성선을 화성和性이라고도 하여 가운데 두기로 하고 줄을 떠 괴는 괘를 운우運宇라 한 다음, 이 악기 이름을 지어 어산금魚山琴이라 하였다.

이 해석이 또한 특이한 것이니 '어魚'는 동動이요 정情이요 촉觸이니, '산山'의 묵默이요 포포抱요 감感에 합치됨이라. 내 청춘이 세상 바다의 고기였더러니 산에 올라 도리어 바다를 바라는도다 하였다.

그러고 어산금 높이를 반 뼘,** 길이를 석 자쯤 짐작하고 운우가 서는 주전을 둔둑하게*** 하며 사공에서 지정에 이를수록 가느라질 뿐 아니라 세 줄도 합쳐져 버리는 그런 구도構圖였다.

설계가 완전히 끝난 다음은 곧 오동나무를 반자로 내어 절節을 죽이기 위해 진흙에 묻고 명년 봄 안으로는 기어이 완성하리라 뼈므렀던**** 것이었다.

모염이 없을 때는 차라리 간섭이 끊어져 정력을 외곳으로 바칠 수 있을 뿐 아니라 지어미 정의 영역領域에서 벗어나 제대로 한 분야分野를 닦는 딸의 의향도 멀리 두고 볼수록 긍정肯定할 수 있는 것이기도 하다. 향주는 밥만 먹으면 남긴 밥을 들고 세심동엘 다니었다.

밥풀을 서로 따 먹으려고 어그러대는***** 고기의 촉기를 마음 놓고 궁

---

* 원주. "주19. 이 신문은 구멍으로 하야 음향의 관문을 지음."

** '뼘'의 지역어.

*** 두둑하게.

**** '입술을 깨물다'는 뜻인 듯. '버물거리다'보다 센 말로 여겨짐.

***** 얽혀 드는.

구할 수 있음으로서다.

어느 때는 날이 어둡도록 있었고 간혹 달이나 빈 산턱을 짚고 오르면 거문고와 더불어 시름을 피어 보기도 하였다.

오라버니로부터 편지와 짐이 왔다. 모염을 시켜 끌러 보니 명주실과 애교*와 대소 연장들이었으며 편지엔 전과 다름없는 불평이요 스승을 구하라느니 어쩌느니 하다가 끝으로 네 어머니 절사날**도 모르느냐 꼭 이번엔 다녀가도록 하라는 사연이었다.

향주는 어머니 삼년상을 치르고 이 오라버니께 후사를 부탁하였기 그동안 제일祭日도 잊어버렸던 자기가 가소롭다.

곁에서 어머니 얼굴을 살피던 모염은 무심히 던져진 편지를 주워 읽고 생기나는 얼굴로

"어머니—."

하고 불렀다. 향주는 직각적으로 예사로운 일이 아닌 것을 느끼자 편지를 슬쩍 돌리는 척하나 벌써 늦었다.

"어머니!"

"……."

대답이 없으니 괴롭다. 그러나 모염의 괴로운 그 이상 향주는 어느 가책의 멍에를 벗지 못한 참괴慙愧가 뒤굴렀다.

거센 바람이 지난 모랫벌같이 적막과 애수가 엮어드는 감정에서 천천히 입을 열어

"설분아—."

"네?"

"가고 싶으냐?"

설분이 힘 있게 눈을 끔벅이며

* 아교.
** 제삿날.

"그럼! 가고 싶어요! 아저씨께로 가시여 함끼* 살어요—."

"너는 삭발을 하지 않았어?"

이 말이 떨어지자마자 설분은 눈물이 피—ㅇ 돌며

"저는 그걸 원망해요 어머니가 미워요! 허나 그런 건 묻어 버렸어요. 그만 가 버리면 그뿐이에요—."

향주는 등에 찬 기운이 흐름을 깨달았으나 표면 능엄함**을 지어

"빌어먹을 것이……."

하곤 기선을 꺾었으나 그 뒷말에 궁하였으매 설분은 대번 열기 나는 얼굴에 입술을 버물거리며***

"어머닌 제 속을 몰라요, 전 자꾸 울고 싶어요……. 여긴 뭘 하려 있어요. 저게 다 뭔데 저게!"

하자 걱정에 몸을 가누지 못하고 어머니 무릎에 퍽 엎드려졌다.

이듬해 봄에는 다시 이 도솔암은 문이 굳게 닫혀 있었다.

부근 사람들의 말을 들으면 향주는 끝끝내 뜻을 이루어 딸과 고향으로 돌아갔다 하였다.

정행이 죽은 지 한 달째다.

* 함께.
** 엄함.
*** 깨물며.

사장射場

"꽈—ㅇ."

과녁에 박힌 화살이 강 언덕의 촉석루 머리로 야린 소리를 보내고 바르바르* 떨었다.

허자 과녁 옆에 서 있던 사람이 기를 들어 머리 우에서 두른다.

"맞았다!"

논개사당論介詞堂 앞에 늘어선 활양**들과 구경하는 사람들이 함목*** 왕하게 함성을 지른다.

또 한 사람이 활을 댕기자**** 과녁을 응시하였다. 이어 공간을 뚫고 흐르는 화살이 약한 소리를 끄면서 과녁 넘어 모래밭에 푸석하고 꽂혔다.

"에—이."

이번엔 한 사람만의 말소리가 흐리게 강을 건너왔다.

출이는 화살이 건너올 때마다 늘 자기를 향해 쏘는 것 같은 불안과

---

* 바르르.
** 한량.
*** '함께'의 지역어.
**** '당기자'의 지역어.

초조에 사로잡히는 것이다.

강물은 바람에 그 푸른 머리를 쩔쩔 흔들고 언덕에 터벅한* 잡목의 잎새도 우줄거린다. 황혼이다. 황혼에 부는 바람은 조그만 소리까지 공손히 안아 온 땅 우에 들려주는 것이다. 서편 하늘에 가쁜 듯이 피를 토하여 산과 들을 벌겋게 물들이는 태양은 다시 물머리에까지 수를 놓아준다. 제비가 확 지나치는 바람에 으쩔하고** 놀래는 출이의 귀에 난데없이 화살 박는 소리가 대포 소리처럼 남에 허둥지둥 기를 휘두르고 멋없이 입맛을 다시었다.

조금 지난 뒤 출이는 화살을 모아 조그만 배를 저어 건너왔다.

활양들은 각기 자기 화살을 찾아 푸른 허리띠에 꽂아 다시 활을 댕긴다.

출이는 느티나무 밑에 점을 벌린 술장사 마누라를 보고 싱글싱글 웃으며 걸어가 탁배기 한 잔을 들이켰다.

"헤헤헤."

두터운 입술을 벌려 작부를 보고 의미쩍게 웃고 술 찌꺼기를 사당詞堂 축 뜰에다 부었다.

"그래 여보."

"왜? 으구! 눈살에 녹겠다."

"체…… 누가 임자에게 맘이 내송스럽게*** 있는 줄 아나."

"있으나 없으나 내사 관계치 않소. 다못 그대의 눈살만 보면 기쁘니까…… 참 그만 일어나야겠군, 어—어."

그가 일어나랴 하는 즈음

"아나 빨리 안 건너가나 자식이. 온 술만 올챙이 구정물 쓰듯 쓰네—."

---

* 더북한.
** 우쭐하고.
*** 내숭스럽게.

422

하는 격격한* 소리가 났다. 이 소리는 출이의 귀에 가장 못마땅한 것의 하나다.

그는 그 사나이의 곰보 얼굴과 툭진** 목에다 눈을 흘깃하고 곰방대를 털어 허리끈에 꽂아 의암義岩 저편에 매어 둔 배에 올랐다. 우에는 연신 바람을 끊는 활살의 소리, 밑은 푸른 물구렁이 염돌아*** 흐르는 소리…… 뱃머리는 상류를 향해 파도를 끊어 나가는 노櫓는 화살이 공중을 뚫고 흐르는 것보다 한층 기운이 있어 보인다.

그는 이때의 쾌감을 형용할 수 없다.

물결은 흘러서 바다로 가고, 내 맘은 둥 떠서 님 찾아가구나. 에헤야 뒤여라 에헤야 뒤여. 아무럼 그렇지 그렇고 말구. 출이는 한 잔 들이켠 바람에 속이 우줄거린다. 청아한 노래는 활양들의 귀에까지 유은하게**** 들렸다.

"혀 빠질 놈─"

그들의 입에서는 출이의 노래가 장마에 시달리는 때의 울분 그것이다.

"제길! 남 욕할 건 또 뭣이람 어디 보자."

노를 저으면서 그는 이렇게 중얼거린다. 그는 일부러 뱃길을 늦추었다. 노를 거두고 뱃장에 앉아 곰방대를 물었다. 탕크바지***** 포켓에서 심문지****** 조각을 낸다. 그리고 오래된 처녀 자살 소동의 기사 중에다 뭉개질 대로 뭉개진 처녀의 사진을 입맛을 다시면서 본다.

"이런 년하고……"

그는 무심코 이런 말을 할 제

* 마음에 들지 않은 느낌을 담은 목소리.
** 굵은.
*** 맴돌아.
**** '유은柔隱하다.' 부드럽고 은은하다.
***** 탱크바지.
****** '신문지'의 지역어.

"야 이놈아⋯⋯."

우렁찬 소리가 냅다 때린다. 허나 유유한 태도다. 그는 먼 산을 짐짓 보고 있다가 조심스럽게 심문지를 접어 낡은 우와기* 호주머니에 끼우고 일어났다.

"거리의 아가씨⋯⋯ 흥으응 나를 좀 보시게⋯⋯ 흥

돈은 없어도 오오

××은 잘 있소 흥으응."

출이는 화살 덕에 하루 삼십 전 벌이는 한다. 그러나 정해진 장사는 아니었다. 이틀 걸러 한 번 나흘 걸러 한 번 어느 때는 날마다 연달아 활을 쏘는 것이었다. 그렇다고 그를 특명하여 화살주이**를 시키는 것이 아니었다. 어느 때는 노인과 아이들이 먼첨 와서 주울라치면 느닷없이 그네들을 갈기고 자기가 대신 들어서는 서슬에 강약 부득으로 할 수 없이 출이에게 권리를 빼앗기는 것이다. 출이를 가까우나 멀리 대하는 동무들의 말을 들을진댄 미친괭이***에 가깝다 안 할 수 없다 한다.

봄이라 한다. 그가 어느 곳에서 날아들었는지 거미처럼 거지들 동네에 들어와 줄을 치기 시작했다는 것이⋯⋯.

옷이 검으면 물에 빨기도 했다. 며칠 들어 굶는 때도 있었고 그즈음은 다른 거지들에게 어깨가 꺾여 기를 못 폈다 한다. 그는 개장국과 술을 극히 좋아한다. 술을 먹으면 자기는 온 천하에 제만 한 놈이 없다 했다. 그 증거를 출이의 입을 빌어 끼운다면 의리 있고 달음질 잘 치고 기운 세고 거짓말 잘하고 밤길이 잘 보인다는 것이다. 그는 고함을 잘 질렀다. 덩실덩실 춤도 잘 췄다. 그리고 여기 와서부터 일본말도 잘하게 되었다.

동무들은 나이와 성명을 물었으나 대답하지 안 했다. 그리하야 그들

* '상의', '윗옷'을 가리키는 일본말.
** 화살줍이.
*** '미치괭이'의 지역어.

은 제각기 억설을 했다. 누구는 스물여섯 하고 누구는 서른 살이 넘었다 하고 또 누구는 스물도 될락 말락 하다 했다. 그에게 부모 형제가 있느냐 하면 머리를 무겁게 흔든다 했다.

출이는 그들 사이에 끼어 산다면 언제나 마찬가진 것을 알고 독립하야 살아가겠노라 결심하고 거리를 다니며 배를 불리다가 마침 활 쏘는 것을 보게 되고 어느 활양(그는 곧 곰보였다.)에게 한 번 심부름을 해 준 후부터 본격적으로 등장하게 되었다.

그는 미련 받으나* 혹 날살** 때도 있다. 매정하나 상냥한 점이 있다 했다.

그는 화살주이를 여러 날 할수록 점점 대담하여졌다. 그래 말을 잘 안 들어 전통대로나 화살에 터벙머리를 여러 번 맞아 갈수록 그들에게 항거하기 시작했다. 그의 주관인 바 직업이란 사람의 임의대로 될 수 있는 것이니 싫으면 다른 것을 취해야 한다 했다. 그는 여러 번 쫓길 뻔했다. 그러나 시내로 여러 번 둘러봐도 그럴듯한 직업이 없어 다시 돌아오곤 했다.

"저놈 죽지 않고 또 왔군." 하면

"네이! 이놈의 각사리*** 이래도 정승 판사 자제로 팔도 감사 마다하고 화살주이로 나왔소."

어깨와 엉덩이를 뒤틀며 각사리 곡조로 품바품바 하는 바람에 대판 웃음으로 환영을 받는다.

일상 하늘을 보기 좋아하고 나무 우에 낮잠 자기를 좋아했다. 돈이 있으면 마음먹는 곳을 찾어온다. 옥봉정 한편에 다 찌그러지는 음식점에 오면 열일곱 살이라는 작부인 가시내를 불렀다. 그는 그를 보면 다른 데

---

* 미련 맞으나.
** 날쎌.
*** 각설이.

서 우람스럽게 놀던 태도가 변했다. 극히 면구스럽게 술 몇 잔을 먹고 가여운 눈살을 주고 떠나온다.

출이는 그 애를 대해 말도 못하고 그 애 역시 출이를 거지인 줄 몰랐다.

"아나…… 이놈아 얼른 안 줍나."

출이는 화살을 주으면서* 모래 속에 든 재갈을 집어 강물에 던지고 또는 대숲에서 우는 까마귀를 향해 우렁찬 고함을 지르는 것이다.

화살을 안고 의암 우에 설 무렵에 해는 깜박 지고 잠자리를 쫓는 제비의 날개가 아슥한** 하늘에 향수를 자아내게 했다. 다리를 건너는 자동차의 사이렌이 어둠을 재촉하고 전등불은 밤의 신의 눈동자 같다.

"오늘은 이십 전만 받아라."

곰보가 지갑을 털며 나섰다. 출이는 아무 말 없이 그를 보다가 서슴지 않고 술점에 걸어가서 술 한 잔을 들이켜고 되레 그 앞으로 나섰다.

"왜 삼십 전 안 주고 그런다요?"

"오늘은 몇 번 쏘지 안 했고 또 네놈이 말을 잘 안 들으니……."

"어라 이 사람 그만 다 주라구."

친구들이 냈든다.***

"안야**** 이런 놈의 버르장머리는 톡톡히 들여야 해제. 돈 칠 푼만 알고 남의 돈 열네 닢은 모른다는 격으로 아무것도 없는 놈이 공연히 덤벙거려."

눈을 관자 곤양으로 휩뜨는***** 곰보의 앞을 한 걸음 닦아서 느닷없이 돈지갑과 화살을 빼어서 옆 모래밭에다 내던지며

"뭐요? 내가 비록 당신들에게 심부름을 해 주고 언어먹소만 사람은 매

---

* 주우면서.
** 아득한.
*** 내뻗다.
**** 아냐.
***** 흡뜨는.

양가지*지. 그래 내가 당연히 받을 돈을 달란다고 누가 욕하겠소. 당신이 저 배에 타고 이 일을 해 보슈. 저 과녁 옆에 서 보슈. 정말 죽을 성 안 하는가. 그래 당신들이 내가 저 물에 떨어져 죽으면 불쌍하다는 말만이지 나를 건져 병원에 다려갈 것이며 또 죽은 시체를 옥터에 묻어 주겠다오. 흥— 그만두슈. 그까진 돈 내 안 받아도 목숨은 안 굶어지나이다."

하고 획 그 자리를 떠나갔다. 일동은 넋을 잃고 그의 활발하게 걸어 가는 뒷모양을 바라본다.

"아나 출아 출아— 이거 가져 가거라—."

다른 활양이 고함을 쳤다. 출이는 획 돌아서서 빙긋이 웃는 듯하더니

"고맙수—."

하며 다시 돌아오는 듯 몇 걸음 모래를 쥐어박으며 앞으로 걸어오다 가 화살 하나를 집어 들고 보더니 다시 획 돌아서 버린다.

"모레 장에 또 봅시다."

그는 오른손의 화살을 제자리에 되레 던지고 물결이 모래를 간질이 는 곳을 밟아 걸어간다.

먼 데서 뱃노래와 황소의 소리가 아름풋이 들린다. 어둠은 출이가 걸 어간 발자욱과 물에 일렁거리는 배와 그러고 과녁과 촉석루를 보자기에 주워 넣으며 오늘이란 역사를 기록하는 것이었다.

(1937년 9월 10일)

| * 매한가지. 매일반.

석이石茸

1

"엄마—."

"……."

어머니는 코를 곤다.

"엄마—."

"……."

두리의 부르는 소리는 떨리었다. 그는 팔을 뻗어 어머니 치마를 잡으
라 했으나 힘도 없을 뿐 뺏뺏해 미치지질* 않는다.

"자나?"

"……."

듣고 그러는지 정말 자는지 의연히 콧소리만 높다. 그는 마침내 윗목
에 돌아누운 어머니에게로 어설픈 몸을 비비적거리며 가까이 갔다.

| * (팔이) 미치지를.

메뚜기 다리처럼 그 다리는 뼈와 가죽만 남고 얼굴은 언제나 투색했다. 그는 누운 병이었다.

오늘 밤은 비가 온다. 처마를 때리는 비바람은 소녀의 귀엔 반갑지 않았다.

그는 지금까지 선잠을 잤다. 장에 가신 아버지가 곧장 기둘려짐으로…….*

"엄마 일어나 아이 일어나—."

겨우 해 치마끈을 쥔 그는 힘이라 할 것이야 없지만 뻣뻣한 다리를 방바닥에 밀며 손을 이편으로 몸과 함께 둘리며 끄었다.**

"이 가시내 성가신 줄 모르나."

어머니는 코 골던 품으로 보아 어울리지 않는 강철오리 같은 소리를 지르며 일어났다.

"이렇게 시달리다간 정녕 죽겠네."

그는 머리를 주섬거려 쪽 찌르고 옆구리 참을 근질였다.

"똥!"

두리는 어머니 기색을 살피다가 이렇게 말하고 윗목에 있는 요강을 바라본다. 어머니는 그냥 중얼거리며 그를 더듬어 요강 우에 앉혀 놓는다.

어머니가 두리를 퍽 주체스럽게 여기는 것은 옳다 하겠다. 그것은 나면서 열다섯 해 동안 단잠 못 자고 먼 출입도 못하며 오줌 수발에서 아구지***에 밥 떠 넣어 주기에 이르도록 잔 애 큰 애 먹은 것은 이루 다 말할 수 없다. 저 이마에 굵은 주름과 가르맛자리가 드러난 회색이 까끄름해진 머리털과 움퍽한 눈 그리고 잔시울****이 얽힌 볼은 사십이 넘은 그를 훨씬 넘겨 잡게 시들었다.

---

* 기다려짐으로.
** 끌었다.
*** 입을 속되게 이르는 '아가리'의 지역어.
**** 잔주름.

비단 두리로 말미암아 쉬 늙은 것도 아니다. 없는 살림을 받드는 남의 집 주부로서는 이 두리 어머니처럼 엽엽하고 행 맑고 말 가시는* 사람이 드물다 하겠다. 사람됨이 무척 어질고도 딱딱하고 혹은 얼래변통도 부릴 줄 알므로 정에 귀먹고 의에 눈멀지도 안 해 그래도 이 동네에선 우대받고 있다 한다.

봄이 오면 산채를 뜯는다. 여름 가을이 산허리를 감으면 콧노래도 부르며 칡뿌리를 캐고 굴밤 산배를 줍는다. 혹은 요사이처럼 버섯을 따 팔기도 하고 양식 삼아 끓여 먹는다.

뚝심도 세고 칠칠받어 없는 거리라도 잘 엄버무려** 내는 것은 동기들의 따를 배 아니다.

낫질 호미질 괭이질로부터 빨래 끄니 잇는 데 이르도록 그의 손을 안 거쳐 감이 없다. 하여 그를 어구***라기도 했다. 남편이 생강 짐을 지고 근동을 돌면 집안일이라곤 격세지감이 있다. 오 생원은 연약한 여인에게 가사를 위임시키고 한가한 듯 돌아다니며 술을 먹는 것이 아내로서는 쾌히 말 못함이라 퍽이나 성화스런 노릇이었다.

시방 어머니가 중얼거리는 그 이면에는 오늘 장에 간 남편이 쉬 오지 않는 데에도 원인이 없다 할 수도 없다 하겠다.

"애 말라 죽게 여태 무슨 천지랄 한다고 안 와?"

"옴마 아바는 와 안 와?"

두리는 어머니 말****을 드디어 했다.

"누가 아나 오다 엉쿠렁*****에 떨어졌는지……."

마침내 말끝은 날카롭다.

---

* '행동이 맑고 말을 조심하는'인 듯.
** 얼버무려.
*** 아둔한 사람.
**** '어머니가 하는 말을 따라하다'는 뜻인 듯.
***** 깊은 구덩이.

밤은 그새 이슥해졌다. 빗줄은 점점 소리가 굵어 가고 숨은 바람까지 합쳤다.

"옴마 아바는 요새 술만 먹어……."

"일즉 꺼불어질라고* 앙 그러나."

"그래도 엄마 그리 따려쌌지 말어 웅, 아바는 불쌍해 힘도 없어."

"이 가시내 즈** 아버지에게 떡 쪼각이나 빌어먹었나?"

아버지가 두리를 성글게 대하는 것은 그의 주머니가 초라해진 탓이다. 그전만 해도 아버지는 두리를 업고 밖을 나갔으며 여러 가지 이야기도 들려주고 장에 가면 의례히 엿이니 과자를 사 가지고 왔다.

요즈음 얼굴에 생기가 없고 웃음이 없고 말이 없어진 아버지가 두리로선 되우 슬퍼 보였다. 이럼에도 불구하고 어머니는 앉으면 졸고 □□고 충충걸어 악질스레 대하는 것이 두리의 □정을 더 이끌었다.

"아바 오거든 욕하지 말어 웅!"

마침내 두리는 어머니와 아버지가 나중엔 멱살잡이 할 것을 예상하고 그렇게 간청하는 것이다.

이웃집 개 소리에 □□ 기우니 사립문이 흔들리며 이내 기침이 났다. 어머니는 문을 열고 나가 지게를 지고 질척거리며 들어오는 남편에게 반갑지 못한 인사를 던지었다.

"주막에서 술 한 잔 먹자니까 그만 어둡고 비도 오고……."

남편은 술내 마늘내를 풍기며 방에 들어와 앉자마자 변명하는 것이다.

(이하 연재분 2장은 낙장되고 없다.)

---

* 꺼부러지려고.
** '자기'의 지역어.

태술이는 급작이* 온몸이 벌게지더니 손과 발이 사시나무 떨듯 떨며 이내 이마의 흉터가 홀홀거렸다. 그는 미친개처럼 여동생의 뻣뻣한 몸에 달라들었다.** 그는 두리의 목을 더덕 같은 손가락으로 눌렀다. 허자 두리는 뻣뻣한 손과 다리를 주체스럽게 이리저리 구을고 얼굴엔 샛붉은*** 공포가 흘렀다.

"오 오 오 마……."

"이 가시내 내가 죽일기다 내가."

두리는 눈알이 팅겨나**** □□□□□□□□

바로 그때였다.

더렁한***** 기침 소리가 난 것이…….

"있나 없나?"

방문 밖에서 들리는 이 말에 그는 팔의 맥이 풀어지며 스르르 손을 거두었다.

"있나 없나."

태술이는 문을 열었다. 거기엔 탕건 쓴 키가 작고 구레나룻인 그 딱 딱해 뵈는 송 생원이 뒷짐을 짚고****** 있었다.

"너 아버지 없나."

"없소."

"□□□□□□□□"

"그 돈은 어쩔라 더노,******* 너는 아나?"

"모르오."

---

* 갑자기.
** '달려들었다'의 지역어.
*** 시뻘건.
**** '팅겨나'의 지역어.
***** '더렁' 소리를 내는.
****** 지고.
******* 어쩌려고 하더냐?

"아 이놈의 인사가 어디 있노. 그게 언제 것이고. 그대로 점을 한다 굿을 한다 약국 침쟁이를 부르는 까리*는 있어도 남 돈은 안 갚을 것인가?"

"그 사람들에게 말하오."

"그 사람들…… 너 아버지 어머니 말이냐? 그 사람들? 이놈! 너는 너 부모의 자식 아니냐? 응 아 이런 고약한 놈이 어데 있나 이 후리개** 아들 놈이."

"뭐 어째?"

태술이는 마루에 나서며 주먹을 내어 밀며 큰소리를 질렀다. 허자 기다렸다는 듯이 송 생원은 짚고 있던 지팡이를 들어 태술이 이마를 내리쳤다. 어느덧 이마에선 피가 □□□□□□□□ 쥐고 높은 뜨럭***에서 내려 숙였다. 두 몸은 얼려져**** 비온 땅에서 디굴었다.***** 고함이 터지고 서로 따리는 소리가 들렸다. 두리는 연방 오라배******를 부르며 아랫목에서 문턱으로 몸을 끌었다.

태술이는 송 생원을 자근자근 눌리고 그의 손을 뿌리쳐 바깥으로 항******* 달아나 버렸다.

이웃 사람들이 그제야 달려와 흙투성과 피투성인(태술이 피가 묻은 것) 송 생원을 일으키고 털어 주는 것이다.

3

그런데 여기 송 생원과 태술의 관계를 말하지 않을 수 없다.

태술이는 열한 살부터 생원 댁 꼴담살이로 들어가 작년 가을까지 살았다. □□□□□□□ 부지런이란 별명을 들었던 만큼 진일 마른일 쓰다 달다 말없이 염양 있게 해 왔다. 허나 송 생원은 위인이 정인스럽지 않으며 맵고 끊는 성정에선지 가다가 걸핏하면 이놈아 하고 시척하면* 담뱃대가 머리에 오며 여름 짜른** 밤늦게 일 시키고 이른새벽부터 기동을 해 죽일 놈 잡지 듯한다.*** 일할 때는 허리도 잘 펠**** 수 없으며 얼굴을 들어 견눈질*****도 못했다. 담배도 안 사 주고 일용에 쓰는 품돈도 떨었다. 그는 여러 번이나 고역을 감당할 수 없어 도망쳐 집으로 왔다. 이러면 송 생원이 얼내를 지기며****** 데리러 와서 별별 수단으로 꼬우는******* 것이다. 부모들도 그 얼내에 빠져 가기 싫어하는 태술이를 억지로 가□□□□□□□.

작년 가을이다. 태술이가 미친 맘에선지 그 집 황소 한 마리를 끄태내여******** 팔아서 어디론지 자취를 감추었다. 한 보름이 지나 돌아온 것을 송 생원은 돌로 때려 지금 저 태술이 이마에 흠을 만들었다.

이로 말미암아 머슴 자리는 하직했으나 그 반면에 불앙*********을 빼기 시작했다. 동내 개라는 개는 성한 것이 없으며 송 생원댁 닭은 목을 배틀

* '시간만 나면'을 뜻하는 말인 듯.
** '짧은'의 지역어.
*** '재촉하는 듯하다'의 지역어.
**** 펼.
***** 곁눈질.
****** 부리며.
******* 꼬이는.
******** 끄집어내어.
********* 맞서고 대들기.

434

어 멀니* 삶아 먹고 술이니 노름이 늘었으며 노소도 모르고 설대내었다.**

　일도 안 하고 이 집 저 집 돌아가며 밥을 얻어먹으며 혹은 마음이 나면 나무나 해 팔고 포수 몰이꾼 노릇이나 해 거친 생활을 해갔다. □□□□□□□ 이 모양이니 부모 마음도 여간 아니었다. 후□고 퍼붓고 내쫓고 □이 난 때는 서슬을 펄펄 □여 서두르면 이번엔 부모 앞에서도 삿대질을 하고 불쑥 욕도 하게 성깔이 그악해졌다. 성미 □른 어머니는 죽는다 죽는다 하고 태술이 앞에서 □장구를 치긴 했으나 워낙 거세고 막다들은*** 놈이라 ×볼 수 없었다. 아들 행실머리 차곤이**** 바루질 못한 □고 애매한 아버지에게 불이 붙어 끝판에는 한바탕 내외 싸움이 벌어지는 것이 순서가 되어 왔다.

　태술이와 송 생원은 만나면 응그리고 안 만나면 욕하게 그 사이가 닭과 개 같았다. 사실인바 황소 건으로 말미암아 태술이로서는 애쓴 효과는 □□□□□□□.

(아래부터 원문이 떨어져 나갔다.)

---

* 몰래.
** 설쳐대었다.
*** 막다른.
**** 차분히.

엄마*

"우—야 우야."**

황혼의 포도 전신주에 기대인 어머니는 자기 어깨에 양손을 얹고 등에 붙은 아들을 어룬다.

"엄마 어— ㅁ마……."

네 살이나 되었을라…… 저고리만 입은 먼지와 검정에 그을린 아이는 자기 모양과 흡사한 어머니를 흔들며 중얼거렸다.

아이는 지나는 사람과 건너편으로 즐비한 상점을 본다. 이따금 곧 비 나리랴는 하늘을 보기도 했다.

허나 어머니는 아까와 다름없이 한곳으로만 눈을 두고 바위처럼 움직이지 안 했다.

지나는 뭇 발자취 자동차 자전거 축음기 소리에도 그는 조그만 길거움도 느끼지 않는 듯했다. 보다 그것은 그에게 또 아이에게 존재가 없어졌다.

---

* 원문에서 '콩트'라 갈래 지었다.
** 경상도 지역에서 아이 어르는 소리. '그래그래', '오냐오냐.'

푹 꺼진 두 눈은 연신 끄물거리고 진 바가지를 살가운 듯 어루만진다. 그의 얼굴에는 악착한 인간의 고통을 넘어 버린 마비된 우울과 애수가 고였으나 그런 것을 누르고 드러나는 흐미한* 향수만은 강렬하였다.

비가 나린다.

해 지는 거리 전등은 점점 또록해지고 보이던 먼 산과 가까운 전방들도 어둠의 베일을 쓴다.

극장의 코넷 소리가 기세를 올릴수록 거리의 소란스러움은 점점 가시어 간다.

종로에도 적막이 오고 하루의 역사가 두서없이 접어드는 가운데 두 낱의 인간은 고도孤島에 남기운 것처럼 사람들의 눈에서 멀리 떨어져 있었다.

"엄마 우 우 우……."

"우야 우야……."

"움마……."

아이는 검은 하늘을 보며 바삐 어깨를 흔드는 것 같다. 허나 어머니는 어수선한 머리털을 무겁게 손으로 쓰다듬고는 아무 말도 없었다.

……엄마의 눈은 아들의 얼굴을 못 보는 눈이었다.

*

지난봄의 일이나 눈 나리는 지금에도 내 눈에 밟히운다.

엄마와 아들은 어데로 갔을까?

(1937년 12월 9일)

| * 흐미한.

III 동화

박과 호박

늦은 가을입니다. 산언덕 밭귀에 낮잠 자던 호박이 눈을 뜨자 옆에 자는 호박을 깨웠습니다.

"이젠 우리 둘뿐이야."

"왜?"

"봐 저게 있던 동무 하나가 달아났지."

호박은 누런 상에 붉은 기를 띠우고 들어 보았으나 잠들기 전에 있었던 동무는 어디론지 달아나고 없는 것입니다.

"대체 어디를 가는 거야."

"갈 데로 가지."

박은 호박을 두고 변덕이라 했습니다. 누런 꽃이 지고 푸른 열매가 점점 커 가서 다시 누르고 붉은 상판으로 변한다고 해서 이렇게 부르며 자기는 절개節介가 강하다고 자랑하는 것입니다. 그러나 호박은 말하기를 세상에 나서 여러 번 변해야 살아 나가는 맛을 아는 것이라 하고 자네 같이 외질로* 흰 상판으로 나오는 건 완고하다는 핑자**를 주었습니다.

그들은 어릴 때엔 남이 볼까 무서워 넘새*** 밑에나 풀 사이에 숨어 지냈으나 동무가 늘어 가고 들도 커 가니 맘이 점점 용감하여졌습니다.

동무들이 많을 때엔 억순덕순하여**** 철 가는 줄 몰랐으나 하나씩 둘씩 없어져 감을 따라 자기들의 신세를 생각하게 되었습니다.

"우리는 대체 어찌될 것인가?"

"낸들 아나! 설마 되는 대로 되지."

호박이 물으면 박은 눈을 게슴츠레하고 능글능글하게 대답하는 것입니다.

고초장 아들*****이 훨훨 날고 귀독새******들이 재재거리면 그들을 붙잡아 물어보나 그들 역시 몰랐습니다. 이슬 나린 아침 황소가 언덕의 풀을 잘라 먹을 때도 물어보았으나 역시 모른다 했습니다.

사람들이 자주 그들을 어루만지고 가면 저이들이 자기들을 데려갈 것인가 하여 처음엔 무척 무서워 오다가 그 생각이 맞아 그 뒤 자주 동무들을 데려가는데 정말 어찌할 줄을 몰랐습니다.

"저렇게 가면 죽지?"

"죽는들 무서울 것 있나."

"……."

"자네같이 변덕쟁이란 무섭지 않는 것도 무서워하고 남을 위하려는 일에도 벌벌 떠니 온당할 수 있나. 세상에 난 이상 값을 하고 죽어야지―."

"에끼 미친놈 값을 하다니―."

"홍."

그들은 심심하면 늘 이런 싸움을 하였습니다. 그것은 동무가 하나씩 사람들에게다 데려갈 때마다 더하였습니다. 이리하야 찬바람이 온 세상

* 외길로.
** 핀잔.
*** '나무새.' 푸성귀.
**** 들썩거리는 모습을 일컫는 말로 여겨짐.
***** '고추잠자리'를 일컬음.
****** '굴뚝새'를 말하는 듯.

을 쓸어 가고 서리까지 풀 속에 나려 시들게 하는 때엔 박은 먼첨* 없어지고 호박은 아주 큰 몸뚱이를 주체스럽게 넌출에 매달려 숨만 씨근거리고 있었습니다.

몇 달이 지나 뜰 앞 오동나무에 남은 열매가 찬바람에 방울 소리를 내는 겨울이었습니다.

이 집 부엌에 오늘 밤에는 절서**가 든다고 떡을 시루에 찌려고 호박은 토박토박*** 썰리어 소구리****에 담겨 나왔고 박은 댕글댕글한 새 바가지로서 살강에 얹혔습니다. 그들은 보자 대번에 알았습니다.

"이 사람 자네 꼴이 이게 뭔가?"

호박은 바가지를 보고 놀래었습니다.

"자네 꼴은? 그러나 저러나 우리는 세상에 난 것이 필경 이렇게 될라고***** 난 것이니 슬퍼 말게."

조금 후에 바가지는 물을 퍼다가 시루를 씻쳤습니다. 그러고 씻츤 시루에 자기가 들어갈 줄 모르고 물끄러미 보는 호박이었습니다.

(1937년 9월 7일)

---

* '먼저'의 지역어.
** 절기의 차례.
*** 토막토막.
**** '소쿠리'의 지역어.
***** 되려고.

귀뚜라미 산보散步

뜰 가 단장* 밑에 사는 귀뚜라미가 어느 날 밤에 산보를 나갔는데 전에 안 간 이 집 아랫방 문틈으로 팔딱 뛰어들었습니다.

이런 번화한 도회 가운데서 호롱불이 깜박이고 있습니다.

방바닥에는 고구마 껍질과 감꼭지가 너절하게 놓였고 녹슨 '간쓰메'** 통이 두 개와 종이도 안 베어질 무딘 칼이 있었습니다.

그리고 아랫목으로 이불을 둘러쓴 어린 소년이 잠자고 있습니다.

귀뚜라미는 있을수록 싱거워 이 구석 저 구석으로 돌아다니며 간혹 노래를 불렀습니다.

잠자던 소년은 눈을 떠 귀뚜라미가 방 안에 있는 것을 알자 한참이나 애를 쓰다가 잡았습니다. 그리고 누이를 불렀습니다.

밖에 있던 누이가 들어오자 자랑을 하며 곧 종이로 벌레집을 맨들게 했습니다. 귀뚜라미는 고함을 질렀으나 들어주지를 안 했습니다.

"엑 이놈 오늘 밤은 나와 같이 자자."

---

* '담장'의 지역어.
** '통조림'의 일본말.

소년의 말은 그에게는 알 수 없는 것입니다.

종이 안에 들어간 귀뚜라미 귀에 다음과 같은 지저귀는 소리가 들렸으나 알 수 없습니다. 세상에서 제일 아는 척하고 자기 동네에서 뽐내던 그였으나 이런 경우에 있어서 정말 사람들의 말을 못 알아듣는 것이 원통하였습니다.

"엄마와 아버지는 안 오우?"

"그래……."

"지금이 몇 신데."

"○시란다."

"여태 장사를 하나?"

"그런가 보다."

"누나 난 자꾸 아프기만 해."

"가만히 자라구 엄마가 그림책 사다 준대."

"정말? 그럼 내일부터 난 그림책 보구 자꾸 그림 공부할 테야."

"몸이 성해야 해."

"그림 그리면 몸도 나어요."

귀뚜라미는 악이 받치어 욕만 하였습니다.

그로서는 이 소년의 한 집안이 금년 봄에 저 쓸쓸한 마을에서 이 도회로 와서 행랑살이를 하며 아버지는 지게 품 팔고 어머니는 함지 장사(떡 감 고구마)하며 사는 것을 모릅니다. 그리고 이 소년이 학교도 못 가고 아버지와 같이 지게를 지고 벌이를 하다가 며칠 전에 설사병을 얻어 앓고 있으며 일상 그림 그리기를 좋아하는데 병에 붙들린 후로는 그림 그리기도 좋아하는 줄 모릅니다.

다만 어떻게 해야 여기를 벗어 나갈까 하는 궁리뿐이었습니다. 그의 입 안은 바싹 말라갔습니다.

방 안은 급작이 고요해지고 조금 후에 높은 숨소리가 들려왔습니다.

귀뚜라미는 신세를 생각하여 욕도 하다가 또 고함도 지르다가 나중엔 콧노래로부터 점점 슬픈 노래를 처량하게 부르게 되었습니다.

소년은 가만히 듣고 있다가 이불을 걷어차며 일어나

"아이 갑갑해."

하고 큰소리와 한숨을 질렀습니다. 귀뚜라미는 노래를 뚝 그치고 이 소리만을 똑똑히 들었습니다.

"누나 자우?"

"왜?"

"누나!"

"응?"

"……."

"……."

"저것을 밖에 내여보내 주."

"왜?"

"얼마나 갑갑하겠수, 나두 이렇게 갑갑한데."

집에 돌아온 귀뚜라미는 마누라 아들 앞에서

"아이 갑갑해 아이 갑갑해……."

하며 정신없이 소년에게서 들은 소리를 흉내 내며 거닐고 있었습니다.

(1937년 10월 8일)

소와 닭

모이를 찾아 수탉 한 마리가 오양간* 앞으로 옵니다. 그때가 점심때라서 닭은 먼 데서 들리어 오는 동무 소리를 받아 앙가슴을 탁 벌리고 길게 목을 빼어 한바탕 울었습니다.

코걸이**도 아직 안 한 송아지가 뾰족이 나는 뿔을 담에다 부비대며*** 닭 소리를 듣고 큰 눈망울을 굴리며 닭을 노려보았습니다.

"저 녀석이로군, 남 잠 못 자게 구는 게."

입 밖으로 나온 말이라 닭이 안 들었을 리 없어 벌건 벼슬을 더욱 붉히면서

"그 녀석 몸뚱어리는 점잖게 뵈건만 원 말버릇이 저 모양이야."

이 말도 소에게 들렸는지라 더욱 눈을 동그랗게**** 뜨고

"뭐야!"

소가 귀를 꼿꼿하게 세우고 매인 고삐가 터지거라 할 만치 앞으로

* 외양간.
** 코뚜레.
*** 비비대며.
**** 동그랗고.

워럭 나오는 기성에 다소 겁이 나서 닭은 꼬끄댁'하고 뒤로 물러나왔습니다.

"생초 없게** 생긴 녀석이 다르긴 허다. 원 간이 저렇게 작아서야 어느 모에 써 보나 허허허허."

생초 없다는 말이 어떻게나 분한지 닭은 온몸이 활활 달았습니다. 그래도 이 이웃에서는 힘으로 그를 당할 자 없는 주인마누라에게 고초장을 한 바가지나 먹은 자기라 생후 처음 듣는 욕설에 안 분할 리 없습니다.

"그 녀석 참 생김새가 미련하게 되어 꼴이 숭하다!"

골을 잔뜩 솟구치는 닭의 소리에 소로서는 고삐가 없다면 곧 달려가 제법 뾰조록이 난 뿔로 자근자근 눌러 주었으면 싶었습니다. 그것을 생각하자 문득 자기가 닭보다 훨씬 불행한 것을 느끼었습니다.

'저놈은 맘대로 다니며 맛 좋은 음식을 많이 먹을 게다.' 라고 생각하니 하루 몇 끼밖에 못 얻어먹는 자기 신세가 가여워졌습니다.

대체 자기는 어떻게 될 것인가? 이 생각은 비단 오늘에 생각킨*** 것은 아니지만 지난여름에 산에서 어머니를 따라다니며 푸른 풀과 맑은 물을 먹던 그때 시절이 영영 오지 안 할 것 같아서 커다란 눈언저리가 뜨거워짐이 자질었습니다.****

어머니가 요즈음은 자꾸 그리웠습니다. 양버들 잎새가 바람에 불리여 오양간으로 한 잎 두 잎 떨어짐을 따라 더욱 간절했습니다.

이 집에 온 지 벌써 한 달이 넘은 줄은 모르고 자기가 크는 거며 근심이 많음을 짐작하여 거의 한 해나 지난 것처럼 느끼어졌습니다.

자기를 다려낸 것은 어머니와 살던 집 주인이었고 장에서 이곳으로 데려온 사람은 낯선 늙은이였습니다.

---

* 꼬꼬댁.
** 생기 없게.
*** 생각한.
**** '잦았습니다'인 듯.

별로 할 일이 없으면서 이렇게 오양간에 매어 두나— 하니 자주 울화가 치밀어 뾰조록이 난 뿔을 담에다 부비는 것입니다.

닭이 가고 난 뒤 송아지는 여러 가지를 생각하였습니다. 이렇게 있어야 살아 있는 임무를 다하는 것일까. 또는 기운만 있어도 이 세상을 살아갈 수 있나? 순하고 무력한 자는 옳게 살 수 없는 것일까? 닭처럼 몸이 작은 놈이 저렇게 활발스러운데 그 반면에 나 같은 큰 놈은 오양간에만 붙어 있게 되나?

몇 날이 지났습니다.

수탉이 어슬렁어슬렁 오양간 앞으로 오니 며칠 전에 보던 송아지와는 모습이 조금 다른 소가 있었습니다. 코걸이가 끼어 있고 요령이 댕그랑댕그랑하고 있는지라 저번에 그놈은 어디로 갔는가 하고 물었습니다.

"아 이 녀석이 왜 나를 몰라보나."

"그럼 자네가 저번에 그 녀석인가?"

소는 머리를 끄덕이니 요령이 댕그랑댕그랑합니다. 그는

"아이 여보게 요 며칠 동안은 내 코에 끼인 것하고 이 턱 밑에 달린 놈 때문에 단잠 한잠도 못 잤다네."

"그럼 그 코에 붙어 있는 것은 어머니 뱃속부터 달려 나온 것이 아닌가."

"그 녀석 정말 기막힐 녀석이네그려. 생코를 째고 이것을 끼웠으니 말 다해 무엇해."

"하하하하하 참 우수워* 죽겠네, 저 꼴에 어디로 행세하고 다니겠나. 흐하하하하."

"그런데 여보게 자네도 이 집에 있다가는 이 모양이 될지 모르니 고삐 안 달았을 적에 얼른 다른 데로 가게…… 상판이 저런데 코를 끼워 놓으면 장히 어울리겠다."

| * 우스워.

"여보게 그런 걱정은 그만두게. 제발 해 주소 해도 나는 안 한다네."

"자네 참 이 집에 아주 사나?"

"살다말다, 작년부터라네."

"그래 뭐하고 있나."

"시간 가르쳐 주지. 또 내 아내는 흰 알을 놓고 또 새끼 까고."

"때를 알리면 어쩌는 게며 알은 어쩌는 게며 새끼는 어쩌나?"

"때를 알려 주면 사람들의 자고 일어나고 밥 먹는 데 필요하고 알도 사람들에게 필요하고 그 알에서 깐 새끼도 사람들에게 필요하지."

"그럼 자네도 사람들에게 잡혀 먹힐지 모르지 않나?"

"웬걸 그건 그렇잖어. 내야 이미 늙었고 했으니 소용없을 게야."

소는 멍하니 바라보고 있다가

"자네 한밤중에서 새벽까지 좀 울지 말게."

"만일 그렇게 안 울면 내가 병신이라고 죽는다네. 전날에도 이웃에 있는 동무 하나가 초저녁에 운다고 죽었다네. 울 때 안 운다고 죽었는데 안 울면 더구나 살게 놔둘라."

"그렇게 귀찮으면 달아나지 않고 있는가."

"내야 겁도 없지만 만일 달아난다 해도 갈 곳이 없고 또한 씩이니 뭐니 우리를 노리고 사는 놈들이 밖에는 많으니 안보다 밖이 무섭단 말이야."

"……."

"여보게 참 자네가 여기 오기 전에 아주 나이 많은 녀석이 살았다네. 그놈은 뿔이 약하고 구부둥하고* 엉뎅이**가 뼈만 앙상한 게 털이 군데군데 뽑히었고 사철 눈물을 흘려 눈곱이 끼인 보잘것없이 말라붙은 놈인데 그 녀석이 한번은 산에서 나려오다 굴러 엉쿠렁에 박혀 죽었다는구려.

---

* 구부정하고.
** 엉덩이.

불쌍하지 않아. 살았을 때는 느려 빠져도 주인 시키는 대로 착실히 일을 했지만 맞기도 되우 맞았지……. 음식도 뭐 보잘것없는 것이야."

소는 이 말을 듣고 매우 놀래었습니다. 무슨 일을 시킬 것인가? 자기를 따릴 것인가?

"왜 그리 놀래어, 허허허허 하나 사람들이란 그리 무지하다고도 할 수 없어. 내 같은 놈에게 손바닥에다 고운 쌀을 놓아 먹이기도 하고 또 자네 같은 동물에게도 몸을 곱게 빗어 준다 파리를 집어 준다 어느 때는 좋은 음식을 먹인다 한단 말이야. 맞고 안 맞는 것은 자네 맘에 달렸다네……."

며칠이 흘렀습니다. 소는 어느 해거름 때 벼를 잔뜩 등에 싣고 들어왔습니다.

"야 기운 센걸."

닭이 보고 기세를 돋우었습니다.

"이러 끌끌 우리 소 오늘은 아주 대반상을 받아야 해."

주인 영감이 담뱃대를 입에서 떼며 뾰조록이 나는 뿔 근방을 살근살근 때렸습니다.

이 말을 듣는 소의 눈에는 기쁜 눈물이 핑 돌았습니다.

(1937년 11월 7일)

작은 새와 열매

늦은 가을, 깊은 산 어느 곳에 팥배 열매가 붉게 익어 있었답니다.

작은* 새 한 마리가 와서

"팥배나무님 고운 당신의 열매 하나만 주세요."

라고 청을 하였습니다. 팥배나무는 마음 훌륭하게

"무엇하시랍니까."**

물으니 아주 힘없이

"배가 고파서요."

이렇게 대답하였습니다. 마음 착한 팥배나무는 주렁주렁 열린 아름다운 열매 가운데에서 가장 고운 것을 주었습니다.

작은 새는 하도 부끄럽고 고마워 고운 목소리로 노래를 불러 드린 뒤에 그것을 물고 갔습니다.

비가 한 번 오고 바람이 한 번 불면 산속에 자라나는 여러 나무나 풀잎들은 모다 붉고 누른빛으로 물들어 갔습니다.

---

* 허민은 '적은'을 '작은'이라는 뜻으로 쓴다. 여기서는 '적은'은 모두 '작은'으로 고쳐 적는다.

** 무엇하시렵니까?

몇 날이 지난 뒤 작은 새는 또 와서 배고프다고 열매 하나를 청하였습니다.

두말없이 팥배나무는 주었습니다.

토끼가 지나가고 먼 데서 노루가 울고 작은 새들도 날이 점점 치워*옴을 마음 아프게 재재거리었습니다.

작은 새는 여러 번 와서 열매를 가져갔습니다.

벌레들이 제법 많이 울고 서리까지 나리는 때는 팥배나무에는 단 하나 열매만 남아 있었습니다.

"어진 팥배나무님께 미안합니다. 이렇게 당신을 만나 이야기하는 것은 당신의 덕택이올시다. 당신께서 고운 열매를 아끼지 않으시고 주신 때문이올시다. 그러나 저는 또 배가 고픕니다. 나머지 열매마저 저를 주십시오."

팥배나무는 이번엔 좀 괴로운 얼굴을 하고

"참 미안합니다. 이것은 안 되겠습니다. 이것은 내가 가장 귀하게 여겨 오던 것입니다. 이 열매는 내 손으로 심어 나의 아들을 낳게 해야 합니다."

이렇게 말을 하였습니다. 작은 새는 아차하고

"아 그랬습니까. 늘 저의 욕심만 부렸습니다그려. 참 미안합니다. 그러면 안녕히 계십시오. 내년에나 또 뵙겠습니다."

작은 새의 이 말은 좀 쌀쌀하였음으로 팥배나무는 마음에 안되었습니다. 한참이나 생각하고 있을 때 작은 새가 날아갑니다. 이때에 팥배나무는 작은 새가 가엽게 생각키어서

"작은 새님 작은 새님 이리 오세요. 이걸 가져가세요."

고함껏 불렀습니다. 이 말을 들은 작은 새는 날개를 접혀 나무에 앉아

| * 추위.

"고맙습니다. 어진 팥배나무님 그걸 제가 가져오면 당신은 즐거움이 없습니다. 그러나 나는 그것만 먹으면 또 내일 다른 곳으로 열매를 찾아 다녀야 합니다. 하루 더 이곳에 있으나 하루 일찍이 떠나나 마찬가지가 아닙니까. 그래도 나는 날개가 있어 이 세상을 마음대로 날아다닐 수 있음으로 겨울이 오더래도 걱정이 없습니다. 명년 봄에 또 여기를 날아와 당신에게 이야기 선물을 하겠습니다. 안녕히 계십시오. 어진 팥배나무님 부대 몸성히 사십시오."

작은 새는 노래를 한 번 부르고 그만 날아갔습니다. 팥배나무는 지금까지 지나던 정을 못 잊어

"내가 이것 때문에 작은 새님을 가시게 하였다."

이런 생각을 하자니 갑자기 자기의 잘못을 깨닫고 귀중한 열매를 따서 던져 버렸습니다.

붉은 열매는 도골도골* 굴러 그 밑에 흐르는 맑은 물에 떴습니다.

팥배 열매는 어디로 가려 하는지요.

(1938년 3월 15일)

| * 대굴대굴.

숲의 향연饗宴

해는 인정스럽게 하늘 한가운데서 따스하게 웃고 그 웃음을 받은 숲〔森〕은 활발스럽게 자랍니다. 바람이 스르르 지나면 즐거움에 우줄거리고 뭇 새들은 봄노래를 소리껏 부릅니다.

여기는 깊은 산 어느 숲이었습니다. 사람들의 발자취가 아직 없었기 때문에 짐승들은 자유로운 생활을 하고 있었습니다.

단풍나무 느티나무 상수리나무 이 밖에 수없는 나무들과 이름 모를 풀들이 무성하게 자라 있는 곳에 샘물이 맑게 흐르고 그 샘을 옆에 두고 다람쥐 제비 까치 까마귀 수달피 토끼 들이 큰 연회 상을 가운데 두고 둘러앉아 있습니다.

"훌륭스럽게도 차렸습니다그려!"

토끼가 먼저 인사를 여쭈니

"원 천만에요!"

하고 늙은 다람쥐가 이마를 쓰다듬었습니다.

"세상에 나서 처음인데요…… 이런 잔치에는."

까마귀도 툭진 주둥이를 딱딱 벌리며 좀 거만덕스럽게* 말을 끼웁니다.

"아이고 점잖은 손님이 이렇게 오셨는데 뭐 먹을 만한 게 있어야죠. 아이고 얼굴이 부끄럽습니다."

안노인 다람쥐도 행주치마에 손을 닦으며 나오다가 이렇게 여쭈니 여럿은 엉덩이를 자리에서 떼며 환영을 합니다.

"영감님의 환갑 때는 우리가 좀 더 훌륭하게 되레 참례를 하려 하였으나 도모지** 형편이 그리 되어야죠."

여럿을 대표하고 제비가 재재거립니다.

"날도 퍽 맑습니다. 어젯밤까지 오던 비가 아 이렇게 그친 것은 역시 하늘도 영감의 환갑잔치를 빛나게 하량인 듯도 합니다."

까치도 자기 체면을 지키려고 한 말하니 얼굴이 벌게진 토끼가

"암 그렇구 말구. 그렇구 말구!"

귀를 털털 텁니다. 머루 다래로 빚은 술, 잣을 까서 떡을 쪘고 아그배 뺄동*** 으름을 저축해 둔 것을 한정 없이 내어다 넓은 잎사귀 그릇에 담았습니다.

술이 몇 차례나 돌고 그릇의 음식도 반 넘어 줄어진 때는 좌중은 모두 흥이 날 만큼 되었습니다.

"에라 놓아라 아니 못 놓겠네에! 킥킥…… 아이구 목구멍이 알키하다."****

까마귀가 소리를 내자마자 두어 번 기침을 하고 물러앉으니

"아리랑 아리랑 에 아라리요…… 아이구나 이런 술을 다 엎질러 버렸군. 이제 술도 없는데…… 헤헤헤……."

토끼까지 자리를 신명나게 하였습니다.

---

* 거만스럽게.
** '도무지'의 옛말.
*** '보리수 열매'인 듯.
**** 알싸하다.

"어째 두 분이 죄다 노래 끝을 못 매지우."

늙은 다람쥐가 얼굴이 벌게 가지고 웃음을 죽이지 못합니다.

이때에 비둘기와 꾀꼬리가 왔습니다. 여럿은 두 팔을 죽죽 내어 악수를 하며 왜 늦게 오느냐고들 책망하는 것입니다.

좌중은 다시 웅성거리게 되었고 꾀꼬리 노래와 비둘기 장타령 바람에 감격과 웃음에 사로잡혔습니다.

"참 봄이로군!"

주인 다람쥐가 앞니가 둘이나 빠진 사이로 혀끝을 벌룸벌룸* 내며 말하자 웃음이 뚝 그치고 한동안 조용해졌습니다. 다못 까마귀의 담뱃대 터는 소리만 간간히 들릴 뿐이었습니다.

"영감님 이야기나 들려주시구료."

침묵을 깨뜨리고 수달피가 말하니

"원 내가 이야기라니 흐흐흐흐!"

일동이 모두 독촉을 하니 마지못해 이야기를 하게 되었습니다.

"에헴! 내 젊은 시절은 성미가 고약해서 이웃 사람들에게 여간 미안치가 안 했지요. 우물길에 허방 파기, 가죽신에 물 부어 넣기, 다 된 음식에 모래 넣기…… 이렇게 했고 게다가 반드럽고 골 채우기 잘하고…… 열 가운데 하나도 모범된 일이 없었지요. 그러다가 평생 처음 죽을 지경을 당하였지요. 어느 여름인가 날은 매우 더운 때 우물길에다 남모르게 허방을 파자니까 뒤에서 으르렁! 하는 소리가 나기에 돌아다보니 호랑이가 나를 보며 달려듭니다그려. 나는 갑자기 하늘이 팽 돌고 땅이 움퍽질 퍽하였지요.** 곧 도망을 쳐 가까운 느티나무로 올라갔습니다. 뒤미처 호생원도 올라오는 기세를 보이므로 거기 머물다가는 큰일 날 것을 알고 다른 나무로 옮겨 나가다가 내 가는 편에 커다란 배암이 아가리를 벌리

---

* 벌룸벌룸.
** 움퍽 파이고 질펀거리다.

고 있었습니다. 나는 그것도 모르고 이편 가지에서 뛰고 난 뒤에 발견하였으므로 갑자기 허공에서 정신이 혼란하야 저편 가지에 이르기 전에 떨어져 버렸지요. 나는 그대로 기절되었습니다. 몇 날이 되었던지 눈을 떠 보니 우리 집이었지요. 허허허 그때 다친 옆구리가 지금도 절리는*걸요."

"아이고, 참 그때 나는 영 영감이 죽을 줄 알았었지요. 이웃 사람이 반송장이 된 영감을 메고 들어올 때는 눈이 아득합데다."

마누라 다람쥐가 영감의 말 뒤를 이어 하였습니다.

"호생원은 꿈을 잘못 꾼 셈이군!"

토끼가 능청맞게 말하니 여럿은 한참 동안 웃었습니다. 이윽고 이야기는 돌림으로 행하게 되어 수달피가 솔개에게 쫓기던 얘기며 비둘기가 꿩하고 싸우던 얘기에다가 토끼가 원숭이와 여우를 놀려 먹던 자랑이며 꾀꼬리가 공작하고 임금님 앞에서 옷 자랑을 하다가 져서 분한 김에 노래를 불렀더니 되레 상을 주더라는 얘기가 번차례로 나왔습니다. 그리하야 차례가 제비로 옮기자 제비는

"여러분 저는 강남의 이야기를 하겠습니다. 강남은 남쪽으로 산을 넘고 물을 몇 차례나 넘어 푸른 바다를 여러 날 날아서 가면 큰 땅이 있는데 거기는 사람들이 검고 발가벗었으며 사철 해가 더웁게 비추입니다. 먹을 것도 많고 살기도 좋으나 무서운 짐승이 많고 병도 많습니다."

이 말이 떨어지기가 바쁘게 까마귀가

"아니 거기도 땅이 있고 사람들이 있나 원? 사람이 왜 검을까? 왜 발가벗었을까?"

반문하였습니다. 제비는 운순하게** 앉아 해가 더우니까 그렇다고 설명하였습니다.

"그러면 거기는 늘 더우니까 겨울이 없을 터이니 우리들 사는 데는

* 결리는.
** 온순하게.

458

그곳이 좋지 않을까?"

다람쥐가 말하니 토끼가

"아니 저 해는 가끔 가다가 추웠다가 더웠다가 하는데 그곳에 해는 밤낮 더워 있다니 별놈의 해가 다 있습니다그려."

의심하니까 까치가 꼬리를 한 번 채스리고* 나서

"기러기 친구에게 들으니 북쪽에도 나라가 있는데 그곳 해는 늘 추워 있다 하데그려. 그래 왜 그런 데가 좋으냐 물으니 추운 데는 자기를 해하는 것이 없고 짐승들도 많지 안해서 살기가 퍽 자유롭다 합데다그려."

까마귀가 다시 나서며

"이 산 밖에 나가면 집을 짓고 사는 사람들이 있는데 두 발로 걸어 다니고 머리에다가 무엇을 쓰고 혹은 무엇을 어깨에 짊어진 자도 있고 그냥 고운 옷을 입었으며 눈앞에 번쩍거리는 것을 귀에다 걸고 다니는 사람이 있지 않던가?"

"응 있지."

제비와 까치가 한꺼번에 대답하였습니다.**

* 추스르고.
** 여기까지 「숲의 향연饗宴」(상)이다. 이 뒤를 잇는 내용은 찾을 수 없다.

IV 산문 · 설문

선배 작가先輩作家의 지도指導
—「구룡산九龍山」당선當選에 제際하야

당선된 감상感想을 말하라니 정말 부끄럽습니다. 졸작「구룡산九龍山」
은 산촌山村을 바른 대로 그려 보려 했으나 원체 배운 게 없는 저의 솜씨
론 서투르기 짝이 없습니다. 더욱이나 짧은 기한을 두고 레벨에 가까운
작품을 완성한다는 것은 큰 무리일 것 같습니다.

물론 긴장한 가운데서 쓰게 되니 다소 박력迫力은 얻겠으나 추군추군
이* 해야 할 사건事件의 진전과 인물, 대화에 대해서는 정말 줄타기보담
어려운 모험과 곡예를 감행해야 하는 것입니다. 우작愚作은 이러한 가운
데서 빚어낸 것인 만큼 도저히 '이것 보소.' 할 수는 낯 두터운 일입니
다. 그래 그런지 보내 놓고 될 것 같지 않았으며 되었다는 것을 보아도
길거움도 없었습니다. 지금은 또 군데군데 고칠 것과 초조焦燥한 중에 쓴
원고의 구적구적한** 것이 마음에 거리낍니다.

저는 이것을 자랑보담 부끄러움을 느끼는 동시 큰 짐을 아듬은 것 같
습니다. 그러고 이제 겨우 공부工夫하는 선까지는 다다른 성합니다.

---

* 추근추근히.
** 후줄근한.

그런데 저희들이 고심하는 것은 지방 문청文靑의 문화의 혜음惠陰에서 동떨어져 있다는 것입니다.

첫째 선배가 없는 슬픔, 둘째 사투리의 수난, 셋째 같은 동무가 없는 것(있대야 말 아님)입니다. 이것은 쉽게 해결될 것 같으면서도 오늘날과 같은 이런 분위기로서는 일一 삼三 문제는 영영 빛을 볼 수 없겠습니다.

그렇다고 여기서 오늘의 불행을 허룸하게* 내세우랴는 것이 아니고 앞날을 향해 부단히 노력해야 될 것을 믿어 의심 안 합니다.

끝으로 원할 것은 여러 선배님께서들 아무쪼록 후배들을 힘을 배전倍前하야 지도하셔야 될 줄 압니다.

----

* 허름하게.

「구룡산九龍山」의 경개梗槪

　　장자골은 구룡산九龍山 기슭에 벌려진 칠십 호나 되는 빈한貧寒한 산촌山村이었다.

　　여기 사는 사람들은 하늘을 섬기고 산신山神을 떠받치고 그런 반면 거의 굶주려 가며 생활의 절망에서 내일의 실낱같은 희망을 가져 분憤도 내고 웃음도 웃었다.

　　허나 그들은 무지無知였다. 그들은 어둠에서만 살았다. 산과 같은 억셈과 물과 같은 맑은 정을 가졌어도 현실의 비참悲慘과 어깨를 겨누고 설움의 길을 걸어가지 않으면 안 되는 것이었다.

　　그는 곧 어느 세상에서나 마찬가지 세력勢力이란 얄보드레하고도* 그악스런 그물〔網〕이 이런 곳까지도 파고들어 펼쳤기 때문이라 하겠다.

　　이 참봉李參奉 그가 곧 이 마을에서 그물 역役을 맡은 위인이다. 가령 구룡산 비탈에 있는 잣나무든 과수나무**든 또 마을 앞에 놓은 물레방아

---

　　* 얇고 부드러우면서도.
　　** 과실나무.

든…… 아니 보다 뻐쩔린* 나무는 숯쟁이에게 고값**으로 팔고 굽턱굽턱 살탁살탁***에 있는 밭이니 논들은 없는 사람에게 맡긴 것은 누구나 안 부러워할 수 있겠는가? 가을이었다. 가을엔 잣을 딴다.

여기에 춘풍이 같은 전팔田八이가 나오게 된다. 그는 참봉댁에 빚이 있다. 참봉은 고래 심줄 같은 그의 어구통머리****에 몇 번 조르다가 고분이***** 못 받을 것 같아 꾀를 쓴다. 그것은 샀을 준답시고 잣을 따게 한 것이다. 여기서부터 겉으로 안 보이는 불이 붙는다. 점세点世는 젊은 숯쟁인데 전팔이를 동정한다. 그는 참봉댁 머슴살이로 있다가 나왔음으로 참봉의 사람됨을 아는지라 삯을 못 받아 한숨짓는 전팔에게 춘풍이 같은 무저항을 배척하며 굳셈을 넣으려 드는 것이 보인다.

전팔이는 집에 들면 어머니로부터 아내로부터 괴로움을 받는다. 그것은 생활의 반갑지 못한 기록인 동시에 인간애人間愛의 섬뜨레한****** 표증表證이었다.

그의 집에는 '살찐'이라는 고양이가 있었다. 여덟에 난 아들 성근聖根이가 입에 든 밥을 노나 먹게 귀여워하는데 솔잎만 먹는 요즈음의 전팔이 집에 무슨 기름진 것이 있으랴. 살찐이는 마침내 도적괭이로 변해 갔다. 잘 가는 집은 이 참봉댁이었다.

잣을 다 까고 나면 동제洞祭가 있어 마을 앞 여의주지如意珠址―즉 당산―에서 지내게 되는데 제물祭物을 장만한 이 참봉댁의 부엌에 살찐이가 드나들게 된 것은 결코 우연치는 않다.

동제를 지낸 그날 밤 오랫동안 쌀에 굶은 성근이 할머니는 짐승들만 먹게 한(절대 금지된) 당산에 허친 제물을 도적하여 와서 먹고 체하여

---

* 벋어나 무성한.
** 높은 값.
*** 군데군데, 사이사이.
**** 목 위 부위를 일컫는 낮은 말. 여기서는 마음을 쓰는 모양새.
***** 고분하게.
****** 섬뜩한.

배를 앓게 되니 이 늙은이 산신령의 벌주심이라고 외치는 것이다.

　같은 날 밤 이 참봉댁 송아지는 범이 물어 가고 이튿날 당산의 제물은 사람의 행위로 없어진 것이 드러나자 이 영감 역 산신령의 노여움에 자기 송아지를 잃었다고 야단이 난다.

　성난 참봉에게 죽은 살찐이를 아듬고 저녁 해 지는 산으로 찾아가는 성근이는 참봉 맏아들 총에 선불 맞은 범으로 해 어덕에 떨어지고 돌연 나흘이나 공들여 깐 잣 고방에서 불이나 온 동네가 생지옥生地獄의 전율할 화면을 드러나게 되는 것이다.

《매신每申》일등 상

설문設問

1. 약력
경남慶南 사천군泗川郡 곤양면昆陽面 공보公普를 마쳤을 뿐 불행히 웃학교'는 못 갔습니다. 19세부터 지금(23세)까지 해인사강습소海印寺講習所 교원敎員으로 있습니다.

2. 언제부터 문학文學에 뜻 두었던가?
16세부터입니다. 그해 바로 해인사로 와서 당시 불교전수강원佛敎專修講院 외과강사外科講師로 계셨던 시인詩人 유엽柳葉 선생 밑에서 문학이란 것을 알게 되었으며, 19세 때 향파向破 이주홍李周洪 씨의 가르침을 받고 굳게 문학을 신봉信奉하게 이르렀습니다.

3. 사숙私淑하는 조선朝鮮 작가作家는 누구누구?
민촌民村 선생, 엄흥섭嚴興燮 선생, 이주홍 선생.

| * 상급학교.

4. 문학 단체나 동인잡지同人雜誌와의 관계 유무有無

없습니다.

5. 금후今後 작품作品 제작製作에 있어서의 신조信條

리얼리즘의 길을 닦고 싶습니다. 그리고 문화文化에서 훨씬 뒤떨어진 이런 산중山中에 있는 만큼 산山을 두고 쓰겠습니다. 주로 단편短篇 공부를 하겠으나 보담 첫째 작가 수업을 안 게으르게 해야 되겠습니다.

6. 상경上京은 언제쯤?

'촌놈이 서울이 당當하느냐.'는 기막힌 형편입니다. 모처럼 시작한 떡장사가 먼지 고물이 콩고물보다 많았다는 격으로 작년 팔월에 한 번 갔다가 먼지만 함북 둘러쓰고 왔습니다. 가고 싶은 마음—가면 여러 선생님을 찾아뵈옵고 문학에 대해 앙훈仰訓코저 할 듯—간절하오나 아직 쉽지 않겠습니다.

망언妄語 일편一片

소위 문학을 한다는 사람은 그 거소據所인 문단을 저버릴 수 없고 그 공기를 호흡 안 할 수 없는 것은 재언再言 무요無要다. 그것은 마치 고기와 같다 할까?

하나 나는 불행인지 문단文壇의 일을 잘 모른다. 게으른 탓도 있겠으나 워낙 머리가 ×로 둔한 죄罪다. 또한 이런 시골뚜기*된 애틋함도 있다.

허다고** 영 모른다는 것도 아니다.

문단이 던지는 그림자는 직접 사회社會에 거슬리고 사회란 거울은 바로 문단을 비추는 것이나 오늘의 사회 문단은 뚜렷한 윤곽이 안 나타나 있다.

이것은 작가보담 민중의 비애다. 갑甲이 나오고 을乙이 나오고 그런가 하면 병정丙丁도 씨름이나 할 작정으로 뽐내고 자리를 차지하는 현 문단이니 헝클어질 대로 헝클어졌다.

문단을 이렇게 적요寂寥케 한 것은 사회라기보담 이런 지반地盤을 가

---

* 시골뜨기.
** 그렇다고.

꾸어 나가는 농부 격인 작가의 게으른 것이 드러나 있다 하겠다.

오호 그러나 작가의 걸어가는 걸음걸이를 보라. 눈물 한숨을 되풀이하며 비쓸거리며 가지 않느냐? 사회는 입만 비쭉거린다. 바른 길을 가려는 나그네의 주린 배 꺼진 눈 무력無力은 마침내 길을 헛들었다.

이런 모양이라 그 작품에 나타난 이데*란 하등 적극성積極性이니 지도성指導性은 모두毛頭도 없다. 이런 줄을 알면서도 꾸짖는 사회는 쳐다보고 침 뱉는 수작이 아니냐.

산만한 신변잡기로써 목숨을 이끌어 나가는 작가에게 우선 영양물營養物을 주라.

고민과 우울의 문단은 무근저無根底 명상冥想 침통沈痛을 양성釀成할 뿐이지 명랑明朗 철저徹底 패기覇氣는 있을 수 없다. 실로 한심한 노릇이다.

이런 즈음 우리의 옷섶을 바로잡게 하는 것은 「고향故鄕」**의 출현出現이다. 우리들의 군색한 살림살이에도 이런 그릇과 양념이 있었던가 하니 정말 수무족답手舞足踏을 할 노릇 아닌가? 「고향」은 문단의 저수지인 동시에 사회에 던지는 충실된 수확이 아니고 무엇인가? 그러고 그는 곧 우리 후진後進의 등대이며 현하現下 조선朝鮮의 일대一大 교훈이 안 되면 안된다.

이런 말을 하는 것은 고갈姑渴된 문단에도 풍부한 비가 침윤浸潤되었으니 이후에도 얼마든지 우리의 힘 여하에 이와 비견할 자양물을 발견할 수 있다는 자신의 소회다.

영양 부족한 오늘은 반드시 영양 풍부할 내일이 있다는 것이니 여윈 볼 꺼진 눈가는 파래도 생기가 약동한다.

(1937년 4월)

---

* 이데아.
** 민촌 이기영이 쓴 장편소설.

잠자는 목공木工

동무 ○○가 "작가라니 집 짓는 것이지요?" 하여 웃은 일이 있다. 하나 생각하면 웃을 일이 아니다. 과연 집 짓는 사람인 때문이다.

일찍 나는 작가를 산山에 비겨 보았다. 산이 높으면 높을수록 시야는 넓어지고 그의 예술은 큰 분수령을 짓는 때문이다. 하나 오늘의 우리 기성작가既成作家들 사이엔 뛰어난 집 짓는 사람이며 높고 험준한 산도 없는 것을 슬퍼한다.

관상가가 보았으면 거의 등제登梯할 상相이 없다고 할 것이며 의사가 보면 의례히 심장이 약하다 할 것이다. 부자富者가 되려면 액상을 해야 하고 심장이 약하면 약을 먹고 적당하게 운동을 할 것이나 그럴 처지도 안 된다. 그중에도 휴머니즘 류流의 유심론唯心論의 토대土臺 우에 선 작가들이 더 많은 듯하다. 그것은 오늘날의 물질문명이 악착해지니 예술의 항구성恒久性, 인간人間의 영원성永遠性을 부르짖게 하여 마침내 지장보살地藏菩薩이 되려는 것에 벗어나지 않는 까닭이다. 그들 중에는 계급階級이니 투쟁鬪爭이니를 부정하랴고 드는 자者도 있으며 예술이란 원래 심心의 표현이니 물건은 이 앞에서 굴복 안 하면 안 된다고 하는 자도 있다. 이 것은 너무 심한 잠꼬대에 안 벗어난다.

오늘의 작가는 가장 격화激化한 경제가이며 정치가다. 생활의 전면적 파악은 어느 시대에서도 필요한 것이니 옳은 경제 옳은 정치에야 물론 그 사회의 살림을 빛나게 하는 것이 아닌가?

그러나 그런 살림을 살아야 하는 작가가 요즈음 바람이 들어 좌충우돌을 거듭하니 이래서야 집안이 잘될 리 없지 않는가?

누구는 이상李箱, 박태원朴泰遠, 김유정金裕貞, 안회남安懷南 제씨諸氏를 받들고 춘원春園, 춘해春海, 상섭想涉 등 제씨에 발맞추고 윤백남尹白南, 김동인金東仁, 야담野談에 장단을 치니 쌍나팔, 피리, 가야금, 피아노, 수풍금*이 어울려 닐릴빼빼하니** 정히 호화스럽긴 하다.

하나 이런 때는 '냉정'이 필요하다. 기둥이 없으면 봇장***이 없는 것이니 정당한 문학의 길이 서지 않고서야 어디가 참된 것이 있다 할까?

살림을 잘살려면 힘이 부친다는 말은 옳다. 하나 가난뱅이 부자라는 것은 어쩐 까닭인가? 우리는 활동이 부족하지 않는가? 여름날 캄캄한 소내기**** 판에도 탁 치는 번개가 있는 것을 알지 않는가? 더욱이나 기성작가들이 보여 주는 우울한 것은 애닲다 안 할 수 없다. 그들에게 힘이니 재질才質이 없는 것이 아니다. 엉덩이가 추질지언정 눈매는 칼날 같다. 나의 하는 말은 애숭이 호박 같은 말이라고 웃을는지도 모른다. 하나 비웃기 전에 생각할 수 없을까? 그가 앉은 자리와 뒤에 따라오는 애숭이 작가—그들의 대代를 이을—들을 살펴볼진대 거기엔 깨달음이 없지 안 할***** 것이다.

일언—言으로 반복한다면 건전한 작품을 내세우란 말이다.

만일 지금의 그들을 가리켜 잠자는 목공이라 한다면 우리는 실로 그

* 손풍금, 아코디언.
** 닐릴거리고 빼빼거리니.
*** 대들보.
**** 소나기.
***** 않을.

것에 믿음과 희망을 가질 것이다. 한잠 자고 난 뒤의 목공은 대패질 끌질 먹줄 놓기가 헌칠해질 것은 뻔하니까······.

(1937년 4월)

나의 영록기迎綠記

귀뚝새 떼가 산대 숲에서 논다.

한 마리의 소리는 오륙 보 밖에서도 잘 안 들리는 귀엽잖은 이 소조가 오륙십 마리 떼 지어 수액이 한창 오르는 봄날 허공에 장쾌한 코러스를 빚어낸다.

산과 들은 싹이 튼다.

가을이나 겨울을 덤 숲이나 울 밑에서 숨어 살던 그들이 이젠 아주 야유회를 열게 되었으니 다사롭지 안 할 수 없다.

꾀꼬리는 아직 안 보인다.

나의 집 앞 밀죽한* 느티나무에 해마다 잎이 덥수룩하면 길 가다 쉬어 가던 그 귀여운 소리의 주인이 꾀꼬리―그는 확실히 봄의 심벌이다.―하고 나의 행복이란 꿈의 형상화였다.

옛날엔 그를 나의 애인이라고도 했다. 짧은 나의 과거도 그로 인해 추억이란 슬픔을 느껴 보기도 했고 미래의 나를 그려 보기도 했다.

| * '멀쑥한'과 비슷한 말인 듯.

하나 지금은 어떠하냐? 나는 그를 배반했다. 모양과 음성은 싫어지고……라기보다 생각지도 말고 싶어졌다.

그것은(그의 부르는 노래는) 완성된 길거움이 아니고 그의 노란 모양은 자기기만의 허위의 탈인 듯함에서다.

세기世紀란 별 물건이다.

오늘날은 인류의 역사상에 없었던 암탐*과 우울과 고뇌의 흙구데기**가 아닐 수 없다. 허영과 사치와 자기 행락의 술에 취해 떨어진 항간이다. 거기는 맹목 시기 질투 반목 허위의 물구렁이다. 일찍이 만인을 위하려는 뜻 가져 본 이 몇이나 될까? 자선가의 두루마기 자락에 뒤룽개***를 띈 육 편六篇씩 내놓는 금릉인金陵人****으로서는 불명예不名譽스러운 노릇이었을지도 그 역亦*****모르는 일이외다. 회사로 찾았을 때 그는 자기 방으로 인도하지 않았을 뿐 아니라 응접실에도 들이지 않고 낭하廊下 한편 구석에 세워 놓고 바쁘단 소리를 오 분五分도 못 되는 대담對談에 열 번도 넘어 하였습니다. 괘씸하다고 그를 욕하기에 거의 식창飾窓에 비치는 나의 풀죽은 모시 두루마기의 초라스런 행색을 발견하고 나는 끝없이 우울하였던 것을 지금도 상기할 수 있습니다. 그러나 그것도 저것도 말이 있고 말입니다. 이미 고인故人이 된 그에게는 그 나이 그 재간이 남에 없이 아까워 애통할 뿐이외다. 살아 있으면 어느 때든 서로의 사이가 석연釋然할 날도 있을려만 이제는 모든 것이 허튼 옛 꿈이 되고 말았습니다.

---

* 검은 탐욕.
** 흙구덩이.
*** '달룽개.' '달래'의 지역어.
**** 나라잃은시대의 작사가.
***** 또한.

표정表情의 애수哀愁

평소 느낌을 종이에 옮기려면 괴롭고 또 옮기고 나서 서글프다 하겠다. 이는 그 자者가 글에 능란함이 아니라는 것보다 그가 가진 사상의 정립行立 산만성散漫性에 걸린 까닭이라 하겠다.

웃는다 성낸다는 것은 주위 사물의 감각성感覺性의 변화라. 마찬가지로 쓴다 본다 느낀다는 것도 인간의 투명 불투명을 밝히려는 예술의 도덕이다.

일찍 나는 들에서 자라 산중山中에 숨었고 숨어 있을수록 야지野地가 그리웠다. 이것은 저 토끼란 놈이 산에서 잡혀 야지野地에서 기르면서 무척 산을 그리워함과 반비례된다 하거니와 사람은 흔히 권태를 느끼는 바 자질어* 사물에 그렇고 처소處所에 그래 좌행우회左行右廻를 거듭하는 것이다 하겠다. 이는 그러는 자者의 개성적個性的 진화進化였고, 미래의 인간과 인간 사이에 국면局面 전개展開하는 아름다운 동물적 습성이라 하겠다.

| * '자주'의 뜻인 듯.

여러 해를 두고 나는 산중 사람과 벗하여 살림을 할수록 도회都會 사람에게 대한 흥미를 솟구치었다. 그들의 단순하고 억세고 미련 받은 것이 산적山的 분위기의 양성물釀成物이란다면 도회인의 가진 성품은 어느 영역까지 다다랐는가가 내게 있어 그렇게 느끼게 했다.

나는 도회로 나왔다. 그리하야 그 얼굴을 모모이 보며 있다. '만삼萬感'이란 말이 내게 준 글자라면 정녕 고함치도록 도회는 나에게서 축복을 받으리라. 도회는 정녕 나를 가르쳤으며 또 앞으로 가르칠 것이며 응살'이 나도록 행복하리라.

네거리 극장劇場 카페 공장工場 사장射場 애교 유혹 고소苦笑 탄식 저주 낙오落伍 우울 갈등 오해…… 나는 일찍 이런 많은 글자를 늘어놓은 적이 없었다. 도회는 정 심란스러운 것이라고 느낀 것은 나로서는 퍽 오래였고 그만큼 막연했다. 했던 것이 시방 눈을 놀래게 하는 분위기는 오래 두고 있을수록 온몸을 침윤浸潤하는 심각미深刻味가 있다.

어여쁜 새악시를 담아 가는 인력거를 보다가 전주電柱를 기대인 감자 장사 외 수박 복숭아 상인을 보아 웃음에서 우울로 지나가는 맘의 델리케이트함을 점點쳐 보았다. 넓은 거리에서 한 발자욱 좁은 골목을 들어서서 집이 처마와 처마가 다닥다닥함을 보고 도회 사람의 심경心境을 엿보기도 했다. 사람의 줄기가 파도를 지워 거리에서 거리로 끊임없이 흐르는 도회의 대동맥大動脈과 모세관毛細管은 명일明日의 포도輔道를 어느 살수차撒水車로 씻을라는지 의심을 해 보았다.

평소 느낌을 종이에 옮기려면 괴롭고 또 옮기고 나서 서글프다 하겠다. 이것은 자못 사람들의 면면面面을 보면 볼수록 내게 있어서 그리했다. 네거리는 나의 사색思索의 저수지라. 나를 잊었고 명상에 잠겨 버리는 흥취胸醉야말로 도회의 병아리인 나의 긍지였다. 먼저 산중에서 나를

| * 엄살.

잊은 때는 자연과 인생의 사이에 큰 '얼'을 지운 공허空虛와 환멸幻滅이 나를 친 때이었으나 시방 이 네거리의 나는 소음騷音의 비애박자悲哀拍子의 희극喜劇이 던져 주는 수수꺼끼인 딜레마에 사로잡혔다.

나는 눈물을 흘리고 우는 자의 행복됨을 깨달았다. 이것은 밤의 네거리가 선물한 것이고 동시에 밤하늘이 속살거린 '스핑크스'의 애교였다.

나는 고운 도회의 얼굴에 주름이 접히어 감을 슬퍼한다. 그것은 사람의 이마에 접히는 늙음의 선線보다 다른 범죄犯罪와 탈선脫線의 근심살이기 때문이다. 만화漫畵였던가? 슬픈 만화의 집적集積이던가?

나는 자주 남강南江으로 나간다. 그것은 나의 맘의 고향인 때문이다. 고운 정서情緖에 혼곤하고 줄기찬 물의 뜻을 배우려는 의도에서다. 여기서 지난날의 나를 추억하고 논개論介를 상상하며 그 시절의 진양晋陽을 그리어 보는 것이다. 그럴라치면 문득 나의 가슴엔 진양에 대한 정이 부풀어 오르는 것이다. 아지 못하는 뭇 사람들에게 일일이 말을 하고 싶으고 또 아듬어 보고 싶었다. 참다운 기쁨이란 여기서 출발하는 것이 아닐까?

그렇다. 정녕 행복이었다. 거룩한 정이 조잡粗雜한 마음의 폐지廢址를 더터* 오를 때 생生이란 영원한 요람 우에 평화된 햇살이 비추일 것이다. 양심만이 모이는 곳일진댄 인류는 인류다운 얼굴을 지면地面의 거울[鏡]에 흔적을 낙인할 것이다. 논개로부터 진양晋陽이 얼굴을 처들었고 논개인 때문 진양을 역사의 성 우에 하얀 비달기를 날리었다.

진양! 고운 리듬이여! 나는 그 품에 안겨 그 주름살이 하나씩 걷혀질 때를 기다리며 그 타입을 앵두알을 입안에 구를 듯 어린 눈에 구을리련다.**

(1937년 7월 29일)

---

* '되짚어'의 지역어.
** 굴려 보련다.

공족蛩足의 추연秋燕

가을이다.

하고 하늘을 보던 얼굴을 수그리며 눈을 지그시 감은 청승을 전선電線에 뒤룽거리는 거미 놈이 보고 조소嘲笑하는 양하다.

요즈음은 으법 철을 느끼게 되고 사람 된 삶을 규시窺視하는 연然 습관이 되었다. 그것은 봄이 여름으로 바뀌고 여름이 거센 폭력暴力을 가을에게 꺾이는 계절의 비애悲哀의 선물이라 하기도 한다. 연녹색 잎새가 검푸러지고 다시 붉고 누른 생애生涯로 환전環轉되는 엄숙嚴肅은, 자연의 곡조曲調러니 이 요람에 포옹抱擁된 인간의 계절도 엄숙하다.

그 엄숙이 내게 왔다. 그러고 살뭇이* 묻고 나긋이 속살거린다.

흔적 없이 왔고 흔적 없이 가는 철이니 인간의 삶도 역시 공허의 표본標本이다. 잃을 자者 있으리나 봄에서 가을로 오며 인생의 역사는 둘러생각하야도 지상에 또렷이 남은 것 같다. 그것은 흑판黑板에 쓰인 글이 아동兒童의 머리에 새겨진 후 닦아도 잊혀지지 않는 것처럼 노력과 정성

| * 살며시.

과 의지는 사회가 존립存立하는 이상 불멸不滅일 것이다.

그리하야 우리는 거대한 걸음으로 걸어가고 걸어가는 때마다 명일明日의 향상向上을 그리는 것이 아니던가?

그러나 나에게는 까싯*길도 아니고 반반한 길도 아닌 길만이 놓여 지금까지 건너게 했다. 실로 저 거미의 노력만 한 노력도 없었고 개미가 죽은 버러지를 물고 가는 그만한 성과도 없었다. 다못 산을 비껴 넘어가고 오는 구름이나 별과 달과 그리고 이슬과 풀과 새와 잠자리 같은 벌레들의 호흡에 나도 그냥 어울려 보았다. 이러면 늘 벙글거리고 콧노래도 불렀으나 아닌 게 아니라 저 제비를 생각고부터 그만 슬퍼 버렸다. 지금도 연자燕子라 한다. 제비 저 해말스럽고** 재빠르고 군센 연자!

강남江南이란 야릇한 이런 시절의 꿈이 제비로 하야 더 처량하지 안 했던가? 감꽃이 피는 철에 앞집 동무와 함께 꿰미***에 주렁주렁 달아 목에 걸고 중 염불을 형용하던 옛날엔 제비가 되고 싶어 멍하니 쳐다보다가 마루에 쓰러져 자고 자다가 일어나면 감꽃이 뭉개져 있지 안 했던가? 오라지 안 해 왔고 가라지 안 해 가건만**** 제비는 가는 것처럼 다정하였다.

그것은 거룩한 향수鄕愁의 공명共鳴이었다. 오색五色 구름이 지평선을 물 적시고 가만히 가만히 어둠을 데려오는 여름의 황혼黃昏에 우지짖는 제비는 그윽한 시詩의 나라를 뵈어 주는 듯했다. 소구루마 바위 소리 큰길에서 요란하고 앞내에서 목욕하는 아이들의 고기 잡는 소리가 어울려 고개 진 벼들(稻野)*****을 어루만져 산허리로 사라지면 흰 배때기를 산마루부터 밀고 나려와 다시 재빠르게 공중에로 솟구치는 가벼운 몸맵시는

* '까시.' '가시'의 지역어.
** 해맑고.
*** 꿰미.
**** 오라고 하지 않아도 왔고, 가라고 하지 않아도 가건만.
***** 논[畓].

481

인간의 정을 대지大地에 집착케 하였다.

　나는 제비를 잘도 그렸다. 그리고 노래도 곧장 불렀다. 주둥이가 노란 새끼를 집어내어 입 맞추기도 했다.

　내게 온 엄숙嚴肅은 곧 사랑하는 제비가 가을을 맞았다는 것이 된다. 나의 눈에 사뭇 제비의 걸음새가 초조스럽고 아무에게 알리지 않을 두려운 발자취처럼 보여진다.

　인간도 거대한 길을 걸은 후라면 반드시 승리적勝利的 비애가 온다. 이것은 인생의 가을이다. 인생의 가을은 장엄하다. 더구나 공장에서 들에서 가로街路에서 일하는 군중의 가을은 숭고한 것이다……

　그러나 가을아. 네가 나에게 굳이 '가을의 승리'를 관冠 씌우라면 아직 철이 이르니 되레 정사靜思와 반성과 노력과 희망이란 숙제宿題를 내어다오.

(1937년 9월 3일)

내가 애독愛讀하는 중견中堅의 작품作品

1.『고향故鄕』
2.『달밤』단편집短篇集 이상.*

| * 이 설문에 같이 응한 사람은 김정한, 이봉구, 김소엽, 정비석, 현동렴이었다.

시민성市民性

　원래 신변잡기란 개인 생활 체험에서 사회에로 끼치는 요소에 중점을 두었을 것이다.

　왕왕 이를 잊은 듯 요즘 신문 잡지 학예면을 채우는 삼문三文 문인들의 필적筆蹟은 마지못해 하는 고정苦情이 드러나 있다. 원인은 으레 사회 정세에 둔다거니와보다 그 사람됨의 여하에 운위云謂될 것이다. 이 글 역시 그 테두리에 안 벗어나서 이른바 우리네 생활 인식이 바르지 못하고 자리를 바꾸어 놓는 경향이라. 상승上昇할 성격이 패퇴적敗退的 운명運命에 거슬러 있다. 이는 마치 바돌판* 우에 놓이는 흑백黑白의 일 석一石 일 점一點에 따라 상대인相對人의 감정이 격변하는 그런 극히 혼란에 사로잡혀 좌충우돌을 거듭한다.

　어제의 친구는 비꼬움질을 받고 어제의 비꼬움질이 오늘은 환영歡迎으로 번갈아 나가는 야릇한 기분이란 확실히 무엇에 끄달리는 점이 있다.

　술이니 돈이니 기생이니 또 명예니 지위니 미모니 또 수단이니 시기

| * 바둑판.

니 물욕이니…… 대우와 감정과 차별이 섞여 어제도 오늘도 이 하늘 밑은 구름만 끼었구나.

아담과 이브가 역사의 실마리를 풀 때 그 실 끝에 맺히는 투쟁이란 것을 알았으랴? 공자孔子니 야소耶蘇니 석가釋迦 오늘의 물질의 악착한 속에 '신神의 아들'들이 서로 물고 찰 줄을 어찌 알았으랴?

허물어져 가는 인간성! 너무도 바람대로 쓰러지는 가벼운 마음아!

총명한 별을 잃고 오늘도 무기력한 그림자를 차도車道에 그리고 걸었다. 그대의 호흡이 저 사람의 호흡과 거칠어졌다. 그대의 별이 저 사람의 가슴에 박히지 안 했다. 그리고 그대는 자기의 힘의 존재를 잊어버렸다. 또 그대는 그대가 가질 마땅할 의무를 못 찾았다……. 저 굳은 길을 비쓸거리며 가는 시민市民의 그림자야.

(1937년 12월)

반년半年

진달래 태우는 봄이 보고 싶구나.

*

    수정봉 북편에서 솟던 따가운 해가 남녘으로 옮기었고 촉석루 아래 머리까지 묻혔던 의암이 온몸을 드러낼 만큼 물은 줄었다.

    서장대 서편 아득한 소우산에 황혼이 잦아들면 검은 대숲가로 갈까마귀들이 처량히 울고 눈 쌓인 지리산에서 나리는 차가운 바람이 전선에 머무르면 빈 구루마에 몸을 움크린 머슴들의 입에서 육자백이가 들릴 듯하다.

    철없는 아내와 촛불 앞에서 머리를 맞대이고 흥얼거리던 세월이여! 그새 한 해의 절반을 여기서 보냈구나.

*

속일 수 없는 것이면서 속여야 하는 억지와 성격이 차분한데* 돌방거려야 하는 슬픔들이 얽혀 두서없이 날을 밟아 오는 내다.

움켜잡자니 건더기가 없고 놓아 버리자니 얼빠진 것 같아 생활과 감정이 질서롭지 않는 시민의 역사는 오늘도 포도 우에서 그려진다.

조소에 환멸이 오고 자극에 울분이 오는 것도 순간이었고 체면과 감정이 엉클어져 사색에 암흑을 가져다주었다.

앞을 가려니 해도 술과 우울이 발에 달린 추처럼 청춘을 유혹하고, 같은 길을 다섯 번 열 번 걸어도 사철 연기와 먼지와 바람과 소음이 코눈 귀를 어지럽게 했다.

목이 말라도 돈을 주어야 추준다. 속이 갑갑하면 전주에 기대어 집과집 사이로 보이는 좁은 하늘밖에 위안이 없다.

거리의 천국은 언제나 돈으로 흥정을 해야 하는 부박한 인생이여!

*

그러나 나에게는 어깨를 누르는 울적이 더할수록 가슴에 부풀어 오르는 정열이 대항했다. 내일이 있다는 것을 느낄 때 늙음의 설움보다 일종의 신앙의 희열을 맛본다. 그것은 저 산속에 묻혔던 분별 모르던 나의 눈이 도회라는 얼굴을 보기 시작하면서 더욱 식열했다.

*

봄이 보고 싶구나.

싸늘한 포도 우에 어딘지 모르는 곳에서 굴러 오는 꽃잎이 보고 싶구나.

(1937년 12월)

| * 차분한데.

487

촌감 寸感
― 신예 작가新銳作家들의 문단文壇 타개打開 신안新案

1. 평가評家와 작가의 대립 청산.
2. 신진 작가에 대한 입장의 존중.
3. 작품의 질적 향상 도모.
4. 문학상文學賞을 설치.
5. 문단 주류主流의 확립.

(1937년 12월)*

| * 같이 설문에 응한 이는 정비석, 김정한, 현동렴, 김소엽이었다.

적막寂寞한 창공蒼空

가을 지난 하늘로 갈까마귀 떼가 우작하게* 덮어 오고 지평선 우에 미움** 같은 구름이 해주구리하게*** 풀려 있다.

내 뚝에 늘어선 백양나무 높이 집 지은 까치에게도 걱정이 오는구나. 벌레들은 땅속으로 귀양 갔다.

어제나 오늘이나 한결같은 날이 나의 얼굴을 스쳐간다. 거리에서 골목으로 골목에서 다시 거리에로. 그러다가 지치면 방 안 벽에 기대어 흥얼거리고 흥얼거림이 귀찮으면 다시 섬돌을 밟고 사립문을 나선다. 친구를 만나면 한동안 이야기에 우울이 없어진다. 친구를 작별하면 적막이 온다. 집에 들면 양식 찬거리 나무 걱정의 선물을 받는다. 돈이 쥐이면 마구 쓰여진다. 없으면 세상이 악착스럽다. 이것은 분명 살림을 안 사람의 공통됨이겠으나 유독 나에게 더한 것 같다.

거울을 들여다보면 싫어지는 것이 있다. 행맑은**** 이마와 눈, 매끈한

---

* 무작스럽게.
** 미움.
*** 희멀겋게.
**** '해맑은'의 지역어.

콧날, 붉은 입살, 고운 살결…… 이것은 어린 날의 내 얼굴의 기억에서
담아낸 표현이나 시방은 이마의 주름이 살아나고 눈방울이 크긴 했으나
푹 꺼지고 안총에 피가 비치었으며 법령이 파이고 입술이 머죽하게* 돋
았으며 또한 하관이 죽 빠진데 흐러명한** 기분이 머물었는데 어디 한곳
매당성***이니 당찬 빛이 없는 것이다. 일 년 전만 해도 저 얼굴이 저렇게
아스러지질 안 했었다. 생각하면 내가 나이를 먹는 게 아니라 해가 나를
먹는 셈이나 여기에 슬픔이 있다거나 억다구니****를 쓰려는 비겁함도 아
니라 정월에 계획한 것이 섣달에 와서 보건대 하나나 뽐낼 일을 한 게 없
는 것이 가슴을 판다는 것이다. 흔히 나는 양심을 말하는 좌석에 있어 보
았고 나 역시 생각함도 있다. 먹고사는 데 썩은 양심이야 한다. 내가 살
고 난 후 남을 !***** 한다. 나는 생각이 둥글지 못한 죄인지 모르나 저 사
람의 이 말이 귀에 거슬린다. 이런 말하는 사람들이란 가난한 일꾼들의
입에서는 듣지 못했으나 자기 것이 넉넉한, 남의 사정 넉넉히 알아줄 사
람에게서 항용 하는 것에 놀랐다.

　부지런히 긁어모으고 난 뒤에 세상을 살피려니…… 즉 자기를 위해
백 사람의 희생을 당연하다고 받고 나중에 열 사람을 생각한다면 물론
후덕하다는 칭찬을 받거니와 결국 양심이란 나머지 구십 인마저 생각해
야만 하는 것이 된다. 이 말은 딱딱 닿도록 마음을 쓰라는 것은 아니로되
사람이 사람을 의지하고 사는 사회에서라 정신일망정 나보다도 남이라
는 정성을 가졌으면 하고 싶다.

　물론 이날에 있어서 균형이 지우러진****** 삶이라 그것이 농담이려니
와 내일이 오고 또 한 해가 올 것이려니 몸 둘 곳을 가누지 못하는 오늘

---

* '머즘하게'의 지역어.
** 흐리멍덩한.
*** 맵고 끊는 것이 분명함.
**** 악다구니.
***** 차마 밝히기 어려운 낱말이 들어갈 자리여서 느낌표로 처리한 성싶다.
****** 기울어진.

의 시민의 걸음에 한결 나은 향기를 품어 주고 싶은 것이다.

창공을 날아가는 기러기의 자취처럼 내가 여기 와서 반년이란 세월
이 흔적 없이 사라졌다. 범벅된 감정이 지금의 좁은 가슴에 찼다. 하나
이것은 여기에 말할 것도 못 되거니와 다못 내 앞에 길이 있다면 길을 찾
아 나아갈 것밖에 더 맹세가 없다.

적막한 창공! 그러나 가지에 어린 움은 낱낱 그를 향하야 가슴을 달
막거리는구나.

(1938년 1월 9일)

돌아온 실춘보失春譜

모자 쓴 이마에 땀이 어리우고 등 끝이 다근하여졌다.* 눈이 부시다. 모든 것이 행맑다. 실버들 가지는 추렁거리고** 처녀의 치맛단이 팔팔거린다.***

오! 봄이다. 개고리****야. 논 둔벙*****에 알〔卵〕을 쓸지****** 않으려느냐? 숲 속의 솔개야. 하늘에 무늬 놓은 구름을 너의 억센 날개로 쓰다듬지 않으려느냐? 옛날의 동무야. 단장 밑에서 각시풀*******을 뜯어 소꿉질하던 기억을 지금 어디서 하려느냐? 봄은 앞들 백양목과 대숲에다 회초리 하나와 마디〔節〕하나 더 늘여 주려 왔고 앞 산허리 공동묘지에 무덤을 여러 낱 보태러 왔다.

지금 온 봄인들 희열과 그 그늘인 애적哀寂을 함께 가져오지 안 했을

* 따끈따끈해졌다.
** 출렁거리고.
*** 팔랑거린다.
**** '개구리'의 지역어.
***** '웅덩이'의 지역어.
****** 슬지.
******* 무릇.

492

리 없다. 그리하야 희비喜悲가 담긴 그림책을 제공하는 것이다.

*

남강南江은 얼음을 녹여 먹고 배부른 듯 멍멍하게* 흐른다. 양짝** 모래밭을 넘나드는 빨래 소리는 아름다운 봄의 구가謳歌이다. 하나 진주교晉州橋 양편 어구에는 남녀 맹인盲人이 아침부터 밤까지 같은 문서文書를 쉬지 않고 외운다.

"적선하고 가십시오. 눈 어두운 봉삽니다. 일 전도 적선이요 이 전도 적선입니다. 어진 신사 어르신네 적선하고 가입시오."

두 손을 마치 상相이나 보이듯 내어밀고 억지로 눈을 끔벅거리며 머리를 굽혀 억양이 든 소리로 지른다. 벌써 그 소리는 세련된 소리라 내일도 모레도 한결같았다. 자동차가 혹하고 다리의 번인番人에게 먼지를 끼얹는다. 뭇 사람 중에는 보지 않으려고 돌리는 자者가 있고 웃는 자도 있으나 구리 동전을 끈끈하게 안 준다. 서글픈 생산生産 가치價値다. 그러나 이 가치는 일생을 두고 저 두 사람에게 있어서는 떨어지지 않는 운명을 가졌다. 여기에서 다할 것이면 다시 다른 땅에서 저렇게 빌붙을 것이요 이리하야 영원한 나그네가 되는 것이다. 하나 저 두 사람인들 복福이 있었다면?

*

어느 음식점 앞이요 거기는 좁은 길이다. 전주電柱에는 아이들이 못[釘]으로 낙서를 하여 놓았고 벽에는 극장 포스터가 걸렸다. 음지陰地다.

<hr>

* 먹먹하게.
** 양쪽.

고음국* 냄새가 목젖을 건드리고 '놋식기'에 철철 넘는 막걸리는 취객酒客의 배층을 간지른다.**

음식점 조금 비껴 아마도[雨戶]에 홍당목 긴동한*** 것이 펄렁거리는데

작명作名

신수身數

사주四柱

관상觀相

등 몽당붓이 억지로 지난 듯한 글자가 투색하여 있다. 바로 그 밑에 중절中折 조타鳥打 모자가 혹은 새것도 있고 혹은 꾸개여진**** 것도 있는데 두루마기 외투 주머니 찬 명주 바지저고리 입은 손님들이 총총 섰다. 그 안에는 돋베기 쓰고 주름이 일그러진 그리고 돈을 주어도 호의好意를 못 살 딱딱한 눈초리를 가진 노인이 고양이처럼 움크리고 앉았다. 그 앞에는 조선종이로 책冊 매인 것을 울긋불긋 늘어놓았으나 죄다 쓰레기통에서 집어내 온 것처럼 낡고 거머티티하다. 그러나 『소화십삼년조선략력昭和十三年朝鮮略曆』이란 책만은 혼자 뽐낸다. 약병엔 냉수가 담기고 베루*****는 복판이 홈이 파였으며 가는 붓이 시달려****** 있다. 쓴 중절모자는 먼지가 보얗다.

노인은 메기수염 같은 윗수염을 비빈다. 간혹 귀를 앵기손가락*******을 넣어 헤비기는******** 하나 말을 잘 안 한다. 그는 마지못해 안경 너머로 둘

---

* 곰국.
** 뱃속을 간질인다.
*** '깃동한.' 깃을 단.
**** '구겨진'의 지역어.
***** 벼루.
****** 많이 쓴 듯한 모습을 시달렸다고 표현한 말.
******* 새끼손가락.
******** '후비는'의 지역어.

러보고 작은 주판을 짤짤 흔들며

　"일년신수一年身數 평생사주平生四柱 헴헴 작명作名이거나 다 한 번씩 보아 둘 만하오. 아무리 뼈 빠지게 일을 해도 운수가 돌아오지 않는 것은 반드시 이름이 남거나 액상厄相을 때우지 않은 까닭이요. 또 고친告親의 봉제사奉祭祀거나 산소山所에 흠이 있어 집안에 늘 재앙이 안 떠나는 것도 헴! 사주에 매인 것이요. 자 어떠시오."

　그러며 그림 그린 책을 넘기는 것이다. 그러나 벌린 책의 그림이나 모양을 구경하는 것이요 하나도 대어 드는 이가 없다. 혹 마음이 있는 자가 있어도 남 보기 부끄러워 께름칙한 것이다. 이런 수단手段도 몇 년 전보다 훨씬 생산 가치가 없어졌다. 저 사람에게도 사주가 좋았다면?

*

　약주 회사藥酒會社 '세멘' 벽 앞에 여자들이 들밀며* 있다. 손에 소구리 바가지 멜통** 사구*** 등을 가졌다. 낱낱 얼굴들은 한 빛으로 뵈이는 푸르고 누런 것이 섞인 축이다. 연기와 몬지에 시달렸다는 것보다 악착한 인간고를 넘기지 못하는 밑바닥인 생활면의 발악이다. 술찌거미****의 숭배자가 또 하나 생겼다. 담痰이 있는 사람은 약藥으로 찌거미를 먹었고 지독한 술꾼은 물을 태워***** 먹었으나 저 사람들은 한 때 두 때가 아니오, 바로 상식常食이 된 것이다. 참으로 우마牛馬와 다름없다. 저렇게 숭배자가 많고 보니 도야지에게서 미움을 받을 것이요 또한 그보다 더 비참한 것은 자기에게 한 몫이 돌아오지 않는 때에는 빈 그릇을 아듬고 걸

＊ 들이밀며.
＊＊ 멜 수 있도록 된 통.
＊＊＊ 독.
＊＊＊＊ '술지게미.' 술을 괴고 남은 찌꺼기.
＊＊＊＊＊ 타서.

어갈 길이 눈물의 집적集積인 것이다.

*

　진주교의 번인이나 사주쟁이나 약주 회사 앞의 비극이나 저 태양은 살큼 눈감아 버리고 광휘光輝와 희망과 또한 거기 숨은 각기 사람들의 온갖 감정을 북돋아 준다.

　높은 유리창을 열고 축음기蓄音機를 튼 사람에게도 택시에 몸을 실은 기생과 함께 앉은 이에게도 강둑에 움집을 지어 사는 거지들에게도 이 봄은 반갑지 않을 수 없다.

　그러나 영원한 애수哀愁를 가슴에 간직한 나그네에게 있어서 벌어도 손에 남아 있지 않는 싹'군들에게 있어서 또한 생활의 유복한 인텔리의 환상과 환멸을 느끼는 데 있어서 이 봄은 그리 상냥하지가 않다. 바야흐로 봄은 일대一大 분수령分水嶺을 지어 '생활', '감정'의 양면兩面을 제시하는 것이다.

　가련함을 보고도 눈감아 버리는 거나 번연히 안 될 것을 억지로 하려는 가난한 자는 한편을 눈을 감겨 놓고 '봉사 놀음'하는 것과 같을 것이다.

　이리하야 이 봄도 낡은 보표譜表를 펴 놓고 '도레미파'를 읽으려는 악인樂人들을 청한다. 나도 돌아온 실춘보失春譜를 앞에 놓고 깨어진 거문고나 어루만져 보자.

(1938년 2월 16일 밤)

| *삯.

문단文壇의 고집성固執性
—독서 촌감讀書寸感

독서하는 시간이 남보다 적은 나로서 월간물月刊物에 실리는 단·중편短中篇을 많이 읽지 못했다. 이러므로 독서감讀書感도 있을 수 없다.

그러나 극히 간단하고 개념적으로 말하면 요즈음 작품은 이데아가 불분명함이 태반殆半이 넘는다. '무엇을 어떻게 썼나.' '독자에게 주는 인상은?' 등 읽고 나면 우울이 오니 그 작품에 대한 대접이 성그러워진다.*

나는 이 까닭을 여러 번 생각한다.

첫째 작가의 노력이 적은 원인이겠으나 보담 문단이 가지는 고집적固執的인 경향이다. 왜냐하면 현금現今의 문단은 삼 신문과 수 종數種의 잡지로서 생명生命을 이어가는 만큼 가위可謂 저널리즘에게 칼자루를 쥐여졌다.** 그러기 때문 매명적賣名的이고 이기적인 분위기에 쌓여 신진新進과 중견中堅의 장벽墻壁, 평가評家와 작가作家의 대립이란 필연적必然的인 현상을 보이고 있다.

문화란 한두 사람의 것이 아니거니와 또 흥정할 수 없는 것이다. 그

* 변변찮아진다.
** 칼자루가 쥐어졌다.

러나 이곳 문화촌文化村에는 걸음하여* 북돋을 줄을 잊은 듯하다. 이것은 오늘날과 같은 사회 정세에 있어서는 퍽 곤란하다고 하겠으나 제이의적第二義的으로 보아 선배가 후배를 이끌어 나감은 안 될 것도 아니다.

역량 있는 작품이 나와야 손보겠다는 평가로 있어서는 너무 우리네에게 짐을 지우는 듯하다. 역량이란 단순하지 않다. 물론 작가 되랴는 사람이 노력 안 하려는 자가 없고 평가가 작품을 경솔히 하지 않으리라마는 문단적文壇的 허구虛構가 드러나고 주류主流의 끝을 잃어 혼란한 상태에 있으면서 아전인수식我田引水式을 되풀이하니 이 동면冬眠은 언제까지 가려는가.

비단 누구에게 책임을 지울 수 없는 것이라. 이 말 역시 바람에 소지 종이 날리는 격이나 너무 답답한 까닭이라 하겠다.

작가는 모름지기 현실의 각도를 바로 보고 선인先人이 아직 파지 안한 곳을 예리한 괭이로 길을 뚫어야 할 것이며 평가는 현실에 입각한 주류를 세워야 할 것을 바라는 바다.

(1938년 1월)

| * 찾아와.

봄의 넋두리

옆집은 기생 초급初級집이라 요즈음 와서 장고를 두다리고 목을 빼는 소리에 모처럼 안순한 시간을 얻어도 산란하여진다.

또 옆집은 잔소리 늙은이가 살아 아침부터 밤까지 양철을 두드린다. 그 너메는* 행길이라 좁쌀친구들이 언제나 끊어지지 않고 작장구**를 쳐 올리니 이런 봄은 와야 하나도 반갑지 않다. 누웠다가 밤을 나가도 자동차 사이렌 소리가 귀청***을 후리고 광풍狂風이 일어 먼지를 내 포켓에다 넣어 주니 목구멍이 알키하다.****

보이는 게 간복間服 입은 친구다. 나는 여태 겨울 것이 무덥덥하게***** 몸을 감아 있으니 그럴 밖에 없다. 그래 그런지 양복점에나 포목점에 가면 양복지洋服地만 슬슬 어루만지기만 한다. 수심愁心이 닥쳐서 시내나 못 둑에 푸른 실버들 가지를 휘어잡아 보나 그것도 어울리지 않는다.

---

* 너머는.
** 박수. 허민은 짝장구로도 쓴다.
*** '귀청'의 지역어.
**** 알싸하다.
***** 약간 덥게.

꽃이 사방 눈을 부비고 젊은이들도 찾아다니건만 눈과 코에 파리똥이 묻은 이 몸에게는 그리 화려한 생각을 낼 건더기가 없다.

남강과 서장대西將臺와 촉석루矗石樓는 갑자기 많은 연인戀人을 가졌다.

길거리에 틀어 놓은 축음기의 재즈곡曲은 바야흐로 봄의 너그러움을 구가한다. 신문을 펴들면 '화신花信'이니 '봄'이니 소리뿐이다.

밤의 향락가를 걸어가면 술잔 깨여지는 소리, 노랫소리, 구두 소리, 손뼉 소리, 싸움 소리, 웃음소리, 코멩어리* 소리뿐이요 지붕에 명멸하는 네온은 그 소리의 신호를 봄의 밤하늘에 알리는 것 같다.

거리에는 버쩍** 어깨동무의 무리가 늘어지고 모자가 삐두름해진 친구들이 늘었으며 오복점吳服店 쇼윈도에는 철 맞은 의장衣裝이 기름기 있게 늘어졌다.

봄은 심란心亂스럽다. 다만 우울과 권태다. 마치 술을 얼근하게 먹은 때처럼 불그디디한*** 절후節侯다.

남강의 둑을 밟아 나가면 전에 있던 걸인들의 토막土幕이 화재火災를 당하여 회진灰燼되어 있다. 이 모양은 정말 큰 우울을 가져다준다. 그나마도 집이란 재산을 가지고 살던 그들이 이제는 어디서 이슬을 피할 수 있나. 그래도 물 우에는 배가 떠내려가고 빨래 소리는 정서情緒롭다. 이 땅이 가진 저 자랑 그것은 생활적 경제 운운을 떠난 산명수려山明水麗한 가운데 흐르는 형언할 수 없는 시적詩的인 향기가 풍기는 것이다.

이 하늘을 둘러선 산 산 안에 아듬긴 들! 들을 뚫어 나간 길! 봄의 태양은 감격의 빛으로 물들여 주고 있다. 누구나 다 저 태양을 숭배하고 불타는 의지와 정력을 태양의 길에서 배우려 하나 두더지만은 아까웁게도 암흑에서 암흑으로 삶의 설계를 버리지 못하는 거대한 비애가 있었구나!

* 코맹맹이.
** 부쩍.
*** 붉게 달아오른.

봄은 그에게 있어서 역시 '페스탈로치'가 되지 못한다. 온 천지天地의 생명이 한 힘 한 빛 한 뜻에 준하야 이어 가는 데 있어서 한 가지라도 모순됨이 있다면 그것은 지상의 비극이다.

봄을 그리워하였으되 반가운 사람들 만난 때의 서먹거림과 푸대접하는 것처럼 대접이 성그러운 것은 비단 나뿐만이 아니라. 그렇다고 이 봄이 분에 넘치는 길거움을 가져다주어도 나로서는 지는 꽃잎이 온 얼굴에 뿌려 주는 것처럼 영원한 애수哀愁가 떠나지 아니하리라.

(1938년 4월 5일)

초하初夏 가로街路

1

아스팔트가 눅진하여지고 해마른* 먼지가 비를 기다린다. 지붕 너머로 언듯언듯** 보이는 포플러 사쿠라 나무는 어느 겨를에 머리를 무겁게 가졌다.

그리고 더운 아지랑이가 삼삼이고 그것을 움켜 안은 듯이 저편 비봉산飛鳳山과 수정봉水晶峰은 너그러운 계절의 페이소스에 잠들어 있다.

제비가 안테나 우으로 흰 배를 밀어 나가고 굴뚝에 연기煙氣처럼 해풀어진 하늘의 구름이 보기만 하여도 졸음을 가져다준다. 봄은 생명이 퍽 쩔다.*** 가을인들 봄과 다름없으려니와 인간에게 주는 자극의 강렬한 것을 미루어 봄은 너무나 쩌른 것이다. 더구나 활딱 벗겨진 도회의 봄은 그 함석집으로 부어 주는 볕살이 조금도 여유도 없이 여름을 가져와 버린다.

| * '바싹 마른'을 뜻하는 말인 듯.
| ** 언뜻언뜻.
| *** 짧다.

2

　정류소 안에 앉아 본다. 큼큼하고 매캐한 공기에 한동안 코를 움켜잡는다. 벨이 울리기 전에 혼잡은 사람이 사람을 싫어하는 인간의 비애를 갖게 한다.

　요즈음 나는 나서 없었던 우울과 거기에서 출발한 신경질에서 피곤하여 있는지라 이런 먼지와 소음은 정녕 싫증이 난다.

　누구가 말을 걸어 봐도 싫어지고 가령 나를 업고 요릿집으로 가자 해도 구미가 없다.

　가방, 보통이, 고기, 담뱃대, 갓, 중절모中折帽, 안경眼鏡, 구두, 눈, 코, 입, 수염, 동복冬服, 춘복春服, 치마…… 보는 것도 한 사람을 여유 있게 보는 것이 아니요 뭇 사람들 중의 특수적特殊的인 하나씩만 보여지고 볼수록 권태를 느낀다.

　벨이 울면 기쁘다. 차車가 아까 그 많은 사람들을 태우고 떠나 버리면 나는 혼자 남아 있게 되고 한동안 고요함이 이 안을 걸어 들어오면 덤덤하게 입맛만 다시고 시계의 초침秒針의 미끄러지는 모양만 본다. 그럴라치면 문득 아까 그 사람들이 생각나며 그들의 안부에 마음이 초조하여진다. 정류소를 초점焦點으로 모여든 사람을 다시 중간 중간 한 사람씩 버리고 자동차는 길을 밟아 나가는 모양이 눈에 떠오른다. 나는 애절한 슬픔을 갖는다. 말없이 만났다가 갈라지는 잠시의 인간의 비극. 이것은 언제나 없을 수 없는 기록치 못할 지상의 운명이다.

3

　오늘도 상여喪輿가 나간다. 앞으로는 조기弔旗 몇 장이 바람에 펄렁거리고 상여꾼의 초라한 몸세*와 상여의 빛깔 없는 모양으로 보아 넉넉지 못한 집의 초상인가 보다. 술이 얼기한** 소리꾼이 앞소리를 먹으며 요령을 흔드는 맵시가 웃음을 머물게 하지만 상제들은 바삭한 입술과 눈물 마른 눈으로 등신인 양 걸음을 옮긴다.

살수차撒水車가 종을 울리며 지날라치면 먼지가 일제히 놀란 듯 피고 물은 아스팔트를 주린 듯이 아가지***를 벌리며 퍼져 나간다. 저편에서 택시에 실린 신부新婦가 살수차 뒤를 이어 나가고 자전거와 군중들은 안개 속을 가득 먼지를 들마시며 바쁘다.

가로수 깔깔한 잎새는 벌써 먼지투성이다. 상여 소리는 이었다 끊어졌다 한다. 사람들은 처음엔 사死에 대한 환멸을 느낀 표정으로 섰다가 이내 웃음으로 보낸다. 만일 어느 소촌小村에서 죽었다면 이 장의葬儀는 한 동리洞里 사람들이 비통 중에 엄숙하게 거행할 것이다. 응당 상제도 내심內心 기뿔**** 것이다.

4

확성기 내여 품는***** 「앵화폭풍櫻花暴風」이란 유행가는 철도 늦었거니와 곡과 가사가 촌사람이 장에 와서 들었으면 반할 것 같다. 이런 상품이 군중을 좀 더 길겁게 하고 문화란 것을 조금이라도 알리게 한다는 것이라면 너무도 의도意圖가 버거러진****** 것이다.

가수 혼자만이 그렇고 관현악단管絃樂團들만이 제멋에 엉덩춤일 뿐이

* 몸짓.
** 얼근한.
*** 아가리.
**** 기쁠.
***** 내뿜는.
****** 빗나간.

다. 그러나 그 반면 '객인客引' 제씨諸氏와 '조절鳥折' 제군諸君은 함께 부르며 그 앞에 발을 달박거리는* 데는 놀라움보다 당연하게 보인다.

5

돌아다녀 보면 모두 첫여름이 가져다주는 우울뿐이라 결국 지국支局으로 돌아온다. 몇몇 동무들을 만나 되잖은 말 중얼대다가 슬퍼진다. 그리하야 유리창으로 푸른 하늘을 보다가 눈을 감는다.

별다른 기쁨이거나 희망을 하여도 당해 보면 조금도 나를 위안해 줌이 없다. 그저 날을 보내는 막연한 무기력한 생활에 혀를 대이고 있을 따름이다.

작년 이래에는 풀잎을 뜯어 버리기도 했으나 금년에 들어서서 한 번도 그런 일이 없음을 서운하게 느낀다.

(1938년 4월 29일)

* 달막거리는.

육로陸路 이천 리二千里
─ 동룡굴蝀龍窟, 묘향산妙香山 기행

1. 동룡굴

평양서 만포선滿浦線을 바꿔 타기는 9월 28일 아침 아홉 시였다.

가을을 접어든 으볍 시틍그러진* 날씨인데 이날은 이곳 하늘을 무수한 비행기가 날고 있다고 자못 흥미스럽게 여긴 것도 어느새 차車는 몇 개의 산을 포개고 말았다.

어젯밤 서울을 떠나오는 차 속엔 벗 두 사람의 안면뿐, 다른 이들은 하나나 나에게 인정人情을 보여 주지 않았다. 나는 종시 새벽까지 서서 견뎠다. 허리와 다리는 하찮은 몸을 가지고 나선 여간 괴로운 것이 아니었다.

하나같은 돈을 주고도 아니 같은 조건 아래 사는 그 길에도, 이른바 팔자八字라든 복福이라든 그런 것이 돌려지지 않은 자의 비극이란 얼마든지 이 세상에 있지 않느냐? 그것은 성을 내 보았든 저만 골을** 뿐이지

---

* '시원스러워진'이라는 뜻.
** '삭을'의 지역어.

어디 나서서 통사정 번듯이 못할 것이다. 하기 때문에 다음은 다른 일 다 제처* 놓고 위선爲先 자리부터 냉큼 잡아 놓고 시침을 떼고 말 일이다. 그 것이 이른바 영리하게 사는 법이 아니냐?

늙은이야 서서 가든 길에서 꾸부리고 가든 아랑곳할 것 없다.

그렇다고 그 맘을 부려 보지 못하는 것이 또한 나의 어리석은 것이 다. 뭐냐 하면 한 번 자리를 잡고 가는 바로 내 옆에 늙은이가 꼬박이 말 도 못하고 서서 가지 않느냐. 나는 몇 번 눈을 감았으나 종시 눈 안으로 그 모습이 헤집어 든다.

"게 그냥 앉아 있어!"

K가 저편 자리에서 일어서는 나를 보고 하는 말이다. 나는 한 번 쓰 게 웃고 말았다. 곁에 사람 보기엔 무슨 내가 잘 보이기 위한 짓인 줄 알 아 버릴는지 모르나 그러나 그런 것까지 돌보아 둘 때가 아니었다. 안 노 인老人은 평안도平安道 사투리로 몇 번이나 고맙다는 말을 하였다.

나는 승강대에 나와 흘러가는 산과 들을 죽 둘러보며 다시 알지 못할 슬픔에 잠겼다. 바퀴 소리의 리드미컬한 데도 아니오, 들에 조무룩하게** 거두어 둔 수수 무더기를 보아 그런 것이 아니라 나서 처음 서울 이북以 北의 산천을 대하는 하나의 여수旅愁였던 것이다.

어릴 적 지도地圖를 펴서는 늘 손가락으로 짚어 가던 그립던 곳! 다른 이는 몰라도 나는 옛날을 다시 불러 눈앞에 다다른 인정人情과 산야山野 풍경風景을 그지없이 바라보는 것이었다.

사람이란 흔히 여즉 못 본 것을 두고 생각을 구을릴 때에 거기엔 거 룩한 정을 기루어 가지는 수가 있다. 이것은 떳떳이 인간 본연의 시詩요 더 나아가서는 만인萬人과 융화할 수 있는 공명共鳴인 것이다.

미지未知를 선망하는 감정이란 언제나 그림처럼 색色과 선線이 순연純

<hr>

* '젖혀'의 지역어.
** 조붓하게.

然한 것이거니와 또한 자기 의욕의 발전을 구도構圖할 수 있는 요소가 되는 것이다. 이러한 점을 가르쳐서 '귀여운 자식은 여행을 시켜라.' 는 말이 있을 법하거든 미지를 두고 이제 우리는 이 앞에서 무심無心할까 보냐?

헐벗은 계집애들이 치맛단을 허리끈에 추켜올리고 이삭을 줍는 데가 나서느냐 하면 수건을 머리에 거창스레 쓰고 소 두 마리를 부리어 논을 가는 한 사람의 농農토백이가 있다. 이런 사람들에게 말을 붙이면 곧 상냥한 얼굴로 대꾸해 줄 그런 모습들인데 차는 역시 매정하여 이런 사건을 여러 차례 꾸며 주며 달아만 난다.

임화林和 시詩 「들」이 생각난다.

> 눈알을 굴려 하늘을 쳐다보니
> 참 높구나 가을 하늘은
> 멀리서 둥그런 해가 새까만 얼굴에 번직인다*
> 얼싸안고 나는 네 얼굴에 입 맞추고 싶다
> 한 손을 젓고 말없이 웃어 대답하는
> 오오 착한 네 얼굴!

순천역順天驛에 닿을 무렵엔 열두 시였는데 공교롭게 자리를 하나 차지하게 되었다.

맞은편에 앉은 스물이 된 듯한 청년이 복숭아 새파란 것을 사서 먹다가 나에게로 서너 개 권한다. 첫여름이 아니면 풋복숭아가 없을 듯 짜장 이상히 여겼으나 물어보기 싫었다.

왼편 건너 칸에는 젊은 내지인內地人 부부거나 그렇잖으면 남매인 듯 두 사람이 곤하게 머리를 숙이며 눈을 감았다 떴다 한다. 여인은 지나는

| * '반짝인다'보다 작은 말로 여겨짐.

508

역에서 산 듯 사과를 하나 차창 문턱 위에 올려놓았다. 짓궂은 마음이라, 나는 동룡굴로 갈라지는 구장역球場驛까지 그 사과와 병색病色이 농후한 여인과를 견주어 보기를 일삼아 하였다. 그 사과는 바깥 풍경의 급변되는 그 중간에서 능히 방해가 아니 되고 붉은 선을 그어 나갔다.

　청천강淸川江을 거슬러 기차汽車가 오르는가 하면 그 옅고 맑은 강들 한옆을 배를 끄을고* 오르는 선부船夫들이 있는 것이다.

　K와 Y는 그것도 모르고 곤한 머리를 쉬는 것이다. 깨워 보라는 것도 그들에게 싱거운 일이다. 구장球場 가까이 오는 연선沿線의 농가農家 지붕은 거의 '너와'라는 구들장보다 넓고 얇은 돌로써 이어 고전적古典的이다. 몇 십 년 저렇게 이지 않고 나갈 수 있는 것이라니 짚이 귀한 이 지방으로서는 그럴 법하다. 그럼 저런 돌이 어디서 나느냐면 이 지방은 어디로 가도 저런 돌이 나는 산이란다.

　오후 두 시 동룡굴역에 내려 마침 서울서 온 여女 손님 여섯 분과 단체를 맨들어 역전驛前 안내소에서 입장권入場券을 일 인당 오십오 전을 내어 사니 안내인이 두 소년으로서 가솔린 등燈을 준비하고 뒤를 따라오라는 것이다.

　길은 약 일 리 된다는 신작로新作路인데 전 같으면 굴에 들어가는 데 편리한 신발과 의복을 얻어 별로 고될 것이 없을 듯싶으나 불편한 구두에다 출입복을 입었으니 여간 고단하지 않지만 곧 지하의 금강金剛을 본다는 볼강거리는 맘에 그런 것쯤 억제하는 것이었다. 한 시간 가량 되어서 운학산雲鶴山 중허리에 있는 굴의 입구에 다다랐다. 근방 산들은 드믄드믄** 엉긴 소나무뿐 전혀 풀로서 덮인 것이, 나즐막한*** 고운 산들인데 이 운학산 역시 별로 끄트머리는 보잘것없으면서 세상을 뒤흔드는 보굴

* 끌고.
** 드문드문.
*** 나지막한.

509

寶窟이 감추어 있다니 자못 신기한 노릇이다.

안내하는 소년이 불을 켜고 우리는 우리대로 몸을 단속하였다. 입구 곁에 영변군寧邊郡에서 주의할 사항을 게시한 판대기*가 서고 동룡굴이란 커다란 간판이 그 곁으로 서서 있다.

1929년에 영변 사람 최완규崔完圭라는 사람이 처음 발견하였을 때는 이 굴의 삼분의 일밖에 들어가지 못했다 하나 그 뒤 구장 청년 일곱 명이 다시 한 곳을 뚫어 그 다음이 또한 굉장한 동굴이 나오고 나오고 하여 지금은 삼 킬로여餘나 되는 일대一大 지하의 천연 터널이 되어 이 산의 허리를 뚫고 반대편에 나선다는 것이다.

드디어 경사진 길을 길 중간에 늘어 내려 간 철책鐵柵을 붙들며 팔십 미米** 가량 내려왔다.

여기서 십일 미 되는 절벽을 쇠사다리를 타고 내려갔는데 내려가서 둘러보니 굉장히 주위가 넓고 천정天井(천정이라고 하자.)이 약 이십 미 되는 곳이다.

이름 지어 세심동洗心洞! 첫째 이 굴을 지나는 사람이란 무릇 마음을 곱게 지니라는 암시인 것 같으나 그렇지 않아도 저절로 가슴이 조여 붙고 신神에게 모든 것을 의탁하여 버린 것이다.

이곳에서 길이 세 갈래로 나뉘었는데 처음 안면동安眠洞으로 들어가서 온돌방溫突房처럼 된 돌을 보았다. 발견 당초 여기서 엽전을 주었다는데*** 옛날 사전詐錢꾼들이 벌써부터 세상을 피하여 들어왔던 것이 분명하다는 설명이다. 안면동이란 이름 그것이 이 온돌이 있었다 해서 붙여진 것이 아닐까?

이곳에서는 더 나아가지 못하고 다시 되돌아와서 중간 한 갈래로 접

---

* '판자'의 지역어.
** 미터.
*** '주웠다는데'의 지역어.

어들었다. 고드름이 거꾸로 선 것 같은 커다란 석순石筍이 땅에서 솟았느냐 하면 천정에서는 연방 뚝뚝 흘러내릴 듯한 종유석鐘乳石이 마치 젖꼭지같이 종곳종곳 늘어 붙어* 있는 것이다.

그중 석순石筍이 큰 것을 일러 미륵탑彌勒塔이라니 여기도 불佛의 세계인가 보다. 미륵탑은 육 미나 되는 높이인데 이것이 점점 자라간다는 것이 또한 놀라운 것이다. 일 촌一寸 자라는 데 삼백 년이나 걸린다니 이 높이로 자란 연수年數가 물경 육만 년이나 지낸 셈이다.

우리들은 엄청난 역사를 진긴** 그 미륵탑과 갈리어 이제 본선本線으로 들어섰다.

처음에 석폭石瀑이라고 가리키는 건 지나는 벽에 백白초가 지르르 흐르는 듯한 상징파象徵派의 화면畵面인 듯 미상불 폭포가 내리는 것 같다. 이것이 길이 십여 미 되는 좁은 그 한편 벽을 차지한 것이다.

그 다음이 지하 금강일만이천봉金剛一萬二千峰이란 석순의 장관이 나서고 선무대仙舞臺란 거의 비슷한 선인仙人의 춤추는 형상인데 이곳이 대종유동大鐘乳洞이라니 그럴듯하다.

우리는 너무 놀라움에 어이없이 걸을 뿐이다. 길은 비가 개인 뒷날 황톳길처럼 좀 미끄러웠으며 굴은 천정이 혹은 넓고 높았다가 좁아 낮았다가 하였다.

소년의 설명하는 소리가 아랫녘 사람에게 여간 어렵게 들리지 않는데 심한 반향反響이 있어 한층 듣기 어려운 것이다.

가령 영변을 능변하고 구장을 구당이라 하고 종유동을 동누동 육만 년을 눅말 년이라니 한참이 지나지 않아서는 심히 부끄러운 노릇이나 알기 힘들었다.

이 안내하는 소년들은 이른바 고용되어 있고 입장료는 평북도平北道

---

* 죽 이어져 붙어. '눌어붙어'가 아님.
** '지닌'의 지역어.

에서 받아 일절 경비를 써 간다는데 굴내屈內 전등電燈 가설에 대하여는 아직 언제 될지 모른다는 것이다.

무사탑武士塔을 지나면 바로 선 자리가 급경사를 지어 멀리 깊이 내려가는데 그 아래는 불빛이 가지 않아 어둡고 거기엔 깊은 물이 있어 그 물이 함경남도咸鏡南道로 나간다는 자못 의심스러운 말을 들었다.

이곳을 지나면 넓은 곳이 갑자기 끝이 막혀지는데 한 곳을 약 칠 미가량 갱도坑道를 뚫어 놓은 데가 이른바 전복동轉覆洞이라는 곳이다. 전기前記 최 씨崔氏는 여기까지 발견했을 뿐이오, 아까에도 말한 바와 같이 구장 청년 칠 명이 합력合力하여 이 갱도를 내어서 의외에 전에보다 더 경이할 일대 종유동을 발견했다는 것이다. 여기까지가 삼분의 일一밖에 오지 않았다는 것을 보아서도 그들 칠 명의 공적이야말로 대서大書 특기特記할 일이다.

이 갱도를 지나면 성불령成佛嶺이라는 흡사 큰 계곡을 내려 건너서 어마어마한 재를 넘어가는 곳에 이르는 데 못미처 탁자를 맨들어 두어서 지나는 사람의 다리를 쉬게 마련되었단다.

여기서 우리는 지고 오던 짐을 놓고 또한 여 손님들이 풍부하게 가져온 빵과 사과를 얻어먹게 되었다. 얻어먹었다 해도 무슨 흥이 안 되지만 실상인즉 우리 삼 인은 먹을 것을 준비치 안 했고 여태 오료午料를 못해서 배가 여간 고픈 것이 아니었다. 금강산도 식후경이라고 여태 길을 걸으며 얼마나 주린 배에 정신을 빼앗긴 줄 모른다. 나는 사과와 빵을 슫하게 먹고 나니 천성天性의 되까부는* 신이 나서 그들 앞에서 산적의 두목처럼 차리고서 그들을 모다 부하로서 취급하야 명령을 내리는 바람에 일행은 여간 웃어 버린 것이 아니었다. 그러는 중 내 자신도 『아라비안나이트』 속에 나오는 '알리바바'와 산적山賊의 이야기의 산적이 되어 버린 듯

| * 많이 까부는.

이 현실現實한 동굴을 두고 신묘로운* 몽상을 하였던 것이다. 우리는 그곳에서 다시 걸음을 이어 미구未久에 성불령을 넘기 시작하였다. 재가 여간 험하고 급한 것이 마치 육지의 험산을 넘는 거와 다름없어 이른바 그 이름이 지옥에서 고통을 받는 중생이 이 영嶺을 넘어야 성불成佛의 자리에 이른다는 암시가 아니었던가? 중간에서 가리키는 석순은 마치 낙타처럼 되었다고 느꼈는데 소년의 말이 내 짐작을 맞게 하였다.

　이곳을 넘어서면 반대로 숙어져 내리는데 다시 넓은 동천洞天이니 다불동多佛洞이란다. 사자암獅子岩이 있고 석가상釋迦像이 있고 그 외에 더 올라가면 명부冥府 시왕十王이 죽 서서 있는 형상인데 염라대왕閻羅大王이라는 여기서 제일 큰 석순 앞에서 우리는 비로소 사진사의 청을 들어 기념 촬영을 하였다. 대왕大王 앞에는 늙은 부부가 아들딸을 업고 안고 죄罪를 사謝하려 오는 듯한 그런 형形으로 된 석순이 두 개 서서 있는 걸 보자 우리는 일제히 감심感心 않을 수 없을 만큼 자연의 조화에 감感하였던 것이다. 과연 격格이 맞는 셈이다. 이곳이 지옥이 아니고 무엇이냐? 우리는 문득 율연慄然함을 등서리**에 느꼈다.

　만일 이 우엣 것이 푹 꺼져 보면? 아아 그때는 그만인 것이다. 하필 우리가 지날 때 꺼져 버린다면? 이런 쑥스러운 느낌이 자꾸 든다. 목숨이 아깝다. 얼른 밖을 나가고 싶다. 빛이 오— 빛이 얼마나 고마운 것이냐? 대기의 거침없는 포옹이 얼마나 자애스러운 것이냐? 우리는 하찮은 이 생명을 걸고 가끔 죽음과 견주어 보는 습성에서 심각한 고민을 느껴 보기란 큰 병病을 치루지 않은 사람 외에는 없을 것이다. 그러나 한 번 이 굴의 중간에 서서 앞뒤로 빛을 찾아 나가려 할 때야 말로 어느 사람 치고 죽음이란 무쇠덩어리가 곧 곁에서 으르대고 있다는 것을 안 느낄 수 없을 것이다. 그러는 한편 이상스러운 것은 이 공포의 거리距離가 점점 멀

* 신묘스러운.
** 등. 등허리.

어지자 다시 냉정함이 들고일어나서, 모든 것을 내맡겨 버린다는 태연한 생각이 남을 짐작할 것이다.

지상과 절연된 이곳! 우리는 태고에로 갑자기 던져진 것 같음을 느꼈다. 생각할수록 괴이한 생명의 줄을 타고 억만 년 미래未來토록 지나 버린 듯한 지상의 질서가 우리의 모든 의욕을 죄를 사상을 빼앗아 이곳으로 밀어뜨린 듯하였다.

이때 나는 문득 단테의 『신곡神曲』 중 지옥에서 지옥의 문에 걸렸다는 구절이 생각났다.

"나는 슬픈 저잣거리로 가는 입구이다. 나는 영구永久한 괴로움에 통하는 입구이다. 나는 또한 모든 것을 잊어버린 자들의 입구이다. 옳은 그것이 높고 어진 나의 조물주를 감동시켜 성聖스러운 힘과 지상至上*의 지혜와 근원의 사랑으로써 나를 만들어 주셨느니라. 모든 물건으로서 영구하다는 그런 물건의 외外에 나보다 앞에 만들어짐이 없노라. 그리하여 영구히 나는 있어 너희들이 이곳을 들어오려면 일체의 희망을 버릴지어."

명부 시왕 앞을 지났으나 지옥으로 생전의 업보를 따라가는 것이 아닌가? 나 스스로 엄밀하게 아직 서른이 못 된 해를 살아오는 중 남을 위爲했다는 건 하나나 번듯함이 없고 오히려 부끄러운 일이다. 남을 속이고 밉상 밉상만 부려 왔으니 이것을 보아서도 나는 응당 지옥으로 가야 마땅한 것이다.

그리하여 좁은 문으로 겨우 끼어 나가 시멘트로 만들어진 층층대를 걸어 나갔다. 이곳은 용연동龍淵洞이라는 넓이 삼천삼백 평이나 된다는 굉장한 곳이었고 겸하여 한편엔 맑은 물이 고여 있어 이 물을 건너가게 되는데 앞날에는 배를 타고 건넜다 하여 물속에 있는 배 두 척을 가리킨다. 그리고 이곳에서 곰〔熊〕의 뼈를 발견하여 그 머리뼈는 이 면面 면사무

| * 가장 높은 곳.

소에 보관 중이라 하였고 발견 초 무수한 박쥐가 날아 나가는 머리에 그 사람들도 여간 그 날개 소리에 놀라지 않았다 한다.

나는 이 물을 두고 다시 몽상을 피우는 것이다. 단테의 『신곡』 중 '아케론데'의 대하大河처럼 이 둘은 지옥으로 흘러 있는 하나의 냇물이 아닌가 싶었다. 그렇잖으면 영원 안식安息된 영하靈河로서 삼계三界의 고품를 받아 가는 중생衆生의 목을 추주는 감로수甘露水가 아닌가 싶었다. 그렇잖으면 망각의 물이어서 일체의 희망과 사념 망상 번뇌를 잃어버리는 물이 아닌가 싶었다.

어류魚類도 없는 거울 같은 물속으로 비치는 현대 문명의 허울을 한 젊은 청년의 영모影貌가 한껏 비웃어 버린다. 진실로 거짓과 허장虛裝과 아상我相을 가지고 살아가는 사람들의 목을 추주어 줌이 과연 몇 번이나 되느냐? 이 물을 버리고 어이 갈거나. 선녀인 듯 풍덩실 빠져 버릴까! 나홀로 남아 술인 듯 한껏 마셔 볼까! 거짓이 아니라 이 물은 죄다 살이오 피요 정신이 될 것 같다. 먼 데 사람들에게 한 방울씩이라도 가져다 먹이고 싶다. 다음은 벽천동碧天洞! 천정이 삼십삼 미! 천정으로 두 줄의 검은 듯 띠가 흘러감이 은하란다. 천촉대天燭臺 승용대昇龍臺를 지나 이 굴 안에서는 제일 크다는 종유왕鐘乳王을 보았으며 거기가 바로 칠불동七佛洞이라는 역시 이 굴에서는 천정이 제일 가는 높이 삼십육 미인 데 나선다. 과연 이 지경地境에 이르면 천연天然도 너무한다. 여태 장난처럼 놀려 먹다가 이제는 이 화상들 어떻느냐고 응대질하는* 것처럼 규모의 웅장雄壯 절대絶大함을 자랑하는 것이 아니고 무엇이냐? 과연 지하의 일이 아니다. 몇 만 년 동안 지하수地下水가 단단한 땅속을 요렇게 후비여 도려냈을까? 오오 쾌재快哉함이여? 붓으로 입으로 옮길 수 없는 비재非才를 탄식할 뿐이다.

| * 삿대질하는.

인간이란 미미한 존재성을 도저히 여기에 말 붙임이 못 되는 것으로 나는 절실히 깨달았다. 그러면서 또한 저 먹먹하여 버린 것은 팔음탑八音塔이란 피아노 소리처럼 음색音色이 각각 다른 종유석 한 무데기가 목금木琴인 듯 장단이 갈래갈래 되어 있는데 소년의 두다리는 소리는 아하 우습구나 선락仙樂인 듯 짓궂게 느껴진다.

금강탑金剛塔이 나서고 바닥이 바다 물결처럼 되어 있는 곳을 만리장성萬里長城처럼 되어 있는 곳을 지나서 선망탑仙望塔 만물상萬物像을 보고 굴 반대편 입구 첫머리에선 백제탑百帝塔이라는 종유석이 한 길 되는 굴에서 미술美術로 된 기둥처럼 커 올랐는데 그 가로 줄을 둘러 있고 천정에서는 헤아릴 수 없는 종유석이 빈틈없이 고드름처럼 흘러내려 있어 일명一名 낙화동落花洞이라는 이름을 가진 것도 그럴듯하였다.

그렇다. 낙화落花다. 우리도 이젠 낙화 시절이다. 대망大望을 품고 들덤비던 스물 안팎의 때는 개화開花가 아니었던가? 허나 지금은 꽃이 시들어지고 이젠 인생의 열매를 하나씩 둘씩 일궈 나갈 때인 것이다. 이 굴 안을 삼 킬로미터나 지나와서 이 낙화동을 마지막 대한다는 것은 곧 우리가 눈으로 보아 버린 꽃을 떨어뜨리고 다시 기억의 씨를 키우면서 평생의 자랑을 삼을 암시를 받음이 아니고 무엇이냐.

우리가 낙화동에서 한참 서성거림은 바깥 태양의 빛이 은은히 비쳐 들어옴으로 하야 맘이 너그러워진 탓이 아닌가 모른다. 하나 언제나 있을 것 아니었다. 속으론

"언제 다시 이 길을 밟으리!"

외우면서 밖을 나와 번쩍 눈을 키우고 숨을 들이쉬었던 것이다.

2. 묘향산

오후 여섯 시 구장역을 떠났다. 묘향역妙香驛에 내린 때는 한 시 반이
나 지난 뒤였다. 어둠이 완전히 내린 산간山間의 좁은 들인 듯 바람 소리
나 개 소리도 없는 매우 쓸쓸한 곳이었다. 역에는 전등도 없고 석유등石
油燈을 켜서 북선北鮮의 정조情調가 한층 서려 듦을 느꼈던 것이다.

역전 여관에서 저녁밥을 마치고 도보徒步로써 안내인案內人 이 인二人
을 앞세우고 이 리里나 된다는 보현사普賢寺를 향하였다.

가솔린 통제로서 보현사까지 정기 승합이 안 다니고 대절도 안 되고
하여 부득이 화물차를 교섭하였으나 십오十五 원圓을 내라는 말에 그만
입이 벌어져 두 말도 못하고 괴로우나 걸어가기로 한 것이다.

수휴전등手携電燈이 없고 서울 손님 중 큰 촉燭을 가진 이가 있어 그걸
로 길을 밝혀 가게 되는데 이 초에다 종이를 말아 횃불처럼 켜 가는 것이
오히려 전등보다 나은 편이었다.

나는 촛불을 긴 꼬쟁이*에 꽂아 앞에 서서 걸었다. 묘향산 천川이 흐
르는 왼편 단단한 신작로를 우리들은 피로한 다리로 걸으면서도 맘으론
한없이 좋았던 것이다. 그러나 첫길이란 가까운 것이 아니어서 걸어도
걸어도 모롱이** 돌아 다시 모롱이였다. 어둔 하늘에 언제나 어마어마한
산의 모습이 안 나서는 것을 볼수록 아직도 아직도 먼 것이었다.

숙년宿年의 원願이 그리 쉽사리 나설 리야 있느냐. 향산香山의 성자聖
姿를 밤에 황급스레 뵈오려니 사람이란 넉넉지 못한 도량度量인 것이다.

세상에 밤길처럼 향토鄕土 병적病的 정서가 다시없는 것이 아니었던
가? 황차況且 길에서 안 동행과 한 불빛을 따라 이향異鄕 산천을 보려는
이 밤의 산로山路의 인정들이 그지없이 기쁜 것이다. 보현사에 닿여 위선

* '꼬챙이'의 지역어.
** '모롱이.' 모퉁이.

517

노전爐殿을 찾아서 불공佛供 뫼시려 온 손님이라 하고 자게 해 달라 한 때는 이십구일 오전 한 시였던 것이다.

우리 삼 인이 이곳까지 온 것은 서울 여 손님의 성산聖山 순례하는 데 이끌려온 셈이었는데 그들이 여관을 피하여 절에 자리를 잡은 것은 우리로서도 좋은 일이었다.

우리는 일찍 자지 않고서는 내일 떠나기 고됨으로서 그만 자리에 누웠던 것이다.

맑는 날* 우리는 불공을 뫼시고 아침을 치루고는 비로소 보현사의 구견求見을 하였던 것이다. 묘향산은 북선의 중추中樞를 뚫은 낭림산맥狼林山脈으로부터 서방西方으로 분기分岐된 일맥一脈으로서 평북 영변군 희천군熙川郡 평남平南 영원군寧遠郡의 삼군계三郡界에 걸터앉아 청천강의 동남에 위치하여 태고 조선 단군이 탄강誕降한 영산靈山이며 조산朝山 사대명산四大名山의 유일한 명산으로 칭찬을 받아 온 바이다.

산세는 비로봉毘靈峯이 주봉主峯으로서 주위 백여 리의 성곽형城郭形을 이룬 터이며 제봉諸峯이 연립連立하여 그 봉에서 발원한 계천溪川은 모두 서류西流 청천강에 들어가는 것이다.

그리고 보현사는 거금 구백칠십삼 년 전 고려 광종왕光宗王 십구 년 탐밀조사探密祖師가 개산開山하였고 그 법사法嗣 안확대사安廓大師가 새로이를 확장하여 산내山內 대소大小 범우梵宇가 삼백여 개로서 처처법려處處法侶 삼천여 인에 달했다 하며 이래邇來 성승聖僧 나옹대사懶翁大師(고려 공민왕사恭愍王師)가 계시게 됨에 따라 법등法燈이 너무 심했고 삼백사십팔 년 전 고승 서산대사西山大師 사명대사四溟大師 계시게 되어서는 팔도 도총섭八道都摠攝의 사위寺位를 점하였다 한다.

초창 이래以來 다섯 회의 화재를 입었고 백칠십팔 년 전 조선 영조 왕

| * 날이 밝아.

518

英祖王 삼십칠 년 명승名僧 남파대사南坡大師 중창한 것이 현존의 건물이라는 것이며 천구백십일 년 사찰령寺刹令 반포 이후 평북 내 각 사찰을 통할通轄하는 본산本山으로 되었다는 것이다.

암자는 보현사를 중심하야 대소 이십이나 되는 바이며 기외其外 명소를 두루두루 볼라면* 꼬박 일주일이여야 된다는 것이다.

그 명소를 약거略擧한다면 문수동文殊洞 단군대檀君臺 우족대牛足臺 폭동瀑洞 강선대降仙臺 천태동天台洞 백운대白雲臺 보련대寶蓮臺 수미대須彌臺 법왕대法王臺 인호대引虎臺 등이며 명폭名爆을 말한다면 천신폭天神瀑(이백십일 미)을 위시하여 용연폭(백칠십일 미) 십오층폭十五層瀑(이백일 미) 비설폭飛雪瀑(백삼십이 미) 산주폭散珠瀑(백칠 미) 등 낱낱이 헤아릴 수 없는 대소 폭포가 이외에도 무수한 것이다.

그러나 우리는 그리 넉넉한 형편이 못 되어서 단 하루라도 포근히 놀 수 없어 노전爐展 스님의 말대로 묘향산에 와서 상원암上元庵을 못 보면 안 온 것만 같지 못하다 함으로 이 리 되는 상원암이나 보고 갈 작정으로 대강 보현사를 본 후에 Y와 서울 손님 네 분과 안심사安心寺를 지나 북편산北便山 길을 올랐던 것이다.

계곡을 사이에 두고 몇 번이나 건너갔다가 다시 이편으로 건너오고 그렇게 올라가는 좌우 산비탈에는 단풍이 들린 이름 모를 잎새들이 먼 데 손의 눈을 다정케 하였다. 어느 곳에는 낙엽이 진 데가 있어 이곳을 지날 적엔 모른 결에 서글픔이 일었다. 그러면서 나는 나 스스로 모르게 또한 '구르몽'의 「낙엽」이란 시를 외우는 것이다.

> 시몽 나뭇잎이 떨어진 숲으로 가자
> 낙엽은 이끼와 돌과 또 길을 덮었더라

| * '보려면'의 지역어.

시몽 너는 정말 좋으냐
낙엽 밟는 소리를―

낙엽의 빛은 부드럽고 몸은 슬프다
낙엽은 버려져 흙 우에 있다

시몽 너는 정말 좋으냐
낙엽 밟는 소리를―

　　그러면서 한 주먹 아귀에 든 낙엽을 뿌려 보았고 다시 주워서는 볼에
대어 보았다.
　　다래 넌출이 허울 좋게 감기어 오름을 보고 황진이가 박연폭포로 찾
아 들며 외치던 말―

살으리 살으리랏다
청산靑山에 살으리랏다
머루랑 다래랑 먹고
청산에 살으리랏다

　　이 노래가 다시 굴려 들어오는 것이다. 나도 남방산南方山 골에서 무던
히 박혀 나는 몸이지만 이향산異鄕山 속에 낯설은 길을 걷고 나니 가슴은
다시 가을이란 거문고를 탄지彈指하는 것이다.

향산香山 허릿길을 넌출 잡아 찾아드니
어린 새 노래 짓다 벗인 듯 돌아보고
말없이 지는 잎새를 물고 날아가더라

'오오바널'의 노래가 소용 돈다
철없는 새일망정 킷은 그리워
푸른 하늘 저편에 나의 나라여
자라난 내 고향인 '팔라이소오'

나는 정말 고향을 지녔을까? 마음의 나라를 지녔을까? 오오 무서운 말이다. 하나 좋다. 없어도 좋다. 이 산길에 파묻혀 버리자. 누구가 나를 달래느냐? 비웃어? 흥 좋다. 나는 붉게 익은 사과를 먹을 것이다. 사과는 나의 고향이다. 그리로 돌아가자. '드리고'의 〈세레나데〉를 부르면서 〈돌레밀나이〉를 부르면서 저문 내 고향 사과의 나라 오— 그리로 참으로 가자.

나는 용연폭과 산주폭 아래에 이르러 비로소 현실로 돌아왔다.

어마어마하게 내려 깎인 비렁이다. 아슬아슬하구나. 왼편에 용연폭이오 우편 다른 개울에서 내려 질린 산주폭 이 두 물의 위세를 대하기란 처음이다. 하나 물이 적어 섭섭함이 여간 아니다. 그만 쿵쿵 내려배기는* 그 속을 무척 들어가고 싶건만 그 소리를 들을 수 없으니 그 아니 한되랴. 우리는 용연폭 왼편 비렁을 쇠사슬을 쥐고 오르고 기어서 겨우 그 위에 지어진 상원암에 닿았다.

불유각佛乳閣 후편에 그러자니 용연폭 바로 한 물줄기 위에 천신폭이 걸려 있으나 역시 물이 없어 유감이었다.

상원암의 창건 연대는 미상未詳하나 여하간 묘향산 중 제일 승지勝地인 것만은 다툴 수 없는 일이란다.

뜰 가에 서서 아래로 내려다보니 눈이 아슬거려** 내려다보기 두려운 대신 한 번 눈을 굴려 수평선으로 줄 때엔 남편 향산의 연봉連峰 중 증봉甑峯 도봉刀峯 왕모봉王母峯 육아봉育兒峯 태자봉太子峯 탁기봉卓起峯 족봉足

---

* 내려박히는.
** 아찔아찔해.

峯 곽봉廓峯 탐밀봉探密峯 등이 용립聳立하여 서으로 흘러내러 세인의 눈을 서늘케 하는 것이었다. 게다가, 시무럭하게* 단풍이 들어 한결 애수를 자아낸다.

상원암 바로 좌편에 용각석龍角石이 있고 그 너머 축성전祝聖殿이란 선실禪室이 있었다.

어느 선객禪客의 이야기에 의하면 천이백년 전 현빙대사玄氷大師란 분이 겨울에 이 상원암에 집터를 잡으려고 암庵 우편 전면에 창송蒼松이 우거지고 단애가 진 곳까지 범이 인도하고 홀연 자취를 감추었는데 그 대사가 그곳에 서서 이 안을 바라보니 과연 천하제일의 성지聖地인 듯하여 터를 잡았다는 것이다. 그 범이 인도했다는 단애를 인호대라 함으로 나는 돌아올 무렵에 홀로 그 위에 서서 새로 멀리서 상원암을 바라보니 정말 맘이 들어붙는 곳이었다.

상원암서 이 리나 더 올라가면 법왕대란 암자가 있어 그곳에서 묘향산 전체를 거의 조망할 수 있다 하나 시간이 그러질 못하니 답답할 따름이 아니냐.

우리는 용연폭 위 개울 바다 돌에 양봉래** 씨楊蓬來氏가 썼다는 "신선굴택운하동천神仙窟宅雲霞洞天"이라는 힘 있게 내리 쓴 각자刻字를 만져 보다가 귀로歸路에 접어들었다. 오후 세 시! 시장하여 기운이 없으나 내리 막길이라 참고 걸었던 것이다.

이걸 보고 묘향산을 죄다 그린다는 것은 외람된 일이나 나는 진실로 상원上元에서 향산을 다 본 거와 다름없는 희열을 만끽했다.

> 폭포 세 사이에 늘어 버린 저 소나무
> 먼 세상 떠나 와서 임자에게 듣자오니

* 시무룩하게.
** 양사언.

상원암 님의 노래가 어느 재를 넘더뇨

내 어이 돌아서리 님을 두고 어이 가리
향산 드렁칡*에 쇠북소리 얽이거늘
영남 땅 닿으신 후거든 소식 바쳐 드오리

보현사에서 점심을 얼른 치루고 서울 손님과 작별을 하고 우리 삼 인만 다섯 시 사십 분발 차 남행南行하는 걸 잡으려고 종종걸음으로 나섰다.

그러나 K는 모르지만 Y와 나는 사 리를 걸었고 다시 이 리를 더 걸어야 할 형편이어서 여간 괴롭지 않으나 죽자 하고 이를 다물어서 그랬던지 서로 별로 말하기를 주저던 것이다.

역에 닿은 때는 차는 방금 닿아서 막 떠나지 않느냐. 발을 굴려도 할 수 없다. 우리는 일곱 시 이십 분 차로 가기로 자리를 대합실에다 잡고 기다렸다.

이윽고 차에 올라 자리를 하나씩 차지하고 나니 맘이 놓이나 찬바람이 스며들어 밤 북국北國의 여수가 모진 슬픔을 가져다준다.

삼십 일 우리는 엉뚱한 생각을 내어 토성土城서 승환乘換하여 백천 온천白川溫泉에 가서 몸을 쉬고 어제 저녁과 아침을 안 먹어 시장한 속을 그리고 시달린 몸을 고요한 생각으로 풀어 보았던 것이다.

그리하여 내 딴에는 으법 긴 여행을 치루고 오후 두 시 경성역京城驛에 내렸던 것이다.

(1940년 12월 7일)

| * 드렁칡.

후기後記

    좀 더 나은 것을 맨들어 보려 했으나 다른 일이 밀리어 총총히 붓을 놓는다. 독자 제위의 해량을 빈다.

슬픈 역광의 시대, 한 반딧불이 이끄는 길

; 허민의 삶과 문학

_박태일

1. 요절 시인 허민의 복귀

　경남 합천은 아름다운 고을이다. 백두대간이 두류산으로 흘러내리다 펼쳐 놓은 골과 들은 우뚝한 부처님 가야산이 받쳤다. 거기다 오도산, 황매산, 대암산, 악견산과 같은 여러 봉우리가 더해 마을 마을이 깊고 자글자글하다. 그 들과 골을 싸안고 황강은 덕유산에서 비롯해 합천읍을 돌아내린 뒤 낙동강으로 몸을 던진다. 골 깊고 물 긴 곳인 셈이다. 그래서 그런지 합천이 우리 겨레 역사 속에서 드러날 일은 많지 않았다. 오랜 세월 합천 사람들은 황강 물에 제 삶을 비추며 곤궁하게 살아왔다. 가까운 시기 나라잃은시대만 하더라도 일찌감치 물 건너 섬나라 히로시마에 합천 이향민이 집단 정주촌을 마련할 정도였다. 그만큼 살림살이가 팍팍했다는 뜻이다. 그것이 원죄가 되었던가. 히로시마에 떨어졌던 원자폭탄의 참상은 고스란히 합천 사람의 것인가 싶을 정도였다.

　이러한 합천 고을에는 근대 시기 많은 문화 · 예술인이 나타났다 사라졌다. 그런 가운데 허민이라는 이름을 지닌 이가 둘이 있어 이채롭다.

한 사람은 예전이라는 호를 쓴 서화가 허민이다. 1911년 합천 삼가면 덕촌에서 천석지기 한학자 집안의 아들로 태어났던 이다. 일찍부터 한학을 배우고 서화를 닦아 김규진, 김은호와 같은 이 밑에서 재능을 키웠다. 이른바 조선총독부가 마련한 선전에 몇 차례 입선까지 했으니 재질이 뛰어났다. 오원 장승업을 닮았다는 풍문까지 얻었다 했던가. 그의 기행과 호방한 화풍을 짐작할 만하다. 예전 허민은 역사의 격랑을 거치다 1967년 쉰여섯 나이로 부산 산 번지에서 쓸쓸히 삶을 마감했다.

또 한 사람 허민은 호를 민으로 쓰는 허창호다. 그는 예전 허민보다 세 해 뒤인 1914년 사천 곤양에서 태어났다. 1929년 열다섯 살에 합천 해인사 그늘로 옮겨 온 뒤 제국주의자들의 폭압이 극에 달했던 1943년 봄 암담한 시대의 포연 속에서 지병 폐결핵으로 세상을 떴다. 스물아홉 나이였다. 서화가 예전 허민은 그래도 세상에 재능을 보여 준 바가 적다고 할 수 없다. 그러나 허창호 허민은 신문 잡지에 실린 작품 얼마와 미발표 육필 시집만 남았다. 두 사람 다 합천이 낳은 우뚝한 재사였고 자신이 지닌 재능을 제대로 펼치지 못했으나, 요절한 시인 허민의 경우는 더욱 억울한 삶이었고 죽음이었다. 이제 시인 허민의 문학 전모를 뒤늦게나마 세상에 들낸다. 한여름 뻐꾸기 소리가 가야산 자락에 잦아들 듯 문득 사라져 간 그의 문학에 대한 열정과 재능, 그가 남긴 뛰어난 작품들이 되살아나게 된 셈이다. 허민이 세상에 쫓기듯 뜬 지 예순여섯 해만에 이루어진 일이다.

2. 허민의 삶

허민은 한 시에서 이렇게 적었다. "일찍 나는 들에서 자라 산중山中에 숨었고 숨어 있을수록 야지野地가 그리웠다"(「표정表情의 애수哀愁」)고. 그의 표현대로 허민이 아버지 허영과 어머니 윤복형 사이 삼대 독자로 태어난 곳은 남해 가까운 들, 사천군 곤양이었다. 그러다 어머니를 따라 산골 합천 가야산 해인사 산중으로 삶터를 옮겼다. 온전히 소년기를 곤양에서 보낸 뒤 산골로 든 셈이다. 그 뒤 허민은 진주에서 두 해 남짓 머문 일 말고는 거의 모든 삶을 합천 고을 가야산 그늘에서만 누렸다. 그러다 끝내 세상 너른 들을 겪어 보지 못했다.

본디 허민의 집안은 경남 산청군 단성에서 누대에 걸쳐 살았다. 아버지 허영은 하동, 사천 지역의 측량기사로 일하며 예능에 남달리 재능을 보인 이였다. 가계에 어려움이 겹쳐 처가가 있는 사천 곤양으로 옮겨 와 살고 있었다. 그러다 허민이 세상에 태어난 것도 모른 채 여름 섬진강에서 스물넷 젊은 나이로 변을 당했다. 어머니는 태어난 지 삼 일 되는 핏덩어리 허민을 안고 갑자기 열아홉 살 청상이 된 것이다. 허민이 곤양에서 태어나 소년기를 보내게 된 까닭이다. 그러나 친정 생활의 어려움에다 단명하리라는 아들 허민의 명을 빌기 위해 십여 년에 걸친 친정살이를 마치고 어머니는 어린 허민을 데리고 합천으로 굽이진 삶터를 옮겼다.

내 하래비는 아전이었다.
내 할머니는 이름보다 요괴妖鬼라는 별명別名이 유명有名했다.

내 애비는 점잖은 선비 그때의 개화開化꾼
측량測量을 하여 일본인日本人 지주地主의 사무원事務員이었다.

고모姑母 셋이 차례로 죽고
영남嶺南서 첫째간다는 남사당패 아재비도 멋에 살다 죽었다.

아들을 앞에 보낸 어버이들의 슬픔이
늙고 가난한 그들의 얼굴에서 거두지 못한 채

단 하나 유복자遺腹子 손주를 한껏 사랑해 보지 못한 채
먼 곳에서 먼 곳에서 철나기를 기다리다 돌아가 버리여

형제兄弟도 없이 애비 얼굴도 모르며 자라난 위태로운 혈통血統!
얼굴을 붉히며 무덤을 보자니 어쩐 말이냐

어미가 아들을 앞세우고 숱한 의부義父를 갈아 살고
젊고 길거울 날을 구박에서 가난에서 쫓기어 살다가

며느리를 보고 손주놈을 보고서야
그 자주 쉬던 한숨이 덜해진 내 어머니

시가媤家를 저주咀呪하면서도 호로자식 안 맨들기 위爲해
길구나 삼십 년三十年을 거두신 거룩한 내 어머니

내 하나로 하여 첫정情을 잊지 못해 들려주시던
젊은 날의 아버지의 덕성德性이 눈에 떠오른다.

하래비도 할머니도 고모도 애비도 아재비도
풀지 못한 원을 나에게만 맡겨 놓아

이 너른 하늘 아래 아아 이 하늘 아래
족보族譜를 떠메고 살아가라니 숨이 차구나.

(1941년 10월 15일 단성의 내 아버지 성묘를 마치고 진주에 돌아와서)

─「성묘省墓」

　　서정주의 「자화상」에서 촉발 받은 듯한 작품 「성묘」다. "이 너른 하늘 아래 아아 이 하늘 아래/족보를 떠메고 살아가라니 숨이 차구나."는 자탄이 결코 부풀림이 아닌 굴곡진 내림이라는 것을 작품 속에서 쉬 엿볼 수 있다. "위태로운 혈통." 그런데 일찍 요절한 아버지의 재능이 허민에게 고스란히 전해졌던 것인가. 허민 또한 일찍부터 음악, 그림과 같은 여러 예능에 남다른 재주를 보였다. 곤양공립보통학교 성적표에 음악이 특기라 적히게 된 일이 우연은 아니었던 셈이다.

　　허민이 문학 수업을 본격적으로 닦기 시작한 때는 1929년 열다섯 살, 해인사 강원에 입학하여 거기서 강사로 있었던 시인 유엽을 만나서부터였다. 유엽은 허민 어머니의 부탁으로 그를 해인사 강원에 입학시켰을 뿐 아니라, 자신이 지니고 있었던 문학책들을 기꺼이 빌려 주었다. 그리고 그 인연은 뒷날 허민의 시를 유엽이 《문장》에 추천하는 데까지 이어졌다. 그의 육필 시집 1권이 1931년 10월에 마련되었고, 2집이 1932년 12월에 마련되었으니 해인사 강원에서 한껏 타올랐던 소년기의 문학열이 고스란히 담긴 셈이다. 그리고 해인사 언저리에서 허민은 그곳을 자주 드나들었던 동향 선배 향파 이주홍과도 자주 만날 수 있었다. 이 무렵 향파는 서울에서 아동잡지 《신소년》을 엮으면서 문학마당에 청년 문인으로 이름을 드날리고 있었다. 허민에게 향파와 그 둘레 벗들은 많은 격려가 되었을 것이다.

　　허민은 해인사 강원을 마치고 이어서 해인사의 사설강습소 해명학원海明學院 교원으로 일하게 되었다. 보다 책임 있는 자리에서 문학을 생각하고 고민할 수 있게 된 셈이다. 그의 작품 가운데 해인사강습소의 축구가나 교가, 운동가의 노랫말이 들어 있는 것은 교원 생활이 매우 의욕적이었을 뿐 아니라, 문학 재능이 산중에 널리 알려져 있었다는 사실을 말해 준다. 해명학원에서 학생으로 있었던 소설가 최인욱과 얽히게 된 인연도 거기서 비롯한다.

오늘날 찾을 수 있는 자료에 따르면 허민이 처음 지면에 발표한 작품은 열여덟 살 때인 1932년, 《불교》 11 · 12월 합호에 실은 「이별한 님」이다. 이어서 《매일신보》 현상 문예에 소설 「구룡산九龍山」이 당선되어 문단에 얼굴을 알렸다. 한창 자라던 지역 청년문사로서 허민의 자긍심과 조숙했던 문학열이 마음껏 부풀어 올랐던 바다. 이어서 그는 1937년 진주로 내려가 《동아일보》 진주지국 기자로 일하기 시작했다. 아마 제대로 된 문학 수업에다 생계를 위한 자연스럽고도 의욕에 찼던 도시 진입이었겠다. 세상에 대한 견문이 부쩍 늘고, 진주 역내 문인뿐 아니라 다른 지역 문인과도 교분을 두텁게 쌓기 시작했다. 하동의 남대우나 진주의 장태현, 손풍산도 그들 가운데 한 사람이었다.

아울러 지역과 서울 매체에 작품 발표가 잦아졌다. 《문예가》나 진주 간행의 《경남평론》 《남선공론》에서 나아가 이주홍이 편집을 맡았던 서울 《풍림》에도 작품을 내놓았다. 스물 초반의 재능 있는 문사 허민은 그 무렵 문단에서 신예로 눈길을 끌기에 모자람이 없었다. 《문예가》의 설문 「신예 작가들의 문단 타개 신안」에 정비석들과 함께 설문 답변자로 나서고 있는 사실이 그 점을 일깨워 준다. 그러나 이미 이때부터 지병인 폐결핵이 병색을 드러내기 시작했다. 한 몸 가난에 더하여 청년 시인의 삶에 깊은 그늘이 드리워졌던 셈이다.

청년 문학가로서 허민은 자유시와 시조, 민요시, 소설, 수필, 동요, 동화에 이르기까지 여러 갈래에 걸쳐 창작을 열정적으로 이어갔다. 합천 벽촌에서 나와서 맛본 도시 진주의 생활은 청년 허민의 상상력과 문학열을 북돋우는 데 좋은 기회가 되었다. 그러나 1938년 8월 지병이 깊어지면서 두 해에 걸쳤던 진주 생활을 마무리하지 않을 수 없었다. 허민은 다시 합천 해인사 기슭으로 몸을 돌려 돌아오게 된 것이다.

합천에 돌아와서도 문학에 대한 열정은 식을 줄 몰랐다. 그 무렵 해인사에 들렀거나 머물렀던 서울 문인들과도 교분이 깊어졌다. 허민을 아꼈던 소설가 이기영이 집필을 위해 멀리 합천 해인사로 내려왔던 일도 그런 교분이 빌미가 된 셈이다. 나아가 허민은 한국 문학사회를 향한 보다 도전적인 창작 활동에 거듭 풀무질을 아끼지 않았다. 자신의 작품 수준을 끌어올릴 다양한 고심이 이어졌다. 게다가 작가에 대한 읽기도 보다 꼼꼼해지기 시작했다. 백석이나 정지용, 서정주의 시에서부터 이기영, 엄흥섭, 김동리의 작품은 허민의 독서열을 새삼스럽게 채워 주었을 것이다. 그런 점에서 1938년부터 1943년 임종 시까지, 해인사 그늘에 머물렀던 시기는 허민 문학이 일취월장할 수 있는 밑거름을 마련했다. 1940년 11월 《문장》에 시 「야산로夜山路」가 추천을 받게 된 일은 그러한 작가적 성숙 과정에서 자연스레 이른 넉넉한 자신감의 결과였다.

산山과 어둠이 가로막는 골에
도깨비불인 듯 반딧불만 나서느냐

이 길은 북北으로 큰 재를 넘어야
경부선京釜線 김천金泉까지 사뭇 백여 리百餘里
우중충한 하늘이라 북극성北極星도 안 보이고
그 가시내 생각마저 영영 따라 오질 않어

이럴 땐 제발 듣기 싫던 육자백六字白인들 알었더라면
소장수 내 팔자八字로 행이 좋았으리라만

호젓한 품으로 스며드는 밤바람에

엊그제 그 주막酒幕 돗자리방房이 어른거린다

너도 못난 주인主人을 따라 울고 싶지 않더냐
방울 소리 죽이며 걸어가는 이 짐승아

산턱엔 청승궂인 소쩍새 울고
초롱불 켠 손등에 비가 든다.

(7월 24일)
—「야산로」

  이 시의 말할이는 소장수다. "산과 어둠이 가로막는 골"을 걸어 다음
소시장으로 걸어가는 그는 떠돌이 장돌뱅이다. "방울 소리 죽이며" 함께
하고 있는 소가 유일한 벗일 따름이다. 서글픈 소장수의 캄캄한 밤길에
"청승궂인 소쩍새 울고/초롱불 켠 손등에 비가 든다." 쓸쓸하고 스산
한 시골 풍광이 한 장 빛바랜 사진처럼 서린 작품이다. 이러한 쓸쓸함과
스산함이야말로 허민의 마음 언저리를 떠돌던 삶의 감각이 아니었을까.
한 젊은 청년 시인의 역량이 한껏 담겼으면서도 그의 깊은 마음자리가
숨길 수 없이 드러났다.
  이 시에 이어서 1941년 허민은 단편 「어산금魚山琴」까지 다시 《문장》
(3권 1호)에 이태준의 추천을 받아 실었다. 시와 소설에 걸쳐 《문장》 추천
을 받게 됨으로써, 문학 지망생들로부터 큰 부러움을 사게 된 셈이다. 아
울러 그의 마지막 절정작들이 실린 육필 시집 8권을 1942년 1월에 마련
했다. 깊어가는 지병과는 거꾸로 한 작가로서 허민은 더욱 성숙한 모습
을 보여 줄 수 있었다. 그러나 1943년 스물아홉의 봄, 허민은 가야산 푸
름이 짙게 하늘과 자리를 바꾸는 아침에 이 세상을 떴다. 재능을 펼칠 수
있을 기회가 닫혀 버린 뛰어난 한 젊은 작가가 맞이한 슬픈 절명의 순간

이었다. 그리고 허민은 한 권의 소설집도 시집도 없이 고스란히 세상에서 잊혀졌다. 왜로제국주의의 폭압적인 민족 수탈과 억압이 더욱 강고해지던 시대의 한쪽, 산촌 구석에서 그의 주검은 소낙비에 쓸려가 버린 한 연꽃송이였던 게다.

허민의 작품이 뒤늦게 세상에 알려지게 된 것은 1975년 《문학사상》 4월호에 「한국현대문학재정리」로 시 열여덟 편이 실리게 된 일이 빌미였다. 허민의 맏이 허은이 지녔던 아버지에 대한 깊은 사랑과 포한이 그 일을 이끌었다. 여러 일간지가 그를 윤동주에 버금가는 민족시인으로서 소개하는 기사를 앞다투어 올렸다. 스물아홉, 이른 죽음이 주는 아쉬움이 크면 클수록 그에 대한 탄식의 목소리도 높았다. 한국의 문학사회는 농촌에 뿌리를 내린 그의 독특한 풍토시와 민족 현실에 기꺼워했다. 이어서 문학사상사에서 의욕을 가지고 시작했던 육필 시선 간행에 갑년을 맞이한 서정주의 것과 함께 허민의 시 마흔여섯 편을 『허민육필시선許民肉筆詩選』으로 갈무리한 것은 그 무렵 그의 시를 찾아낸 이들이 받았던 놀라움과 감동의 너비를 잘 보여 주는 일이다.

그리고 또 세월은 흘러 십 년, 1986년 지식산업사에서 『한국현대시문학대계 23』을 내면서 허민을 빠뜨리지 않고 나라잃은시대 마지막 빛나는 시로서 함형수 · 이한직 · 장서언 · 최재형과 함께 묶었다. 비록 육필시선에 실렸던 작품 가운데서 24편을 가려 실었고 개인물로 내지는 못했지만 마땅한 대접이었다. 그 뒤 허민 문학의 전모를 세상에 알리는 일은 큰 과제로 남아 있었다. 다행히 지난 2008년 한국문화예술위원회의 '작고문인선집발간사업'에 『허민 전집』이 뽑히게 됨으로써, 오랜 숙원을 풀 수 있는 기회가 마련된 셈이다.

3. 허민 문학의 됨됨이

오늘날 남아 있는 허민의 작품은 모두 329편이다. 스물아홉으로 삶을 마감한 청년 시인의 작품으로서는 많은 쪽이다. 이 가운데 시가 299편으로 압도적이다. 소설이 5편, 동화가 5편, 그리고 산문·설문(시집 서문 격으로 쓴 율문 2편 포함)이 20편이다. 성인문학에서 아동문학까지, 시에서 수필, 동화에까지 여러 갈래에 두루 관심을 가졌다. 그 가운데 신문, 잡지를 이용한 매체 발표작은 모두 43편에 지나지 않는다. 시 14편에다 소설 5편, 동화 5편, 산문·설문 쪽 19편이 그것이다. 이들은 허민이 생시 손수 붙여 둔 발표작 묶음으로 요행히 남았다. 그나마 수필 「푸른 해인도海印圖」는 거기서 떨어져 원문을 찾을 수 없다. 더 많은 작품이 발표되었으리라고 보지만 지금으로서는 실재를 얻기 힘들다. 이들을 빼고 나면 거의 모든 작품이 미발표 육필 시집으로 남았다. 유족들이 어려운 살림 속에서도 오래도록 허민의 손때가 묻은 육필 시집과 발표작 묶음을 간직해 왔던 것은 천우신조였다. 오늘날 볼 수 있는 허민의 작품을 갈래별로 나누어서 그 큰 틀을 짚어보고자 한다.

1) 시

허민 문학의 중심은 시다. 그는 무엇보다 시인이었다. 10대 습작기 소년에서부터 20대 한 작가로 우뚝 설 때까지 문학의 뼈대로 꾸준한 창작을 거듭했을 뿐 아니라, 양에서도 압도적이다. 허민의 시 가운데서 290편은 미발표 육필 시집 꼴로 남아 있다. 발표작은 14편에 지나지 않는데, 그 가운데 9편이 육필 시집에 실려 있지 않은 작품이다. 따라서 허민의 시는 현재 299편이 남아 있는 셈이다. 그들은 자유시를 중심으로 시조, 소년시, 동요, 민요시, 노랫말까지 걸친다. 허민 시의 중심이 되는 육필 시집의 세부를 보이면 아래와 같다.

1권 『허창호許昌瑚 시집詩集 제1권第一卷』 42편(첫말 1편 미포함) (1930년 5월 ~ 1931년 11월)

2권 『두견杜鵑의 울음—허창호許昌瑚 창작 시집創作詩集 제2권第二卷』 75편(1931년 11월 ~ 1932년 12월)

5권 『제5시집第五詩集 미명 시집未名詩集』 39편(1933년 11월 ~ 1934년 2월)

6권 『싹트는 잔디밭—허창호許昌瑚 시집詩集 제6권第六卷』 60편(첫말 1편 미포함) (1934년 2월 ~ 12월)

7권 『낫과 괭이—허창호許昌瑚 시집詩集 제7권第七券』 43편(1935년 3월 ~ 1940년 6월)*

8권 『시집詩集 NO. 8』 31편(1940년 7월 ~ 1942년 1월)

이들 가운데서 3권, 4권은 유족들이 간직해 오다 허망한 세월 속에서 사라져 버렸다. 1권과 2권은 1930년에서 1932년 해인사 강원에서 유엽의 도움을 받아 가며 문학에 뜻을 둔 첫 시기 작품이다. 그 가운데서도 1권에서는 허민 나이 열일곱 살, 작가적 자의식보다는 자연발생적인 청소년기의 감정 노출이 두드러진다. 세상과 삶에 대한 여러 관심을 다소 투박하게 드러낸 시다. 게다가 아직까지 시의 맵시에 대한 이해가 깊지 못해 굳어진 한자어를 남발하기도 했다. 작품에 쓰이는 부호도 쓰임새가 혼란스럽다. 원본 확정이 어려운 데도 적지 않다. 글의 표현보다 그에 앞선 내용의 문제를 안고 뒹굴던 셈이다. 시 쓰기의 뜻과 길을 나름대로 찾아나가면서 열정적으로 삶에 대한 사색에 몰두하는 모습이 고스란하다.

* 실제로는 1936년 2월에 이르는 작품들이다. 거기서부터 갑자기 1940년으로 건너뛰어 2월, 6월의 두 편으로 마감하였다.

길을 가다 흰 종이 있어
집어 들춰 보니
곧 이 글이 님의 얼굴일러라.

봄 들을 걷노라니
꽃피고 나비 있어
곧 이것이 님의 의복일러라.

물 따라 내려가니
물 밑에 고기의 아양 있어
곧 이것이 님의 춤일러라.

— 「봄과 님이」 가운데서

　　바깥세상이나 아니면 자신 안쪽 마음자리와 맞닥뜨리는 곳을 막연히
'님'이라는 대상을 빌려 담아내고 있다. 모든 세상일에 마구 뛰어들고 싶
지만 두려움 또한 나란했을 청소년기다. 타자에 대한 갖가지 느낌이 나
름대로 차분하게 가락을 골라 앉았다. 흔히 청소년기 시에서 볼 수 있는
전형적인 감정 처리다. 그러나 이러한 가운데서 허민은 자신의 삶이 놓
인 현실 조건에 대한 눈매를 날카롭게 가다듬기 시작한다.

동네는 말라서 다 죽어 가는데
동네의 개들은 다 살아 뛰노네
　　아이고 요것이 개 세상이라.

주림에 낯빛은 말라만 가는데
세력勢力의 심줄은 불러만 가네

아이고 요것이 피박이랄까.

어느 때는 물이 많아 논 씰어 가더니
어느 때는 물이 없어 논만 말라 가네
　　아이고 요것이 하늘 작란作亂이라.

없는 집 늙은이 나만 많아 가고
있는 집 젊은이 명命 짧아 죽네
　　아이고 요것이 설움이라오.

방은 추워서 떨기만 하는데
동내 산山 허가許可는 안 내어 주네
　　아이고 요것이 관청의 심사.

동내의 사랑에는 머슴의 근심
빈집의 본채에는 거지의 웃음
　　아이고 요것이 눈물 웃음이라.

집, 논을 진기면 사는 줄 아니
도리어 집 없음이 부자富者보담 낫네
　　아이고 요것이 망측이랄까.

결북돈 곡수穀數는 지주地主의 배짱
보리밥 된장은 우리의 배짱
　　아이고 요것이 애가 말라 가네.

— (줄임) —

삼천리 벌판엔 돈 없어 가고
우리네 살림살이 모두 없어 가네
　아이고 요것을 파괴破壞라 할까요.

(1931년 10월 15일)
—「아이고 요것이」 가운데서

　민요시 꼴을 띠면서 세걸음가락으로 정형화된 작품이다. 아직까지 구체적인 세부를 겨냥하고 있지는 않지만 열일곱 살 식민지 젊은이가 지녔던 바 자신이 놓인 궁핍한 현실과 고통의 조건에 대한 자각이 뚜렷하다. 가난과 수탈, 자연 재해와 사람이 사람대접 받지 못한 채 살아가고 있는 둘레, 비인간적인 환경을 휘둘러보는, 한 산골 젊은이의 마음속에 차오르는 붉은 결기를 짐작하게 한다. 이렇듯 육필 시집 1권에서는 청소년기의 내면 성찰로 부푼 사랑시와 현실에 대한 관심을 보여 주는 작품들이 뒤섞여 있다. 앞으로 좋은 시인으로 자라날 허민의 문학과 삶에 대한 열정이 넉넉하게 녹아든 모습이다. 이듬해 1932년에 나온 육필 시집 2권에서도 이러한 점은 더욱 세련되고 넓어진다. 열여덟 살, 좀 더 넓고 깊게 세상과 맞닥뜨리는 허민의 성숙 시간과 그 추억이 알차게 담긴 셈이다.

　①아침 여덟 시
　　세수를 하고 나서 밥상을 받을 제
　　어머니의 하시는 말씀!
　　"겨울이 와서 밥 짓기 싫고나"
　　숟갈을 들고 한참이나

모랑모랑 오르는 밥짐을 보았다.
>   ×   ×

어머니의 무심히 하시는 말씀이지만
자식 된 이 몸은 그 말이 얼마나 쓰라림을 주는가
남들은 자식 두었으니 걱정 없다 하지만
그러나 자식의 본체本體가 없는 내가
어머니의 지은 밥을
웃음으로 먹을까 울음으로 먹을까.

>   (1931년 12월 31일)
>   ─「아침밥」

② 힘없는 다리가
  짙어지는 황혼의 길에서
  두벅두벅 참으로 애처롭다.
>   ×   ×

  북쪽의 하늘에는
  검은 구름이 끼이고
  바람은 쌀쌀히 냉대冷待 비슷하다!
>   ×   ×

  까욱까욱 까마귀가
  물찬 논〔田〕 우으로
  저녁밥 없다고 슬피 난다.
>   ×   ×

  마을의 집들은
  흉년凶年에 먹을 것 적다고
  힘없고 적은 연기를 올리고 있다.

      ×   ×

갈 길은 백 리
다리는 평생 걷고 있을 것을
모르는 듯 우선 아픔을 참지 못한다.

      ×   ×

한 발자욱 두 발자욱
힘없는 다리 아픔으로 못 이기는 다리
사라지는 밝음! 얼어 가는 길을 걷고 있다.

(1931년 12월 31일)
—「아픈 다리」

자신이 놓인 삶의 밑자리를 뚜렷하게 깨닫는 모습이다. ①은 어머니와 나, 가족이 놓인 가난한 현실 속에서 내세울 것 없는 자식으로서 시인이 지녔을 회한을 아낌없이 보여 준다. "어머니의 지은 밥을/웃음으로 먹을까 울음으로 먹을까"라는 자탄 속에 고심이 고스란하다. ②에서 "힘없는 다리 아픔으로 못 이기는 다리"는 단순히 한 사람 것은 아니다. 허민을 둘러싸고 있는 이웃 사람들의 것이며 둘러보아 모든 농촌민이 겪는 현실이기도 하다. 타자로 향해 열린 눈길 안에서 시인의 마음바닥은 켜켜로 두터워지기 시작한다.

이러한 작품에는 타자화된 자신이나 막연한 대상을 향해 불렀던 사랑시 계열과는 다른 성숙함이 보인다. 삶이란 무엇인가라는 물음 앞에 얻게 된 여러 깨달음이나 종교적 각성과는 다른 쪽에 놓인 날카로운 현실 인식이다. 위에서 보인 「아픈 다리」「아침밥」에서 나아가 「불쌍한 아이」「노부老父의 시」와 같은 곳곳에서 볼 수 있는 특징이다. 특히 「노부의 시」에서는 허민의 서정적 자아가 처음으로 탈을 썼다. 나름대로 현실에 대한 객관화에 이르고 있음을 작품으로 웅변하고 있는 셈이다. 그러한 객관화된 현실 인식은 농촌 지역에 깊게 깔린 소작 문제, 계급 갈등이나 빈부귀천에 대한 인식으로 뚜렷하게 모인다. 「배 쥔 아이」「양복쟁이가 구부러졌소」는 바로 그러한 문제를 본격적으로 다룸으로써 1930년대 초반 우리 현실주의 동시의 흐름을 받아들이면서도 시인의 넉넉한 현실안이 잘 살아 있는 작품이다.

그런데 이렇듯 조숙했던 청소년기의 현실 이해를 허민은 여느 시인과 달리 어머니의 삶에 대한 깊은 공감과 연민을 고리로 삼아 드러낸다. 시인이 존경해 마지않은 어머니라는 표상이 지니고 있는 중요도가 여기에 있다. 계급과 빈부, 귀천으로 억압받는 민족의 현실 조건을 넘어설 다른 세상에 대한 꿈을 시인은 어머니를 빌려 투사한다. 허민에게 어머니는 현실 곳곳에 계신 셈이다.

> 어머니
> 꿈을 깨소서
> 몇 십 년의 고된 꿈을
> 이때껏 깨지 못합나이까?
>
> 봄의 따스러운 온기가
> 어머니 몸에 대였고
> 가을의 싸늘한 바람이
> 어머니 품 안에 든 지
> 몇 번을 거듭하였나이까?
>
> 오오 어머니
> 쓰고 쓴 그 꿈에서 깨어나
> 부드럽고 위엄 있는 목소리로

몇 십 년 꿈꾼 것을 부수어 보소서

오오 어머니
어린 자식을 생각하여서
다시 옛날의 길거움을 부어 보소서
오오 어머니 거치러운 파도에 실린 이 몸을 건져 주소서
그리고 최후까지 잊지 마소서

(1932년 2월 14일 효산재)

—「어머니에게—조선朝鮮」

어머니에게로 향하는 아들의 지극한 마음씨를 틀로 삼았다. 그런데 그 어머니에게 '조선'이라 이름을 붙여 어머니의 내포를 분명히 했다. 아연 읽는이가 긴장하지 않을 수 없다. 비록 육필 시집 속에서만 갈무리되었던 작품이라 하더라도 자기 검열을 충분히 의식해야 할 시대에 들내기 어려운 민족적 주제가 뚜렷하다. 어머니인 조선이 이제까지 깨지 못하고 있었던 고된 꿈을 깨고, 몇 십 년 꾸던 잘못된, 꿈같은 현실을 어서 깨라는 말은 뜻의 높이가 매우 높다. 의젓한 젊은이로 자란 허민의 속 깊은 고뇌와 바람이 잘 옹근 한 편의 민족시가 불꽃처럼 그의 육필 시집 한 자리를 태우고 있는 형국이다.

육필 시집 1, 2권에 이어 잃어버린 육필 시집 3권과 4권에는 짐작컨대 1년을 넘는 기간에 걸쳤을 많은 작품이 실렸을 듯하다. 게다가 여러 시 유형에 대한 실험이 엿보이는 작품을 찾을 수 있었을 것이다. 그 점은 3권과 4권을 건너뛰어 이어진 육필 시집 5권, 6권에 나타나는 여러 의미심장한 변화가 증명해 주는 바다. 육필 시집 5권은 1933년 11월부터 1934년 1월까지, 6권은 1934년 2월부터 1934년 12월까지 두 해에 걸친 시기 작품을 실었다. 이들 둘에 나타나는 특징을 간추려 보이면 아래와

같다.

첫째, 가락의 정형성이 잦아지고 율조에 대한 자각이 깊어졌다. 말하자면 초기 습작기와 달리 시의 형식성에 대한 이해가 깊어졌다는 뜻이다. 그런 만큼 1, 2집에 견주어 부호도 많이 통일되었다. 소리본뜬말이나 짓본뜬말의 쓰임도 더욱 활성화한다. 시의 율격적 완성에 대한 섬세한 눈매가 자리 잡히기 시작했다. 이러한 변화는 그가 어느덧 한 시인으로서 우뚝 설 작가적 자의식을 굳세게 갖추었다는 사실을 뜻한다. 자연발생적이라 할 청소년기의 열정이 가시지 않았던 1, 2집과는 많이 달라진 모습이다.

둘째, 시가 갈래에 대한 인식과 그에 대한 훈련이 깊어졌다. 시조와 동요, 소년시에서부터 성가, 민요시, 나아가 합창시(슈프리히 콜, 「운동가」)와 같은 여러 곳에 걸친 작품이 그것이다. 이 가운데 특히 민요시에 대한 관심이 한결같은 점을 눈여겨볼 만하다. 허민의 시가 농촌 현실에 뿌리를 내리고 있는 점과 맞물린 형태적 관심의 한결같음이다. 또한 여러 계층에 걸친 사람의 목소리를 끌어온 탈시mask lyric도 앞에 견주어 훨씬 많아진다.

셋째, 앞선 시기와 마찬가지로 사랑시가 적지 않다. 그러나 그 다루는 방식은 사뭇 다르다. 청소년기의 세계 이해 욕구나 막연한 대상을 향한 열정과 달리 보다 구체적인 '그대', 또는 '님'으로 드러나는 내포청자를 향한 마음자리가 뚜렷하다. 민중적인 삶과 관련한 상징적인 대상을 찾는다든가(「님의 초상을 그립니다」), 현실의 구체적인 연인을 내세운 시들이 잦아진다. '어머니'를 향한 사랑시 또한 줄지 않았다. 세상 곳곳으로 열리고자 했던 허민의 문학적 열정이 두드러지게 드러나는 본보기라 하겠다.

넷째, 타자의 삶에 대한 관심과 너비가 더욱 넓혀지고 사회적 불평등에 대한 깨달음이 강화된다. 이 점은 그 무렵 계급시의 유행과는 달리 허민 시의 서정적 화자의 자발적인 성숙 과정에서 엿볼 수 있는 한결같은 흐름이다. 「소낙비가 와서」 「허 참 억궂다」 「문에 비친 두 그림자」나 민요시 「아리롱 신세」 같은 작품에서 그 점은 쉽게 드러난다.

아버지 목은 가늘고
김부자 목은 툭툭하다
종짓불 깜박이는 방 안에서
문에 비친 그림자 두 그림자.

김 부자 머리는 울뚝불뚝
아버지 머리는 숫을숫을
김 부자 주먹이 들었다 놓았다
아버지 허리는 구버둥하다.

"여태 이자利子도 아니 줘?"
큰 말소리가 터져 나왔다
"조금만 더 참아 주십시오"
모기 소리 같은 말이 가늘게 들린다.

밖에서 그림자 모양을 보다가
김 부자 머리 보고 주먹으로 밀었지
"이제 봐 이제 봐"
큰소리 못하는 내 가슴도……

(1934년 7월 9일 야로에서)
―「문에 비친 두 그림자」

소작농 '아버지'와 지주 '김 부자'가 방 안에서 벌이고 있는 소작료

시비 현장의 "두 그림자"를 엿보는 아들의 마음이 담긴 동시다. 문밖으로 비친 김 부자의 미운 머리를 주먹으로 밀어 보는 말할이 아이의 마음은 분통 터질 따름이다. 땅거미 깊어진 밤, 한 시골 마을 "문에 비친 두 그림자"로 말하고자 한 농촌 현실의 아픈 자리를 허민의 날카로운 눈매는 놓치지 않았다.

다섯째, 현실 조건뿐 아니라 삶의 본질에 대한 물음을 아우르는 포괄적인 인식이 드넓게 자리 잡기 시작한다. 땅, 살림, 환경, 이웃, 역사, 단결과 같이 다채로운 관심이 그것이다. 그러다 보니 자연히 삶이 뿌리 내리고 있는 시간성·공간성에 대한 표현이 두드러지게 되는 일이 자연스럽다. 그만큼 허민의 내면에 입체적인 깊이와 너비가 마련되었다는 뜻이다. 「진주교」 「고적한 앞길」과 「못 믿을 지반」에서 볼 수 있는 상상력과 「농부 심중」과 「우리 마을」에 보이는 현실 체험으로 이어지는 깊고 너른 자리가 거기다.

허민의 육필 시집 7권은 스물세 살부터 스물일곱 살, 여섯 해에 걸친 작품을 모았다. 시기로 보면 1935년 3월부터 1940년 6월까지다. 허민이 진주에서 투병 생활을 하면서 기자로 일하다 다시 해인사 골짝으로 돌아와 머물 때임과 아울러, 문단에 얼굴을 화려하게 내놓아 작품 활동을 가장 왕성하게 했을 때라는 특징을 지니는 시기다. 이미 시인으로서, 소설가로서, 또는 아동문학가로서 여러 갈래에 걸쳐 여러 차례 지역과 서울 매체에 작품을 선뵈고 있었던 허민이다. 시의 양이 줄어들고 창작 시기도 길어졌으나, 완성도는 부쩍 드높아진 때다.

그런데 1936년 2월부터 갑자기 육필 시집의 창작 날짜가 1940년 2월과 6월의 두 작품으로 건너뛴다. 그 사이에는 작품이 죄 빈다. 중요한 시기의 작품이라는 점에서 아쉬움이 크다. 육필 시집에 낙장이 있었거나, 그 비는 시기만큼 시 쪽 창작이 주춤했던 까닭이다. 만약 낙장으로 말미암은 일이었다면 충분히 납득이 갈 만한 일이다. 이 시기는 허민 개인으로서도 시대의 압박을 가장 많이 받았을 시기다. 진주 지역 젊은 언론인이자 해인사의 주요 지식인층이었던 허민 또한 왜로 경찰의 가택 수색을 당할 때면 원고며 책들을 가족들이 이리저리 다른 곳으로 여러 차례 숨기기도 했다. 사뭇 검열로 말미암은 인위적인 닉장의 가능성이 높음을 짐작하게 하는 일이다. 이 점은 작품에서도 엿볼 수 있다. 「삼월三月의 눈바람」 「다람쥐통」과 같은 데서는 두드러지게 민족 구성원이 겪었던 시대의 아픔이 시인 허민의 가슴에 선연한 그늘을 드리우고 있다.

> 우두牛頭에 바람이니 비봉飛鳳에 꿩이 운다
> 하진월下辰月 눈 나려서 초화草花를 시들키네
> 까마귀 울고 간 뒤라 마음 편타 하리오
>
> 동무여 굳이 다문 그 입술 높게 뵈네
> 바른길 걷는 가슴 뉘 아니 없으리까
> 봄철이 겨울인 듯하여 그대 생각 묻노라
>
> (1935년 5월 2일 15명 동무가 합천서로 간 뒤에)
> ―「삼월의 눈바람」

엄혹한 사상 통제의 시대, 이른바 치안유지법으로 읍내 합천경찰서로 검거되어 갔을 동향 벗들을 지켜보는 아픈 심사를 담은 시조다. "바른 길 걷는 가슴 뉘 아니 없으리까"라는 안타까운 목소리 안에 제국주의 식민자들과 맞서 있었던 청년 허민의 모습이 처연하다. 어두운 민족 현실 아래서 시인이 겪은 좌절 또한 더욱 클 수밖에 없었다. 우울과 실망의 그늘이 더욱 짙어진다.

이러한 변화에 더하여 눈여겨볼 점은 민요시나 노랫말 짓기에 한결같이 공을 들였다는 사실이다. 그러면서 그 속에 농업의 기쁨과 고통, 생활의 고달픔, 그 극복 의지를 두루 담아냈다. 그만큼 더불어 사는 농촌 구성원, 민족 구성원의 삶에 대한 인식이 더욱 깊어졌다는 뜻이다. 그들에 대한 격려와 용기를 부추기는 목소리가 부쩍 높아진다. 시대 상황 탓에 계급적 이해와 같은 날카로운 현실 인식은 누그러지는 대신 드러난 변화일까. 주변 자연 풍광을 다룬 시가 많아지는 점도 자연스러운 흐름인지 모른다. 현실성이 약화되는 대신 시대 억압으로 말미암은 자기 검열이 더욱 예민해졌음을 엿볼 수 있는 대목이다.

육필 시집 8권은 1940년과 1942년에 걸친 두 해 남짓한 시기의 작품집이다. 그들 가운데서 적지 않은 작품이 이곳저곳 여러 매체에 발표되었을 것으로 보이나 시인이 오려 둔 묶음에는 찾을 수가 없어 아쉽다. 이 시기 허민은 개인적인 투병의 아픔 속에서도 문학인으로서 자리를 다지고 키워 나가기 위한 노력을 더욱 열정적으로 꾀한다. 8권에 실린 작품이 보여 주는 완연한 작품의 높이는 그가 한 사람의 개성 있는 시인으로 우뚝 섰음을 보여 주기에 모자람이 없다. 무엇보다 더욱 넉넉해진 농촌 체험에다 군더더기 없이 능숙한 언어 수행력, 거기다 섬세한 표현력이 자리가 잡혔다.

산밭 너머로 마을이 나려앉고 나려앉은 마을 건너 워어머 송아지는 흰 찔레에 묻혔다

맹맹이 제비인 듯 번대질 치고 못자리판 보리판 뒤섞인 들! 들 저편으로 사방砂防한 산! 산턱을 눌러 퍼져 나간 푸르른 하늘!

은어銀魚떼 피둥거리는 시내로 구름 까라지고 구름을 밀어 자잔한 물결

담배 연기 구수한 두던 아래서 염소는 아른한 눈짓하고 수염 돛은 상제 두건頭巾 우에 잠자리 앉았다 날아

훈훈한 산기슭 밤꽃은 올해도 흠북 피어 벌들이 잉잉거려서 재 넘어 갈 사람 웃통 벗고 쳐다보다 먼 데 모내기 소리에 눈감아 버렸다

장군將軍 소리 잦은 정자나무 아래 아재비 손주 사촌 동서 물팽이 짚고 삿갓 쓴 근사한 얼굴들이 새앗참 탁배기에 마음이 커졌다

암탉이 앙차게 울고 나린 둥어리 달걀이 구을러 둘! 몇 번 싸움에 벼슬 이즈러진 장닭이 맞받아 나서면 이곳저곳에서 따라 울어 처마가 절리고 절리는 처마 아래 배배거리는 노오란 제비 주둥이

아기 서는 듯 부인네 살구씨를 볼가 버리며 시금시금 눈 감고 울 밖을 돌아나가면 못난 아이놈들 올개미로 새새끼 나꾸려 용쓰는구나

전설傳說을 찾아 흉내 나는 골방을 들어서면 돋베기 쓴 옛 진사進士 관을 고쳐 쓰고 『충렬전忠列傳』 보는 눈에 눈물 개진하여 숨 가빠 기침에 몇 번 허리가 굽고 옷고름에 달린 코수건은 손주를 대신하였다

어린것 돌떡이 이웃으로 돌고 시집 갓 온 새악시 집 구경하려 꺼름한 속곳에 치마만 갈아입은 안늙은이 발엔 낡은 짚신이 따른다

어둠 나리는 들로 보맥이 외는 소리 별들은 하나하나 헤아릴 수 있고 설은 인기척에 짖는 노구老狗 아직 저녁을 치루지 안 했나 보다

정자나무 아래 담뱃불 나서고 예스러운 모기 소리 산들바람에 끼어
그 바람 속에는 머언 정든 사람 그림자인 듯 밤 밤나무꽃 향내마저 부채
들고 나선 사람에게로 흘러나렸다

밤 밤나무꽃 아래서 나는야 기다린다 너 진정 소원이 무엇이냐 올해
도 밤꽃은 흠북 피어 검은 하늘에서 나리는 별을 달고 강江바람 푸짐한
옛 마음으로 돌아가면 너 고운 향내가 너 고운 향내가 살아나리라

(1941년 6월 27일 어 해인사)
—「율화촌栗花村」

허민 후기시의 활달한 언어 감각과 넉넉한 표현력이 출렁출렁 담긴
작품이다. '율화촌'으로 일컬은 시골 마을의 모습이 고스란히 허민의 눈
길 아래 빼어난 한 편의 장소시를 이루었다. 토착 민속 체험에 기댄 백석
의 장소시와 또 다른 현실 감각과 뛰어난 묘사력을 보여 준다. 거기다 농
촌 현실을 향한 꼼꼼한 눈길은 넉넉하고도 그윽하다. 1930년대 후반 전
형기를 장식했던 막연한 고향회고적인 작품이나 그 무렵 사향시와는 격
이 다른 농촌시 한 편을 마련했다. 그러나 이러한 활달한 시와 더불어 깊
은 좌절의 목소리 또한 잦아진다. 바라는 현실과 거기에 이를 수 없이 피
폐할 수 밖에 없었던 삶으로 말미암아 겪는 깊은 절망의 목소리가 읽는
이를 긴장시킨다.

두어 오래기 머리털 떨어진 벼개 우에
청춘靑春을 부뜰려고 병病과 싸우느니

삼 년三年이여 돌려다고 내 정열情熱과 젊음을
사랑할 모든 것을 빼앗아 간 가증可憎한 것아

아픈 가슴속에서 자라난 여러 희망希望이
순순順하잖은 맥박脈搏에 기운을 잃어버릴 때

죽음이여 오려거든 아아 서슴지 말라
내 살은 삼십三十에 뉘우침이란 없었거니

소란騷亂과 공포恐怖 속의 어둔 문門을 열면서
언제 반갑게 불러 줄 소리가 들릴 것이냐!

(1941년 11월 17일 어 진주)
─「병상기病床記 ─기1基一」

　　허민의 이십대 후반 고통스러웠던 개인사를 줄여서 보여 준다. 해인
사 기슭으로 돌아갔다 병이 깊어 진주 병원에 서둘러 입원한 시인이다.
한껏 가꾸어 왔던 문학열이 피는가 했는데 어느새 좌절의 그늘이 덮이기
시작했다. "돌려다고 내 정열과 젊음을"이라는 부름은 절규다. 스스로
"처진 건 병약病弱과 빠져날 수 없는 우울憂鬱/캄캄한 밤을 즐겨 버린 몸"
(「고향故鄕으로 열린 길 우에서」)이라 했던 그는 끝내 "청춘을 부뜰지 못하고"
가혹한 죽음 바로 앞에 섰다.

장맛비 걷음한 어스름에
빈 마루에 두 무릎을 고우고 앉아

가꾸지 아니한 뜰 봉선화鳳仙花는 이슬을 달고
안개 사이로 걸린 무지개와 더불어 행복幸福을 지녔건만

순純하고 약弱한 양심良心을 버리지 못한 채

벌레 먹는 가슴을 어루만진 지 벌써 몇 해이더냐

산협山峽에 여름이 짙어도 늘 내 맘은 음산陰散하야
복새이는 하늘을 날러 갈 새에게 노래도 못 전傳했노라

영嶺 위거나 산山모통 길에 행幸여 어느 소식消息을 그려
어머니가 찾어 주신 축축한 신문新聞을 뒤적거리며

문득 한限없이 울고 싶기도 하고
다시 껄껄껄 웃고 싶기도 하고……

─「고정孤情」

    앞서 든 「병상기─기1」의 목소리보다 가라앉았다. 혼자 산골에서 투
병을 하면서 죽음 앞에 서 있었던 시인의 슬픈, 그러나 담담한 마음을 엿
볼 수 있다. 진주 병실에서 "반가울 일 없는 이향異鄕 조용한 병실病室에
서/가슴 위 사과만 만지며 해를 보내"거나 고향 산협의 곤궁한 집 안방
에 누워 "어둠 속에서 어둠 속으로 손을" 저으며 "아아 푸른 하늘을 이고
서 흙을 파리라"(「병상기─기3」)고 울부짖었던 시인의 마지막 모습이 모자
람 없이 담겼다.
    허민의 시는 문학 소년 습작기서부터 열정적인 청년 시인으로 다시
한 사람의 뛰어난 민족 시인으로 자리 잡아 나가는 역동적인 모습을 담
고 있다. 자유시뿐 아니라 시조, 민요시, 동요, 노랫말에다 성가, 합창극
에까지 이르는 여러 관심은 그 도정의 모색 과정을 잘 보여 준다. 게다가
주제에서도 막연한 소년기 정서에서부터 농촌을 중심으로 민족 현실에
대한 다채로운 깨달음은 조숙했던 시인의 모습을 잘 드러낸다. 허민을
빌려 우리는 1940년대 어두운 시대 끝까지 허물어지지 않았던 민족시의

든든한 얼을 짚을 수 있게 된 셈이다.

아쉬운 점은 1936년부터 1940년에 이르는 시기, 그가 가장 활발하게 발표 활동을 했던 때의 육필 시집이나 발표작 묶음이 상당 부분 사라졌다는 사실이다. 허민이 발표했던 시 11편 가운데서 육필 시집에 없는 것만 모두 6편이나 되니, 적지 않은 작품이 사라지고 잊혀진 것을 쉽게 짐작할 수 있다. 앞으로 허민 연구에서 이곳저곳 1차 자료들을 더 꼼꼼히 살펴야 하는 까닭이다.

2) 소설

오늘날 볼 수 있는 허민의 소설은 모두 다섯 편이다. 《매일신보》 현상 공모 당선작인 「구룡산」(1936년)을 처음으로 「사장射場」(1937년), 「석이石茸」(1938년)에 이어 《문장》 추천작 「어산금」과 콩트 「엄마」(1937년)에 이른다. 이 가운데서 「석이」는 원문이 부분만 남아 전모를 알 수 없다. 「구룡산」은 숯판이 있는 산촌 장자골이라는 마을을 중심으로 그 안에 모여 사는 이들이 겪는 애환과 비참을 역동적으로 담아낸 작품이다. 이야기 얼개를 자신이 살았던 가야산 골짝 마을로 삼은 것이다.

> 장자골은 구룡산 기슭에 벌려진 칠십 호나 되는 빈한貧寒한 산촌山村이었다.
> 여기 사는 사람들은 하늘을 섬기고 산신山神을 떠받치고 그런 반면 거의 굶주려 가며 생활의 절망에서 내일의 실낱같은 희망을 가져 분慎도 내고 웃음도 웃었다.
> 허나 그들은 무지無知였다. 그들은 어둠에서만 살았다. 산과 같은 억셈과 물과 같은 맑은 정을 가졌어도 현실의 비참悲慘과 어깨를 겨루고 설움의 길을 걸어가지 않으면 안 되는 것이었다.

그는 곧 어느 세상에서나 마찬가지 세력勢力이란 얄보드레하고도 그
악스런 그물〔網〕이 이런 곳까지도 파고들어 펼쳤기 때문이라 하겠다.
　　　　　　　　　　　　　　　　　　—「구룡산」의 경개梗槪 가운데서

　허민이 손수 쓴 「구룡산」의 풀이글이다. 장자골에서 '세력'을 뽐내고
있는 사람은 '이 참봉.' 그는 마을에서 무소불위하는 지주일 뿐 아니라,
마을 모든 일에 끼어들어 '그물 역을 맡은 위인'이다. 마을 사람들은 잣
판, 숯판에다 논밭 소출로 먹고 산다. 그러나 그들 대부분 세도꾼 이 참
봉에게 빚을 지고 있어 해를 지날 때마다 빚이 늘어 갈 수밖에 없다. 소
설의 주 인물인 '점팔'은 그러한 이 참봉에게 맞설 깜냥이 없이 사는 모
든 마을 사람들을 대표한다. 무력한 그는 집안에서도 가족들로부터 성화
를 겪는다. 여덟 살 난 아들 성근이가 기르던 고양이는 어느새 이 참봉댁
을 드나들며 먹이를 훔치는 도둑고양이가 되어 버렸고, 오래도록 굶은
어머니는 동제를 마치고 짐승들이 먹도록 흩어 둔 제물을 훔쳐 와 먹다
체하여 크게 앓는다. 같은 날 밤 이 참봉댁 송아지를 범이 물어 가고, 이
틀날 그 일이 당산의 제물을 어느 마을 사람이 먹은 탓인 것을 알자 이
참봉은 산신령이 노한 결과라고 노발대발한다. 성난 참봉에게 맞아 죽은
고양이를 묻어 주기 위해 산으로 올라간 아들 성근이가 범을 잡기 위해
이 참봉의 맏아들이 쏜 총에 놀라 달아나던 범에 쫓기어 언덕에서 떨어
져 죽는 시각, 마을 사람들의 한 해 소출이 들어 있었던 잣 고방에서는
불이 나 온 동네가 "생지옥의 전율할 화면"으로 바뀐다.
　주 인물 점팔이 가족이 겪는 애환에는 지주와 소작인의 갈등이 켜켜
로 담겼다. 소설가로서 큰 그림을 그리고 있었을 허민의 야심작인 만큼
얼개가 크고 사건 구성을 다층적으로 이끌려 애썼다. 게다가 작품 곳곳
에 토속과 민속 세계를 짙게 드리우면서 가난을 거듭 키울 수밖에 없었
던 마을 사람들의 고통스런 삶을 생생하게 담았다. 당산제를 모신 뒤 둘

레 짐승들에게 남긴 공물을 남몰래 올라가 찾아 먹고 배가 아파 뒹구는 할머니의 비명과, 지주에게서 맞아 죽은 고양이를 묻으러 산에 갔던 손자가 오히려 지주 아들이 쏜 총에 놀라 날뛰던 범으로 말미암아 죽게 되는 어처구니없는 비극은 고스란히 당대 민족 현실의 생생한 보고서다. 앞으로 뛰어난 소설가로 나아갈 자질을 잘 온축해 보여 준 작품이다. 게다가 곳곳에 배어 있는 경남 지역어의 쓰임은 소설을 한껏 생동감 있게 이끈다.

허민의 현실 인식이 든든하게 뒷받침된 「구룡산」과 달리 「어산금」은 예술가 소설로 나아가고자 했다.

어느 해 겨울!

아마 동지를 지난, 눈이 며칠을 두고 나리어 짐승이나 사람이 행보하기 어려운 그런 날이었다. 홍류동紅流洞 정류소에서 차를 나린 한 여인이 열 살 남짓한 계집애를 앞세우고 눈에 빠지며 절을 향해 걸었다.

그들 두 사람은 가야산에 들어서 '도솔암兜率庵'이라는 곳에 몸을 뉘었다. 세상 사연을 뒤로 하고 향주는 깊은 골에서 "고전古典에 대한 연구와 비판에 게으름이 없었고 조선의 풍류風流와 아악雅樂엔 가끔 침식을 잊고 몰두하여 갔다." 그녀의 꿈은 스승으로부터 받은 악률첩을 완성하여 가야금을 마련하는 것이다. "서릿발 머금은 달빛이 앞산 우에 올라 처마 그림자를 방 속 깊이 던지면 염하듯 묽은 한을 거문고에 쏟으며, 선배들의 창조법唱調法과 탄률법彈律法을 따르고 지우고 모아" 가면서 자신의 음률을 완성하고자 했다. 그러다 그녀는 홍류동 골짝 물속에서 "나무 그늘이 투영된 물 아래 고기들이 한가로이" 울렁거리는 모습에서 영감을 받는다. "고기의 몸짓 따라" '창조唱調'를 깨닫고 고기의 형상에 따라 가야금을 완성할 수 있게 된 것이다.

향주는 침식을 잊고 어형 그린 종이에 정신을 쏟았다.

벌써 그 우에는 악기로서 부분을 따서 이름과 해석을 기입하였나니

고기 머릴—— '사공司空(허공을 잡다.)'

눈을—— '신문神門(신이 출입함.)'

등을—— '도천走天(온갖 것이 뛰어 놈.)'

배를—— '수지受地(사랑을 다 받음.)'

꼬릴—— '지정指情(정을 버리지 못함.)'

이라 하였고 삼성三性을 가르는 줄은 희성선喜性線 비성선을 양편에 두고 묵성선을 화성和性이라고도 하여 가운데 두기로 하고 줄을 떠 괴는 괘를 운우運字라 한 다음, 이 악기 이름을 지어 어산금이라 하였다.

어산금은 높이가 반 뼘, 길이가 석 자쯤 되는 짜임이었다. 설계가 끝난 향주는 오동나무를 반으로 짜개 "절節을 죽이기 위해 진흙에 묻고" 다음 해를 기약했다. 다음 해 향주는 어산금을 다 만든 뒤, 딸과 함께 도솔암을 떠나 속세로 돌아간다. 어머니/딸, 예술/일상, 성/속, 운명/탈운명 사이에 가로놓인 갈등과 고뇌를 잔잔하고 유려한 필치로 그렸다. 해인사에서 교분을 맺었던 김동리의 작품 수준쯤은 질러 앞서겠다는 의욕이 알게 모르게 배어나는 작품이다.

「사장」과 콩트「엄마」는 둘 다 진주 지역성을 바탕에 깔고 있다. 「엄마」는 짧으나 소설가로서 허민의 날카로운 눈매와 재질이 아낌없이 드러난 작품으로 읽는이를 마음 저리게 만든다. 비오는 날 노을 녘 전신주에 기대어 아이를 업은 채 구걸하는 여자는 아이의 성가신 보챔에도 한곳만 응시하면서 사람들의 자비를 마냥 기다리고 있다. 그 여자가 "아들의 얼굴을 못 보는" 맹인이었다는 사실이 뒤늦게 밝혀진다.

허민은 비록 많은 소설을 남기지는 않았지만 소설가로서 자신의 존재를 널리 알리는 데에는 모자람이 없을 작품을 선뵈고 있다. 특히 산골

의 암울한 현실을 그린 「구룡산」의 토속적인 세계와 예술가 소설 「어산금」은 나라잃은시대 후기 우리 소설 자산을 더욱 풍요롭게 한 작품으로 기억되어야 할 것이다.

3) 동화

허민은 동요뿐 아니라 동화를 많이 지었다. 창작에 대한 여러 방향 모색이 동화에서도 한결같았던 셈이다. 그러나 오늘날 확인할 수 있는 동화는 모두 다섯에 지나지 않는다. 「박과 호박」(1937년), 「귀뚜라미 산보散步」(1937년), 「소와 닭」(1937년), 「작은 새와 열매」(1938년), 「숲의 향연饗宴」(1938년)이 그들이다. 이 가운데서 「숲의 향연」은 원문을 잃어버려 부분만 볼 수 있다. 그리고 이들은 소설과 달리 진주에서 나온 지역 매체를 빌렸다. 주간신문 《중앙시보中央時報》가 그것이다. 신문의 짧은 지면에 담기에 짤막한 동화가 어울렸겠다.

허민의 동화는 귀뚜라미가 서술자가 되어 가난하고 병약한 한 아이에 대한 연민을 담아낸 「귀뚜라미 산보」를 젖히고 나면 나머지 모두 우화다. 「박과 호박」 「소와 닭」은 맞서거나 나란한 두 대상 사이에 가로 놓인 서로 다른 직분과 쓰임새를 일깨우려는 속내를 담았다. 「작은 새와 열매」는 사랑과 헌신의 본질에 대한 허민의 일깨움을 실었다. 한자리에 붙박여 사는 나무는 거의 모두 새들을 이용하여 씨를 퍼뜨리는 방법으로 번식을 하지 않을 수 없다. 그에 따라 주고받는 두 대상 사이에 아깝거나 고마운 감정이 얽히게 마련이다. 그런 과정에 따르는 마음의 움직임을 새와 나무의 관계를 빌려 담은 작품이 「작은 새와 열매」다.

허민은 여느 작가들과 마찬가지로 자라는 과정에 아동문학에 깊은 관심을 기울이고 창작을 거듭했다. 그와 친교를 맺고 있었던 선배 이주홍이나 엄흥섭, 손풍산이나 남대우와 같은 동향 작가들과 비슷한 길을 밟은 셈이다. 유족 손에 남겨졌던 육필 동화집조차 어느새 사라진 아쉬운 마당이지만, 그가 더 오래 살았더라면 오늘날 우리가 볼 수 있는 근대 동화문학은 더욱 풍요로웠을 것이다. 지역에 있으면서도 좋은 작가로 자라고자 했던 순수한 열망은 문단 유행에 때 묻지 않은 허민의 맑은 몇 편의 동화가 증명해 주는 바다.

4)산문 · 설문

허민은 왕성한 작품 발표 활동을 했던 진주 시절, 산문에서도 적지 않은 19편에 이르는 작품을 발표했다. 그들은 「나의 영록기迎錄記」「돌아온 실춘보失春譜」「육로陸路 이천 리二千里——동룡굴蝀龍窟, 묘향산妙香山 기행紀行」과 같은 본격 수필에서부터 짧은 「설문設問」에까지 걸친다. 그의 산문에서 눈여겨볼 점은 크게 두 가지다. 첫째, 그 무렵 문단에 대한 작가 허민의 눈길이다. 지역 작가로서 서울 문단을 중심으로 이루어져 있는 문학 사회에 대한 불만과 개인이 시골에서 겪는 문학적 난관들을 조심스럽게 드러내고 있는 솔직한 자리는 귀중하다. 새로운 세대 문학인으로 자라 나가면서 지녔을 문학 사회에 대한 의구심과 불안감, 서울 문단에 대한 실망까지 두루 담았다.

> 첫째 작가의 노력이 적은 원인이겠으나 보담 문단이 가지는 고집적固執的인 경향이다. 왜냐하면 현금現今의 문단은 삼 신문과 수 종數種의 잡지로써 생명生命을 이어가는 만큼 가위可謂 저널리즘에게 칼자루를 쥐여졌다. 그러기 때문 매명적賣名的이고 이기적인 분위기에 쌓여 신진新進과 중견中堅의 장벽墻壁, 평가評家와 작가의 대립이란 필연必然적인 현상을 보이고 있다.
>
> —「문단文壇의 고집성固執性— 독서촌감讀書寸感」 가운데서

지역 작가, 신진 작가로서 매체 진입의 어려움, 신구 세대 장벽, 거기다 문학 평론 분야의 홀대에까지 마음에 의아스러웠거나 불만스러웠던 점은 한둘 아니었을 것이다. 이러한 허민의 생각은 고스란히 1930년대 중반 이후 젊은 신세대 문학인들이 갖게 된 것과 나란하다. 1940년대 초반까지 서울이 아닌 지역 이곳저곳에서 적지 않은 동인지나 소모임 매체가 나오게 되는데, 허민의 산문은 그 일을 가능하게 한 신세대들의 생각을 대변하는 지남침이기도 한 셈이다.

둘째, 진주 지역을 중심으로 겪은 도시 문화에 대한 깨달음도 눈여겨볼 일이다. 우리 근대문학 속에서 진주 지역에 대한 특징적인 장소 문학적 시각이나 지역성 개발을 위한 단초를 남긴 작가는 많지 않다. 한참 시일이 지나 파성 설창수가 있을 따름이다. 그런 점에서 허민의 수필은 소중하다. 나라잃은시대 경상남도의 중심지 가운데 하나였던 진주의 도시 경관과 삶의 모습이 그의 수필 속에 고스란히 담겼다. 지역문학적 관점에서 중요한 자산인 셈이다.

> 나는 자주 남강南江으로 나간다. 그것은 나의 맘의 고향인 때문이다. 고운 정서情緒에 혼곤하고 줄기찬 물의 뜻을 배우려는 의도에서다. 여기서 지난날의 나를 추억하고 논개論介를 상상하며 그 시절의 진양晉陽을 그리어 보는 것이다. 그럴라치면 문득 나의 가슴엔 진양에 대한 정이 부풀어 오르는 것이다. 아지 못하는 뭇 사람들에게 일일이 말을 하고 싶고 또 아듬어 보고 싶었다. 참다운 기쁨이란 여기서 출발하는 것이 아닐까?
>
> —「표정表情의 애수哀愁」 가운데서

스스로 "맘의 고향"이라고 진주를 말하고 있다. 두 해에 걸쳐 머물렀고, 지병에 따른 입원을 하기 위해 오갔던 도시 진주에 대한 시인의 깨달음은 근대에 대한 지식인의 반응으로 넓혀서 생각할 필요가 있다. 아래 작품은 보다 속속들이 도시 진주의 장소성을 담아내고 있어 한 발 더 깊어진 허민의 눈매를 엿보게 한다.

> 약주 회사藥酒會社 '세멘' 벽 앞에 여자들이 들밀며 있다. 손에 소구리 바가지 멜통 사구 등을 가졌다. 낱낱 얼굴들은 한 빛으로 뵈이는 푸르고 누런 것이 섞인 축이다. 연기와 몬지에 시달렸다는 것보다 악착한 인간고를 넘기지 못하는 밑바닥인 생활면의 발악이다. 술찌거미의 숭배자가 또 하나 생겼다. 담痰이 있는 사람은 약藥으로 찌거미를 먹었고 지독한 술꾼은 물을 태워 먹었으나 저 사람들은 한 때 두 때가 아니오, 바로 상식常食이 된 것이다. 참으로 우마牛馬와 다름없다. 저렇게 숭배자가 많고 보니 도야지에게서 미움을 받을 것이요 또한 그보다 더 비참한 것은 자기에게 한 몫이 돌아오지 않는 때에는 빈 그릇을 아듬고 걸어갈 길이 눈물의 집적集積인 것이다.

*

> 진주교의 번인 사주쟁이나 약주 회사 앞의 비극이나 저 태양은 살큼 눈감아 버리고 광휘光輝와 희망과 또한 거기 숨은 각기 사람들의 온갖 감정을 북돋아 준다.
> 높은 유리창을 열고 축음기蓄音機를 튼 사람에게도 택시에 몸을 실은 기생과 함께 앉은 이에게도 강둑에 움집을 지어 사는 거지들에게도 이 봄은 반갑지 않을 수 없다.
>
> ─「돌아온 실춘보」 가운데서

도시 진주에 대한 허민의 느낌과 반응을 잘 읽을 수 있다. 우마와 다름없이 일본인 약주 회사의 담벼락에 붙어 서서 남은 술지게미를 밥으로 얻어먹기 위해 서 있는 이들의 줄을 빌려 도시민, 피식민자로서 겪어야 하는 민족 구성원의 아픔을 간단명료하게 짚어 준다. 가난과 비참은 자신이 살고 있는 산촌 합천뿐 아니라, 도시 진주에서도 다를 바가 없었다. 젊은 시인은 우리가 놓여 있는 삶의 잔혹한 조건에 대한 슬픔을 감추지 않은 셈이다.

4. 허민 문학의 문학사적 의의

허창호 허민은 길지 않은 작품 활동 기간에 적지 않은 329편에 이르는 작품을 남겼다. 습작기 작품을 포함한 숫자지만 한 개인이 보여 줄 수 있는 왕성한 창작열과 문학 사랑을 담는 데는 모자람 없는 풍성함이다. 육필인 채로 사라진 것에다 지면을 찾아내지 못한 것까지 넣어 생각하면 놀라운 열정을 느끼게 한다. 그가 오래 살았더라면 우리 근대문학은 얼마나 풍요로워졌을까. 아쉬움을 거듭 삼키지 않을 수 없다. 그러나 완연히 꽃피지 못하고 일찌감치 스러져간 아름다움이었지만, 그는 자신이 지녔던 문학적 역량과 재능을 아낌없이 보여 주고 갔다. 그의 문학이 지니고 있는 뜻을 몇 가지로 나누어 짚어보고자 한다.

첫째, 허민 문학은 소년기에서 청년기까지 한결같이 이어지는 한 작가의 성장 기록을 보여 주는 희귀한 본보기다. 우리 근대문학에 숱한 작가들이 반짝이다 사라져 갔으나, 그들 대부분은 습작기 이후 작품 매체 발표를 중심으로 한 작품이 주종을 이룬다. 그런 점에서 문예창작학 쪽 관점에서 볼 때 작가의 성장이나 그 궤적을 꼼꼼하게 살필 수 있는 본보기를 찾기란 쉽지 않다. 허민의 경우는 온전치는 않지만 다행히 그의 습작기 육필 시집이 남아 우리의 기대와 관심을 채워 주기에 모자람이 없다. 이러한 오롯한 성장 기록은 작가를 꿈꾸는 이들이나 문학사회뿐 아니라, 일반인들에게도 훌륭한 경험을 제공한다. 비록 작가 개인의 것이 긴 하지만 한 사람의 성장과 성숙의 과정에 대한 다양한 사회학적, 심리학적 접근의 단초를 허민의 작품이 줄 수 있는 것이다. 허민의 작품을 문예창작론 쪽에서 통시적으로 더욱 섬세하게 문제화하고 들여다보아야 할 까닭이 여기에 있다.

둘째, 지역문학사 쪽 의의다. 허민의 문학은 경남 지역의 풍토와 토양에 뿌리를 굳게 내린 작품이다. 그의 시와 소설, 수필은 구체적인 지역을 바탕으로 장소감과 지역성을 담고 있다. 거의 모든 좋은 문학이 그렇듯 그의 작품은 태어나고 살아왔던 풍토학적 뿌리가 든든한 셈이다. 이점은 다시 둘로 나누어 볼 수 있다. 먼저 그의 작품이 지니고 있는 경남 지역어의 쓰임새다. 허민의 작품 속에는 생생히 살아 있는 경남 지역어가 고스란하다. 우리 근대 일국주의 문학의 경험 가운데서 지역어주의자라 일컬을 수 있는 작가는 많지 않다. 이런 가운데 허민의 문학이 희귀한 본보기로 놓여 있다. 본인 스스로 작가로서 오히려 언어적 약점이라고까지 생각하기도 했던 이러한 생생한 경상도 지역어, 탯말의 세계를 허민 문학을 빌려 맛보는 기쁨은 크다. 근대 일국주의 표준 언어가 정착하는 과정에서 비껴 서서 오늘날 그의 문학은 오히려 지역어 활용의 보고가 된 셈이다.

셋째, 문학지리학 쪽 연구의 중요 대상으로서 지닌 뜻이다. 각별히 진주 지역문학과 해인사문학을 중심으로 삼은 문학지리학적 자료와 지역성 생성의 몫이 크다. 허민에게 진주는 그의 고향 곤양이나 거주지 합천 해인사 골짝과는 다른 근대 도시였다. 그런 점에서 그의 작품에 다수 드러나는, 도시 삶에 맞닥뜨린 한 청년의 다채로운 마음의 울림은 고스란히 우리 근대를 향한 감각의 한 본보기를 보여 준다. 진주 지역에 대한 문학지리학적 복원이나 상상뿐 아니라, 근대에 대한 작가의 대응까지 엿볼 수 있는 적극적 의의다. 또한 우리 근대문학에서 사찰 공간의 문학지리학이 가능한 곳은 많지 않다. 영남 지역의 범어사, 통도사, 해인사, 그리고 금강산의 유점사와 건봉사 들이 선뜻 떠오를 따름이다. 이 가운데 가야산 해인사는 유엽을 필두로 나혜석, 이주홍, 김범부, 김동리, 노천명, 서정주, 최인욱으로 이어지는 특유의 산중문학을 이루었다. 그리고 그들을 한 고리로 꿰고 있는 핵심이 허민 문학이다.

넷째, 민족문학사 쪽 의의다. 허민의 문학은 한 청년작가의 자생적이면서도 열렬한 민족 현실 인식을 보여 준다. 그가 드러낸 한국 농촌 현실의 바탕과 삶의 조건에 대한 다채로운 이해와 묘사, 정서적 표출은 매우 값진 일깨움을 준다. 어머니에 대한 사랑에서부터 시작하여 삶의 전반에 대한 물음과 고뇌, 나아가 민족 현실 밑자리에 대한 다양한 이해는 한 사람이 자라나면서 보여 줄 수 있는 열정적이고도 솔직한 삶의 기록이다. 식민지 후기 암담한 시대의 역풍과 역광 속에서 그의 민족 현실에 대한 사랑과 폭넓은 관심은 다른 유명 작가들의 도식적인 민족 현실 인식과 나뉘는 솔직한 경험적 값어치를 지닌다.

다섯째, 허민 문학은 우리 문학의 어두운 시기였던 나라잃은시대 후기의 문단 재구성과 문학을 기워 주는 중요한 뜻이 있다. 나라잃은시대 우리 문학사는 부끄러운 반민족적, 반민적, 공적 집단 문학사회만 돋보였고, 그것을 중심으로 다루어졌다. 그러면서 그 아래 든든하게 뿌리내리고 있었던 민족문학의 저력을 거듭 확인할 수 있는 좋은 본보기가 드물었다. 이러한 까닭에 허민의 작품이 아연 새로운 의의를 띤다. 식민지 후기 윤동주와 남대우, 심련수와 같은 이들의 발굴이 우리 문학사를 보다 든든하게 기워 주었다면, 이들과 나란히 또는 더 위쪽에 허민이 놓인다. 그의 문학은 식민지 후기를 밝히는 매우 든든하고도 치열한 민족문화의 실재를 우리에게 아낌없이 보여 주고 있다.

허민의 문학은 이제 알려지기 시작했다. 그에 대한 독자사회와 학문공동체의 관심이 하루바삐 깊고 넓게 이루어져야 하리라. 그런 과정에서 스물아홉 원통한 나이로 세상을 등진 한 불행한 작가의 문학은 온전하게 사랑받게 될 것이다. 그동안 우리 근대문학 연구는 명망가 중심의 학습과 명성 재생산에만 빠지는 인습을 거듭해 왔다. 같은 말만 거듭하면서 이어졌던 근대문학 이해의 굳어진 인습은 문학사의 폭과 너비를 마냥 좁게 만들었다. 우리 문학이 이원대립적 단순화나 일방적 신화화에 매몰될 수밖에 없었던 까닭이 거기에 있었다. 문학을 고리로 삼은 다채로운 세계 학습, 삶의 진실에 핍진하는 폭넓은 문학의 실상을 향해 눈길이 더욱 넓어지고 깊어져야 하겠다. 이제 나라잃은시대 후기 허민 문학의 전모가 세상에 들나는 일이 디딤돌이 되어 소수 작가나 주변 작가들에 대한 관심과 사랑이 거듭 깊어질 수 있어야 하리라.

허민, 막막한 스물아홉 젊은 나이로 세상을 등질 수밖에 없었던 뛰어난 청년 시인. 모든 삶의 고통이 오로지 자신으로만 향하는 것인 양 아득하여 "어둠 속으로 어둠 속으로 손을"(「적야寂夜」) 저을 수밖에 없었던 원통한 객혈의 문학이 여기에 있다. 그는 경남 합천 가야산 해인사 골짜기의 반딧불처럼 맑게 살고 밝게 살고 싶었다. 그러나 근대 예속 도시의 식민성과 피폐에 홀로 더럽혀진 듯이, 이곳저곳 이 마을 저 마을 민족 공동체의 붕괴와 비참을 온몸에 아로새긴 듯이, 허민은 가슴앓이를 하고 창백한 기침을 거푸 뱉었다. 그리고 훌쩍 이승을 떴다. 손이 귀한 집안 삼대독자의 명목이었고, 민족문학의 큰 대들보가 되었을 젊은 시인의 적멸.

허민은 열정적인 젊은이였으며, 재능 있는 지식인이었을 뿐 아니라, 나라잃은시대 막바지 골목에서 광복의 불빛을 향해 한없이 민족 현실을 안고 뒹굴었던 맹렬 문학인이었다. 민족의 가슴 가슴에 밤낮없이 좌절과 곤궁과 비참을 내리쏟던 슬픈 역광의 시대를 밝히는, 희귀한 한 반딧불의 길이었다. 우리와 우리의 지난날은 허민이 겪었던 개인적인 슬픔과 통한과는 달리 오래도록 그 반딧불이 이끄는 삶과 문학으로 말미암아 위로받고 행복할 수 있을 것이다. 허민 영가시어. 부디 명목하시라.

1914년(1살) 음력 7월 15일 경남 사천군 곤양면 남면외리 31번지 외가에서 아버지 허
영과 어머니 윤복형 사이에서 삼대 독자로 태어나다. 원적原籍은 할아버지
허주원許周元 때까지 누대에 걸쳐 살았던 경남 산청군 단성면 성내리 185의
6번지. 할아버지 허주원은 한학을 한 중농으로서 유족한 쪽이었다. 본적은
경남 합천군 가야면 치인리 10번지. 본관은 김해. 본명은 허종許宗. 민民은
필명. 습작기 때는 창호昌瑚, 일지一枝, 곡천谷泉이라는 필명을 쓰다. 불가 법
호는 야천野泉. 허민의 키는 177센티미터 남짓. 허민이 태어난 곤양 집은 옛
날 읍성이 있었던 자리로 곤양을 내려다보는 자리에 있다. 현재 일족이 살고
있다.

1918년 아버지 허영은 가세가 기울어 신식 교육을 받고 사천, 하동 일원에서 측량기
사로 일하였다. 허민 생후 삼 일째 되는 날 아버지 허영은 아들의 출생 사실
을 모른 채 하동 섬진강에서 동료들과 헤엄을 치다 심장마비로 24살 나이에
요절하다. 어머니는 19살 청상이 되다. 허민은 외조부 슬하에서 자라다.

1923년(9살) 4월 1일 사천군 곤양공립보통학교에 입학하다.

1929년(15살) 3월 27일 곤양공립보통학교 졸업하다. 학업 성적은 6학년 졸업 때 34명
가운데 4등. 됨됨이는 '온순', 생활정도는 '중'과 '하', 특기는 음악으로 기록.
4월 12일 서른 나이에 친정 곤양을 떠나 합천 해인사 삼선암에 삭발하러 들
어갔던 어머니는 장차 허민에게 승려의 자식이라는 흠결을 남길까 봐 삭발을
포기하고 삼선암 계곡 방앗간 방에 머물며 공양주로 일하다. 어머니를 따라
허민도 합천으로 옮겨가다. 상급학교 진학을 하지 못해 근심이 많았던 어머
니가 강원의 외과 강사로 있었던 유엽 시인에게 청을 넣어 해인불교전수학
원, 곧 해인사 강원에 입학. 강원에서 불교 사상과 일반 지식을 배우고 집에
서는 통신 강의록을 받아보며 독학에 열중하다.

1930년(16살) 강원 외과 강사 화봉 유엽의 가르침과 향파 이주홍의 영향으로 문학에
뜻을 세우다. 석가 성도일 기념행사와 같은 산중 행사에서는 이주홍을 비롯
한 여러 사람들과 연극 공연을 하며 재능을 닦다.

1931년(17살) 10월 육필 시집 1권(시 42편) 마무리하다.

1932년(18살) 12월 육필 시집 2권 『두견杜鵑의 울음』(시 75편) 마무리하다. 첫 발표작

인 시 「이별離別한 님」이 《불교》에 실린다.

1933년(19살) 해인사 강원을 수료. 해인사 사설강습소인 해명학원海明學院의 교원이 되다. 당시 보통학교 수준이었던 4년제 사설학원. 강원에서 뒷날 작가가 된 최인욱을 가르치고, 그 인연은 졸업 뒤에도 이어지다. 습작품을 이곳저곳 문예지 독자투고란에 싣다.

1934년(20살) 2월 육필 시집 5권(시 39편) 마무리하다.

1935년(21살) 1월 육필 시집 6권 『싹트는 잔디밭』(시 60편) 마무리하다.

1935년(21살) 6월 19일 이웃의 중매로 신채봉愼采鳳(17세)과 혼인하다.

1936년(22살) 7월 11일 첫딸 보림寶林을 낳았으나, 어릴 때 경기로 잃다.

12월 《매일신보》 현상 공모에 소설 「구룡산」이 당선되어 문단에 얼굴을 내밀다. 《문예가》에 허민 특집으로 「선배 작가先輩作家의 지도指導—구룡산九龍山 당선當選에 제제際하여」라는 당선 소감과 「구룡산九龍山의 경개梗槪」, 그리고 「설문設問」이 실리다.

1937년(23살) 봄, 해인강습소 교원직을 사직하고 진주로 내려가 《동아일보》 진주지국 기자로 일하다. 기자 생활 틈틈이 지역과 중앙지에 활발하게 작품을 발표하다. 같은 해부터 지병인 폐결핵이 병색을 나타내다. 서울의 소설가 이무영, 김영수를 비롯 지역에서 시인 손풍산, 장태현, 남대우 들과 친분을 나누다. 서울에 갈 기회를 틈타 소설가 이기영과 교분을 나누었고 그의 총애를 받다.
9월 첫 동화 「박과 호박」을 《중앙시보》에 발표하다.
11월 《문예가》의 설문 「내가 애독愛讀하는 중견中堅의 작품作品」에 김정한·이봉구·정비석·김소엽·현동렴과 함께 참가하다.
12월 《문예가》의 설문 「신예작가新銳作家들의 문단文壇 타개打開 신안新案」에 「촌감寸感」이라는 제목으로 정비석·김소엽·김정한·현동렴과 함께 답변하다.

1938년(24살) 여름, 동아일보 지국에 투고차 들렀던 진주기예학교장인 권복해權福海 여사를 만나 의남매로 결연. 권 여사의 권유로 기자 생활을 하는 틈틈이 진주기예학교에서 국사와 동양사를 가르치다.
7월 16일 장남 은殷을 낳다.
8월 2일 신병 악화로 《동아일보》 진주지국 의원 면직. 합천으로 돌아오다.

1939년(25살) 9월 이 무렵 교분을 나누었던 이는 일찍부터 연이 깊었던 문인 이주홍과 엄흥섭은 물론 이육사, 해인사에 머물렀던 김동리, 서정주, 노천명과 나혜석, 거창 출신 화가 정종여, 대중 가수 백년설 들이 있다.

1940년(26살) 6월 육필 시집 7권 『낫과 괭이』(시 43편) 마무리하다.

11월 1일 시 「야산로夜山路」를 《문장》에 시인 유엽 추천으로 발표하다.

12월 26일 차녀 금수를 낳다.

1941년(27살) 1월 단편 「어산금魚山琴」을 《문장》(3권 1호)에 이태준 추천으로 발표하다. 신병 증기로 접어들다. 시 「산성山城」을 《문장》에 발표코자 하였으나 원문 그대로 발표한다면 검열에 문제가 될 것이라는 《문장》 편집회의 의견에 따라 실리지 못하다. 왜경으로부터 민족주의자, 반일사상가로 지목되어 여러 차례 왜경 서장의 지휘 아래 가택 수색을 겪다. 허민은 지역에서 지병만 낳으면 구속하려고 왜경이 벼르고 있었던 대상이었다.

18일 시 「해수도海水圖」를 《만선일보》에 발표하다. 이 작품이 허민 최후 발표작이 되다.

1942년(28살) 1월 육필 시집 8권(시 31편) 마무리하다.

신병 말기로 작품 활동 부진하다. 「분수령分水嶺」이라는 장편을 구상, 집필하여 탈고를 앞두다.

1943년(29살) 음력 3월 16일 아침 10시 29세를 일기로 별세하다. 불교식 다비를 마치다. 육필 동화집 『다람쥐 향연』을 비롯한 많은 유고와 서책, 손수 그린 인물화를 포함한 많은 유품을 알게 모르게 잃어버리다. 아들 허은이 다행이 그런 속에서 육필 시집 여섯 권과 발표 작품 묶음집 한 권을 챙겨 간직하다.

1974년 4월 경남 합천군 가야면 치인리 10번지(해인사 신부락) 주거지 가야산 국립공원화와 해인사 정화사업에 따라 철거되다. 허민의 아내와 1남 1녀의 자녀들은 오십 년이나 머물렀던 합천 해인사 그늘을 떠나 서울로 삶터를 옮기다. 허민이 오래 머물렀던 자리는 현재 해인사 쇼핑센터 위쪽으로 100미터 남짓 올라간 곳 빈 공터로 남아 있다.

1975년 4월 《문학사상》 4월호에 「한국현대문학재정리」에 소개되다. 여러 중앙, 지역 일간지에서 허민의 삶과 문학을 다루다.

조계사에서 초혼제를 지내다.

1975년 6월 육필 시집 『허민육필시선許民肉筆詩選』이 문학사상사에서 나오다. 시인의 육필을 그대로 살린 시, 동요 46편과 문학사상사 자료조사연구실에서 쓴 「시인 허민의 발견」을 붙이다.

1986년 5월 10일 지식산업사에서 『한국현대시문학대계 23(함형수·이한직·장서언·최재형·허민)』가 나온다. 『허민육필시선』에서 가려 뽑은 시 24편을 활자체로 바꾸어 내다.

2008년 6월 한국문화예술위원회의 '작고문인선집발간사업'에 『허민 전집』이 뽑히다.

2009년 4월 『허민 전집』이 현대문학사에서 나오다.

현재 부인 신채봉 여사(92세)를 비롯한 허민의 가족은 서울에 살고 있다. 허민은 아들 은 아래로 2남 2녀, 딸 금 아래로 2남 2녀, 모두 4남 4녀의 손자를 두었다.

■시

1930년 「공상空想의 봄」「님과 안락安樂의 길을」「옛 봄에 놀던 형에게」「달」「꽃
　　　　과 마음이 먼저 알아」「희랑대希朗臺」「다시 안 오는 님」,『육필 시집 제1
　　　　권』, 5월

　　　　「젊은이들」「봄에 젊은이」,『육필 시집 제1권』, 6월

　　　　「안내자案內者가 되고 싶다」,『육필 시집 제1권』, 7월

　　　　「신新 아리랑요謠」「이슬 나리는 저녁」,『육필 시집 제1권』, 9월

　　　　「밤중의 거리」,『육필 시집 제1권』, 10월

　　　　「비봉산飛鳳山 중허리에서」「님과 벗이 없어」,『육필 시집 제1권』, 12월

1931년 「가신〔永眠〕 할머님」「봄과 님이」「이별離別」「근심」「마음 없는 님에게 고
　　　　告함」,『육필 시집 제1권』, 3월

　　　　「불신자不信者」「아! K 형兄아!」,『육필 시집 제1권』, 6월

　　　　「정신精神 없는 처녀處女」「S 군君의 행복幸福」「덧없는 청춘靑春」「망望
　　　　행화촌杏花村」,『육필 시집 제1권』, 7월

　　　　「혼魂의 무덤」「숲 속의 가수歌手」「개는 눈〔雪〕을 모르는가?」,『육필 시집
　　　　제1권』, 8월

　　　　「오호嗚呼 장 군張君아」「가야伽倻는 웃는가 우는가」「가야伽倻의 아침」
　　　　「새벽의 산속」,『육필 시집 제1권』, 9월

　　　　「원당願堂의 노래」「무제無題」「옥류동玉流洞에서」「님이 말을 하오니」
　　　　「빛이 없어요」「아이고 요것이」「사자문獅子門을 찾으며」「홍류동紅流洞에
　　　　서」,『육필 시집 제1권』, 10월

　　　　「망향望鄕」,『육팔 시집 제1권』, 11월

　　　　「낙엽落葉」「상봉相逢─이별離別」「견문見聞 소곡小曲」「님이 온다 하기
　　　　로」「님의 영자影子」「악마惡魔여」「이 가을밤이 길어요」「설움」「님이여」
　　　　「이 밤에」「처음눈〔雪〕」,『두견의 울음─육필 시집 제2권』, 11월

　　　　「산중山中의 홀아버니」「염불念佛」「자심自心」「북풍北風」「님 사진」「월야
　　　　月夜」「제이第二의 사랑」「이별離別」「단결團結」「청춘靑春」「고향故鄕」「처
　　　　녀處女여」「아침밥」「명령命令」「아픈 다리」,『두견의 울음─육필 시집 제

2권』, 12월

1932년 「노부老夫의 탄식歎息」「설날을 기다림」「생生의 길이 그리워」「첨, 님이 부르시니」「밤 여덟 시」「밤중에 두 동무」「기다림」「물」「불쌍한 아이」「가지에 앉은 새」「해인사海印寺 불교소년회가佛教少年會歌」, 『두견의 울음—육필 시집 제2권』, 1월

「마음이 깍갑할 때」「맘이 부르는 말」「어머니에게—조선朝鮮」「야심夜深」「흰 새여 날아라」「배 쥔 아이」「어머니」「삼 일三日」, 『두견의 울음—육필 시집 제2권』, 2월

「맘껏 하자」「언니야 봄은 왔다」「꽂아 주셔요」「석양夕陽」「황혼黃昏」, 『두견의 울음—육필 시집 제2권』, 3월

「양복쟁이가 구불어졌소」「처녀處女여」「새 움」「동생을 부름」, 『두견의 울음—육필 시집 제2권』 4월

「자연自然의 소리」, 『두견의 울음—육필 시집 제2권』, 6월

「꽃」「별노래」「물을 차는 무리」, 『두견의 울음—육필 시집 제2권』, 7월

「여름비」「다리 밑 별님」「애달픈 방랑아放浪兒」「님을 이별離別한 님」「매암이」「홀나비」「맑은 물」, 『두견의 울음—육필 시집 제2권』, 8월

「비」「가을바람」「소년少年의 노래」「해인사립강습소海印私立講習所 운동가運動歌」「설움」「달구경」「밤」「월송月頌」「비애悲哀의 가을」, 『두견의 울음—육필 시집 제2권』, 9월

「가야찬伽倻讚」, 『두견의 울음—육필 시집 제2권』, 12월

「이별離別한 님」, 《불교》, 11 · 12월호

1933년 「나는 가고저」, 《불교》, 5 · 6합호

「우두산牛頭山 우에서」, 《불교》, 가을호

「시월 우일雨日」「농부農夫 심중心中」「구원久遠」「밤노래」「약심躍心」「어둠의 거리를 걸어서」「사랑의 몽상夢想」「내 사랑 가신 곳」「강江 막힌 내 사랑」「조부모祖父母님 묘墓를 찾아」「농촌農村의 아침」「빨래하는 처녀處女」「진주晋州 남강변南江邊에서」, 『제5시집 미명 시집』, 11월

「고적孤寂한 앞길」「못 믿을 지반地盤」「우리 마을」「기氣죽인 자者들이여!」「봄으로 가자」「애수哀愁의 야한夜恨」「농부가農夫歌」「해인사립강습소海印私立講習所 교가校歌」「동무의 손목」「슬퍼하지 말자」「저녁이 오면」「부엉이」「우한優恨」, 『제5시집 미명 시집』, 12월

1934년	「언니」「귀뚜라미」「눈」「언제나」, 『제5시집 미명 시집』, 1월

「그리운 저 강남江南」「눈」「초생달」「달놀이 가자」「덧없는 세상世上」「한숨지는 저 강변」「무명화無名花」「맞이하자 온 봄을」「청춘靑春은 웃을 때라」, 『제5시집 미명 시집』, 2월

「젊은 방랑아放浪兒」「오셨다니」「첫말」「뜬 날을 쏘려므나」, 『싹트는 잔디밭─육필 시집 제6권』, 2월

「금붕이의 죽음」「고야孤夜의 애한哀恨」「깃 없는 갈매기」「해의 흑점黑點을 쏘자」「님의 초상肖像을 그립니다」「오시려며는」「평원平原의 외딴집」「황야荒野의 설야雪夜」「제비는 오나니」, 『싹트는 잔디밭─육필 시집 제6권』, 3월

「그대를 찾으며」「나가 봅시다」「난 안 가 난 안 업혀」「자장가」「춘사春思」「낙동강洛東江을 지나며」「한자寒子의 남긴 노래」「옛 봄이 그리워」「초춘初春 영곡迎曲」「부슬비」「춘원春園의 노래」, 『싹트는 잔디밭─육필 시집 제6권』, 4월

「연蓮의 춘사곡春思曲」, 『싹트는 잔디밭─육필 시집 제6권』, 5월

「해인축구가海印蹴球歌」「수놓은 손수건」「석류石榴가 열면」「아침비」「응응쟁이 종구鐘九」「자던 곳아 잘 있거라」「소낙비가 와서」「나그네의 뱃길」, 『싹트는 잔디밭─육필 시집 제6권』, 6월

「달빛 젖은 강江가」「애곡哀曲」「폐지廢址에 서서」「문에 비친 두 그림자」「그믐밤」「청춘靑春을 맞으려네」「시들은 청춘靑春」「결원結怨」「산야山夜의 누한淚恨」「우리 행진곡行進曲」「울 넘어 담 넘어」「물 너머」, 『싹트는 잔디밭─육필 시집 제6권』, 7월

「달을 잡고」「배 저어서」「수박 타령」「추석秋夕노래」, 『싹트는 잔디밭─육필 시집 제6권』, 8월

「운동가運動歌」「병아리」「나물을 캐서」, 『싹트는 잔디밭─육필 시집 제6권』, 9월

「목메는 나그네」, 『싹트는 잔디밭─육필 시집 제6권』, 10월

「우리는 대장군」「허 참 억궂다.」, 『싹트는 잔디밭─육필 시집 제6권』, 11월

「아리롱 신세」「조선朝鮮 청년靑年의 노래」「오도가悟道歌」「요놈의 물방아」「이쿠이쿠 골이 난다」, 『싹트는 잔디밭─육필 시집 제6권』, 12월

「전원田園」,《조선일보》, 12월 12일

1935년 「봄맞이 가자」,『싹트는 잔디밭─육필 시집 제6권』, 1월

「돌아가신 어머니」,『낫과 괭이─육필 시집 제7권』, 1월

「유산遊山」,『낫과 괭이─육필 시집 제7권』, 2월

「달밤을 걸어」,『낫과 괭이─육필 시집 제7권』, 3월

「자하동유紫霞洞遊」「사창沙窓에 비친 달」「지는 꽃」,『낫과 괭이─육필 시집 제7권』, 4월

「삼월三月의 눈바람」「타향他鄕에 오는 비」「사라지는 마음」「사향思鄕」「달 따라 지는 꽃」,『낫과 괭이─육필 시집 제7권』, 5월

「명상瞑想의 밤」「생각나는 꿈」「뒷덤불 앞덤불」「궂은비」「밤에 오는 비」「재 넘는 구름」「낭주浪舟」,『낫과 괭이─육필 시집 제7권』, 6월

「김매는 총각總角」「풀 매는 노래」「봄의 행진行進」,『낫과 괭이─육필 시집 제7권』, 7월

「여름의 행진行進」「소나기」「안개」「님 무덤에서」,『낫과 괭이─육필 시집 제7권』, 8월

「해인사海印寺 계곡가溪谷歌」「가을의 행진行進」「그윽한 생각生覺」「시조時調 오 수五首」「가야산가伽倻山歌」,『낫과 괭이─육필 시집 제7권』, 9월

「애향가愛鄕歌」「바다의 노래」「삼포三浦 청년동우회가靑年同友會歌」,『낫과 괭이─육필 시집 제7권』, 11월

「해가 해가 붉은 해가」,『낫과 괭이─육필 시집 제7권』, 12월

1936년 「경남민요집慶南民謠集」「다람쥐통」「병아리」,『낫과 괭이─육필 시집 제7권』, 2월

「엿장수」,《동아일보》, 4월 2일

「담배 실은 나귀」,《동아일보》, 4월 5일

1937년 「향수리 고개」,《경남평론》, 11월

1938년 「봄의 보표譜表」, 발표지 모름, 3월 13일

1939년 「독목禿木」,《동아일보》, 12월 22일

1940년 「병상음病床吟」,《조선일보》, 1월 30일

「제 이십칠 장第二十七章의 봄」,『낫과 괭이─육필 시집 제7권』, 2월

「설후雪後」,《동아일보》, 3월 1일

「송화절松花節」,『낫과 괭이─육필 시집 제7권』, 6월

「안개 속에서」,『시집 NO 8』, 6월

「야산로夜山路」「고정孤情」「우후雨後 청산靑山」,『시집 NO 8』, 7월

「들에서 받은 감명感銘」「산렵기山獵記」,『시집 NO 8』, 9월

「야산로夜山路」,《문장文章》, 11월

「여수旅愁」,『시집 NO 8』, 11월

「산성山城」「남방산南方山골에서」,『시집 NO 8』, 12월

1941년 「남방산南方山골에서」,《문예가》통권 17호, 2월

「밤비에 젖으며」,『시집 NO 8』, 2월

「율화촌栗花村」「소전설小傳說」,『시집 NO 8』, 6월

「정원庭園」「잔한殘恨」「광무월狂舞月」「복분자覆盆子」,『시집 NO 8』, 7월

「도도島」「해협海峽」「해곡海曲」「단수短首」「해수도海水圖」,『시집 NO 8』, 8월

「성묘省墓」「기다림」,『시집 NO 8』, 10월

「병상기病床記―기1其一」「병상기病床記―기2其二」「병상기病床記―기3其三」「적야寂夜」,『시집 NO 8』, 11월

「고향故鄕으로 열린 길 우에서」「노영盧渶・이정숙李貞淑 결혼結婚 축시祝詩」,『시집 NO 8』, 12월

1942년 「집에 돌아와서」「산설기山雪記」,『시집 NO 8』, 1월

「고정孤情」,《만선일보滿鮮日報》, 12월 17일

「해수도海水圖」,《만선일보》, 12월 18일

■ 소설

1936년 「구룡산九龍山」,《매일신문》, 12월 13일

1937년 「사장射場」,《경남평론》, 9월 10일

「엄마」,《경남평론》, 12월 9일

1938년 「석이石茸」,《중앙시보》, 7월 16일

1941년 「어산금魚山琴」,《문장》, 1월

■ 동화

1937년 「박과 호박」,《중앙시보》, 9월 7일

「귀뚜라미 산보散步」,《중앙시보》, 10월 8일

「소와 닭」, 《중앙시보》, 11월 7일

1938년 「작은 새와 열매」「숲의 향연饗宴」, 《중앙시보》, 3월 15일

■산문 · 설문

1930년 5월 17일 「한 말」, 『육필 시집 제1권』, 5월

1934년 「첫말」, 『싹트는 잔디밭―허창호許昌瑚 시집詩集 제6권第六卷』, 2월

1936년 「선배 작가先輩作家의 지도指導―「구룡산九龍山」 당선當選에 제제際하야」
「구룡산九龍山」의 경개梗槪」「설문設問」, 《문예가》, 12월

1937년 「망언妄言 일편一片」「잠자는 목공木工」, 《문예가》, 4월
「나의 영록기迎錄記」, 《풍림風林》, 4월
「표정表情의 애수哀愁」, 《경남평론》, 7월 29일
「공족跫足의 추연秋燕」, 《경남평론》, 9월 3일
「내가 애독愛讀하는 중견中堅의 작품作品」, 《문예가》, 11월
「시민성市民性」, 《경남평론》, 12월
「반년半年」「촌감寸感―신예작가新銳作家들의 문단文壇 타개打開 신안新
案」, 《문예가》, 12월

1938년 「문단文壇의 고집성固執性―독서촌감讀書寸感」, 《문예가》, 1월
「적막寂寞한 창공蒼空」, 《남선공론南鮮公論》, 2월 1일
「돌아온 실춘보失春譜」, 《남선공론》, 3월 20일
「봄의 넋두리」, 《남선공론》, 4월 5일
「초하初夏 가로街路」, 《남선공론》, 4월 29일
「푸른 해인도海印圖」, 《신세기新世紀》, 8월

1940년 「육로陸路 이천 리二千里(1)―동룡굴蝀龍窟, 묘향산妙香山 기행紀行」, 《남
선공론》, 12월 26일

1941년 「육로陸路 이천 리二千里(2)―동룡굴蝀龍窟, 묘향산妙香山 기행紀行」, 《남
선공론》, 1월 1일

최인욱, 「초승달 같은 사람」, 《현대문학》 1월호, 1963년

손풍산, 「요절작가 허민」, 《문학시대》 1집, 1966년

　　　　「허민 유고시집 18편」, 《문학사상》 4월호, 1975년

김윤식, 「문학사의 실종자 허민의 문학과 생애」, 《문학사상》 4월호, 1975년

석지현, 「암흑기의 하늘에 뜬 별 하나」, 《문학사상》 4월호, 1975년

오세영, 「허민, 그 잊혀진 신화」, 《문학사상》 5월호, 1975년

김종철, 「허민의 유작 '산렵기'」, 《덕성여대신문》 102호, 1975년

김윤식, 「허민의 문학사적 위치」, 《문학사상》 9월호, 1976년

오세영, 「새 시대의 지평에서 타는 불꽃」, 《문학사상》 9월호, 1976년

김현자, 「숨어서 흐르는 시냇물의 언어」, 《문학사상》 9월호, 1976년

자료조사연구실, 「새 자료를 통해 본 허민의 생애」, 《문학사상》 9월호, 1976년

자료조사연구실, 「시인 허민의 발견」, 《허민육필시선許民肉筆詩選》, 문학사상사,
　　　　1975년

김광림, 「암흑기의 시인론」, 《장안논총》 4집, 장안실업전문대학, 1984년

김광림, 「반딧불의 촉광」, 《한국현대시문학대계 23(함형수 · 이한직 · 장서언 · 최재
　　　　형 · 허민)》, 지식산업사, 1986년

김윤식, 「해인사 문단의 형성과 그 성격」, 《김동리와 그의 시대》, 민음사, 1995년

박달수, 「묻혀졌던 옥 민족작가 허민」, 《황강문학》, 제3호, 재부합천문인협회, 2008년

박태일, 「합천 지역시의 흐름」, 《합천 예술문화 연구》 창간호, 이주홍기념사업회,
　　　　2007년

박태일, 「《만선일보》와 경남 · 부산 지역문학」, 《현대문학의 연구》 36호, 한국문학연
　　　　구학회, 2008년

|연구 자료 2| 언론 보도

「29세에 요절한 소설가 허민」, 《중앙일보》, 1975년 3월 7일

「절망과 저항 · 이별과 영원」, 《국제신보》, 1975년 3월 12일

「네 가지 한을 주축 삼아 : 슬픈 민족시인 허민의 세계」, 《경남매일》, 1975년 3월 13일

「작고소설가 허민 추모제」, 《중앙일보》, 1975년 3월 20일

「40년대 반항시인 허민 유작 발굴」, 《한국일보》, 1975년 3월 22일

「40년대 암흑기 밝히다 요절······ '한'을 주제로 현대 · 전통의 통합가능성 제시」,
        《서울신문》, 1995년 3월 24일

「30년만에 햇빛본 암흑기의 저항시인」, 《조선일보》, 1975년 3월 25일

「시인 허민 추모제」, 《대한불교신문》, 1975년 3월 30일

「한국현대육필시선」, 《문학사상》 8월호, 1975년

「경남 출신 작가 허민 삶과 문학 되살린다」, 《경남신문》, 2008년 6월 18일

「요절 문인 허민 문학전집 발간—1940년대 암흑기 민족문학사 간극 메워」, 《부산
        일보》, 2008년 6월 20일

「허민 전집 연말 발간」, 《경남도민일보》, 2008년 6월 20일

한국문학의재발견-작고문인선집

허민 전집

지은이 ㅣ 허민
엮은이 ㅣ 박태일
기 획 ㅣ 한국문화예술위원회
펴낸이 ㅣ 양숙진

초판 1쇄 펴낸날 ㅣ 2009년 4월 30일

펴낸곳 ㅣ ㈜현대문학
등록번호 ㅣ 제1-452호
주소 ㅣ 137-905 서울시 서초구 잠원동 41-10
전화 ㅣ 516-3770
팩스 ㅣ 516-5433
홈페이지 www.hdmh.co.kr

ⓒ 2009, 현대문학

값 13,000원

ISBN 978-89-7275-523-4 04810
ISBN 978-89-7275-513-5 (세트)